《天问》的思想内容与结构特征

天问研究

史建桥◎著

国家图书馆出版社

图书在版编目(CIP)数据

天问研究：《天问》的思想内容与结构特征 / 史建桥著．
—北京：国家图书馆出版社，2012.9
ISBN 978-7-5013-4833-6

Ⅰ．①天… Ⅱ．①史… Ⅲ．①《天问》—文学研究
Ⅳ．①I207.223

中国版本图书馆CIP数据核字（2012）第189306号

责任编辑 初小荣 许海燕

书名 天问研究——《天问》的思想内容与结构特征
著者 史建桥 著

出版 国家图书馆出版社（100034 北京市西城区文津街7号）
（原北京图书馆出版社）
发行 010-66114536 66126153 66151313 66175620
66175620（传真），66126156（门市部）
E-mail btsfxb@nlc.gov.cn（邮购）
Website www.nlcpress.com→投稿中心
经销 新华书店
印刷 北京汉玉印刷有限公司

开本 787×1092（毫米） 1/16
印张 18.75
版次 2012年9月第1版 2012年9月第1次印刷
字数 270千字

书号 ISBN 978-7-5013-4833-6
定价 58.00元

目录

绪 论

一、选题的意义

本人之所以把《天问》作为研究对象出于以下三方面的考虑。

首先，《天问》内容的繁复和形式的奇特值得关注。《天问》长达374句，共计1565字[1]，170多个问题，是屈原的第二首长诗。全诗自始至终采用问的形式。屈原所提出的问题涉及宇宙的起源、天体构成、大地结构、人世间的奇闻异事、三代历史与楚国现实等内容。无论从宏博深奥的内容来看，还是从独特的艺术形式来看，《天问》都堪称一首“奇气纵横，独步千古”的奇诗。《天问》内容和形式的奇特性激发了我们关注的兴趣。

其次，《天问》一向被认为难解，诗句解读和文本研究中存在众多分歧。《天问》研究的历史虽有两千年之久，但文本中众多诗句至今仍没有被破解。关于作者、创作缘起、《天问》题旨、创作意图、创作时间、《天问》的艺术成就等一系列基本问题还没有形成较为一致的意见。而哲学、神话、历史、政治、民俗等研究领域中的许多问题更有待于解决。在中国文学史上的确没有哪一首诗像《天问》这样悬案重重，争议纷纷。《天问》的奇特性以及研究中存在的众多难题和分歧更增加了它的魅力，吸引着一代代学人孜孜以求，探赜索隐。20世纪以来，随着学术理念的发

① 据中华书局1983年出版的洪兴祖《楚辞补注》统计。

展和新材料的不断发现，研究者们在继承前人成果的基础上破解了不少难题，而且开拓了新的研究领域。《天问》研究中存在的众多问题，使其潜在着很大的研究空间，因而选择这一课题也具有可行性。

其三，《天问》研究本身也存在一些问题。迄今为止，《天问》研究的专著有20余部，论文400余篇。总体而言，宋代杨万里《天问天对解》、毛奇龄《天问补注》、丁晏《天问笺》等属于辑注类著作，即使谈及作品的思想和艺术也多是只言片语。20世纪出现的较有影响的几部专著中，闻一多先生的《天问疏证》和游国恩先生的《天问纂义》仍属于传统治学范畴，重在字词和义理的辨证。林庚先生的《天问论笺》由笺释、今译和4篇论文组成，侧重于笺释和历史研究。孙作云先生《天问研究》虽然在《前言》部分论析了屈原的生平与作品编年、写作时间地点、屈原的唯物思想、表现形式、错简等8个小问题，但该书的主要篇幅仍在于章句的训释。台湾台静农先生的《楚辞天问笺》是注解考辨类著作，包括正文、章句和按语，同样以章句为重。苏雪林先生的《天问正简》则从比较神话学的角度，研究《天问》中的神话、历史及其与西亚文明的关系，其研究超出了文学的范畴，属广义的文化研究或东方学研究。翟振业的《天问研究》一书包括24个问题，但仍属于文化研究的范围，涉及面颇广却未形成系统。台湾高秋凤的《天问研究》首先概括几个经典问题的研究史，之后研究《天问》的创作因缘、渊源、内容形式、对后代文学的影响和价值等几个专题。

从《天问》研究的专著和论文的成果看，学者们或专注于校勘、辑佚与注释，或侧重于对文本中的某些内容作哲学、历史、神话、民俗等专题研究，或以《天问》为论据进行文化研究，取得了丰硕成果。但目前还没有一部专著或论文能够在探究《天问》诗句本义的基础上，考察屈原对有关天、地、人传说的质疑，探究其中所蕴含的怀疑精神、思想观念及其创作意图，并根据屈原的创作意图以及各层内容之间的逻辑关系、思维方式和屈原卒章显志的惯常创作模式等研究《天问》的逻辑结构。以上内容恰是本书的研究重点。

二、本书的研究范围及研究方法

本书在探究《天问》诗句本义的基础上，对自然发展史和社会发展史中的若干诗句进行考论；在考察屈原对有关天、地、人的某些传说质疑的过程中，探讨屈原的怀疑精神、思想观念及其为楚国现实政治服务的意图；根据屈原的创作意图以及各层内容之间的逻辑关系、思维方式和屈原卒章显志的惯常创作模式等，研究《天问》的逻辑结构。

《天问》是屈原理性思维表现得最为集中的一首诗。本书侧重研究《天问》的思想内容和逻辑结构。通过研究《天问》的思想内容，有助于全面了解屈原的思想观念，同时可为研究战国中晚期的思想史提供例证。研究《天问》的逻辑结构，也将对探究《天问》的思想内容、文学价值、诗体形式与功能之间的关系等问题有所裨益。

本课题在研究过程中采用文献考证与理论分析相结合、局部深化与整体把握相结合的研究方法。在传统朴学的基础上，借鉴哲学、历史学、政治学等领域的研究方法，对《天问》诗句的难点或研究中的悬案进行考论，并阐明屈原在质疑有关自然发展史和社会发展史传说的过程中所表现出的思想观念。

本书的撰写过程，首先是裒辑有关《天问》研究的各种资料，建立文献索引和分类资料库。之后做《天问》集注集评，归纳有关诗句字、词、本事的各类说法，并予以辨析。在尽量准确理解作者创作动机的前提下，对关涉自然发展史和社会发展史传说的若干诗句进行考论，论述屈原在质疑的过程中所表现出的思想内容。最后把握作者的构思脉络，总结出《天问》的逻辑结构。《天问》研究史大多采用的是纵向发展综述与横向热点问题概述相结合的结构方式。

文本的诗句考论、思想内容研究与结构形式研究之间原本是互相促进、双向循环的关系。为了行文方便，本书采用由内容到形式、由微观文本考论过渡到宏观结构形式研究的方法，因此将《天问》的结构研究放在最后一章讨论。

三、研究成果

本书在文本考释和内容研究两个方面取得了一些进展。

文本考释方面，对“施”和“鰥”字提出了新的认识。本人将“永遏在羽山，夫何三年不施”之“施”释为“起用”、“任用”。屈原在《天问》中，从君王的角度表达对“尚贤”重要意义的认识。因此，“施”可解释为“起用”、“任用”。屈原之意为：鲧长久地被拘禁在羽山，为何不被重新任用？如此解释符合屈原的尚贤思想。“舜闵在家，父何以鰥”之“鰥”训释为“毒害”、“嫉害”。屈原所问乃是：舜在家勤勉而又顺事父母，为何他的父亲却一再毒害他？屈原问的目的是质疑故事的真实性以及儒家为把舜塑造成“至孝”的楷模而夸大其词，甚至有意虚构的行为。

内容研究方面，首先梳理了有关《天问》思想内容和结构的研究史，之后深入解读文本。本人认为，在《天问》170多个问题中，屈原所攻讦的靶的是自然发展史和社会发展史中那些世人臆造的传说，意在表明世人所“传道”的天道和历史是不可信的，要相信现实、依靠人事。屈原首先质疑了有关自然发展史的某些传说，他不仅对传道的内容发问，同时也关注那些传说形成的原因，从而表现出怀疑天道的理性精神。在问及人类历史时，屈原对天命、儒墨道统人物（尧、舜、禹、汤、文、武）的完美形象和某些传道的历史事件都进行了深刻反思，在一个个尖锐的问题中表明了对某些传说的怀疑甚至否定。在屈原看来，历史的兴替中起决定作用的是人而非天命；儒家王道在现实政治生活中存在局限性，单靠以仁政为要义的“王道”就能兴邦治国的理想与历史事实相悖；历代先王在道德和事功方面并非像儒墨传道宣扬的那样完美无缺，他们具有卓异的政治才能但也存在一定的瑕疵。屈原在反思历史中也寄寓了对君王的深刻认识，他以大量的史实为据说明君王无德是导致身危国削乃至身弑国灭的直接原因，同时也表明在夺取权力和兴盛国家的特定历史时期，君王出色的政治才能才是关键因素，而“尚贤”尤为重要。

在研究《天问》思想内容的基础上，探讨了《天问》的逻辑结构和结构类型。屈原质疑有关自然发展史和社会发展史的某些传说，是为楚国现实政治服务，屈原的创作意图就是研究《天问》逻辑结构的重要依据。从行文思路看，屈原沿袭了“推天道以明人事”和“以史为鉴”的思维方式。屈原问天地自然是其表达政治思想的哲学基础，问历史是其表达政治思想的论据，而最后十七句卒章显志，表明其创作目的。因此，根据屈原的创作意图，结合《天问》的思维方式、各层内容间的逻辑关系和屈原结构诗篇时卒章显志的惯常创作模式等因素，本人将《天问》划分为两部分。第一部分从开篇到“易之以百两，卒无禄”；第二部分从“薄暮雷电，归何忧”至诗篇结尾的17句。最后一组诗句起卒章显志的作用。这样划分《天问》的逻辑结构，就凸显了屈原问天、问地、问历史而为楚国现实政治服务的终极目标。

《天问》的结构类型是“破立并行的双线式结构”。所谓“双线”即“破”和“立”。“破”是明线，“立”是暗线。所“破”在于，屈原质疑了自然发展史和人类历史中的某些成见，揭示了“传道”之误；所“立”者乃是，屈原在质疑中表现了怀疑精神，并寄寓了对天命和王道观念、历代先王的完美形象、君王的道德和政治才能与国家兴亡之间的关系等问题的认识。《天问》之“问”的形式是显性的，而屈原所表达的思想则是隐性的。因此，《天问》破显立隐，破立并行，显隐结合，而“破”是为了“立”。

在研究《天问》的过程中，一方面借鉴历史成果，同时也注意利用今人成果和新的材料对诗句的字词、本义予以辨证，或用史料论证，使原有的结论更加坚实可信。

第一章

《天问》研究回顾

清代张诗在《屈子贯》中如此描述读《天问》的感觉："如入宝山，瑰玮璀璨之弥目，而不识何物；如聆广乐，铿红杳鏳渺之盈耳，而不解奚响……而无以解之，则亦终无以解之矣。"他一语道出了《天问》的魅力和难解。自汉代以来，《天问》的研究成果丰硕，专著有20余部，单篇论文近500篇[①]。这些成果中既有对章句的考释又有对题旨、创作意图、艺术特征和思想内容等方面的研究，也有对东方学、文化学等新领域的开拓。鉴于本书的重点在于探讨《天问》的思想内容及其逻辑结构，因此，下文简要回顾《天问》研究史之后，着重总结有关《天问》的思想内容和逻辑结构的研究成果。

① 笔者统计的自20世纪20年代至2011年报刊发表的《天问》研究论文为458篇，实际篇目会多于此数。

第一节 《天问》研究概述

从现存的文献看，《天问》研究始于汉代。由王逸《楚辞章句·天问序》所云“自太史公口论道之，多所不逮。至于刘向、扬雄，援引传记以解说之，亦不能详悉”可知，司马迁、刘向和扬雄等都曾研究《天问》，刘向和扬雄的研究方法是“援引传记以解说”。由于文献佚失，后人无法见到他们的成果。汉代《天问》研究成就最大者当属王逸。王逸的《楚辞章句·天问》除吸收前人成果、征引包括《诗经》、《论语》等经书在内的文献进行释义外，还利用楚地的方言予以训释。王逸释词注意辨析同一个词在不同语境下的细微差别，力求揭示其最贴切的含义。《天问》中不少词出现频率很高，例如，“后”出现9次，“帝”则出现12次。对于这些含义繁复的高频词，王逸都会细致甄别，或对该词单独解释，或在阐释诗句时指实它的词义。譬如王逸对“帝”字的注释，既指具有神性的“天帝”或“天”，又代称史前的、具有传说色彩的帝王（如伏羲和尧），还指代有史以来的人间帝王（如桀、汤和纣）。因此，王逸的训释具有重要的文献价值。另外，王逸在《楚辞章句·天问序》中提出了诸如作者（屈原）、题旨（因天尊不可问才题为“天问”）、创作时间（作于屈原放逐期间）、创作缘起（屈原放逐，忧心愁悴，彷徨山泽，经历陵陆，见楚先王之庙及公卿祠堂里的壁画）、创作方式（观壁画之后题于墙壁）、创作意图（以泄愤懑，舒泻愁思）、作品的文本结构（文义不次序）、《天问》的内容特性（多奇怪之事，即内容奇特）以及读者阐释的历史等问题。我们可以将这些问题进一步归纳为四个方面，即：

第一，探究作品的时代因素（屈原被放逐的命运正是楚国的现实政治所造成的，所以“创作缘起”里隐含着时代背景）；

第二，考查作者的相关情况（作者、创作意图）；

第三，剖析作品的文本结构、题材等文学特性（题旨、创作方式、文本结构、内容特性）；

第四，读者的阐释历史。

以上这些问题已涉及文本阐释中的时代、作者、作品、读者四大要素。王逸由屈原被“放逐”的政治遭际切入作品的内部研究，重视现实政治对作者创作的感发作用，阐释问题的视角对后世影响极大。而且，王逸所提出的问题成为后世《天问》研究的经典命题。当然，总体而言，汉代文人主要以经学思想研究《天问》。

魏晋至唐代的《天问》研究成果能保存至今的极少，值得一提的是晋代郭璞所注《天问》和唐代柳宗元的《天对》。

据《晋书·郭璞传》、《隋书·经籍志》和新、旧《唐书》载，郭璞曾注《楚辞》。但遗憾的是，郭璞《楚辞注》已经失传，后人无法探知郭璞的《天问》研究成果。胡小石从郭璞所注《尔雅》、《方言》、《穆天子传》、《山海经》以及《三仓》、《子虚赋》、《上林赋》等著作中钩辑出与《楚辞》有关的资料，其中辑录与《天问》有关的语义35句。[①] 通过这些零星的资料，我们大致可以看到郭璞《天问注》的贡献。一是郭璞在校勘学上保存了一些异文，如“一蛇吞象”，郭璞注《海内南经》中“巴蛇食象”一句时，引《天问》之“有蛇吞象，厥大何如”为据，“一蛇”为“有蛇”。[②] 胡小石以郭注版本为胜。“焉得夫朴牛”之“朴牛”，郭注为“扑牛”。二是以方言和神话传说解释《楚辞》，这也是郭注的两大突出特征，并为研究者所认同。较之于王逸，郭璞用楚地方言注《天问》中的某些词汇，释义更为准确。如“康回冯怒”之“冯”，《方言》曰：“冯，怒也，楚曰冯。”郭注曰：“冯，恚盛貌。《楚词》曰：‘康回冯怒。’”[③] 郭注中也有一些解释胜于王逸。如“靡萍九衢”，王

① 胡小石：《〈楚辞〉郭注义征》，《胡小石论文集》，上海古籍出版社，1982年，第26页。

② 引自胡小石《〈楚辞〉郭注义征》，第54页。

③ 引自胡小石《〈楚辞〉郭注义征》，第51页。

逸释为“言宁有萍草，生于水上无根，乃蔓延于九交之道”。[①] 而郭注为“言树枝交错，相重五出，有像路衢也”。[②] 王逸将“衢”释为大路，而郭璞则把“九衢”看作一则形象的比喻。相比而言，郭注较为妥帖。郭璞《天问注》的贡献还在于加强了考据。姜亮夫对郭璞引用文献以及用道家思想注《楚辞》的特点给予了公允的评价。他认为，引《山经》、《穆传》、《淮南》以说屈赋者自郭璞始，郭璞“学术思想近道家，不为儒言所宥，极有合于屈子上天下地浪漫杂说”，“而引《山经》、《穆传》奇说，以为屈赋注释者，始于郭而终成于智骞，为《楚辞》注家一大派别”。[③] 郭璞的《天问注》是王逸《楚辞章句·天问》与洪兴祖《楚辞补注·天问》之间的重要著作。

唐代柳宗元的《天对》是其被贬柳州时回答《天问》之作。《天对》按照《天问》的顺序一一对答。柳宗元以元气说回答宇宙生成、万物变化等问题，认为“庞为革化，惟元气存”，并以当时的科学思想对有关自然的神话传说做出解释，表现了他的唯物主义哲学思想。柳宗元反对天命论，认为天是没有意志的，从而提倡依靠人事。他在对答《天问》的历史问题时总结了历史兴亡的规律，赞美大禹、夏启、商汤等历代帝王有道而得天下；同时，批驳夏桀和商纣的荒淫无道，对君王的道德与国家兴亡的关系提出了自己的认识，从而表达了他的历史观和哲学观。柳宗元把夏启作为自己的歌颂对象，不仅颂其德（“呱勤于德，民以乳活”），而且肯定其伐有扈的行为（“扈仇厥正，帝授柄以挞凶穷”）。对于“何勤子屠母，而死纷竟地”，柳宗元则答以“禹母产圣，何疈厥旅”。他将事主定为禹，这与屈原本意未必相符，但他批驳这种传说为“淫言乱嘱”则体现了唯物论思想。作者身处逆境作《天对》，所以《天对》中时时流露出深切的政治寄托和身世之感，其语句艰涩晦隐或许与他的处境有一定关系。

① 引自洪兴祖《楚辞补注》，中华书局，1983年，第95页。以下均为该版本，只注明页码。

② 引自胡小石《〈楚辞〉郭注义征》，第53页。

③ 姜亮夫：《敦煌写本隋释智骞楚辞音跋》，《楚辞学论文集》，上海古籍出版社，1984年，第380页。

《天对》的价值主要在于反映了柳宗元的哲学思想和历史思想。

宋代的《天问》研究中，洪兴祖的《楚辞补注·天问》和朱熹的《楚辞集注·天问》是主要成果。这些著作仍专注于章句的训释和义理的阐发。洪兴祖在王逸《楚辞章句·天问》的基础上，补充了大量的文献，或证王逸之说，或证己论，研究方法也有变化。而且，宋代文学研究渐兴，《天问》的文学研究自然也会进入学者们的视野。洪兴祖的《楚辞补注·天问》就十分注意挖掘时代因素对作者的感发作用，同时也强调《天问》的抒情功能。与王逸强调屈原之"愤懑"和"愁思"源自"放逐"的个人遭际不同，洪兴祖则将屈原的情感上升到对"国之兴衰"和"国无人"的担忧。洪兴祖把作品的解读与所处时代的民族矛盾和被投降派迫害的经历联系在一起，诠释《楚辞》的作品时均带有强烈的个人情感色彩和寄托。洪兴祖强烈的忧患意识和个人遭际，使他理解《天问》诗句时比王逸更能贴近屈原的本意。譬如对"何由并投，而鲧疾修盈"一句，王逸认为此乃"言尧不恶鲧而戮杀之，则禹不得嗣兴，民何得投种五谷乎？乃知鲧恶长满天下也"。[①] 王逸仍沿用成见，而洪兴祖云："言禹平水土，民得并种五谷矣，何由鲧恶长满天下乎？所谓盖前人之愆。"[②] 洪兴祖之言可谓悟到屈原对鲧的同情之意，为后世的解读开辟了新的途径。洪兴祖将个人寄托融入《天问》解读的做法影响后世，尤其当朝代更替或研究者身处逆境之时，他们往往会借《天问》中的历史内容和屈原的遭遇来表达自己的兴亡之感或身世之叹。

朱熹的《楚辞集注》是《楚辞》注释的重要著作。朱熹以审慎的治学态度释《天问》，有的结论较之王逸和洪兴祖为胜。譬如他解释"汤谋易旅，何以厚之"之"汤"为"少康"，文曰："汤，与上句过浇、下句斟寻事不相涉，疑本康字之误，谓少康也。"[③] 朱熹之训较妥。对于"稷维元子，帝何竺之"的"竺"，朱熹释曰："竺，义未详，或曰厚也，或曰

① 引自洪兴祖《楚辞补注》，第101页。

② 洪兴祖：《楚辞补注》，第101页。

③ 朱熹：《楚辞集注》，上海古籍出版社，安徽教育出版社，2001年，第61页。以下均出自该版本，只注明页码。

笃也，皆未安……既是元子，则帝当爱之矣，何为而竺之耶？弃之冰上，则人恶之矣，乌何为而燠之耶？以此言之，则竺字当为‘天祝予’之祝，或为‘天夭是椓’之椓，以声近而讹耳。”[①] 朱熹对“竺”的训释更切合诗意，也得到后世许多注家的认同。朱熹对《天问》词句不能确解者便阙其意，表现出严谨的治学作风。宋代一些学者对《天问》也有精辟之论，如黄伯思《翼骚序》有言：“《天问》之章，辞严义密，最为难诵。”

明代经学相对淡薄，文学研究更盛，很多学者从文学视角解读《天问》。明蒋之翘《七十二家评楚辞》引王世贞语说：“《天问》虽属《离骚》，自是四言之诗，但词旨散漫，事迹惝恍，不可存也。”清听雨斋刻《楚辞集注》引明人孙鑛语曰：《天问》“或长言，或短言，或错综，或对偶，或遗失而累累反复，或联数事而熔成一片。其文或峭险，或淡宕，或佶崛，或流利。诸法备尽，可谓极文之变态”。

黄文焕《楚辞听直》开启了注评并行的诠释模式。《楚辞听直·听天问》曰：《天问》“通篇一百七十二问，以何字、胡字、焉字、几字、谁字、孰字、安字，为字法之变；以一句两问、一句一问、三句一问、四句一问，为句法之变；以或于所已问者复问焉，或于正论本论中忽然错综他语而杂问焉；或于已问之顺序者，复而逆问焉，以此为段法之变……盖首末共三大段焉……布阵至大，布势至顺”。以上研究称不上系统，且带有诗话特色，但毕竟进入了真正的文学研究领域。而且，黄文焕较早划分了《天问》的结构层次，这是明代《天问》研究开始转向文学研究的一个重要的表现。

周拱辰《离骚草木史》试图用自然科学的相关知识来解释《天问》中的有关问题，表现出不同以往的研究思路和创新精神。

明末清初，著名思想家王夫之切身体验到亡国之痛并参加了反清复明的斗争，因此，他把自己的思想感情寄寓在《天问》的文本阐释中。王夫之在其《楚辞通释·天问》中认为，《天问》“篇内言虽旁薄，而要归之旨，则以有道而兴，无道则丧，黩武忌谏，耽乐淫色，疑贤信奸，为废兴

① 朱熹：《楚辞集注》，第67-68页。

存亡之本”。这样的理解较为深刻。

清代的学术研究以求真、求是的朴学见长。在乾嘉学派崇尚“辨章学术，考镜源流”的学术背景下，学者们试图通过对诸多背景因素以及文本内部字词的坚实考证，来准确探究屈原的本意，因而在研究的深度和广度上有所突破。蒋骥的《山带阁注楚辞·天问》是雍正至乾嘉过渡时期《天问》研究的重要成果。他不仅以翔实的材料考证自己的论断，对《天问》的文学研究较之前人也呈现出新的特色。蒋骥提出《楚辞》创作技巧上的“幻境”特色，并以此阐释《天问》的文学特性。他认为《天问》的“篇意在若有若无之间”，“俱是幻景”；“《天问》一篇多用漫兴语”；《天问》“闳览千古，仗气爱奇，广集遐异之谈，已成瑰奇之制”，而且，《天问》的文体结构也“在可知不可知之间”。①蒋骥以“幻境说”研究《天问》的文学特性，这是他超越于前人的地方。

清代末期丁晏的《天问笺》是《天问》研究中颇能体现朴学特色的著作。丁晏以多种文献考证楚有壁画，以证屈原观壁画而作《天问》，他说：“壁之有画，汉世犹然。汉鲁殿石壁及文翁礼殿图，皆有先贤画像。武梁祠堂有伏戏、祝诵、夏桀诸人之像。《汉书·成帝纪》甲观画堂画九子母。《霍光传》有周公负成王图，《叙传》有纣醉踞妲己图。《后汉·宋宏传》有屏风画列女图，《王景传》有《山海经》、《禹贡》图。”丁晏的考证带有鲜明的时代学术风气。

总之，汉代至清末的《天问》研究成果主要在于训诂、义理、音注、论评四大领域。学者们即使进行了文学研究，也未脱离旧学的轨道。他们所运用的方法主要是传统的考据学方法。

20世纪，受西方哲学及文学理论影响，上半世纪的《天问》研究深入到哲学、神话、历史、民俗等领域，且成果丰硕。这一时期的学者们一方面具有扎实的国学功底，另一方面又积极实践“文学革命”的主张，吸收西方的科学理论和方法，将新观念、新知识、新方法运用于《天问》研究。闻一多的《天问疏证》就是这方面的代表作。闻一多在旧学的基础上

① 蒋骥：《山带阁注楚辞》，上海古籍出版社，1984年，第204页。

结合神话学、民俗学、人类学等理论，对《天问》诗句进行考证阐发。这一时期还出现了不少有分量的文章，1922年徐旭生的《天问释疑》一文发表于《努力周报》的《读书杂志》第四期，这应是《天问》研究方面较早的单篇论文。1927年，王国维《殷卜辞中所见先公先王考》刊印。该文根据出土文献殷商卜辞的先公先王之名，证以《史记·殷本纪》、《三代世表》、《世本》、《竹书纪年》、《山海经》等传世文献以及大量的金文材料，考订了殷墟甲骨文所载商朝王亥、相土、季、王恒、上甲、太乙等21位先公先王的名号。证明“该”即殷之先公王亥，认为王亥与上甲微之间，又当有王恒一世。“则该与恒皆季之子。该即王亥，恒即王恒，皆见于卜辞，则卜辞之季，亦当是王亥之父冥”。[①] 王国维的考证使《天问》之“该秉季德，厥父是臧”、“恒秉季德”和“昏微遵迹”等诗句涉及的“该”、“季”、“恒”和“微”有了确解。王国维用卜辞印证了徐文靖、刘梦鹏等人的解释。至此，《天问》中“该”、“季”、“恒”和“微”为殷先公先王之名便成为定论。1928年，刘盼遂在《中山大学史语所周刊》第三十二期发表了《由〈天问〉证〈竹书纪年〉益干后位启杀益事》一文，对“启代益作后”一段提出新的解释。1929年8月，刘盼遂又在《国学论丛》二卷第一期发表了《天问校笺》。他在传统注释的基础上融入新的理论，譬如利用民俗学理论解释“稷维元子，帝何竺之”，认为杀首生子是古代为纯洁其种族的一种习俗。苏雪林（苏梅）发表了《屈原〈天问〉里的旧约创世纪》、《〈天问〉里的后羿射日神话》、《印度诸天搅海故事》和《〈天问〉九重天考》等文[②]，从东西方文化比较的角度研究《天问》中的神话，是较早进行东方学研究的学者。刘永济的《天问通笺》对《天问》进行了全面注释[③]，唐兰的《〈天问〉“阻穷西征”新

① 王国维：《观堂集林》（附别集），中华书局，1999年，第414-415页。

② 苏雪林：《屈原〈天问〉里的旧约创世纪》，《说文月刊》，1944年2月3卷12号；《〈天问〉里的后羿射日神话》，《东方杂志》，1944年第40卷第8期；《〈天问〉里的印度诸天搅海故事》，《东方杂志》，1944年第40卷第9期；《〈天问〉九重天考》，《中央周刊》，1947年8月第9卷第34-37期。

③ 刘永济：《天问通笺》，《学衡》1932年12月第7卷。

解》[①]、林庚的《〈天问〉注解的困难及其整理的线索》[②]则讨论了《天问》中的错简问题。另顾颉刚[③]、蒙文通[④]、李翘[⑤]、容肇祖[⑥]、方诗铭[⑦]等都有《天问》研究文章见诸于各类报刊。学者们不再拘泥于文献学研究，他们摒弃了传统的政教文学观，尊重研究对象，视角开阔，方法多样。这一时期的《天问》研究以探寻作者本意和研究文本的文学特性为主，兼有远离作者创作意图、探寻文本承载的上古文化信息的神话、历史研究。

1949至1979年，大陆《天问》研究方面的成果相对较少。1953年6月，郭沫若发表了《屈原〈天问〉的译文》，他按照自己的理解将《天问》内容归类并译成白话诗，因此，译文的顺序与《天问》原诗迥异。1955年，方孝岳发表的《关于屈原〈天问〉》一文则是一篇质量较高的文章。作者认为《天问》表现了屈原的怀疑精神，“是疑古惑经之先驱，打击显学儒家教义之发难者”。该文还探讨了屈原与稷下学的关系、屈原如何运用阴阳家神仙家的资料来表现其现实思想以及如何对所谓盖天学说表示怀疑，最后探讨了《天问》中的几个古史问题。[⑧]文革时期，因林彪、“四人帮”的有意操纵，屈原被定为法家人物。在这样的政治背景下，1975年出现了几篇带有明显政治色彩却无学术价值的论文。

1978年改革开放以后，游国恩主编、金开诚等补辑的《天问纂义》[⑨]、林庚的《天问论笺》[⑩]、孙作云的《天问研究》[⑪]是重要的专著。《天问

① 唐兰：《〈天问〉“阻穷西征”新解》，《禹贡》1937年4月第7卷第1–3期。
② 林庚：《〈天问〉注解的困难及其整理的线索》，《文学杂志》1948年3月第2卷第10期。
③ 顾颉刚：《天问略说》，《中山大学史语所周刊》1930年第11集第122期。
④ 蒙文通：《〈天问〉本事考》，《史学杂志》1930年5月第1卷第4期。
⑤ 李翘：《〈楚辞·天问〉管见》，《文澜学报》1936年3月第2卷第1期。
⑥ 容肇祖：《〈楚辞·天问〉“亥秉季德”段刘梦鹏解》，《考古学社社刊》1937年6月第6期。
⑦ 方诗铭：《〈天问〉“吴获迄古”解》，《文史杂志》1948年3月第6卷第2期。
⑧ 方孝岳：《关于屈原〈天问〉》，《中山大学学报》1955年第1期。
⑨ 游国恩：《天问纂义》，中华书局，1982年。以下均为该版本，只注明页码。
⑩ 林庚：《天问论笺》，人民文学出版社，1983年。
⑪ 孙作云：《天问研究》，中华书局，1989年。

纂义》一书是《天问》研究最早的专著，由游国恩主编，金开诚、董洪利、高路明等补辑。该书所引《天问》原文辑自《四部丛刊》本《楚辞补注》，并参照别本校勘；编排方式是以两句为一节，其后按时代顺序罗列各家注释，最后为游先生的按语。该书辑录了自汉代王逸到晚清的93家《天问》注释著作，不仅为研究者提供了重要的文献资料，而且作者在按语中对众家版本和观点予以考证辨析，提出己见，多有创获，具有重要的学术价值。但《天问纂义》终归是继承前人考据风格的编纂类著作，非学术论著。林庚的《天问论笺》由笺释、今译和4篇论文组成，侧重于笺释和历史研究。林庚研究《天问》注重文本本身提供的材料，尽量不受周人历史系统的影响，所以一些解释颇多创见。譬如林庚认为《天问》中的"帝"都指"天帝"；对益、羿、有易与夏王朝之间争霸的历史提出了独特的解释；认为"中央共牧，后何怒"至"易之以百两，卒无禄"一组颇难索解的诗句，反映了秦民族的历史并详加考证。孙作云的《天问研究》在《前言》部分论析了屈原的生平与作品编年、写作时间地点、屈原的唯物思想、表现形式、错简等8个小问题，主要篇幅在于章句的训释和错简的整理。孙作云利用考古学资料研究《天问》，很多解释不同以往，且因其主张有错简，对《天问》的次序进行了大的调整。

这一时期聂恩彦、萧兵、龚维英等发表了多篇《天问》研究方面的文章。萧兵、龚维英两位学者利用新方法和新理论对《天问》诗句进行破解，多有新见。潘啸龙《〈天问〉的渊源与艺术》和《情感迷乱中的悲愤问难：论〈天问〉的抒愤特点》则着意探讨《天问》的艺术成就[①]。罗漫的《战国宇宙本体大讨论与〈天问〉的产生》从战国时代学术背景下探讨《天问》的产生和命题方式[②]。20世纪90年代以后，《天问》研究者的队伍壮大，研究成果也呈现出多元化趋势。龚维英、翟振业、江林昌、张宏

① 潘啸龙：《〈天问〉的渊源与艺术》，《中国社会科学》1988年第6期。《情感迷乱中的悲愤问难：论〈天问〉的抒愤特点》，《江海学刊》1989年第6期。

② 罗漫：《战国宇宙本体大讨论与〈天问〉的产生》，《江西大学学报》1988年第1期。

洪、毛庆、赵逵夫、殷光熹、杨义和姚小鸥等学者均有重要的研究成果。

台湾的《天问》研究成就最为突出者乃是苏雪林。作者在其《天问正简》一书中从东西方文化比较的角度对《天问》的神话做了全面研究。正如杨希枚赞誉苏雪林先生所言：《天问》研究的结果，“使素来认为是深文奥义的一部古典文学重映出大批的淹没已久的古代神话和传说。从这些神话和传说上，我们对于古代逸放思想和广泛的信仰获得多方面的了解，并晓然中国古代的文化跟西方古代文化应有着密切交流的关系。”① 高秋凤的《天问研究》是一部较有影响的专著，该书乃高秋凤的博士论文。作者以详实的资料对《天问》的作者、写作时地等传统命题的研究史进行梳理，并对创作因缘、渊源、内容形式、影响、价值等问题进行了论析。《天问研究》的资料征引与见解均值得重视。② 此外，还有很多学者发表了研究文章，如杨胤宗《〈楚辞·天问〉释义》，徐泉声《〈楚辞·天问〉韵谱》、《〈楚辞·天问〉研究》、《〈天问〉错简及其内容之探讨》，苏雪林《〈天问〉后羿的故事》、《〈天问〉乱辞后十六句的疏解》，傅锡壬《楚辞·天问篇》与《〈山海经〉比较研究》，傅斯年《〈天问〉史料性》，陈怡良《〈天问〉的思想内容及其文学价值》、《〈天问〉体制特色及其渊源浅探》，高秋凤《两汉至明季之〈天问〉研究综述》、《一首奇特的问题诗——〈楚辞·天问〉》，林和君《〈天问〉中的夏史——论屈原与儒家的历史叙述》等等，这些文章代表了台湾地区《天问》研究的特色与水准。③

香港饶宗颐《〈天问〉文体的源流——“发问”文学之探讨》是有关《天问》文体研究的重要成果。对于《天问》的文体渊源问题，有学者认为《天问》问体的产生与宗教活动有关。如民国时期德国汉学家卫德明根据惠琴加所指出的事实（即“祭祀上的神秘争辩”与向神灵提问关于

---

① 杨希枚：《苏雪林先生〈天问〉研究评介》，《先秦文化史论集》，中国社会科学出版社，1995年，第869页。

② 高秋凤：《天问研究》，台湾师范大学国文研究所博士论文，1991年。

③ 台湾学者发表的论文见书后的论文索引。

宇宙和神话问题的遗风，保存在许多民族的宗教礼仪和教科书中），推断《天问》受宗教性的争辩和提问的影响。① 藤野岩友之《巫系文学论》认为《天问》是问卜系文学中的“设问文学”；② 杨向奎也认为《天问》问体形式与宗教活动有关，《天问》是经过屈原加工的“巫祝舞辞”；③ 潘啸龙《〈天问〉的渊源与艺术》一文则提出《天问》问体很可能与卜筮贞问有关。④ 有些学者则从少数民族的诗歌或民歌中寻找源头，如陆侃如的《西园读书记》⑤、钟敬文的《我国古代文学研究的一些问题》⑥、台静农的《屈原〈天问〉体制别解》⑦、萧兵《〈天问〉文体的比较研究》⑧、郑丹平《〈天问〉——屈原的拟史诗》⑨等等。还有些学者将学术视角转向国外，把《天问》的形式与域外文化作比较研究。如汉学家孔好古的《公元前四世纪印度对中国的影响》一文就将《天问》与印度的宗

① 卫德明：《〈天问〉浅论》，《华裔学志》1945年第10卷。见马茂元主编《楚辞研究集成》之《楚辞资料海外编》（本册主编尹锡康，周发祥），湖北人民出版社1986年，第218-223页。

② 藤野岩友：《巫系文学论》，韩基国编译，重庆出版社，2005年，第28页。《巫系文学论》最初题为《巫系文学小考——以〈楚辞〉为中心》，1951年9月大学书房出版，该书房于1969年出版了增补本。以下均为该版本，只注明页码。

③ 杨向奎：《宗周社会与礼乐文明》（修订本），人民出版社，1997年，第348页。

④ 潘啸龙：《〈天问〉的渊源与艺术》，《中国社会科学》1988年第6期。

⑤ 陆侃如：《西园读书记》，《文化先锋》第1卷第9期（1942年10月27日）。

⑥ 钟敬文：《我国古代文学研究的一些问题》，《文学遗产》1982年第1期。

⑦ 台静农：《屈原〈天问〉体制别解》，《台静农论文集》，安徽教育出版社，2002年，第544-548页。该文原载于《台湾文化》1947年9月第2卷第6期。台静农通过比较得出结论：“（一）《天问》与苗人之开天辟地歌，形式同为问话体的长篇叙事诗，所不同者，一为单纯的疑问，一则有问有答。（二）《天问》与苗人之开天辟地，内容同由混沌初开时说起，所不同者，一为单纯的开辟故事，一则由开辟而古先帝王以至春秋时代。”

⑧ 萧兵：《〈天问〉文体的比较研究》，《文献》1984年第19辑。

⑨ 郑丹平《〈天问〉——屈原的拟史诗》，《思想战线》1991年第1期。作者将屈原的《天问》同流行于西南少数民族地区的史诗进行认真的比较，同时，考虑到屈原所处的时代、楚地的文化特点、《天问》中所体现的作者的主观情志等因素得出此结论。

教经典《俱梨吠陀》联系起来[1]。苏雪林《天问正简》探讨《天问》形式受域外文化的影响时也推测《天问》“或者是有蓝本的”，并以《赞颂明论》（即印度的《梨俱吠陀》）的一段话和《旧约·约伯传》第三十章的两处句子作论据，由此推论“据圣经学者研究约伯传写成时代甚早，也许曾有片断传入我国，屈原受其启示，而创出《天问》的体裁，或者约伯传先传入印度，印度学人拟其体作吠陀颂，吠陀颂又传入我国，乃启发了屈原写《天问》的动机”。[2] 饶宗颐先生则坚信《天问》体式乃屈原之创造：“中国在战国以来，随着天文学的发展，‘天’的观念有很大的转变。有些学者对一切事物，抱着怀疑态度，对宇宙现象的形成，尽量提出问题……屈原的《天问》，是在这种风气下茁长起来……而《天问》全文充分使用发问句式，为古今各处所未见，实在是一最崭新的创作。”[3] 至于《天问》体裁是否受过域外文化的影响，饶宗颐不予首肯。

国外《天问》研究中，德国汉学家卫德明的《〈天问〉浅论》一文借鉴现代比较宗教学的研究成果，指出世界文化具有平行类似现象，就《天问》的内容和文体而言，“没有必要解释为相互直接影响的结果”。他认为屈原创作《天问》从楚地的祭祀知识和神话知识中吸取了灵感。[4] 日本学者藤野岩友的《巫系文学论》是一部从民俗学角度研究《楚辞》的专著，该书主张应从祭祀中寻找文学的起源，《楚辞》受先秦巫祝文化的影

---

① 见《德国东洋协会杂志》1906年第60期，第335-351页。转引自德国汉学家卫德明的《〈天问〉浅论》，该文选自《华裔学志》1945年第10卷，又见马茂元主编《楚辞研究集成》之《楚辞资料海外编》（本册主编尹锡康，周发祥），湖北人民出版社，1986年，第218页。

② 苏雪林：《天问正简·引言》，文津出版社1992年，第27-29页（该书1974年在台北第一次发行）。以下均为该版本，只注明页码。

③ 饶宗颐：《〈天问〉文体的源流——“发问”文学之探讨》，《饶宗颐史学论著选》，上海古籍出版社，1993年，第98-124页。该文原载台湾大学《考古人类学刊》39卷40号。饶宗颐在本文中认为“日本学人著《巫系文学论》把《天问》称为占卜型文学，未曾没有道理”，这是有保留的赞同，而且是就《天问》问天之事而言，非指文体渊源。

④ 藤野岩友：《巫系文学论》，第217-223页。

响。因此，作者把《天问》界定为巫系文学的"设问文学"。[①] 藤野岩友指出《天问》乃屈原之作，诗中所提出的疑问是关于宇宙、神话传说以及历史的问题，这与战国时代盛行无神论和怀疑论的时代特点有关；从形式上而言，《天问》连续发问形式的"原型及同类型"在屈原之前就存在，且受"问卜系文学"的影响；甲骨卜辞、《庄子》、《老子》、《论语》等就有不少多个设问句联结在一起的例子；《天问》的题名就是"问卜"的意思。藤野岩友的《〈天问〉与卜筮》是其《增补巫系文学论》中的一篇，该文在前期成果的基础上稍有深入。他认为："《天问》是沿袭问卜系列的文学作品，但是其内容脱离了卜筮的精神，充满新时代的怀疑思想，并且通过重重怀疑到达了个人应有的自觉。从思想上看，这表示从无条件顺从神到人类自觉的路径；从文章上看，这表示从疑问体向反语体乃至断定体变迁的遗迹。"[②] 藤野岩友的《天问》研究成就在日本学界中最为突出。

总括近两千年来的《天问》研究成果，学者们经常讨论的热点问题可概括为：创作缘起，《天问》题旨，创作意图，创作时间，《天问》章句考释，《天问》艺术研究，《天问》的神话研究，《天问》的历史研究，《天问》的思想研究，《天问》民俗研究，《天问》与考古发现，《天问》的东方学研究（比较文化研究）等。对于以上任何一个问题，均呈现出仁者见仁、智者见智的局面。

譬如关于《天问》的题旨问题，历来的研究者多对其予以阐释，要之主要有以下四种观点：其一，人问天。王逸在《楚辞章句·天问》序中说："天尊不可问，故曰天问也。"此论或为后世注家接受，或被否定而予以新见。宋代的洪兴祖仍受王逸尊天思想的影响，在《楚辞补注》中沿用了"问天"之说。戴震《屈原赋注》认为是设难以问天。今人郭沫若认为，《天问》"是屈原把自己对于自然和历史的批判，采用问难的

---

① 藤野岩友：《巫系文学论》，第28–59页。

② 藤野岩友：《〈天问〉与卜筮》，《古典新研究》，角川书店，1952年10月，后收入《增补巫系文学论》。又见藤野岩友《巫系文学论》，第207–219页。

方式提出”。[①] 孙作云《天问研究》仍认为是问天，但与王逸有所不同：“‘天问’就是问天、问天命，因为要着重被问的对象是‘天’，所以就把‘天’字置于‘问’字之上，这样，就成了‘天问’了。”

其二，天问人，借天以问。柳宗元《天对》首先提出这种见解，他说：“乃假天以为言焉，故作《天问》。”王夫之《楚辞通释》对此加以发挥，说：“原以造化变迁，人事得失，莫非天理之昭著，故举天之不测不爽者，以问憯不畏明之庸主具臣，是为天问而非问天。”胡濬源同样认为《天问》题意“是设天以问人，非人问天也”。三泽玲尔在《屈原问题考辩》一文中说：“那么《天问》很可能就不是别的，而正是上帝对《离骚》主人公的告诫，因为他由于遭遇不幸而忘记了遵循天命。”[②]

其三，天的问题。游国恩认为“《天问》就是天的问题”，“举凡天地间一切现象事理以为问，犹今人曰自然界一切之问题云尔……而天统万物，无所不包，一切天文地理人事的纷然杂陈，变幻莫测的现象，都可以统摄天象于天道之中，所以名曰《天问》，而不应解作问天”。[③] 刘文英认为屈原《天问》是“关于天道的问难”。“天”是“天道”之意，泛指宇宙一切事物的存在和变化；“问”是“问难或质问”。[④] 程嘉哲认为“‘天’字本身含有神秘不可知的意思”，“问可当问题讲”，天知道的问题，故叫“天问”。[⑤]

其四，以篇首所陈之事命题的方式。詹安泰的《屈原》从命题方式角度探讨《天问》的题旨，认为《天问》“全篇内容都是问题的提出，首先提出的是天的问题，就命名‘天问’”[⑥]。姜亮夫认为“天问”不仅与篇首内容有关，而且贯通全文，“考古书命篇之义，春秋以来多举文中首字

---

① 郭沫若：《屈原赋今译》，上海书店出版社，2003年，第112页。

② 三泽玲尔：《屈原问题考辩》，《重庆师范大学学报》1983年第4期。

③ 游国恩：《天问题解》，《读骚论微初集》，商务印书馆，1937年。又见《游国恩学术论文集》，中华书局，1989年，第118-119页。

④ 刘文英：《奇特而深邃的哲理诗》，《文史哲》1978年第5期。

⑤ 程嘉哲：《天问新注》，四川人民出版社，1984年，第9页。

⑥ 詹安泰：《屈原》，上海人民出版社，1957年，第123页。

义标题”，“《天问》非放言抒情之作，其事至零杂，固屈子仍用右例，以篇首所陈之事，皆天体天象天德之类……考《天问》全篇，涉及怪迂者，多僻斥之问，言及人事者，多以天道、天命为说，则天字固亦可贯全文矣”。[①]罗漫也赞同此说，认为“首先问到‘天’的问题，所以必然名曰《天问》”，这也完全符合当时学术论辩的客观实际。[②]

总之，100年来，研究者们不仅在文本的校注、诠释、本事考证等传统治学领域里取得了一系列的突破，而且探究《天问》的诗学价值和语言特征、研究《天问》产生的文化背景、挖掘《天问》所蕴涵的哲学思想、神话、历史、政治、民俗、天文、地理等文化价值，拓宽了新的研究领域。

第二节 《天问》思想内容研究

《天问》的思想内容研究是《天问》研究的重要组成部分。古代学者们专注于校勘训诂，除在序文中简要阐明对《天问》思想内容的认识外，主要把自己的见解融寄在诗句解释中。20世纪以后的学者们才开始专门讨论这一问题。关于《天问》的思想内容研究，本节仅总结屈原的怀疑精神、哲学思想和政治思想三方面的研究成果。

汉代扬雄的《法言·吾子篇》指责屈原作品有“变乱圣言”之处，这极有可能是针对《天问》而言。扬雄之言虽是贬义，却说明了屈原在《天问》中有怀疑传统的表现。古代学者在注释《天问》的序文中不同程度地表达了对屈原怀疑精神的认识。如洪兴祖《楚辞补注·天问序》云：“盖曰遂古以来，天地事物之忧，不可胜穷。欲付之无言乎？而耳目所接，有感于吾心者，不可以不发也。欲具道其所以然乎？而天地变化，岂思虑智

① 姜亮夫：《重订屈原赋校注》，天津古籍出版社，1987年，第259-260页。
② 罗漫：《战国宇宙本体大讨论与〈天问〉的产生》，《江西大学学报》1988年第1期。

识之所能究哉？天固不可问，聊以寄吾之意耳。楚之兴衰，天邪人邪？吾之用舍，天邪人邪？国无人，莫我知也。知我者其天乎？”[①] 洪兴祖虽未言“怀疑精神”，但他借屈原之口道出作者对天地变化、楚国兴衰和个人遭际的疑惑。洪兴祖的经历和处境与屈原有相似性，他带着家国身世之感注《天问》，在某种程度上能较为准确地理解屈原的怀疑精神。

清陈本礼《屈辞精义》则认为：“《天问》论古事，书法原本楚史《梼杌》，然于崇伯鲧则多怒辞，盖伤其婞直沉渊，亦有类乎己。于羿、浞、浇多贬针，所以寒乱臣贼子之胆。于汤武多微词，特申大义于当时，以弭楚寇周之谋也。”陈本礼提出“微词说”，这可视为对屈原“怀疑精神”的另一种表述。只是他以为“《天问》历述三代征诛放伐之事，而语多微词者”，仅仅是为了“弭楚寇周之谋”则是牵强之言。

鲁迅较早明确指出屈原在《天问》中表现出了“怀疑”精神。他评价《天问》道：“怀疑自遂古之初，直至百物之琐末，放言无惮，为前人所不敢言。”[②] 郭沫若1942年撰写的《屈原研究》一文赞同此说，并予以论述：“其实《天问》这篇要算空前绝后的第一等奇文字。全篇以一‘曰’字领头，通体用问语，一口气提出了一百七十二个问题。以那种主于以四字为句、四句为节的板滞的格调，而问得参差利落，奇矫活突，毫无板滞的神气，简直可以惊为神工。而那所提出的问题，从天地开辟以来一直问到他自己，把他对于宗教信仰上的、神话传说上的、历史记载上的、人生道德上的各种各样的怀疑，都痛痛快快地表示了一个淋漓尽致。那种怀疑的精神，文学的手腕，简直是前无古人而后无来者。”[③]郭沫若认为屈原的怀疑态度受到时代精神的影响，他“不仅是对于带着宗教色彩的神话传说表示着怀疑，对于一切历史上的记载、人事上的伦理，也一概都表示着

---

① 洪兴祖：《楚辞补注》，第85页。

② 鲁迅：《摩罗诗力说》，《鲁迅全集·坟》（第一卷），人民文学出版社，1981年，第69页。

③ 郭沫若：《屈原研究》，《中国现代学术经典》，河北教育出版社，1996年，第654页。以下均为该版本，只注明页码。

不能信任”[①]。屈原形而上的思想也深受儒家影响，本质上对于神的存在是反对的怀疑的，“《天问》一篇差不多整个是对于‘怪力乱神’的疑问”[②]。

关于屈原在《天问》中所表现的怀疑精神，胡念贻赞同郭沫若的说法，更强调屈原对于传统思想的挑战。[③] 方孝岳《关于屈原〈天问〉》也予以认同。他认为“《天问》一篇，从天到人，从遂古到他的当代，对一切传统的观念，对当时的显学儒家一派的史事传说，差不多尽情揭发，有所怀疑。最明显容易看出的如鲧之被刑，益之被代，乃至夏殷之际殷周之际一切信史化的是非，他都有很露骨的怀疑”。作者根据扬雄《法言·吾子篇》指责屈原“变乱圣言”之言，以及地下出土的汲冢书和刘知几《史通》等文献，认为屈原《天问》“实在是疑古惑经之先驱，打击显学儒家教义之发难者”[④]。

刘小枫《“天问”与超验之问》指出，如果说“天问”的一无所问尚有某种意义，“那就是它所表达出来的怀疑精神。怀疑是追问的起点，更是超验之问的门径。超验之问的前提就是把一切历史所给予的知识（其实是习见）都判为不确定的，从人的性命欠缺出发，重新寻求一个在人之外的认识根据”。屈原所信奉的儒家学说拒斥超验的至善，也拒斥超越的上帝，确信人的与天（非神性的）同一的道德心性已经自足了，人在历史王道及其以人的族类性为依据的伦常宗法中可以心安理得，万无一失。屈原“怀疑王道历史、甚至天神的意义，就是对儒家君子和圣人德性本身的怀疑，而这样的怀疑对君子屈原恰恰是致命的”。最后，作者思考了屈原死的根源，他认为，儒家的君子相信凭自己自足万德的心性就能够顶天立地，便已经回绝了上帝。屈原对自己确信的儒家信念产生怀疑却孤苦无

---

① 郭沫若：《屈原研究》，《中国现代学术经典》，第679页。
② 郭沫若：《屈原研究》，《中国现代学术经典》，第715页。
③ 胡念贻：《楚辞选注及考证》，岳麓书社，1984年，第150页。
④ 方孝岳：《关于屈原〈天问〉》，《中山大学学报》1955年第1期。

告，因此屈原便死于信念的探险。[①]

赵霈林在怀疑说基础上，把《天问》置于春秋战国的思想潮流之中进行观照，进一步指出，“作为春秋战国时代主潮的实践理性精神是贯穿《天问》的基本思想线索”。屈原的“实践理性精神”体现在两个方面，一是“《天问》对于神话和关于自然现象的奇闻怪说提出了大胆的怀疑和批判”，二是“对天命提出了大胆怀疑”。这两个方面突出反映了《天问》的时代特征，即“前者对于神话和关于自然现象的传统观念的怀疑，在于证明神灵怪异的诬罔；后者对于历代兴衰的诘难，在于证明天命观念的荒谬”。而这样的怀疑和否定早已超越了个人的偶然性质，成为具有丰富社会历史内容和世界观高度的时代性困惑。作者认为，《天问》是一首体现时代理性精神的诗歌，它的彻底的怀疑和否定，实际是“人们从宗教蒙昧中解脱之后对于自然和社会的深刻反思”。[②]

王德华《屈骚精神及其文化背景研究》一书，对《天问》一文着重探讨了屈原的“天人之思”，即屈原“对物质自然之天的疑问”和“对运命人格之天的疑问”[③]。作者认为，屈原首先问作为宇宙自然的“实体之天”，问的目的“是对当时流行的天道自然观的质疑，对以天道为人道进行立则的观点进行否定，张扬了处于天地之间的人的主体精神与地位”，“这种思维路径多表现为对道家顺天无为思想的批判”；其次是问具有人格意志的“天命之‘天’”，“对‘皇天无亲，惟德是辅’以人合天的天人观的质疑，其目的是进一步将人从天道下解放出来”，从某种角度而言，“这是对儒家天人相合的天命观的扬弃”。最后，作者将屈原的怀疑精神上升到屈骚精神的高度，指出屈原对天人之际的推究，“体现了屈子

---

① 刘小枫：《“天问”与超验之问》，《深圳大学学报》1987年增刊。又见《拯救与逍遥》，上海三联书店，2001年，第81–135页。

② 赵霈林：《关于天问》，《屈赋研究论衡》，天津教育出版社，1993年，第221–223页。

③ 王德华：《屈骚精神及其文化背景研究》，中华书局，2004年，第149–170页。以下均为该版本，只注明页码。

对自我与社会双重固持的精神品性”①。

日本学者藤野岩友认为《天问》提出的疑问“纯属怀疑态度”，“《天问》是沿袭问卜系列的文学作品，但是其内容脱离了卜筮的精神，充满新时代的怀疑思想，并且通过重重怀疑到达了个人应有的自觉。从思想上看，这表示从无条件顺从神到人类自觉的路径；从文章上看，这表示从疑问体向反语体乃至断定体变迁的遗迹。”② 陈全新的《从〈天问〉看屈原的怀疑精神》一文认为，屈原以怀疑的态度对自然、社会、神话提出疑问，对“天帝”本身的存在与否的系统诘问显现出鲜明的“天命怀疑论”思想，表现出不囿于传统观念、敢于怀疑权威、勇于探索的精神。文章还从社会历史文化、人类思想内在的逻辑发展、屈原自身特点三个角度分析了屈原怀疑精神产生的根源及其对自然科学与人文科学的意义。③

总之，《天问》表现了屈原的怀疑精神是较为审慎的看法，并广为学界接受。

关于屈原的哲学思想，一方面体现在屈原对于“天”的认识上。萧兵《〈天问〉的宇宙观念——〈天问新解〉引论之一》④、聂恩彦《〈天问〉的宇宙理论》⑤等文探讨了《天问》所反映的屈原的宇宙观念。另有刘文英《〈天问〉的科学思想初探》⑥、江林昌的《〈天问〉宇宙神话的考古印证和文化阐释》⑦、周延良的《〈楚辞·天问〉与原始文明——〈天问〉中的原始哲学内涵》⑧等文，以《天问》为依据，探讨了战国时

① 王德华：《屈骚精神及其文化背景研究》，第169–170页。
② 藤野岩友：《〈天问〉与卜筮》，《巫系文学论》，第218页。
③ 陈全新：《从〈天问〉看屈原的怀疑精神》，《青海社会科学》，2008年第2期。
④ 萧兵：《〈天问〉的宇宙观念——〈天问新解〉引论之一》，《湖南师范学院学报》1979年第1期。
⑤ 聂恩彦：《〈天问〉的宇宙理论》，《山西师院学报》1979年第3期。
⑥ 刘文英：《〈天问〉的科学思想初探》，《社会科学战线》1980年第2期。
⑦ 江林昌：《〈天问〉宇宙神话的考古印证和文化阐释》，《文学遗产》1996年第5期。
⑧ 周延良：《〈楚辞·天问〉与原始文明——〈天问〉中的原始哲学内涵考释》，《中国文化研究》2001年第3期。

代的宇宙观。江林昌利用传世文献、考古材料和文化学理论对《天问》中的宇宙神话作了文化阐释。罗漫的《战国宇宙本体大讨论与〈天问〉的产生》一文，则从战国时代学术背景下探讨《天问》的产生。作者认为《天问》是一首与《庄子·天下篇》媲美辉映的最早的中国学术诗，或者更确切地叫做“战国学术大讨论系列问题诗”。屈原的创作动机是以自己的声音加入到当时的“最高学问”——宇宙与人的时代大论辩中，他“思索着当时学术界的诸多问题及其相关结论”。作者指出，战国时代“察辩”之风对《天问》的思路有重要影响，而战国时代宇宙大讨论的优秀成果如时空关系、万物说和忧天说等在《天问》中也有所反映。罗漫之文间接地反映了《天问》问天部分的内容及其意义。[①]

黄瑞云《先秦对天的认识与〈天问〉》一文把屈原对天的认识与其政治思想结合在一起予以研究。作者认为，《天问》是先秦关于天的认识的具有“总结意义的作品”，并从“关于天的本质，宇宙万物的起源”、“宇宙的结构，宇宙的无限性”、“关于精神和形体的关系”、“关于有意志的天，天命论”四个方面论述屈原对“天”的认识，从中考察屈原的政治思想。作者认为，屈原怀疑上帝的公正性，乃至怀疑他的真实存在。屈原的政治思想是儒家仁政和法家法治的结合，屈原政治主张的内容是依靠人事，“遵守法度，选用贤能，赏罚公平”等。[②]

刘小枫的《“天问”与超验之问》从形而上的哲学角度审视《天问》。作者不把《天问》仅仅当做一部诗歌作品来考察，而是视为一种思维方式。因此，他把《天问》转换成“天问”，以探求诗人的超验之问即屈原对世界的态度和“天问”的真实意义。作者认为，统观“天问”，屈原主要问的是“三代历史”，或者说问的是历史王道的原初形态的正当性。“天问”开始的天体自然之问，不过是询问历史王道正当性的发语辞。“天问”中王道历史的义与不义与天命缠结在一起，“天命反侧，何

① 罗漫：《战国宇宙本体大讨论与〈天问〉的产生》，《江西大学学报》1988年第1期。

② 黄瑞云：《先秦对天的认识与〈天问〉》，《屈原研究论文集》，长江文艺出版社，1983年，第205-217页。

罚何佑”是“天问”的真正落脚点，而这基于对王道历史现象中义与不义的“惊怵”。直到篇末，屈原对王道历史现象中义与不义仍然困惑。因此，刘小枫认为《天问》既不属于神话学也不属于史学，而是政治哲学。[①]刘小枫从形而上的哲学角度探讨“天问”的意义，并与西方哲学和宗教相比较，令人耳目一新。

关于屈原在《天问》中所寄寓的政治思想，古代注家在其序文和注释中多有提及。但真正能够从政治思想理论的角度对《天问》予以深入研究，是在二十世纪以后。姜亮夫《天问问例述》一文指出：“《天问》所能概括之屈子思想，其重要者（或根本性）有两事：一为天道之‘断谳’，一为道德之范畴。细绎各文，大体有关政理得失者，多以‘天道’论之。有关人事恒情者，多以道德标准论之。”之后姜亮夫从六个方面讨论屈原问疑之思理，以为屈原在问中表现出“天命不可据”之意，且“屈子推政治之得失，说天命之攸归，以淫乱者必败为最直切”。[②]姜亮夫所说的“天道”是指“符合事物发展规律和民意的善、义等道德规范”。在姜亮夫看来，《天问》所贯穿的正是这种思想观念。[③]

刘文英《奇特而深邃的哲理诗——关于屈原的〈天问〉》是一篇探讨屈原政治思想的重要文章。作者认为《天问》提出的问难，乃是屈原向殷周以来各种传统观念进行挑战，阐明他的哲学世界观，为其政治思想进行论证。作者由屈原所问“遂古之初，谁传道之”等一系列问题推断，屈原否定“遂古之初”的说法，“这种观点坚持了物质世界的永恒性，清楚地表明了作者朴素唯物论的哲学立场。正是从这种立场出发，《天问》对殷周以来的上帝、天命观念，以独特的形式，进行了全面的抨击”。作者认为，屈原在《天问》中否定天命，反对用天命解释社会历史，他不仅用历

① 刘小枫：《“天问”与超验之问》，《深圳大学学报》1987年增刊。又见《拯救与逍遥》，三联书店，2001年，第81-135页。

② 姜亮夫：《天问问例述》，《楚辞学论文集》，上海古籍出版社，1984年，第333-334页。

③ 赵霈林：《关于天问》，《屈赋研究论衡》，天津教育出版社，1993年，第219页。

史事实向天命观念发难，还直接从理论上进行质问；屈原在《天问》中通过具体的人和事揭示了兴亡治乱的原因，“用问难的口气反复提醒人们，在人不在天”，“只有尽人事，举贤能，革新图强，这才是挽救楚国危亡的道路”。①

第三节 《天问》结构研究

王逸是较早关注《天问》结构的学者。他在《天问》序文中提出了一个令后人争论了近两千年的命题，即《天问》结构的“文义不次序”问题。王逸之后，学者们每研究《天问》大多会对此做出回答。除此以外，他们还试图不断拓宽研究领域，深入到文本的内部，从多方面研究《天问》的结构。所涉及的范围从文义次序到词法、句法、章法、韵律、层次等，甚至探讨屈原的创作方法、抒情方式与结构的关系。明人孙鑛说：《天问》“或长言，或短言，或错综，或对偶；或一事而累累反复，或数事而熔成一片；其文或峭险，或淡宕，或佶倔，或流利，诸法备尽，所谓极文章之变态”。这是从句式、修辞和风格变换的角度揭示《天问》摇曳多姿的结构技巧。黄文焕《楚辞听直》认为《天问》“布阵至大，布势至顺。然使句句皆顺，则文字板直，意绪不惨。于是乎错综出之，忽彼忽此，以破板直之病”。这是从布局谋篇角度探讨《天问》的结构特征。黄文焕还较早划分《天问》的结构层次，为后世的《天问》结构研究开辟了新的路径。蒋骥之《山带阁注楚辞》所说“若夫事迹相合而类序之，图次相近而连及之，意有所触而特发之，情有未尽而言之不足又重言之”，这已涉及到组织材料的具体方法。而贺贻孙之《骚筏》则从作者的创作心态角度分析《天问》结构的成因。20世纪以后，学者们在继承传统文论精华的基础上，广泛吸收、借鉴西方的文学理论，将《天问》的结构研究提升

① 刘文英：《奇特而深邃的哲理诗——关于屈原的〈天问〉》，《文史哲》1978年第5期。

到诗学理论的新高度。这一学术现象在80年代以后尤为明显。不少学者撰文研究《天问》的结构特色，提炼其结构类型和情感抒发方式。学者们的研究方法也从单一走向丰富。创作规律、作者情感的抒发方式甚至书写的技术手段等因素都被用来破解《天问》结构之谜。

《天问》结构的内容比较宽泛，因此，下文仅对《天问》的结构类型、结构层次和《天问》结构的研究方法等三方面的成果予以综述。

一、《天问》的结构类型

《天问》的结构特征是学者们一向关注的问题。王逸《楚辞章句·天问》序文中的“文义不次序”说是目前所知最早的见解。由于受旧学的局限，古代学者多遵循此说，仅着眼于文义次序之一隅，未做理论提升。明末清初贺贻孙的《骚筏》论及《天问》结构特征时，认为《天问》“无首无尾，无伦无次，无断无案”，是妙不可言的“碎金”结构形态。贺贻孙的“碎金”式结构说虽也是继承王逸之见，但把此特征命为“碎金”则是做了进一步的思考，这是了不起的超越。

上世纪80年代以后，《天问》结构研究取得了实质性进展，这主要表现为学者们不仅深入研究《天问》的结构特质，还试图将这些特质抽取归纳为某种具有诗学意义的“类型”。其中，有代表性的《天问》结构类型主要有以下几种。

（一）回环连锁式的结构

1979年，聂恩彦的《〈天问〉的主题和结构》一文提出了《天问》的“回环连锁式的结构”特征。[①]

聂恩彦认为《天问》基本是“按照问题的性质及其先后顺序来组织安排材料的。但是，根据表现主题思想的需要，屈原没有采取平铺直叙的结构形式，而是运用独特的艺术构思，采取了回环连锁式的结构，精心地

① 聂恩彦：《〈天问〉的主题和结构》，《山西师院学报》1979年第1期。

选择组织材料，使一些不同性质的问题，甚至于互不相关的问题，也在主题思想的统帅下，彼此联结了起来，前后交错，上下对比，相形见义地表现了主题”。聂恩彦并未对自己所提出的“回环连锁式的结构”予以理论上的阐发，在分析的过程中也未进行针对性地说明，不过，我们还是能够体悟作者所指。如《天问》在讲到“汤谋易旅”时，忽然插入了桀、纣、舜、女娲和泰伯、仲雍之事，作者指出这是两两对比，相形见义：“桀得妺嬉而亡，舜得二女而兴，纣宠妇人行侈而亡，女娲得道为帝而王，舜因弟而几乎被杀，泰伯、仲雍以兄让弟使句吴得以兴起于南方荒远之地。说明了国家的危亡和兴盛，不是因为天命，而在于尚道。”

“回环连锁”主要指屈原为突现同一个主题，将不同朝代的史实集中在一处进行质问的特点。聂恩彦是改革开放后较早涉足《天问》结构类型研究的学者。

（二）不断转换的问难式结构

1988年，潘啸龙的《〈天问〉的渊源与艺术》一文提出《天问》的“不断转换的问难式结构”特征。①

作者认为从宏观上看，《天问》的结构，适应了“仰观”壁画，“呵而问之”的特点，表现为一种“不断转换的问难式结构”。“空间是它的纬，历史（时间）是它的经，两者的纵横，布满于全诗那无数的问难之中”。这首诗的前半篇，以天、地、日、月、星辰的空间变化为问；后半篇，则以时间为序。“《天问》的结构，虽然似乎漫无边际，但它在总体上，分明是有经有纬、有伦有次的：从天地宇宙、四方神怪，转向鲧禹治水、商汤灭夏；由商纣之昏败、周文之创业，转入幽、厉荒淫、齐桓匡会；最后问及吴楚之争，由此转到诗人自身‘伏匿穴处’、‘薄暮雷电’中的无限忧思。”

“不断转换”指《天问》行文空间上的变换以及时间上的跳跃。此论

① 潘啸龙：《〈天问〉的渊源与艺术》，《中国社会科学》1988年第6期。又见潘啸龙、蒋立甫：《诗骚诗学与艺术》，上海古籍出版社，2004年，第181-182页。

成立的前提是《天问》乃呵壁之作。

（三）创世史诗式的结构

1991年，郑丹平《〈天问〉——屈原的拟史诗》一文认为《天问》具有“创世史诗式的结构特征”。[①]

作者认为：“屈原的《天问》，虽不能完全以‘历史’发展的顺序来规范它，但它像创世史诗那样按‘史’的线索来组织神话、传说、事件的这一结构特征仍是十分明显的。《天问》前半部分写宇宙自然，先述天地的创造，次述各种天象的形成，再述大地在治理洪水以后所进行的各种规划，涉及到地形地貌，山川河流等，最后述地上的各种神物怪兽，奇花异木。《天问》的后半部分写历史人事，分夏、商、周、楚国四个阶段，对夏、商、周三个民族，又各追溯了有关其始祖的神话传说，记述了民族发生的一些重要事件，正符合大多创世史诗将远古的神话传说与民族的史实相揉合的格局。”

郑丹平立论的依据是《天问》反映的内容和组织材料的方式与创世史诗有一致性。郑丹平在借鉴前人成果的基础上，结合大量创世史诗对《天问》的结构特征进行了论证。

（四）戏剧性结构

1993年，翟振业《从〈天问〉结构图看〈天问〉问题的逻辑展开》论述了《天问》的戏剧性结构特征。[②]

翟振业提出此见借鉴了亚里士多德的《诗学》理论。亚里士多德论戏剧结构的完整性时说：“有头、有中段、有尾。头无须有任何事物在前面笼盖着，而后面都必须有事物承接着。尾须有事物在前面笼盖着，却不须有事物在后面承接着。”翟振业分析了《天问》结构的开头、中段、结尾特点后说：“《天问》总体具有戏剧性结构的艺术特点，而其问题的逻

① 郑丹萍：《〈天问〉——屈原的拟史诗》，《思想战线》1991年第3期。
② 翟振业：《从〈天问〉结构图看〈天问〉问题的逻辑展开》，《天问研究》，南京大学出版社，1993年，第253页。

辑展开也就完全融化在戏剧性的结构之中。”而且，就《天问》的艺术框架而言，又呈现出纵横交错的特点，也就是说“‘天地自然’部分是一种横式结构。‘历史人事’部分是一种纵式结构，包括史前传说、三代史、楚、吴史，皆以史实先后为顺序，以时间为纵线，构成了纵向承继关系。这样两大部分就很自然地构筑成纵横交错的艺术框架”。

翟振业从“问题”出发，根据问题推进的特点总括出《天问》具有戏剧性结构特征。

（五）一元与多元相结合的结构

1994年，张宏洪《一元与多元的完美相融——二论〈天问〉的艺术成就》[①]一文提出《天问》“一元”与“多元”相结合的结构特征。

该文是张宏洪探索《天问》艺术成就的系列文章之一。“一元”指通篇的问难形式；“多元”指《天问》丰富的内容。另外，《天问》之问“跳跃”、“错综”，因此，作者认为：“对于《天问》的艺术结构来说，最值得称道的成就，是作者巧妙地将‘一元’化的形式与‘多元’化的内容融合到了一起，使‘一元’化形式的稳定性，对‘碎金’般的内容起到了凝聚与统摄作用。正是有了这种形式上的稳定性，及其凝聚、统摄作用，《天问》内容的条理性、逻辑性才体现得更为清晰，而‘跳跃’、‘错综’的负效应才得以有效限制，从而使包罗万象、富于转换的‘多元’内容，形成为一首变化动荡中见稳定，错杂回环中见完美的千古奇诗。”

作者从《天问》体裁即问体形式与内容完美结合的角度探究其结构特征，这也是一个被学界忽略的独特视角。

（六）有序与无序之间的双构性诗学结构

1998年，杨义发表了《〈天问〉：走出神话反思历史的千古奇文》，

---

① 张宏洪：《一元与多元的完美相融——二论〈天问〉的艺术成就》，《喀什师院学报》（哲学社会科学版）1994年第2期。

该文认为《天问》乃是“有序与无序之间的双构性诗学结构”。[①]

文章认为：“屈原的《天问》就是‘天’在这里作为游离诸多责任纠缠的发问主体和屈原的代言人，以理性解构神话和重评历史，又以诗性智慧重组时空形式，《天问》的诗学机制和结构形态的最重要的特征，在于它汲取了楚国祠庙壁画表现形式的养分，创造了一种处于有序与无序之间的双构性诗学结构形态。这是一个综合了时间顺序和寓义结构的与天人之道相通的宏观结构。”作者所言“有序”指《天问》的行文遵从了壁画的表现形式；“无序”指《天问》看似凌乱的行文中蕴涵着一个深层的“寓义结构”。作者据此对《天问》中历来令人备感困惑的若干片断予以解读，具体剖析了《天问》的寓意结构和时空联结方式，指出《天问》难免存在“错简”，但不能在没有可靠证据的情况下一味地“正简”，“而应去深入探究《天问》本来的、也是诗歌史上独特的美学机制，从而为上古诗学史补上属于屈原《天问》的思维方式和诗学机制的一页”。

杨义之文给人以高屋建瓴之感。他利用现代诗学理论对《天问》结构“文义”次序与否的经典命题做出了新的阐释。

（七）树状结构

2003年，殷光熹《〈天问〉结构的独特性》一文提出《天问》的“树状结构”特征。[②]

该文谈及《天问》的结构时认为，《天问》“基本上是井然有序的，它在主题思想的统领下，将包罗万象的问题编织其中，有经纬，有交叉，有分合，有明暗，有表层也有深层，相辅相成，相形见义，可谓巧夺天工”。殷光熹对此设计了一个形象的比喻，即“《天问》的结构，犹如‘树状结构’形态那样，由一株大树的主干不断生发出许多枝丫旁叉和茂密的绿叶，纷繁交错，将主干掩盖，使人难以看清其结构的本真，因而要理清其头绪，的确需要费一番功夫。最难能可贵之处是，作者打破了单一

① 杨义：《〈天问〉：走出神话反思历史的千古奇文》，《中国社会科学》1998年第1期。

② 殷光熹：《〈天问〉结构的独特性》，《云南大学学报》2003年第2期。

而封闭的思维模式，而以开放型的、辐射型的诗学思维方式，思考问题，提出问题，并以相应的各种手法表现之，使其‘形’散而‘神’不散，似‘无序’而实‘有序’，且能做到：全诗的章法有序，有板有眼，不失当行本色。”

殷光熹从诗学思维方式角度来研究《天问》的结构，由诗的发散思维特点总结出“树状结构”特色。

（八）二元对立转化结构

2003年，毛庆《论〈天问〉独特的立体结构与抒情方式》一文，提出了《天问》“二元对立转化结构”说，[①]并以二元结构图予以直观说明：

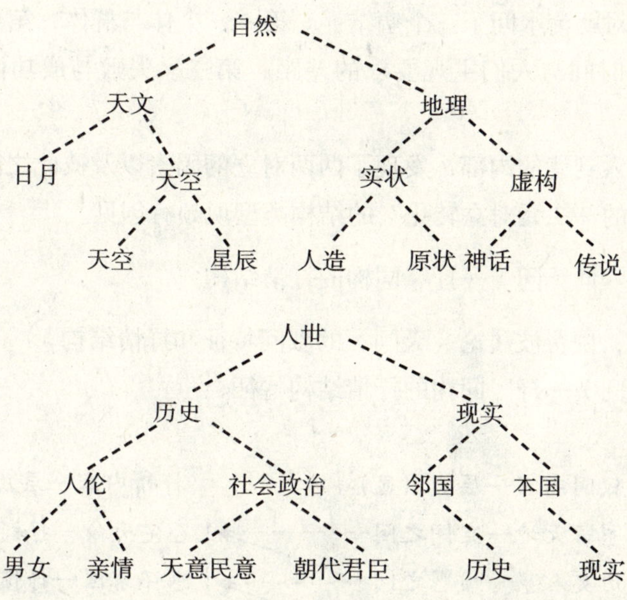

这个结构图包含以下三个方面的内容：一、这个构架是立体的。二、两两对立的双方相互结合、相互转化。三、全部架构贯穿着一个精神——对宇宙万物根本规律不懈的追寻探索。由于“思维是立体的、共时性的，

① 毛庆：《论〈天问〉独特的立体结构与抒情方式》，《南京师范大学文学院学报》2003年第3期。

而语言（包括文字）则是线性的、历时性的”，因此《天问》结构中立体的、共时性的思维只能采取线性的、历时性的表达方式。而且，在安排结构时，除注意情感表现的需要，“屈原还照顾到人们的表达（或曰接受）习惯，如‘自然’在前，‘人世’在后；‘天文’在前，‘地理’在后；‘历史’在前，‘现实’在后；‘实状’在前，‘虚构’在后；‘人伦’在前，‘社会政治’在后；‘邻国’在前，‘本国’在后。”

毛庆的结构层次两段说与传统无异，但是具体层次和表述方式与以往有根本区别。对于深一层的关系，结构图则无法表现，如在“对宇宙万物根本规律不懈的追寻探索”这样一条主线贯穿下，有些屈原长期苦苦思索的问题和现象就必然在《天问》中以不同的形式或不同的侧重点反复出现。如屈原对鲧治水问了三个瘤结：“第一、个体与群体；第二、取得成功客观所需时间与人们主观要求的差距；第三、失败与成功两极反向放大。”

毛庆深入到诗的内部，发现了两两对立的因素以及彼此之间相互转化的特点。他的“二元对立转化”的结构类型说颇有创见。

（九）“诵（问）—抒”同构的抒情结构

2003年，倪晋波《论〈天问〉的叙问特征和抒情结构》一文提出《天问》“诵（问）—抒”同构的抒情结构特征。[①]

叙问内容—层次（显）	抒情内容—层次（隐）
（天）宇宙天地—空惘之问	否定天命—抒疑（天）
（地）历史人事—愤懑之问	感怀家国—抒愤（地）
（人）身国命运—绝望之问	悲叹自我—抒悲（人）

虚线箭头表示暗示、引发；实线箭头表示确立、定位（按：此为作者自注）。

① 倪晋波，《论〈天问〉的叙问特征和抒情结构》，《海南大学学报》（人文社会科学版）2003年第2期。

倪晋波认为："从宇宙天地的空惘之问，到历史人事的愤懑之问，再到对身国命运的绝望之问，是《天问》全诗的叙问层次；而这一显层形式所意指的则是诗人的内心意绪，它们指向了否定天命、感怀家国、悲叹自我的深层抒情内容及怀疑、愤懑与悲叹的个体感情。"在这里，叙问和情感相互作用。"这意味着《天问》的叙问结构实际上同时是一种抒情结构，它们是同一的，只不过一显一隐而已。因此《天问》的结构是一种'惜诵以致愍兮，发愤以抒情'的'诵（问）—抒'同构的结构。它的展开形式是叙问，它的推进线索是疑、愤、悲交织的情感。"同时，一显一隐的叙问/抒情结构体现了"天—地—人"同构的形而上思维，表达了诗人的深层哲思。作者认为，《天问》"叙问"特征主要表现在诘问的语式、"碎金"的形态、流动的思维三个方面。

倪晋波既探究表层问题，又体察问的背后隐含着的"疑、愤、悲交织的情感"，尤其注重挖掘《天问》的深层情感意蕴，该类型终归是抒情结构。

尽管以上学者对于《天问》结构研究的开拓意义是毋庸置疑的，但学者们更多关注了诗歌的文化背景和意义功能，距真正的诗学研究尚有相当距离。由此可知，用深厚的诗学理论来深入探究《天问》结构的"类型"特质及其意义，是一个值得尝试的研究方向。

二、《天问》的结构层次

自明代楚辞研究开始关注诗篇的内部结构以来，《天问》的谋篇布局也成为众多研究者思考的对象。明代黄文焕较早将《天问》划为三大段，其后涌现出两段、四段甚至十几段等不同的分法。下面将按时间顺序对黄文焕以来关于《天问》的结构层次划分问题予以概述。

黄文焕是较早为《天问》划分段落的学者。他的《楚辞听直·余论》说："首溯天地之开辟，一也；中胪夏商周之治乱，二也；末乃归于楚国之事……显言已罪，三也。"黄文焕所分层次的具体起止段是：第一层从开篇至"乌焉解羽"；第二层从"禹之力献功"至"何卒官汤，尊食宗绪”；第三层从“勋阖梦生”至诗篇末尾。但他在“禹之力献功”段后注曰“由此以后皆详言人事之治乱”，实际上又将《天问》的内容归于自然与人事两类。黄文焕划分的标准似是天地（自然）、历史、楚事（黄文焕并未明言是楚国的历史还是现实）。他将《天问》分三段，且把最后一组诗句归于反映楚事的独立部分是很有创见的。不过，最后一部分从“勋阖梦生”开始，使得诗句内容有些杂乱。

李陈玉《楚辞笺注》也把《天问》分作三大段：自“曰遂古之初”起至“曜灵安藏”止为上段，是问天上事许多不可解处；自“不任汩鸿”至“乌焉解羽”为中段，是问地上事许多不可解处；自“禹之力献功”起至末“忠名弥彰”止为最后一段，是问人间事许多不可解处。李陈玉划分的标准是“天上事”、“地上事”、“人间事”。显然，李陈玉按照古人天、地、人的运思过程来划分《天问》的层次。虽都分三段，李陈玉与黄文焕所分段落的具体起止诗句有别。李陈玉将自然部分细化，具体为“天上事”、“地上事”；把人事部分合并为“人间事”。李陈玉的划分可谓“天、地、人”三段论的标准模式，其中的段落数、起止章句、段意均成为后世段落划分的样板。

清代屈复首分为自然和历史两段。屈复主张《天问》有错简并予以重新整理。他整理后的顺序是：天象；鲧禹治水的疑问；大地的疑问；四方怪物异事的疑问；夏代、商代、周代以及楚国等方面的疑问。屈复在把《天问》分为九小段的基础上将其总括为问天地山川人物奇怪和历代之兴废两大部分。以“璜台十层，谁所极焉”为界，前一部分问日月星辰、山川怪异，后一部分问女帝、虞、夏、商、周之历史。因屈复主张《天问》有错简，后世分两段者，所划分的起迄章句几乎无人与之相同。

钱澄之的《屈诂》在李陈玉三分基础上将“薄暮雷电，归何忧”至末尾的诗句独立出来，认为这是“篇终之余绪也，然其愤激感恨处，尽在此数语”，因此，首先将《天问》分天上事、地上事、人间事、篇终余绪四大段。黄文焕和钱澄之均认识到最后若干节诗句的重要作用，便将其独立出来。二人的差别表现在，黄文焕始于“勋阖梦生，少离散亡。何壮武厉，能流厥严”，钱澄之则从“薄暮雷电，归何忧”开始，这使最后一段诗意更加集中。王夫之《楚辞通释·天问序》也将《天问》分为四段，即“自天地山川，次及人事，追述往古，终之以楚先”。[①] 但他又在“禹之力献功”后表明“自此以下，述古人得失成败而详问之”。可见，王夫之与主张三分的黄文焕一样，最终又将《天问》提炼为自然与人事两大部分。蒋骥、胡濬源《楚辞新注求确》同样分为四段。钱澄之虽首创四分法，不过，从段意的归纳看，其“天上事”、“地上事”、“人间事”、“篇终余绪”显得过于笼统。王夫之、蒋骥、胡濬源从起讫段落上尽管各异，他们总结的段意则更贴近文本，令人一目了然。

马其昶《屈赋微》将《天问》分两段，自篇首至“乌焉解羽”为第一段，问天象地理物变，以下皆言人事。马其昶把黄文焕的另一种意见（即总括自然与人事）明确化。因马其昶并不主张错简，民国以后的两段论者大都以马其昶为准，所不同者只在于各部分内部的层次剖析。

纵观民国前的《天问》分段，最具代表性的是：黄文焕、李陈玉之三分法；钱澄之的四分法；马其昶在前人基础上的两分法。他们不仅开后学探讨《天问》结构层次研究之风，而且奠定了几种主要的层次类型。其间，也出现了几种有特点的分法，如林云铭《楚辞灯》分11段；徐焕龙《楚辞洗髓》、张惠言《七十家赋钞》和刘梦鹏《屈子章句》均分8段；陈本礼《屈辞精义》分10段。这些划分过于琐碎，不具代表性。

民国以来，《天问》研究冲破旧学樊篱，在理论和方法上均有重大变化。不过，就结构层次研究而言，没有实质性的突破。

游国恩在《屈原》一书中将其概括为两大类：天象和天道。[②] 林庚先生于1947年撰写的《天问注解的困难及其整理的线索》一文将《天问》分成8小段，并概括了每一段落的大意。[③] 此文虽总结了意旨，却不易看出

① 王夫之：《楚辞通释》，《船山全书》，岳麓书社，1988年，第273页。

② 游国恩：《屈原》，中华书局，1980年，第43页。文曰：“天问中的问题虽然很多，但归纳起来，屈原所提的不外乎天象和天道。”

③ 林庚：《天问注解的困难及其整理的线索》，《文学杂志》第2卷第10期（1948年3月）。又见林庚《诗人屈原及其作品研究》，上海古籍出版社，1981年，第174页。

《天问》的总体脉络。林庚在1983年出版的《天问论笺》一书中，将《天问》分为11小段并进一步概括为两大段落。自“遂古之初谁传道之”至“羿焉弹日乌焉解羽”56句问有关大自然形成的传说；自“禹之力献功降省下土四方”至“何试上自予忠名弥章”132句问人事之有关人间盛衰兴亡的历史传说。两大段落先问天地的开辟，次问人事的兴亡。[①] 此种划分与马其昶无异。聂恩彦也主张两段说，他的《〈天问〉的主题和结构》[②]一文根据问题的不同性质，将《天问》分为“关于宇宙自然的问题”和“关于人类社会的问题”，又把第一部分细划为四层，第二部分划分为夏史、商史和周史三层。另外，龚维英[③]、陆元炽[④]、翟振业[⑤]、黄寿祺[⑥]、台湾高秋凤（主张有错简）[⑦]、张宏洪[⑧]、褚斌杰[⑨]、殷光熹[⑩]等均持二段说。毛庆创见性地提出了《天问》“二元对立转化结构”说。[⑪] 此结构从文字线性表述看，可以表述为自然和人事两部分，自然部分由开篇至“乌焉解羽”，这与前人两段论者无异，所不同的是，这是一个立体结构。第三、第四层乃深层结构，只能以文字说明（结构图见前文）。总体而言，持两段论者居多。但具体到段落内局部的划分，差异非常大，何况其中还存在有无错简的争议。

至于三分法，从黄文焕和李陈玉者一直比较少。熊任望《屈原辞译

---

① 林庚：《天问论笺》，人民文学出版社，1983年，第3页。
② 聂恩彦：《〈天问〉的主题和结构》，《山西师院学报》1979年第1期。
③ 龚维英：《〈天问〉结构初探》，《青海师院学报》1983年第3期。
④ 陆元炽：《天问浅识》，北京出版社，1987年，第124页。
⑤ 翟振业：《论〈天问〉的问题逻辑》，《台州师专学报》（社会科学版）1988年第2期。
⑥ 黄寿祺、梅桐生：《楚辞全译》，贵州人民出版社，1990年，第58页。
⑦ 高秋凤：《天问研究》，国立台湾师范大学国文研究所博士论文，1991年，第338页。
⑧ 张宏洪：《一元与多元的完美相融——二论〈天问〉的艺术成就》，《喀什师院学报》（哲学社会科学版），1994年第2期。
⑨ 褚斌杰：《楚辞要论》，北京大学出版社，2003年，第203页。
⑩ 殷光熹：《〈天问〉结构的独特性》，《云南大学学报》2003年第2期。
⑪ 毛庆：《论〈天问〉独特的立体结构与抒情方式》，《南京师范大学文学院学报》2003年第3期。

注》[①]吸纳了李陈玉的三分法，具体起止段和段意与李陈玉一致。

1953年，郭沫若发表了《屈原天问的译文》。该文将《天问》分为天文、介于天文地理之间、地理、人事四部分。这与李陈玉“天上事”、“地上事”、“人间事”的思路是一致的，只不过郭沫若又细分出“介于天文地理之间”一段。[②]因郭氏主张有错简，所以，无法与其它学者进行比较。其后，胡念贻《楚辞选注及考证》分为四段。他的划分只有第一、二部分与钱澄之同（宇宙之问部分到“曜灵安藏”，大地之问部分到“羿焉弹日，乌焉解羽”），其余两部分不仅与钱澄之有别，与同样主张四分的胡濬源也不同。陈子展《楚辞直解》与钱澄之相比在段意及起讫段落上完全相同，而且点明最后一段为“以此自述自叹作结。所问关于作者本身之觏闵与楚国之近忧，有无限悲愤之情而不能自已，犹未绝望也”。[③]陈子展的这种体悟也与钱澄之一致。

20世纪60年代，日本学者竹治贞夫将《天问》分为六段，以问天、问地、问夏、问殷、问周、楚国之事来总而括之。竹治贞夫在探讨《楚辞》中抒情作品的结构特点及其文学意义时，曾提出“本文＋乱”的“二段式结构”[④]，但他将《天问》分为六段，并未贯彻自己的二段结构说。同为六段，刘永济的《楚辞音义详解》[⑤]将《天问》划分为问天上景象、问地之形成、问夏代、商代、周代、春秋史事，从第三段以后的起讫诗句与竹治贞夫迥异。

苏雪林于1974年出版了专著《天问正简》[⑥]，她首倡五分法，将《天问》分为天文、地理、神话、历史、乱辞五个部分。因苏雪林对《天问》

---

① 熊任望：《屈原辞译注》，河北大学出版社，2004年，第98页。

② 郭沫若：《屈原天问的译文》，《人民文学》1953年第5期。

③ 陈子展：《楚辞直解》，复旦大学出版社，1996年，第91－129页。

④ 竹治贞夫：《楚辞的二段式结构》。见马茂元主编《楚辞研究集成》之《楚辞资料海外编》（本册主编尹锡康，周发祥），湖北人民出版社，1986年，第109页。

⑤ 刘永济：《楚辞音义详解》，上海古籍出版社，1983年，第120－142页。

⑥ 苏雪林《天问正简·引言》曰：“天问全文分五大段，天文、地理、神话每段各四十四句；历史部分，夏、商、周三代每代各七十二句；乱辞二十四句。章法整齐之极。”见《天问正简》第14页。

进行大幅度整理后已使其面目全非，所以无法与其他注家进行比较。苏雪林将乱辞纳入《天问》结构中，虽然此“乱”非原文最后的若干诗句，但毕竟拓展了结构研究的思路。程嘉哲①也分为四章和一个尾声五个部分，且概括段意时关注了诗句的深层意义。

除此之外，一些学者将《天问》分为多个小段。如主张错简的谭介甫之《屈赋新编》②首创七分法；朱碧莲《楚辞讲读》③也将《天问》整理后分为七段。另有其他分法不再列举。

总体而言，赞同两分法者较多。但研究者们无论归纳为“天象”和“天道”还是“自然”和“人事”，抑或“问天”与“问人”，几乎都从内容性质角度进行总结。三分法和四分法无实质性的区别。学者们的思路基本上是一致的，一方面依据内容的性质，另一方面按照天、地、人的思维指向来确定意群所归。天、地、人的思维脉络是先秦时人们思考问题、发表宏论惯常采用的一种运思方法。《天问》行文中的确包含了这一因素，因此不少研究者从此角度入手确定《天问》的结构。不过，钱澄之、胡濬源、陈子展和竹治贞夫等把人事中的夏、商、周三代历史与楚国事（包括历史和现实）分开，突出了屈原对身处的楚国现实之关注，这实际触及到屈原的创作意图问题。有些学者在分段时把若干意义相近的句子归于一个意群，将《天问》划分为很多小的段落而不再综括。多段划分之长在于凸显了句群关系，使读者能够真正深入到诗的内部，仔细理会句群的意义。不足之处表现为没有进行深度提炼，过于拘泥于局部而使结构显得零散琐碎，令人无法把握诗人的整体思路。清代楚辞学者朱冀在其《离骚辩·凡例》中说：“读《离骚》须分段看，又须通长看。不分段看，则章法不清。不通长看，则血脉不贯。旧注之失，在逐字逐句求其解，而于前

① 程嘉哲：《天问新注》，四川人民出版社，1984年。程嘉哲的观点散见于书中。

② 谭介甫：《屈赋新编》，中华书局，1978年。谭介甫分为天文、天地间畸零文句、地理、人事、仙事、后先对比、乱辞七部分。

③ 朱碧莲：《楚辞讲读》，华东师范大学出版社，1986年。

后呼应阖辟处，全欠理会。”[①]朱冀既批评了《离骚》分段之失，也道出文本层次划分的普遍原则。对《天问》分解的段落过多，便割裂了意群之间的紧密联系，这种做法显然没有做到“通长看”。实际上，划分结果不同的根本原因在于研究者们对屈原的创作动机、诗句意义、内容之间的相互关系等等理解不同，所划分的段落数目以及起止位置自然就会存在差别。

通过回顾历来《天问》结构层次的研究状况，发现几乎没有一位学者将结尾“薄暮雷电，归何忧”至“何试上自予，忠名弥彰”一组诗句分出，使其作为独立的一部分，而将前文问天、问地、问人类历史的内容作为一个有机整体划作一部分，这恰恰是本人所主张的划分方法。之所以如此划分《天问》的逻辑结构，乃是结合了《天问》的思维方式、屈原的创作意图、《天问》内容之间的逻辑关系以及屈原一贯采用的结构诗篇的创作手法等因素所做出的综合判断。后文将对此予以深入讨论。

三、《天问》结构的研究方法

传统的《天问》结构研究主要关注材料的衔接（包括整首诗的文义次序与否）、句法和章法等因素。上世纪八十年代以后，学者们在时代思潮的影响下拓宽了研究思路，研究《天问》结构所运用的方法也趋于多元化。主要表现在以下几个方面：

（一）用赋、比、兴的创作方法研究《天问》的结构

刘兆伟的《〈天问〉的结构与析义》[②]一文，把赋、比、兴的创作方法引入《天问》的结构研究中。刘兆伟认为《天问》全篇有起兴之段，起兴之节、起兴之句。开篇二十几节文字均为起兴之段，问人事关于风雨的提问是比兴手法，“‘蓱号起雨，何以兴之？’这是兼起总结上文，引

① 朱冀：《离骚辩·凡例》，转引自姜亮夫《楚辞书目五种》，上海古籍出版社，1993年，第142页。

② 刘兆伟：《〈天问〉的结构与析义》，《锦州师院学报》（哲学社会科学版）1983年第1期。

起下文过渡作用的文字。对上是比喻，对下是起兴……风为雨头，此指无道昏君的灭亡皆酝自于微末。”作者认为，屈原谈自然现象和奇闻异物，目的是启发人思考，是为了引出和论证自己的观点，最终落脚点是希望楚国君明臣贤、国治兵强；全篇运用了大量比喻来突显它的主题；赋在《天问》篇体现得最为充分，全篇有六十多节陈述史实与传说，在叙述与质疑之中反映了屈原明确的政治倾向。对于刘兆伟的这种研究方法，赵沛霖给予了中肯的批评。赵沛霖认为“在以兴的艺术方法所创作的诗歌中，‘所咏之词’是诗歌的中心部分，而‘他物’作为开头、称韵、比附、象征、以及渲染气氛、描写环境等等，其本身都不是独立的。而《天问》中的每一个问题，都各有所指，包含着互不相同的内容。即是说，这些问题各有其相对独立性，而不存在‘他物’与‘所咏之词’之间的那种依附关系。即使如论者所断言‘蓱号起雨，何以兴之？’对下是含有比意的起兴，但它自身的特定内容却是不可抹杀的。也许正是由于这一点，此说才难于令人首肯”[①]。赵沛霖的意见颇中肯綮。刘兆伟以赋、比、兴之法研究《天问》的结构虽不失为一种探索，但从《天问》本身特点看的确欠妥。

（二）从《天问》的思维特点角度进行研究

翟振业《试论〈天问〉的连动思维——简论屈原对上帝天命的否定》[②]一文，虽主要探讨《天问》的思维特点，但也涉及《天问》的结构问题。他认为《天问》的思维特点是连动性，即纵向连动，逆向连动，横向连动。所谓纵向连动是指“把时间上先后相连结的事物之间作一番历史形态上的比较，追溯事物发展的历史渊源和确定事物发展的历史进程”。作者认为屈原往往联想所及，将历史事件纵向串联起来跨越时空界限作综合思考。《天问》内容庞杂，但从其结构来看，“先肯定天地自然是客观存在的物质世界，后肯定社会人事的祸福成败与物质世界之间没有必然的

① 赵沛霖：《关于天问》，《屈赋研究论衡》，天津教育出版社，1993年，第213页。

② 翟振业：《试论〈天问〉的连动思维——简论屈原对上帝天命的否定》，《天问研究》，南京大学出版社，1993年，第211-226页。

联系，最终得出‘上帝’和‘天命’是不存在的科学论断，体现的就是纵向连动思维”。逆向连动，就是逆向比较，这是一种时间和空间上的比较，看到现象就想到它的反面。作者认为《天问》中所问“登立为帝，孰道尚之？女娲有体，孰制匠之”、“一蛇吞象，厥大何如”等诗句就体现了逆向连动的思维特点。横向连动就是“把空间上同时并存的事物之间作一番既定形态上的比较，通过比较达到区分或确认不同的事物”。《天问》中谈鲧禹治水的“不任汩鸿，师何以尚之”一段以及谈汤遇伊尹的“水滨之木，得彼小子”一段就体现了横向连动的思维特点。因此，作者认为《天问》所发疑问并非毫无关联，而往往连类所及，照应启迪，打破了传统的思维框架和思维模式。翟振业从思维方式的角度研究《天问》的结构特点，同时使一些看似“文义不次序”的问题得到了较为合理的解释。

（三）从“观念”方面入手研究结构顺序

赵沛霖从观念对形式的制约角度研究《天问》的结构问题。他指出，思想观念对于文学作品的影响，虽然首先集中反映在内容上，但作为作品的结构形式也不能完全超脱于观念之外。《天问》的结构形式，特别是诗句的排列次序就体现了这一点。譬如对《天问》中鲧禹治水分置两处的问题，作者认为，古代关于鲧、禹的神话本来就有两个内容：一是治水定九州，一是禹的婚姻纠葛，二者虽都属于鲧、禹，但在性质上却大异其趣，在神话学上也具有完全不同的意义。因此，赵沛霖反对郭沫若根据“以类相从的原则”整理《天问》。从观念入手还可以解释商朝历史从问简狄吞玄鸟卵开始和周族从问后稷开始的问题。作者认为：“按传统的宗教观念，一个民族的始祖总有其非凡本领和灵异，并受到神的保护而成为民族业绩的开创者和奠基者，一般叙述民族历史往往从神异的始祖开始。”观念也会影响到阐释者的评价标准。对于《天问》诗句排列次序的不同认识，实际上正是观念差异所造成的“错觉”。赵沛霖指出，“屈原从传统观念和神话系统自身的逻辑和视角来处理题材及其顺序，结果做出了以一定宗教观念为基础的特殊的排列”，而早已摆脱了宗教观念束缚的后代学者，从科学和诗歌创作自身规律角度审视《天问》，自然会偏离屈原的初衷。[①]

赵沛霖的认识可谓高屋建瓴。的确，观念会影响作品的艺术形式以及读者对艺术形式的理解。如果能准确认识屈原时代的各种观念，那么不论对《天问》结构还是其思想内容都会理解得更为深入。

（四）综合多种因素研究《天问》的结构

殷光熹《〈天问〉结构的独特性》[②]一文，结合作者的创作动机、艺术构思、时空意识、诗学思维方式、作品的主题思想、表现手法等综合因素，对《天问》结构的独特性及其形成的原因进行综合研究。殷光熹深入解剖屈原的思维方式以及《天问》的表现手法。他认为，诗人自觉或不自觉地采用了“开放型的、发散型的诗学思维方式”来构思和组构全诗，这种思维方式具有“自我性、片断性、跳跃性、多义性”等特点。诗人将包罗万象的问题编织其中，但万变不离主题思想。就句法结构和表现手法而言，殷光熹从韵律、句式、字法、段法、语气、表现手法等角度予以详细论述：

> 全诗以四言为主，杂以三、五、六、七言。从压韵看，多以二句一韵、四句二韵为一章的基本模式出现。问法也有不同，从句式看：有一句一问，两句一问，两句二问，三句一问，四句一问，四句两问，四句三问，四句皆问，[③] 此为句法之变。从字法之变来看：“通篇一百七十一问以‘何’字、‘胡’字、‘焉’字、‘几’字、

① 赵沛霖：《关于天问》，《屈赋研究论衡》，天津教育出版社，1993年，第208-224页。

② 殷光熹：《〈天问〉结构的独特性》，《云南大学学报》2003年第2期。

③ 殷光熹自注云引自陈怡良《屈原文学论集》，文津出版社，1992年，第243-244页。

‘谁’字、‘孰’字、‘安’字为字法之变。”[①] 据陆侃如统计，《天问》中疑问字出现的情况是：“‘何’字一百二十四次，‘焉’字十四次，‘安’字十三次，‘孰’字九次，‘谁’字八次，‘几’字三次。”[②] 从段（落）法之变看：“以或于所已问者复问焉，或于正论本论中，忽然错综他语而杂问焉，或于已问之顺序者，复而逆问焉，以此为段法之变。”[③] 从语气之变来看：有心存怀疑而问，有困惑不解而问，或问此意彼，或旁敲侧击，或明知故问，或肯定的东西以否定的语气问之，或否定的东西以肯定的语气问之。从表现手法看：或用对比方法问之，或连类而问之，或表里相形，或奚落讥讽，或幽默调侃，或指桑骂槐。

殷光熹结合多种因素研究《天问》的结构，无疑增加了《天问》结构研究的理论厚度和学术深度。

（五）从情感方式角度研究《天问》的结构

毛庆关于《天问》的几篇文章给人耳目一新之感，他有一种俯瞰全局的气势和独辟蹊径的学术眼光。毛庆将《天问》是抒情诗上升到关系着如何理解《天问》结构的高度。他的《论〈天问〉独特的立体结构与抒情方式》[④]一文，着重研究了《天问》的结构和抒情方式，认为《天问》是“二元对立转化的立体结构”。《天问》主旨是“抒情”，而“渐强、高潮、重复、错位，再加上问题和爆发”，就是《天问》“独特的抒情方式和情感逻辑”。毛庆研究《天问》结构的方法既有助于探寻文本深意，也可以解释文义次序与否的问题。作者认为以往错简整理者都是错误的，因为他们对内在结构和抒情方式的理解有误。譬如对于鲧反复出现的问题，

① 殷光熹自注云引自黄文焕《楚辞听直》明崇祯十六年刻本。

② 殷光熹自注云引自《文化先锋》第一卷第九期，见《郭沫若古典文学论文集》，上海古籍出版社，1985年，第243-244页。

③ 殷光熹自注云引自黄文焕《楚辞听直》明崇祯十六年刻本。

④ 毛庆：《论〈天问〉独特的立体结构与抒情方式》，《南京师范大学文学院学报》，2003年第3期。

即"阻穷西征，岩何越焉……何由并投，而鲧疾修盈"两章，作者认为"禹之力献功"到"妹嬉何肆，汤何殛焉"表面上是写夏史，实际"内在脉络是写男女亲情和社会关系以及男女亲情对社会关系的影响，还夹杂着自然与人世的对立转化问题，更深层次上是问转化的动力。而"鲧化黄熊"出现于真实历史故事到历史人物神话化的转化阶段，则是内在结构的必要过渡。另外，毛庆《析史解难：〈天问〉错简整理史的反思》[①]一文，从书写形式、屈骚的研究史、屈原创作《天问》的特定心理和方法等角度切入，得出《天问》基本无错简的结论。

总之，《天问》结构研究是《天问》文学研究中的一项重要内容。胡适曾有所谓《天问》全无文学价值之论[②]，钱钟书也以为《天问》把各种类型的问"杂糅一篇之中，颇失伦脊"[③]。学者们综合各种方法探究《天问》结构之谜，这也是对胡适、钱钟书等否定《天问》文学价值者的有力反驳。

总结《天问》结构研究史在《天问》研究中具有重要的意义。首先，我们可以了解《天问》结构研究的发展脉络。从王逸到当代，《天问》结构研究思路在不断拓宽，研究内容也由文义的笼统概括、层次的划分、内容的衔接、句法结构分析等等，延伸到探讨情感表达、内容的逻辑展开、思维方法等等深层结构层面。《天问》的结构研究经历了一个由浅层走向文本内部并试图探寻创作规律的发展轨迹。

通过梳理《天问》结构研究史，可以探知时代文化思潮的流变以及文化观念的演进。譬如错简问题，它与发端于宋代的疑古思潮有直接关系，而《天问》研究内容和研究方法的变化，无疑得益于文学理论的发展以及西方现代文学理论的介入。

---

① 毛庆：《析史解难：〈天问〉错简整理史的反思》，《湖北大学学报》（哲学社会科学版）2001年第5期。

② 胡适《读楚辞》："《天问》文理不通，见解卑陋，毫无文学价值。我们可断定此篇为后人杂凑起来的。"见《读书杂志》1922年9月第1期。

③ 钱钟书：《管锥编》，中华书局，1979年，第608、609页。

透过《天问》结构研究，我们可以看到读者个人因素对文本阐释的巨大影响。一千个读者就有一千个哈姆雷特，从《天问》结构研究中可以看到读者对《天问》解读的差异。譬如错简整理者对同一诗句的位置不仅有迥异的调整，其理由也大相径庭；而不赞成有错简的学者同样振振有词。这就促使我们深入思考如何准确解读文本的问题。

通过回顾《天问》结构研究史，我们还可以发现尚未探知的研究领域。譬如，我们究竟如何分析《天问》的逻辑结构；屈原的创作意图与《天问》的逻辑结构之间是否存在某种内在的关联；《天问》问天、问地、问人的行文脉络与屈原时代普遍采用的思维方式是否有某种关系；《天问》的这种结构形式是不是屈原表达思想的一种有机手段等等，这些问题为以往的研究者们所忽略或者不着意强调，对此，后文将深入讨论。

第二章

屈原对自然发展史有关“传说”的质疑

《天问》有三分之一的篇幅是问自然之事。屈原努力按照事物的本然状态去认识人们对自然发展史起源及其发展过程所做的种种猜想，遵循了求真求实的认知原则，这也是他辨明历史真相、总结历史规律、分析楚国现实与未来的基本前提。

第一节　屈原对历史起源的认识

一般意义上的“历史”仅指人类社会的发展过程，而本文所言的“历史”系广义的概念，指从宇宙诞生至天地万物生成、再到人类社会出现这样一个漫长的历程。

春秋战国时期诸子为论证其思想学说常常从以往的事件中取证，尽管主观上并非出于史学目的，但是，他们在阐述哲学思想和政治学说时的确表达了对历史的思考。透过其思想论著，我们能够从中发现他们的历史观。而且，由于不同学派或个人看问题的角度不同，对历史诸问题的认识结果也有差异，甚至会截然相反。单就历史的起源而言，先秦时期的哲人们对此就有不同的看法。

一、屈原之前不同学派对历史起源的认识

屈原之前不同学派对历史起源的认识，大致可以概括为以下两种：

其一，儒、墨、法等学派主要关注的是人类社会的政治生活。他们在论述其思想学说时往往以历史为据，所提及的古史一般从尧、舜、禹开始，有时也往前追溯到更为久远的时期。但是，儒家在探寻商、周两族的历史源头时，却均推溯到天帝那里。

儒家典籍《诗经》出现了禹，《论语》又往前推到尧和舜。《国语》和《左传》中的古史人物增多，人物之间的关系也复杂了。《国语》从尧、舜、禹又上溯到黄帝、炎帝的父亲有蟜氏。《周易·系辞下》阐述各卦之由来时谓：古者包牺氏之王天下也，“作结绳而为网罟，以佃以渔，盖取诸《离》。包牺氏没，神农氏作，斲木为耜，揉木为耒，耒耨之利，以教天下，盖取诸《益》”。可见，《系辞下》从包牺氏之王天下开始记

载历史。

墨家主要着眼于尧、舜、禹三代，并将三代圣王以及汤、文、武王一并树立为崇高典范。战国楚竹书《容成氏》从渺茫难稽的容成氏、尊卢氏、赫胥氏、仓颉氏、轩辕氏、神农氏等远古帝王一直说到武王伐纣。法家宣扬法、术、势，常以古史人物和古代社会为论据。《商君书·更法》提到伏羲、神农、黄帝，伏羲为出现最早的人物，但无论上溯到多远，记述的仍然是人的活动。

需要注意的是，儒家认识夏以前的历史尚能极力追寻人间古帝王的遗迹。但是谈及商、周民族的历史时，却走进了宗教神学的死胡同。儒家认为，商族祖先契的降生就是上帝的安排，与玄鸟有关，《诗经·商颂·玄鸟》曰：“天命玄鸟，降而生商。”周的祖先如何呢？《生民》如是说：“厥初生民，时维姜嫄。生民如何？克禋克祀，以弗无子。履帝武敏歆，攸介攸止。载震载夙，载生载育，时维后稷。”可见，无论商族还是周族的起源，儒家最终都找到了上帝的头上。

总之，先秦儒家一般不言人（包括天人）之外的世界，他们对于历史的起源，或者推溯到尧、舜乃至更远的炎帝、黄帝或神农，或者归结到天帝那里，主要是在人或天人的世界里寻根。墨家、法家同样注重人自身的历史，他们将历史想象得非常久远，由尧、舜、禹一直上溯到黄帝、乃至更远的伏羲、神农、有巢氏。其他著述中也有一些类似的观点，如奇书《山海经》容纳了一个繁复的群神古帝系统。其中，帝俊最早出现在《东山经》，而《西山经》则以炎黄二帝为先。屈原《天问》有“女娲有体，孰制匠之”的诗句，说明屈原时代还流行着女娲造人的神话传说。此则神话只是泛言人类之诞生，不涉及具体民族，也很难看出属于哪家学派的观点。但从天神那里寻找人类历史源头的做法，与儒家有相似之处。

其二，道家、阴阳家从未有天地之宇宙本原开始计数历史的起点。

与儒、法等学派侧重认识人的历史不同，道家、阴阳家对于探索人类社会产生之前天地始生的状态表现出浓厚的兴趣。虽然他们都将邃古之初谈得玄远难解，但是，哲学的冥想里包含着科学的因子，并由此开辟了寻求历史起源的新途径。先秦时代，主张天地分判以前宇宙处于混沌状态的哲学观点，主要见于道家，这一派的开山之祖当属老子。老子关于宇宙之始的观念蕴涵在他的“道”论中。《老子》第四十二章曰：“道生一，一生二，二生三，三生万物。”① 老子将“道”视为万物的本原。“道”又是什么呢？老子如此解释“道”：“有物混成，先天地生。寂兮寥兮，独立不改，周行而不殆，可以为天下母。吾不知其名，字之曰道。”② 老子认为，万物之先还有“道”，“道”是一种“混成”的难以描述的状态，它孕育出阴阳、万物。庄子篇继承了老子的“道”论并说得更加玄虚：“至道之精，窈窈冥冥；至道之极，昏昏默默。无视无听，抱神以静，形将自正。必静必清，无劳汝形，无摇汝精，乃可以长生。”③

《老子》和《庄子》的“道”主要是从哲学的角度探求本体论，其中包含了宇宙论的因子。而马王堆帛书《经》篇的《观》章和《道原》，则将“道”的哲学玄思阐述得较为具体，侧重于探求宇宙的本原及演化。如《经》篇《观》章：“力黑已布制建极□□□□□□曰：天地已成，而民生……黄帝曰群群□□□□□□□为一囷，无晦无明，未有阴阳。阴阳未定，吾未有以名。今始判为两，分为阴阳。离为○四【时】，□□□□□□□□□□□□因以为常，其明者以为法而微道是行。行法循□□□牝牡，牝牡相求，会刚与柔。柔刚相成，□牝牡若刑（形）。下会于地，上会于天。得天□之微，时若□□□□□□□□□□□寺（待）地气之发也，乃梦（萌）者梦（萌）而兹（孳）者兹（孳），天因而成之。”④《道原》：“恒无之初，迥同大（太）虚。虚同为一，恒一而止。湿湿梦梦，未有明晦……古（故）未有以，万物莫以。古（故）无有刑（形），大迥无

① 《老子·四十二章》，引自王弼注《老子道德经》，《诸子集成》（第3册），上海书店，1986年，第26页。以下均为该版本，只注明页码。

② 《老子·二十五章》，引自王弼注《老子道德经》，第14页。

③ 《庄子·在宥》，引自王先谦《庄子集解》卷3，《诸子集成》（第3册），上海书店，1986年，第65页。以下均为该版本，只注明页码。

④ 引自马王堆汉墓帛书《经法》，文物出版社，1976年，第48页。

名。”①

长沙子弹库出土的帛书《四时》第一章也有类似内容：“曰古[黄]熊包戏……梦梦墨墨，亡章弼弼。”②

郭店楚简《太一生水》篇提到“太一”，文曰：“大一生水，水反辅大一，是以成天。天反辅大一，是以成地。天地〔复相辅〕也，是以成神明。神明复相辅也，是以成阴阳。阴阳复相辅也，是以成四时……是故大一藏于水，行于时，周而又〔始，以己为〕万物母；一缺一盈，以己为万物经。”③ 这里宇宙的本原非“道”而是“太一”，两者的实质是相同的。

道家、阴阳家从宇宙的本原开始来探讨历史的起源，这带有明显的玄思色彩。但是，他们抛弃了天帝或天神，从古史人物往前推移到万物诞生的初始阶段，毕竟触及到实质问题。不过，老庄的“道”是一个抽象的概念，并非物质实体。因而，道家在向真理迈近的时候最终走向了唯心主义。《观》提到了黄帝，《四时》第一章开篇提到包戏（牺），《文子》涉及上古真人、伏羲氏、神农、黄帝。这些文章的作者在探求宇宙本原时与古史结合，认为伏羲或者黄帝、上古真人都处于阴阳相合、混混沌沌之中，这就给人以错觉，即上古之人与天地并生而非先有天地。将伏羲、黄帝等置于玄虚氛围中的做法，又为其历史起源论蒙上了一层神秘主义面纱。

阴阳家邹衍稍晚于孟子，他“深观阴阳消息而作怪迂之变，终始、大圣之篇十余万言”，往往“先序今以上至黄帝”，“推而远之，至天地未生，窈冥不可考”④。邹子逆向推演，将历史从当今之世一直上溯到人类

① 引自马王堆汉墓帛书《道原》，见《经法》（文物出版社，1976年）。第101页。

② 据李学勤《帛书中的古史与宇宙论》一文，见《简帛佚籍与学术史》，江西教育出版社，2001年，第48页。

③ 李零：《郭店楚简校读记》（增订本），北京大学出版社，2002年，第32页。

④ 司马迁：《史记·孟子荀卿列传》，中华书局，1982年，第2344页。以下所引《史记》均为该版本，只注明页码。

的远祖黄帝甚至没有人类的天地未分之际，邹衍构筑了一个由天地之始到人类蛮荒童年再发展到当今之世的宏观历史系统。他“企图把自然界和人类社会作为一个统一体进行完整的解释”，是前所未有的卓见，因此可谓“我国思想发展史上的第一位历史哲学家”。①

《周易·序卦》就提出“有天地，然后万物生焉”的著名观点，将天地始生视为历史之源。《周易·系辞上》则曰“易有太极，是生两仪。两仪生四象，四象生八卦”，这里的历史又始于太极。然而这些见解并不是先秦思想的主流，因此没有被很好地发扬和深化。

二、屈原对历史起源的认识

屈原的历史观主要表现在《天问》之中。对于“历史的起源”这一时代课题，屈原做了何种思考呢？

屈原开篇便问：

> 遂古之初，谁传道之？上下未形，何由考之？
> 冥昭瞢暗，谁能极之？冯翼惟像，何以识之？
> 明明暗暗，惟时何为？阴阳三合，何本何化？

这些问语中蕴涵着关于宇宙形成初期的一系列重大难题，包括宇宙的产生、天地与昼夜的形成、阴阳的变化等等。屈原遵从道家、阴阳家的思维指向，对历史追根溯源，将历史之源上溯到渺茫难求的宇宙之初。

“遂古之初，谁传道之”一问颇有含义。我们首先需对“谁”字予以辩证。

对于“谁”字，自王逸始注家们多释为“谁人，哪一个”，即把“谁”视作疑问人称代词。姜亮夫先生则另辟蹊径，将其释为“如何”，他说：

① 尹达：《中国史学发展史》，中州古籍出版社，1985年，第58页。

> 开头四句，过去的一切注家都把它看成是认识天的历史，即谓远古的开始，是哪个告诉我们的，把“谁”作“谁人”讲。我的《屈原赋校注》亦从旧说。但近年来我又有了新的理解。我现在认为这四句不是讲认识天的历史，而是讲宇宙生成的问题。“谁”应作“如何”解，即是说，那远古的开头是如何变化、生发变迁的，“传道”，即所谓生发、变迁之意。何以见得呢？因为底下就有两句，“上下未形，何由考之？”上下即天地，考，成也。这是讲天地未形成时，用什么办法来形成它。这两句也可以看出屈原的宇宙生成论。①

姜亮夫先生释“谁”为“如何”、将“传道”释为“生发、变迁”是否妥帖，是否接近了作者的本意是值得商榷的。

首先，从语法和文字学角度将“谁”字放在《天问》的时代做以考察，它没有“如何”的义例。“谁”主要有疑问代词、副词、助词的词性。一、“谁”为疑问代词，相当于“何”，即“谁人”、“什么”，既可以指代人也可以指代事。如《说文》曰：“谁，何也。从言从隹。”《论语·微子》：“鸟兽不可与同群，吾非斯人之徒与而谁与？”《吕氏春秋·贵信》：“凡人主必信。信而又信，谁人不亲？”高诱注曰：“谁，犹何也。”《论语·子罕》：“吾谁欺？欺天乎！”。二、“谁”作为副词表示反问，相当于“难道”、“哪”。如《汉书·贾谊传》一文中“一动而五业附，陛下谁惮而久不为此”之“谁”即为副词。三、“谁”作为助词，用于句首，无实际意义。《尔雅·释训》：“谁昔，昔也。”郭璞注：“谁，发语词。”《诗经·陈风·墓门》：“知而不已，谁昔然矣。”郑玄笺：“谁昔，昔也。”可见，至少在汉代以前的文献中，“谁”没有“如何”的义例。《天问》作为战国时的作品，似乎不可能破例。

其次，“谁”在文本中出现八次，即：

---

① 姜亮夫：《楚辞今绎讲录》，云南人民出版社，1999年，第103页。

1、遂古之初，谁传道之？

2、冥昭瞢闇，谁能极之？

3、隅隈多有，谁知其数？

4、四方之门，其谁从焉？

5、璜台十成，谁所极焉？

6、不胜心伐帝，夫谁使挑之？

7、周幽谁诛，焉得夫褒姒？

8、何感天抑坠，夫谁畏惧？

由以上诗句的具体语境看，其中的“谁”同样释为人称疑问代词“谁人，哪个人”更为贴切。

其三，从上下文的关系看，将“谁”释为人称疑问代词符合作者的本意。

即使“谁”字有“如何”的义例，它在《天问》中能否释为“如何”，那就要看是否符合作者的本意了。单解读“遂古之初，谁传道之”这一句，释为“远古之始是哪个传说下来的”或“那远古的开头是如何生发变迁的”都有道理，都包含了对宇宙的探索，但是两种解释侧重点是不同的，前者重在问主观上是谁传说了当时的状态，而后者纯粹是对客观世界本质的探究。

深入研究文本后我们会发现，屈原一开始就提出了一个至关重要的问题——“传道”。他问道：那远古的最初状态是谁传说下来的？紧接着便针对“传道”的结论，追问那种“上下未形”、“冥昭瞢暗”、“冯翼惟像”、“明明暗暗”的混混沌沌的状态，“何由考之”、“谁能极之”、“何以识之”、“惟时何为”。言外之意是问，那时尚没有人类，谁能亲眼见到？谁考证过？谁能真正认识？如果说阴阳参合形成万物，那么，哪一个是根本，哪一个又是演化而成的？由这些问题可以判断，屈原强调的是得出每一种见解的具体过程，凭借的手段和途径究竟是什么（“何由”、“何以”）；那是一种什么样的情景（“何为”）；哪一项因素起决定性作用（“何本”、“何化”）。从这组诗句看，屈原所关注的焦点不在于问客观物质世界是如何生成，而是问人们对于客观世界的观念是如何产生、谁传道下来的。屈原一连串的提问中暗含着一个潜在的命题，即对于远古之初的情形后人是无法确知的，对于没有人能够亲眼所见、亲自考证的情形，后人反而得出了一个个甚为确切的结论，那么，有关自然发展史起源传说的准确性就令人怀疑。

显然，屈原之问直击传道者的软肋。道家认为宇宙的本原是“道”，而“道”是一种混混沌沌、恍恍惚惚的状态。在屈原看来，所传道的那种恍惚无形、明暗不分的混沌景象是无稽可考的。那时根本没有人类，后人怎么可能确知邃古之始的情景呢？一切都不过是后人的主观臆想罢了。没有任何实实在在的根据，所有的传道自然经不住理性的推敲。

从后文多次出现的“谁”以及全文的宗旨看，屈原之问客观上虽蕴含着对物质世界的探询成分，但他问自然发展史起源和天体构造的出发点是对“传道”的质疑和否定。由此可知，姜亮夫先生将本句中的“谁”释为“如何”、将“传道”释为“生发、变迁”、将“考”释为“成”是不妥帖的，他将屈原的发问完全局限于对纯粹客观世界的考察。“生发和变迁”是指物质世界发生、发展的客观状态；而“传道”则指人的主观行为，其中既可能有科学的探求精神，更可能包含妄断臆说。屈原所针对的恰恰是人的主观行为。因此，“传道”释为“传说”、“考”释为“考证”更符合屈原的本意。

之后屈原问及天的结构、日月星辰等天体的运行、鲧和禹治水、大地的结构、大地上奇怪的动植物和奇闻逸事，最后问人类历史。结合屈原问天、问地、问人事的顺序可以推断，屈原认为历史起源的“邃古之初”应是人们尚不能探知，然而又的确经历过的一种状态。至于是什么，屈原并没有回答。一者由于屈原创作《天问》的主观意图并非为探寻历史的起源；再者，在当时的科技文化背景下，任何人也不可能准确回答历史的起源到底是什么这一至今仍为科学家探赜索隐的难题。但可贵的是，屈原能够冷静地辨析“不是什么”，能够洞察、辨别传统观念与流行学说中的舛误之处并予以犀利地诘难。那么，屈原对于历史起源的认识也就自然而然地蕴涵在一个个问题中了。

相对于道家、阴阳家来说，屈原的认识向真理迈进了一步。道家关于历史起源的认识侧重哲学思考，并将一切归之于抽象的“道”，乃至最终跳不出唯心主义的樊篱。邹衍推至天地未生的目的主要还是为了“载其禨祥度制”并非真正考察历史的起源。《天问》责难的是认识历史起源过程中所形成的一些错误观念，由此，我们可以推论屈原把历史的起源视为一个自然的过程。一则因为接下来屈原所问乃是有关天的结构和天体运行等纯自然范畴的问题；二是，他在《天问》中还批驳了三种人类降生神话：以“简狄在台，喾何宜？玄鸟致贻，女何喜？”问诘儒家关于商契的诞生神话；以“稷维元子，帝何竺之？投之于冰上，鸟何燠之？”批驳周族后稷的降生神话；以“女娲有体，孰制匠之？”来问难女娲造人神话。屈原之问的态度十分鲜明，无论商、周两个民族还是整个人类的历史，肯定不是源自于神秘的天帝或天神。所谓“天命玄鸟，降而生商”和姜嫄“履帝武敏，歆”的民族起源说，只是当权者和思想家们制造的政治神话而已。而女娲造人的传说同样不堪一击，一个“女娲有体，孰制匠之”的两难命题便轻而易举地揭穿了谎言，迫使传道者陷人进退维谷的尴尬境地：如果说人类是由女娲创造的话，那么，女娲就是人类之祖；但是，女娲自己也有身体，谁又创造了她？依此类推，最终令对方无言以对。总之，人既非女娲所造，更非天帝所生；人从自然中来，是万物的化育，是宇宙之子，真正的历史源头应该从自然界的诞生开始。

屈原的历史起源观与儒家的普遍认识显然不同。儒家一方面强调人在万物中的至尊地位，另一方面又将商、周祖先神化为上帝之子，让人匍匐在神灵面前。那么，追溯起商、周的来源，也只能而且必须回到上帝的身边。屈原从自然的角度寻找历史之源，决然剔除了附着在历史起源问题上的神秘色彩，用理性的智慧揭穿了宗教神学的欺骗性。这就矫正了儒家以及世人把商周民族史源头和人类史源头神秘化的错误做法，将历史的起源纳入客观的物质演化范畴。

三、屈原对历史起源认识在《天问》中的意义

屈原对历史起源的认识在《天问》中具有重要意义。屈原秉持求真、求实的态度，按照事物产生、发展的自然规律认识历史的起源与发展过程，是其总结历史规律、辨明历史真相、正确分析楚国现实与未来的哲学基础。

客观而言，屈原还不能正确回答历史的起源问题。但是，他能够以“真实”为原则去认知判断关于该问题的种种传说和臆测，辨别其中的愚妄和舛误，这是非常难得的。而且，屈原将历史看作一个发展的动态过程。他首先问天、问地，然后以大量的篇幅问夏、商、周直到屈原当世的漫长人类史。屈原将人类历史纳入了一个天、地、人三位一体的宏观体系之中，探索的是其整体产生、发展的运动轨迹和变化规律。在此基础上，屈原将历史追问到宇宙的原初状态，所问的乃是物质的宇宙而非神格的宇宙，这既远离了儒家在天帝那里寻根的荒谬，又将道家的哲学玄想转变为对自然界的探寻。因此，他在诗中接连提出了“谁传道之”、“何由考之”、“天极焉加”、“安放安属”、“孰知其故”、“长人何守”、“厥大何如”等令传道者无言以对的难题。

屈原对历史起源乃至发展过程的诘问是其自觉探求人类历史的发展规律，构建认知价值体系的前提。屈原问自然之天、地，意在“推天道以明人事”，他“究天人之际”，并非关心人与天的和合关系，而是为了寻求一个根本的理，即天道的客观性与人道的客观性。

屈原的思想具有鲜明的天人相分的特征。既然天地自然和人类社会都有自己的演化规则，与神灵无关，那么，掌权者所一贯宣扬的“天命”就不能成为左右人的力量，也无法改变历史的轨迹。屈原通过对夏、商、周三代历史的步步追问，以大量兴亡的史实为论据，从人类社会兴替的角度进一步论证了“天命”的不可信，所谓“天命”不过是自欺欺人的政治神话。“天命反侧，何罚何佑？”“皇天集命，惟何戒之？受礼天下，又使

至代之”等卓识，一针见血地揭露了天命的虚伪性和欺骗性。

事实上，人为的传道往往歪曲了天道与人道的客观性。屈原在问人事部分除了探求历史兴亡更替的变化规律、探求治国之道之外，对历来传道的历史真相也进行了前所未有的清算。譬如，鲧是否毫无功劳？禹作为万世之表真的毫无瑕疵？启是否因贤而赢得了万民的皈依？益失去天下究竟因为什么？舜不告而娶和封赏傲狠之弟的行为能否堪称“人伦之至”（《孟子·离娄上》）？汤武是否单靠仁义就享有国祚，使万民归心？八百诸侯真能一夜之间不期而至？这些儒家津津乐道的圣道王功，确是史实还是有意的造改？屈原一反儒、墨对尧、舜、禹（启）、汤、武王等贤圣的一贯褒扬，并对一些历史记载提出质疑，表现出卓尔不群的史学见识。屈原反思历史揭示了一个道理，即掌权者所制造的政治神话和传道者的有意编造掩盖不了历史的真实存在，从而提醒君王在以历史为鉴戒的同时也要甄别真伪、判断是非，尤其不能醉心于虚妄的神灵世界而自欺欺人。也就是说，只有认清列国争雄于天下的严酷现实，冷静地面对楚国的艰难处境，采取得力的政治措施才是楚国的唯一出路。

屈原对历史起源的认识奠定了其历史观和政治思想的哲学基础。就天道与人事都具有客观性这一认识而言，既继承和发展了此前天人相分的思想，又可谓荀子所言“天行有常，不为尧存，不为桀亡”论的先声（《荀子·天论》）。荀子在《天论》中又言“明于天人之分，则可谓至人矣”，如将屈原置于“至人”之列，他应该当之无愧。

第二节　屈原对自然发展史有关“传说”的质疑

屈原质疑了有关自然发展史起源的传说之后，视域便转向天体构成、日月星辰、大地构造、大地上的奇闻异物等内容。

关于天体构成，屈原问道：

圜则九重，孰营度之？惟兹何功？孰初作之？
斡维焉系？天极焉加？八柱何当？东南何亏？
九天之际，安放安属？隅隈多有，谁知其数？
天何所沓？十二焉分？日月安属？列星安陈？

这里，屈原针对确切的数字和概念予以深究。“九重”、“八柱”、“九天”、“十二”都是实数。“斡维”、“天极”、“隅隈”是关于天体结构的概念。按照常识，人们只有经过实际测算才能得出具体数字，只有对现象进行调查和抽象化后才能提炼出概念。

屈原问道：天有九层，是谁经营度量？这项伟大的工程，是由谁完成的？既然有八根柱子支撑着天，那“八”根柱子分别在哪里？东南方的天又为什么亏缺？“九天”的边际怎样安放系连？天的“十二”个区域又是如何划分的？屈原一步步逼问与这些数字相关的具体环节。当然人们根本无法证明这些数字的实际意义，这就不得不让人怀疑数字以及这些传说的真实性。屈原也对“斡维”、“天极”、“隅隈”这些有关天体的概念予以追究。如果说天像伞盖，有很多绳索系连，那么绳索的顶端又系在哪里？天如有极点的话，极点又固定在何处？如果说天上有许多角落，谁能知道它们究竟有多少……这些问题自然同样无人能够回答。人们在既不能看到又不能证明的情况下，却获得了极为精确的数字和概念，那么，结论之错误和做法之荒谬显而易见。

问大地部分也有类似情形。如：“昆仑县圃，其凥安在？增城九重，其高几里？四方之门，其谁从焉？西北辟启，何气通焉？”这两章针对的是昆仑神话。其中“县圃”、“凥”、“增城”、“九重”、“四方之门”等隐含着丰富的神话内涵。屈原同样追问与这些传说有关的具体细节。实际上，“传道”者无从告诉世人高悬在空中的昆仑花园的根基到底在哪里、高达九重的“增城”究竟有多少里。他们同样无法指实是谁曾经从昆仑山的四方之门通过，当然，也无法告诉世人昆仑山的西北之门吹过的究竟是什么样的风。

接下来，屈原对大地上的动植珍怪、奇闻异事继续发问：

> 日安不到，烛龙何照？羲和之未扬，若华何光？
> 何所冬暖？何所夏寒？焉有石林？何兽能言？
> 焉有虬龙，负熊以游？
> 雄虺九首，倏忽焉在？何所不死？长人何守？
> 靡蓱九衢，枲华安居？一蛇吞象，厥大何如？
> 黑水玄趾，三危安在？延年不死，寿何所止？
> 鲮鱼何所？鬿堆焉处？羿焉彃日？乌焉解羽？

屈原之问一气呵成。问到的动植珍怪有烛龙、若华、石林、能言之兽、虬龙、雄虺、靡蓱、枲华、巨蛇、鲮鱼、鬿堆等等；问到的奇闻异事主要有太阳照不到的地方、羲和御日、冬暖夏寒之地、虬龙负熊、黑水玄趾三危之地、长生不老、巨人、巨蛇吞象、后羿射日等等。针对传说中那些奇异的事物、地方、自然现象和神奇的事情，屈原把它们放置在人们的知识系统和普遍的认知标准中予以关照，从而昭示传道之说违背常识和自然规律之处。当然，在众多问题中一以贯之的仍然是其寻真求实的怀疑精神。

对于关涉到人的自然神话，屈原主要抓住事物之间的关系进行分析。他把传说中涉及的事物相并列，分析它们彼此之间有无必然的因果关系。一旦显露出传道的说法与关涉的事物之间并无联系，那么，是与非也就不言自明。如对月亮神话，屈原问“夜光何德，死则又育？厥利维何，而顾菟在腹”。月亮是宇宙中没有生命的天体，怎么会有生死？传说月中有“顾菟”，这对月亮有什么好处呢？言外之意是月的盈亏乃自然之道，所谓日月有德之说，不过是把人类社会的属性强加给自然中的日和月而已。月中有“顾菟”同样是臆测，因“顾菟”对于月没有任何必然的利害关系。又如“康回凭怒，地何故以东南倾”一问，这是说既然共工怒触支撑着天的不周山，而不周山在西北，倾斜的应当是天空，与大地西北高东南低没有必然关系。因此，将大地西北地势高东南地势低而百川东流的原因，归结于共工触不周山经不住推敲。

屈原用“谁”、“何”、“安”、“孰”、“几”、“焉”“胡”等疑问代词，追问与那些“传道”之说相关的人、方法、地方、过程、数量等细节问题，从而显示了那些“传道”结果的错误。

由此可见，屈原对自然发展史的传说，不仅质疑了它们内容的荒诞性，同时对其形成的过程也表示怀疑。屈原之问于无声处把传道之说的漏洞一一凸现出来，虽无纵横捭阖之气势，却有极强的逻辑力量，表现出了那个时代共有的理性精神。对此，我们甚至可以用今天的形式逻辑加以分析。

如关于“女岐无合，夫焉取九子”之问，屈原所针对的是关于尾星的神话传说。人们观察到天上的九子星，便按照人间的伦理编造了这则美丽的故事。屈原却以犀利的目光洞察到此则神话的问题所在，一个“无合”便抓住了它的症结。于理男女和合方有子嗣，而传说却是，女岐在无合的前提下不但有子嗣，而且竟有九子。这无疑违背了人类繁衍的自然之道，传说之谬显而易见。这个问题的思考过程合乎今天逻辑学上演绎推理的三段论法则。又如“一蛇吞象，厥大何如”这一问题，我们可以将屈原思考问题的过程表达为：

大前提：小的动物不能吞咽大的动物

小前提：蛇小而象庞大

结　论：蛇不能吞象

的确，按照常理小的动物无法一口吞咽大的动物，蛇与象在大小上形成巨大的反差，因此，屈原认为蛇不能吞食体积庞大的象，“一蛇吞象”的传说是荒唐的。

由以上分析可知，屈原之问不仅显示了传道内容之荒诞，也证明了传道方法本身之谬误。既然关于自然发展史的那些结论本身以及得出结论的方法都存在问题，那么时人由天道推知人事的做法以及所津津乐道的“天道”的正确性就令人生疑。因为人们根本无法确切探知天道。天道既不可确知，在此基础上又岂能推求出正确的人事之理。因此，摒弃虚幻的传说乃至传道的“天命”、相信现实、依靠人事才是明智之举。屈原对荒诞传说的怀疑表现出求真求实的认知原则和理性思考。

其实，对以往关于自然发展史和社会发展史的某些成见以及将先王神圣化的传说提出质疑并非屈原的个人行为，而是那个时代的共同趋向，是春秋战国时代理性觉醒的反映。稍后于屈原的法家代表人物韩非子就重视现实，主张法后王。韩非子在批判儒、墨的尧、舜之争时指出：“殷、周七百余岁，虞、夏二千余岁，而不能定儒、墨之真。今乃欲审尧、舜之道于三千岁之前，意者其不可必乎！无参验而必之者，愚也；弗能必而据之者，诬也。故明据先王，必定尧、舜者，非愚则诬也。”① 韩非子认为无“参验”即实验之据而武断得出结论是“愚”；而对不能确实证明的事情强为之解，就是“诬”。七百多年前的殷、周和两千年前的虞、夏尚无法考证其实，儒、墨又岂能准确获知三千年前尧、舜时代的事实？既然都不能确凿地证明三千年前尧、舜的真实情况，那么，儒、墨之说自然为臆断，而凭空臆断者就是“愚诬之学”。韩非之言切中肯綮，与屈原“遂古之初，谁传道之”之问有异曲同工之妙。《列子·杨朱》也曾感慨远古渺茫难求的问题，“太古之事灭矣，孰志之哉？三皇之事，若存若亡；五帝之事，若觉若梦；三王之事，或隐或显，亿不识一”。虽与屈原有相同的识见，却远不如屈原之问深刻。

① 《韩非子·显学》，引自王先慎《韩非子集解》卷十九，《诸子集成》（第5册），上海书店，1986年，第351页。以下均为该版本，只注明页码。

第三章

屈原对社会发展史有关“传说”的质疑

《天问》中，屈原问社会发展史的内容是全诗的关键部分。屈原遵循求真求实的认知原则，对夏、商、周三代历史中的历史人物和“传道”的历史事实提出疑问。本章主要探讨屈原对夏代的鲧禹、商代的启、舜和汤、周代武王等历史人物的认识。在周代部分还将论及有关昭王南征不复的传说。具体的研究办法是，考论《天问》中与这些历史人物相关的具体诗句，探寻诗的本义，并从中推断出屈原质疑的用意所在。

第一节　屈原对夏代历史中若干问题的认识

夏代是屈原反思历史的第一个环节。本节主要考察屈原对鲧、禹、益、启的认识，拟从以下三个方面入手。一、由“不任汩鸿，师何以尚之”、“何由并投，而鲧疾修盈”等诗句探讨屈原对鲧的道德与事功的重新评价。二、由“纂就前绪，遂成考功”、“焉得彼涂山女，而通之于台桑”等诗句探讨屈原对禹治水和道德问题的针砭。三、由“启代益作后，卒然离蠥”、“何勤子屠母，而死纷竟地”等诗句探讨屈原对启“贤”的质疑以及对后益的同情。

一、屈原对鲧的道德与事功的重新评价

春秋战国时期，周的正统文献和一些学派对鲧都有不同程度的贬斥，屈原对鲧因治水被殛死的命运却持有强烈的同情态度，在其作品中不止一次谈及鲧。这是一个值得关注的问题。

鲧禹治水的传说到战国时候已经非常流行。鲧因治水不得其法，终至无功而被殛死于羽山的说法主要见于《尚书》、《国语》等典籍。如：

> 鲧陻洪水，汩陈其五行。帝乃震怒，不畀洪范九畴，彝伦攸斁。鲧则殛死，禹乃嗣兴。天乃锡禹洪范九畴，彝伦攸叙。（《尚书·洪范》）
>
> 其在有虞，有崇伯鲧，播其淫心，称遂共工之过，尧用殛之于羽山。[①]（《国语·周语下》）

① 引自徐元诰《国语集解》，中华书局，2002年，第94页。以下均为该版本，只注明页码。

鲧障洪水而殛死，禹能以德修鲧之功。[①]（《国语·鲁语上》）

《山海经》也有类似记载，《海内经》曰：“洪水滔天。鲧窃帝之息壤以堙洪水，不待帝命。帝令祝融杀鲧于羽郊。”[②]

从《左传》和《尚书》记载看，人们对鲧的贬责不仅仅因其治水失败，也由于他品行欠佳。如《左传·文公十八年》云：“颛顼有不才子，不可教训，不知话言，告之则顽，舍之则嚚，傲很明德，以乱天常，天下之民谓之梼杌……舜臣尧，宾于四门，流四凶族。”杜预注曰：“谓鲧梼杌，顽凶无俦匹之貌。”又如《尧典》中四岳推荐鲧治水，帝对鲧就有“方命圮族”的成见。

屈原是如何看待鲧的呢？屈原在《离骚》、《惜往日》和《天问》中都表达了对鲧的同情，而在《天问》中对鲧的道德和行事表述得尤为集中。《天问》关涉鲧的诗句有：

> 不任汩鸿，师何以尚之？佥曰何忧？何不课而行之？
> 鸱龟曳衔，鲧何听焉？顺欲成功，帝何刑焉？
> 永遏在羽山，夫何三年不施？伯禹愎鲧，夫何以变化？
> 纂就前绪，遂成考功。何续初继业，而厥谋不同？
> 鲧何所营？禹何所成？
> 咸播秬黍，莆雚是营。何由并投，而鲧疾修盈？

对于鲧是否为无德的有罪之人；鲧禹父子在治水上是否如传道所言鲧“壅防百川，堕高湮庳”，而禹“疏川导滞”；[③]鲧被处罚的真正原因究竟是什么等问题，屈原有着独特的认识。

---

① 引自徐元诰《国语集解》，第157页。

② 引自袁珂《山海经校注》，巴蜀书社，1996年，第536页。以下均为该版本，只注明页码。

③ 《国语·周语下》，引自徐元诰《国语集解》，第94–95页。

（一）受众人推举，说明鲧德才兼备

屈原问大地部分从鲧禹治水开始。他首先质疑的是鲧被举荐治水一事，即“不任汨鸿，师何以尚之”。意思是倘若鲧不能胜任治水的话，四岳怎么会鼎力相荐。关于鲧受举治水的过程，《尚书·尧典》记述得较为详细：

> 帝曰：“咨！四岳，汤汤洪水方割，荡荡怀山襄陵，浩浩滔天。下民其咨，有能俾乂？”佥曰：“于！鲧哉。”帝曰：“吁！咈哉，方命圮族。”岳曰：“异哉！试可乃已。”

尽管尧对鲧有“方命圮族”的评价，但治水事关重大，鲧若无相当的德行和才干，一向尚贤的尧岂能随意“课而行之”？据《史记·夏本纪》载，四岳如此回答尧的疑惑：“等之未有贤于鲧者。”这说明司马迁也相信鲧至少是贤能的人。

由屈原对鲧受荐治水一事的发问可以推断，他相信鲧在道德和才能方面是一个深得众人信任的人。

（二）鲧与禹的治水之谋没有差别

对于鲧治水时是否只知堵塞的问题，屈原与正统之见有别。鲧究竟采用何种方法治水，《天问》未予表明。不过，“鸱龟曳衔，鲧何听焉，顺欲成功，帝何刑焉？纂就前绪，遂成考功。何续初继业，而厥谋不同”等诗句蕴含了不少信息。

“鸱龟曳衔，鲧何听焉”一向较为难解。不仅“鸱龟”为一物还是为“鸱”、“龟”两物至今仍未达成共识，“鸱龟曳衔”到底所指何事也是一件难以定论的公案。王逸训释“鸱龟曳衔”曰：“鲧治水，绩用不成，尧乃放杀之羽山，飞鸟水虫，曳衔而食之。”[①] 王逸认为此乃鲧死后被“飞鸟水虫”所食之惨象，与治水无关。既然这里是就治水的事情发

① 引自洪兴祖《楚辞补注》，第89-90页。

问，“鸱龟曳衔，鲧何听焉”所关涉的应该也是治水之事。从问题的发生次序看，这组反映鲧禹治水的句子按照鲧受荐治水、鲧治水失败被囚禁在羽山、禹接替治水成功的时间顺序依次推进。“鸱龟曳衔，鲧何听焉”发生在治水过程当中，尚未问及鲧死后的情形。因此，王逸之释不确。众注家中，周拱辰、谭介甫的意见值得参考。

周拱辰《离骚草木史》：“盖鸱龟曳衔，鲧障水法也。鲧睹鸱龟曳尾相衔，因而筑为长堤高城，参差绵亘，亦如鸱龟之曳尾相衔者然。”①

谭介甫《屈赋新编》：“鸱龟曳衔，与‘鹬蚌相持’意同，此犹云鸱衔龟曳。盖禹治洪水曾用‘泥行乘橇’，孟康谓‘橇形如箕，擿行泥上。’张守节谓‘橇形如船而短小，两头微起，人曲一脚，泥上擿进，用拾泥上之物。今杭州温州海边有之。’按大龟背经翻转，其形也似箕或小船，大约鸱俯啄食，龟含其足，鸱用一脚拖行泥上。此时，鲧见鸱龟的动作，忽有感悟，才象征地从其形式以发明‘泥行乘橇’的工具。因为泥是河道水路的最大障碍，鲧治水先从泥起，得此工具，自然顺欲成功，后来禹也相继求精而用之。”②

由“鸱龟曳衔，鲧何听焉”可以推断，鲧采用了一种独特的治水方法，这种方法受到“鸱龟曳衔”的动作或形态的启发，而且非常有效果。《天问》未提鲧的其他治水之法，不过，我们可以由禹治水来反推鲧。因为“纂就前绪，遂成考功。何续初继业，而厥谋不同”暗示出禹不仅接替鲧的治水大业，而且他们的治水谋略没有什么不同，禹在治水方法上很有可能效法于鲧，没有创造新的方法。关于禹的治水方法，正统的舆论多以疏（决）导誉之。既然鲧禹治水方法相同，那么鲧也用疏导之法就在情理之中。《韩非子·五蠹》就没有将鲧禹治水对立，而是说：“中古之世，

① 游国恩：《天问纂义》，第85页。

② 谭介甫：《屈赋新编》，中华书局，1978年，第467-468页。

天下大水，而鲧、禹决渎。”

顾颉刚认为对禹疏导水的较早说法“开始盛倡于《墨子》”[①]。从传世文献记载看的确如此，如：《墨子·兼爱中》：“古者禹治天下，西为西河、渔窦，以泄渠孙皇之水；北为防原泒，注后之邸、嘑池之窦，洒为底柱，凿为龙门，以利燕、代、胡、貉与西河之民；东方漏之陆，防孟诸之泽，洒为九浍，以楗东土之水，以利冀州之民；南为江、汉、淮、汝，东流之，注五湖之处，以利荆、楚、干、越与南夷之民。此言禹之事，吾今行兼矣。”[②] 其他记载了禹治水的文献也多提及禹的治水之法，如：

> 其后伯禹念前之非度，釐改制量，象物天地，比类百则，仪之于民，而度之于群生。共之从孙四岳佐之，高高下下，疏川导滞，钟水丰物，封崇九山，决汩九川，陂鄣九泽，丰殖九谷，汩越九原，宅居九隩，合通四海。[③]（《国语·周语下》）
>
> 禹曰：“洪水滔天，浩浩怀山襄陵，下民昏垫。予乘四载，随山刊木，暨益奏庶鲜食。予决九川，距四海，濬畎浍，距川。”（《尚书·益稷》）
>
> 禹疏九河，瀹济漯，而注诸海；决汝汉，排淮泗，而注之江。（《孟子·滕文公下》）

---

① 顾颉刚：《顾颉刚古史论文集》（第2册），中华书局，1988年，第107页。以下所引均为该版本，只注明页码。顾颉刚认为“导水的传说自墨子以后也已有了”（第116页）。裘锡圭认为明显将鲧禹治水方法对立起来的是《国语·周语下》，与顾颉刚、童书业的认识稍有不同，但对于时代演进造成了治水方法的对立的看法是一致的。裘锡圭认为《赞互公盨铭》“天命禹敷土，墮山，浚川……”有三种治水方法。“盨铭除敷土、墮山外，还说了‘浚川’，可见‘禹疏水’的观念在西周时就已存在”，绝非如顾颉刚、童书业两先生《鲧禹的传说》一文所言乃战国以后兴起。见裘锡圭《中国出土古文献十讲》，复旦大学出版社，2004年，第23页。以下所引均为该版本，只注明页码。

② 引自孙诒让《墨子间诂》（孙启治点校）卷二，《新编诸子集成》，中华书局，2001年，第107–111页。以下所引均为该版本，只注明页码。

③ 引自徐元诰《国语集解》，第95–96页。

另外，《吕氏春秋·爱类》[①]，《淮南子》的《本经训》[②]、《修务训》[③]、《泰族训》[④]等也有记述。治水是一项艰巨的工程，若说禹仅仅使用疏导的方法就将“怀山襄陵”的浩浩洪水制伏，恐怕并不足信。鲧以堙洪水而闻名，其实，儒家文献中已经透露出禹治水并非仅“疏”、“决”洪水。《国语·鲁语上》之“鲧障洪水而殛死，禹能以德修鲧之功”[⑤]强调的是禹以“德”治水，至于禹到底是否改变了方法只字未提。因此，禹仍有沿用鲧堙塞治水的可能性。有些典籍则以“抑”来描述禹治水的历史，如《孟子·滕文公下》：“昔者禹抑洪水，而天下平。”汉赵岐注：“抑，治也。”“治”水的方法未必一定只有疏导，包含堵塞的可能性。《尚书·禹贡》：“禹敷土，随山刊木，奠高山大川。”《史记·夏本纪》：转述《禹贡》作“禹乃遂与益、后稷奉帝命，命诸侯百姓兴人徒以傅土，行山表木，定高山大川。”《荀子·成相》：“禹有功，抑下鸿，辟除民害逐共工。北决九河，通十二渚疏三江。禹傅土，平天下，躬亲为民行劳苦。”[⑥]

以上除“抑”这个较为模糊的词之外，还有“敷（傅）土”、“随山刊木”和“决河”。《庄子·天下》评述墨家时提到禹治水的问题，即

---

① 《吕氏春秋·爱类》：“昔上古龙门未开，吕梁未发，河出孟门，大溢逆流，无有丘陵沃衍平原高阜，尽皆灭之，名曰‘鸿水’。禹于是疏河决江，为彭蠡之障，干东土，所活者千八百国。此禹之功也。”见高诱《吕氏春秋》卷二十一，《诸子集成》（第6册），上海书店，1986年，第282页。以下所引均为该版本，只注明页码。

② 《淮南子·本经训》：“舜乃使禹疏三江五湖，辟伊阙，导廛涧，平通沟陆，流注东海，鸿水漏，九州干，万民皆宁其性，是以称尧舜以为圣。”见高诱注《淮南子》卷八，《诸子集成》（第7册），上海书店，1986年，第118页。以下所引均为该版本，只注明页码。

③ 《淮南子·修务训》：“禹沐浴霪雨，栉扶风，决江疏河，凿龙门，辟伊阙，修彭蠡之防，乘四载，随山刊木，平治水土，定千八百国。”见高诱注《淮南子》卷十九，第331-332页。

④ 《淮南子·泰族训》：“禹凿龙门，辟伊阙，决江濬河，东注之海，因水之流也。”见高诱注《淮南子》卷二十，第350页。

⑤ 引自徐元诰《国语集解》，第157页。

⑥ 引自王先谦《荀子集解》卷十八，《诸子集成》（第2册），上海书店，1986年，第308页。以下所引均为该版本，只注明页码。

"昔禹之湮洪水，决江河而通四夷九州也"。此处也用"湮"和"决"。由以上文献中的用词可知，传说中禹治水兼用堵塞和疏导之法。

《山海经》多次提及禹治水。《大荒北经》记曰："禹湮洪水，杀相繇，其血腥臭，不可生谷，其地多水，不可居也。禹湮之，三仞三沮，乃以为池，群帝因是以为台。"[①] 郭注"禹湮之"为："言禹以土塞之，地陷坏也。"[②]《海外北经》也有一段故事，情节与此相近，即"禹厥之，三仞三沮，乃以为众帝之台"。[③] 郭注"禹厥之"为"掘塞之"。可见两经都认为禹治水时用过堙塞的方法。对于《海内经》所言"鲧窃帝之息壤以堙洪水，不待帝命"，顾颉刚认为："'堙'字训'塞'。鲧治洪水的方法是用息壤去堙塞，这便是所谓'布土'（'敷土'）。"[④] 鲧和禹均"布土"，看来父子二人的治水之法有共同处。

汉代的文献中，对禹治水也未仅限于"疏"或"决"。如：《淮南子·地形训》曰："禹乃以息土填洪水以为名山。"[⑤] 此处用"填"。《史记·河渠书》："夏书曰：禹抑洪水十三年，过家不入门。陆行载车，水行载舟，泥行蹈毳，山行即桥。以别九州，随山浚川，任土作贡。通九道，陂九泽，度九山。"[⑥] 而《汉书·沟洫志》引《夏书》为"禹堙洪水十三年"。[⑦]《史记·司马相如列传》则对治水方法言之较细："昔者鸿水浡出，泛滥衍溢……夏后氏戚之，乃堙鸿水，决江疏河，漉沈赡菑，东归之于海，而天下永宁。"[⑧]"夏后氏"当是禹。"堙"、"决"、"疏"乃夏后氏治水之法。

从出土文献看，早在西周时期已经出现了较为客观的说法。西周中期的《豳公盨》如此记曰："天命禹敷土，墮山，浚川；乃畴方，设正，降

① 袁珂：《山海经校注》，巴蜀书社，1993年，第489页。
② 郭注见《四库全书》本。
③ 袁珂：《山海经校注》，第280页。
④ 顾颉刚：《顾颉刚古史论文集》（第2册），第105页。
⑤ 引自高诱注《淮南子》卷四，第56页。
⑥ 司马迁：《史记》，第1405页。
⑦ 班固：《汉书》，中华书局，1962年，第1675页。以下均为该版本，只注明页码。
⑧ 司马迁：《史记》，第3050页。

民，监德。”[①]

裘锡圭认为：“敷”、“傅”皆从“尃”声，“敷”与“布”音义皆近，禹的“敷土”，其原始意义应指以息壤堙填洪水。[②] 禹之“墮山”在《禹贡》中已变为“随山”。《书序》之“禹别九州，随山浚川，任土作贡”与《禹贡》相同。《史记·夏本纪》则改“随山”为“行山”。《史记·天官书》：“《夏书》曰：禹抑洪水……以别九州，随山浚川，任土作贡。”后文与《书序》同，不知谁抄谁的。“墮山”变为“随山”，与鲧禹治水传说演变有关。[③] 以为鲧禹治水方法不同是由于传说随时代演变的结果，明显将它们对立起来的是《国语·周语下》。[④]

尽管以上引文对鲧禹治水的描述各有侧重，但是，鲧、禹治水时综合使用墮高、堙庳、堵塞、疏导等方法应该是真实的情况，他们在治水时所用方法没有本质上的不同，而且鲧还为禹积累了有益的经验。《尚书正义》释“绩用弗成”说：“《祭法》云：‘鲧障洪水而殛死，禹能修鲧之功。’然则禹之大功，顾亦因鲧，是治水有益之验。但不能成功，故诛殛之耳。”[⑤] 孔颖达言之有理。再者，“堵”乃古人治水共享之法，女娲概不例外。往古之时，“水浩洋而不息”，于是，女娲便“积芦灰以止淫水”。[⑥]

顾颉刚、童书业把鲧用堙塞防堵的方法失败、禹用疏导的方法成功的传说，归因于时代的演变。[⑦]“我们追源鲧、禹治水传说的所以改变，实由

① 此铭的释文见裘锡圭《中国出土古文献十讲》，第46页。本文按照裘锡圭释文中隶定的通用字抄录。《豳公盨铭文考释》，原载北京保利艺术博物馆《豳公盨——大禹治水与为政以德》，线装书局，2002年，又载《中国历史文物》2002年第6期和《中国出土文献十讲》第46页。此盨时代属于西周中期，器内铸有98个铭文，2002年被保利艺术博物馆收购。

② 裘锡圭：《中国出土古文献十讲》，第49页。

③ 裘锡圭：《中国出土古文献十讲》，第49-50页。

④ 顾颉刚：《顾颉刚古史论文集》（第2册），第104-108页。

⑤ 孔颖达：《尚书正义·尧典》，《十三经注疏》，中华书局，1980年，第123页。以下均为该版本，只注明页码。

⑥ 《淮南子·览冥训》，引自高诱注《淮南子》卷六，第95页。

⑦ 顾颉刚：《顾颉刚古史论文集》（第2册），第104-110页。

于战国的时势。在战国的时候，交通四辟，水利大兴，人们为防止水患，就盛行了筑堤的办法；为利便交通，振兴农业，又盛行了疏水灌溉的办法。但是筑堤的害处多而利益少，疏水灌溉则是有利而无弊的事，所以防洪水的典故便渐归了上帝所殛的万恶的鲧，而疏洪水的典故就归了天所兴的万能的禹了。"[①] 此论确是卓识。

（三）鲧治水有功

"纂就前绪，遂成考功"之"考功"自然指鲧而言。由此问可知，屈原认为鲧是有功劳的，禹不过继续并完成了鲧的功业而已。

屈原对鲧的认识并不是孤立的，先秦不少文献也记述了鲧的功绩。《山海经·海内经》曰："禹、鲧是始布土，均定九州。"说明定九州乃鲧、禹合力而成，非禹一人之功，而《禹贡》、《洪范》均夸大了禹的功劳。另外，据《国语》记载，有海鸟止于路东门之外三日，臧文仲使国人祭之。展禽对此大加批评：

> 越哉，臧孙之为政也！夫祀，国之大节也，而节，政之所成也，故慎制祀以为国典。今无故而加典，非政之宜也。夫圣王之制祀也，法施于民则祀之，以死勤事则祀之，以劳定国则祀之，能御大灾则祀之，能捍大患则祀之。非是族也，不在祀典。昔烈山氏之有天下也，其子曰柱，能植百谷百蔬。夏之兴也，周弃继之，故祀以为稷。共工氏之伯九有也，其子曰后土，能平九土，故祀以为社。黄帝能成命百物，以明民共财。颛顼能修之，帝喾能序三辰以固民，尧能单均刑法以仪民，舜勤民事而野死，鲧障供水而殛死，禹能以德修鲧之功，契为司徒而民辑，冥勤其官而水死，汤以宽治民而除其邪，稷勤百谷而山死，文王以文昭，武王以武烈，去民之秽。故有虞氏禘黄帝而祖颛顼，郊尧而宗舜。夏后氏禘黄帝而祖颛顼，郊鲧而宗禹。商人禘喾而

① 顾颉刚：《顾颉刚古史论文集》（第2册），第109页。

祖契，郊冥而宗汤。周人禘喾而郊稷，祖文王而宗武王。[①]

鲧因“障洪水而殛死”，却受到夏后氏的郊祭。既然先王对祭祀有严格的规定，“非是族也，不在祀典”，这说明鲧至少会有“五功”中的一项。倘若鲧仅仅是一个“顽”、“嚣”、“傲很”只知障洪水的凶徒，他岂能有资格享有“国之大节”——夏后氏的郊祭！何况展禽之“修鲧之功”已经对鲧的功绩给予客观评价。《礼记·祭法》也有与展禽相似的表述：

> 夫圣王之制祭祀也，法施于民则祀之，以死勤事则祭之，以劳定国则祀之，能御大灾则祀之，能捍大患则祀之。是故厉山氏之有天下也，其子曰农，能殖百谷，夏之衰也，周弃继之，故祀以为稷。共工氏之霸九州也，其子曰后土，能平九州，故祀以为社。帝喾能序星辰以著众，尧能赏均刑法以义终，舜勤众事而野死，鲧鄣鸿水而殛死，禹能修鲧之功，黄帝正名百物以明民共财，颛顼能修之，契为司徒而民成，冥勤其官而水死，汤以宽治民而除其虐，文王以文治，武王以武功去民之灾，此皆有功烈于民者也。

这里提到了农、稷、后土、帝喾、尧、舜、鲧、禹、黄帝、颛顼、契、冥、汤、文王、武王等多位先王，“鲧鄣鸿水而殛死，禹能修鲧之功”就把鲧和诸位先王一起归于“有功烈于民者”。孔颖达疏曰：“鲧鄣鸿水而殛死者，鲧塞水而无功而被尧殛死于羽山，亦是有微功，于人故得祀之，若无微功，焉能治水九载？又《世本》云‘作城郭’，是有功也。”[②] 孔颖达的意见值得重视。另外，据《国语》载，申胥谏夫差曰：“今王既变鲧、禹之功，而高高下下，以罢民于姑苏。”[③] 既然鲧禹并提，且以“功”誉之，说明，南方吴越之地对鲧评价颇高。

① 《国语·鲁语上》，引自徐元诰《国语集解》，第154–160页。

② 孔颖达：《礼记正义》，《十三经注疏》，第1590页。

③ 《国语·吴语》，引自徐元诰《国语集解》，第542页。

（四）治水之外，鲧尚有其他功绩

《天问》留下了一则关于鲧播种百谷的珍贵信息，即“咸播秬黍，莆雚是营。何由并投，而鲧疾修盈。”

关于鲧为农事，文献记载甚少。不过，以上四句也是《天问》本事探寻中分歧较大的一章。王逸《楚辞章句·天问》释曰：“言禹平治水土，万民皆得耕种黑黍于雚蒲之地，尽为良田也。”“言尧不恶鲧而戮杀之，则禹不得嗣兴，民何得投种五谷乎？乃知鲧恶长满天下也。”[①]王逸之释文是把禹和鲧比较，“并投”指百姓“投种五谷”。洪兴祖则释曰：“禹平水土，民得并种五谷矣，何由鲧恶长满天下乎？所谓盖前人之愆。”[②]洪兴祖言“何由鲧恶长满天下乎”可谓悟到屈原对鲧的同情之意。清人毛奇龄《天问补注》云：“言鲧治水，亦皆以播种是营耳。何为独受害殛也？”[③]此解较为妥帖。蒋骥将“何由并投，而鲧疾修盈”解为鲧事与四凶作比较，释义与诗句中的文字距离太远。但是他认为“咸播秬黍，莆雚是营”是言鲧“欲使民播种，故于莆雚之地，营筑为堤，其心非有不善”[④]，强调了鲧在治水过程中为百姓谋取生路的功绩。

我认为此章针对鲧禹而言。“咸播秬黍，莆雚是营”说明鲧除治水之外还为百姓生计着想，筹划民食，播种五谷，经营生活所需的水草如莆雚等。此句是问：鲧和禹都播种秬黍，经营莆雚以供生活使用。为什么两人都投入了心血，全心为百姓，而鲧却留下了永久的恶名？鲧有农业之功，这当是鲧的又一项功绩。对于禹在平治水土以后为百姓发展生产的事迹，文献多有记载。如《尚书·益稷》云禹“暨稷播，奏庶艰食鲜食”；《诗经·鲁颂·閟宫》曰：“黍稷重穋，稙稚菽麦。奄有下国，俾民稼穑。有稷有黍，有稻有秬。奄有下土，缵禹之绪。”这是鲁人在歌颂祖先后稷的

① 引自洪兴祖《楚辞补注》，第101页。
② 洪兴祖：《楚辞补注》，第101页。
③ 游国恩：《天问纂义》，第236页。
④ 蒋骥：《山带阁注楚辞》，上海古籍出版社，1984年，第89页。

业绩，而“缵禹之绪”一句表明，禹在平治水土之后曾经俾民稼穑[1]，所播种的有稷、黍、稻、秬等作物。但是，对于鲧从事农业的事迹，除《天问》之“咸播秬黍，莆雚是营”之外几乎未闻。我们虽暂时还找不到鲧有播植之功的其他记载，但就一般事理推论，鲧治水的同时帮助百姓发展农业、维持生计也在情理之中。《天问》能保留这一传说，功莫大焉。

此外，鲧尚有创造城郭的传说[2]。《吕氏春秋·君守》云“夏鲧作城”；《礼记·祭法》引《世本》说鲧“作城郭”；《水经注》卷二《河水》下也引《世本》说“鲧作城”；《广韵》引《世本》又说作郭；《淮南子·原道训》也云：“夏鲧作三仞之城，诸侯畔之，海外有狡心。”徐旭生认为治水与作城是一件事，并引钱穆《治史杂志论秦以前封建制度》之论为据，即“耕稼民族的筑城有两种用意：一是防游牧人的掠夺，而另一是防水灾的湮没”[3]。从以上文献看，鲧为治水还发明了筑城的方法。虽然这不一定是史实，至少是一项同鲧禹治水一样流行的传说。

作为掌管治水大事的最高长官，鲧的才能主要体现在治水上：他疏导、堵塞并用，还发明筑城的方法保护百姓；在治水的同时，积极发展农业，维持百姓生计，为禹治水成功奠定了良好的基础。无论从《天问》自身蕴涵的重要信息还是其他文献所示，鲧都应算是一位深受众人信任、且颇有才能的人，在治水上可谓功劳卓著。但事实却是，鲧被殛死在羽山。屈原如何认识鲧的命运呢？

（五）殛死的真正原因——婞直

关于鲧受殛刑的原因散见于不同的文献中，总而括之，可归纳为以下

---

① 《论语·宪问》云：“禹、稷躬稼而有天下”，《论语·泰伯》也言禹“卑宫室而尽力乎沟洫”。这说明禹同稷一样也有“俾民稼穑”之功。

② 徐旭生：《中国古史的传说时代》，广西师范大学出版社，2003年，第167页。以下所引均为该版本，只注明页码。徐旭生认为“鲧”写作“鮌”，是因为古代“玄”与“系”形近互讹。以下几个鲧作城的例子援引自徐旭生先生的辑录。

③ 转引自徐旭生《中国古史的传说时代》第169页。按照史书记载，筑堤防水是战国以后的事情。《汉书·沟洫志》记载西汉贾让上奏曰：“堤防之作，近起战国，雍防百川，各以自利。”

几种说法：

1. 用堵塞之法，治水失败。

鲧“障”洪水或“堙”洪水之事，《尚书》、《左传》、《国语》、《山海经》等都有记述（见前文）。这些文献都以鲧用堵塞之法治水来解释其受殛刑的原因。

2. 窃帝息壤，不待帝命。

《山海经·海内经》认为“帝令祝融杀鲧于羽郊”原因是“窃帝之息壤”和“不待帝命”。[①]“堙洪水”只是鲧“窃帝之息壤”的目的，其罪关键在于“窃”，而且所“窃”乃“帝”之息壤，其罪可想而知。此则材料带有浓郁的神话传说色彩，我们从中可以看出《山海经》的内容与儒家系统之异，即“窃帝息壤”的鲧是为治洪水拯救百姓而触犯帝颜，导致人生悲剧。这个鲧类似西方神话中窃火救民的普洛米修斯，悲剧中蕴涵着崇高，令人敬仰，与所谓“四凶”形象截然相反。柳宗元《天对》沿用了《山海经》之说，对曰：“窃堙息壤，招帝震怒，赋刑在下，投弃于羽。”

3. 顽、嚚，傲很明德。

据《左传·文公十八年》，鲧被流放的原因与鲧“顽”、“嚚”、“傲很明德”、“以乱天常”的德行有关，并未提治水失败的事。《墨子·尚贤上》指出鲧被处罚的原因：“然则亲而不善以得其罚者，谁也？曰：若昔者伯鲧，帝之元子，废帝之德庸，既乃刑之于羽之郊，乃热照无有及也，帝亦不爱。则此亲而不善以得其罚者也。”[②]这里，鲧的身份成了帝的“元子”即“首生子”，被惩罚的原因是“不善”。《墨子》之见与《左传》大同小异。《吕氏春秋·恃君览·行论》也提供了一则材料：

> 尧以天下让舜。鲧为诸侯，怒于尧曰：“得天之道者为帝，为帝之道者为三公。今我得地之道，而不以我为三公。”以尧为失论，欲

① 引自袁珂《山海经校注》，第536页。
② 引自孙诒让《墨子间诂》卷二，《新编诸子集成》，第61-62页。

> 得三公。怒甚猛兽，欲以为乱比兽之角，能以为城；举其尾，能以为旌。召之不来，仿佯于野以患帝，舜于是殛之于羽山，副之以吴刀。禹不敢怨，而反事之。官为司空，以通水潦。颜色黎黑，步不相过，窍气不通，以中帝心。[①]

《吕氏春秋》所记恰是《左传》的注脚。以上这些文献从不同的视角反映了鲧的德行和秉性。《左传》之“顽”（杜预注：“告之则顽，德义不入心。”）、“嚚”（杜预注：“舍之则嚚，不道忠信”）、“傲很明德”（即傲视美德之意），以及《山海经》之“不待帝命”，《国语·晋语》之“鲧违帝命”，《吕氏春秋》之“怒于尧”和“召之不来，仿佯于野以患帝”等等，都表明了鲧的性格特征。可以推想，在治水问题上鲧与帝可能有不小的冲突。那些仅言鲧障洪水而殛死者，或许将问题简单化了。

既然鲧有德性和事功，鲧禹在治水方法上也并无差别，鲧被殛死与治水方法之间也就没有必然的联系。那么屈原如何认识鲧被殛死一事呢？

《天问》所问鲧的一系列问题，诗句言词犀利。屈原的判断趋向异常鲜明，他认为鲧是一个深受众人信任、有才干、治水有法、功劳卓著的人。综合屈原其他作品，鲧被殛死的真实原因便赫然昭示。《离骚》首先指出：“鲧婞直以亡身兮，终然殀乎羽之野。”《惜诵》予以重申：“行婞直而不豫兮，鲧功用而不就。”《离骚》和《惜诵》中均未过多陈述鲧的行事，只有结论性的议论。屈原揭示了造成鲧悲剧命运的原因——“婞直”。

何谓“婞直”？《说文》释“婞”为“很也”，又“很”乃“不听从也”。王逸释曰：“婞，狠也”。王逸以为鲧“婞很自用，不顺帝命，乃殛之羽山，死于中野”[②]，这显然是因循儒家旧路，将鲧视为大逆不道的臣子。洪兴祖则云：“东坡曰：《史记》：殛鲧于羽山，以变东夷。《楚

① 引自高诱注《吕氏春秋》卷二十，第267页。

② 引自洪兴祖《楚辞补注》，第19页。

词》：鲧婞直以亡身。则鲧盖刚而犯上者耳。若小人也，安能以变四夷之俗哉？如左氏之言，皆后世流传之过。《九章》亦云：行婞直而不豫兮，鲧功用而不就。"[①] 洪兴祖训以“刚而犯上”则较为恰切妥帖，并得屈子精髓。

在屈原看来，鲧因“婞直”，“功用而不就”——功业不成；因“婞直”，“终然殀乎羽之野”——命丧荒远之地。如此，那些所谓“废帝之德庸”、鲧与尧的“得地之道者为三公”之争，无不是鲧“刚而犯上”性格的具体表现。倘若他惟命是从没有“犯上”的勇气，那么，在关键时刻就不会冒着生命危险违帝命窃息壤以救民。先秦文献所加于鲧的诸如“以乱天常”的恶言，若以“婞直”而论，便有了合理的解释。

《山海经·海外南经》郭璞注“三苗国在赤水东，其为人相随”值得重视。郭璞云：“昔尧以天下让舜，三苗之君非之。帝杀之，有苗之民，叛入南海，为三苗国。”“三苗”之君大概就是四凶之一，因反对尧禅让舜而获罪，这与《吕氏春秋·恃君览·行论》所记鲧事相同。我们或许由此可以获得一点启示，所谓“四凶”之罪是否一定如儒家所言令人怀疑。孔颖达对《尧典》之“绩用弗成”一句的解释值得注意，他认为：“何以治水之功不成而便殛鲧者，以鲧性傲很，帝所素知，又治水无功，法须贬黜，先有很戾之恶，复加无功之罪，所以殛之羽山，以示其罪。若然，禹既圣人，当知洪水时未可治，何以不谏父者？梁主以为‘舜之怨慕，由己之私；鲧之治水，乃为国事……’”[②] 所谓“舜之怨慕，由己之私”不是没有可能。

（六）“永遏在羽山，夫何三年不施”——鲧应该被重新任用

屈原对鲧的同情还表现在“永遏在羽山，夫何三年不施”一句中。屈原认为鲧是有才能的人，帝本应该重新任用，令其施展才华。对此句有不同的诠释，究其因，则是对句中“施”字释读所产生的分歧使然。以往学

① 洪兴祖：《楚辞补注》，第19页。
② 孔颖达：《尚书正义》，《十三经注疏》，第123页。

者对该字释义的分歧主要有三：

一是释“施”为“舍”，即“释”、“释放”、“赦罪”之义。王逸首主此说，曰：“施，舍也。言尧长放鲧于羽山，绝在不毛之地，三年不舍其罪也。”[①] 后继者有洪兴祖、闻一多等。洪兴祖阐发说“施”通作“弛”。闻一多进一步引证曰：“《广雅·释诂》四曰：‘弛，舍也。’与‘施’义同。《周礼·司圜》曰：‘上罪三年而舍，中罪二年而舍，下罪一年而舍。’舍谓赦罪。”[②]

二是释“施”曰“刑杀”、“行刑”。朱熹首倡此说，其云：“施，谓刑杀之也……此问鲧功不成，何但囚之羽山，而不施以刑乎……舜之四罪，皆未尝杀也。程子以为《书》云殛死，犹言贬死耳。盖圣人用刑之宽例如此，非独于鲧为然也。”[③] 林兆珂《楚辞述注》释为“置之刑”；胡念贻训为“行刑”。[④]

三是释“施”曰“陈尸”。林庚主此说，并以韦昭注《国语·晋语》之“秦人杀冀芮而施之”证之。[⑤]

如果仅从语句上看，王逸等将“施”释为“舍”、“释放”、“赦罪”，也是通畅的，“施”通“弛”亦能成立。如清朱骏声《说文通训定声·随部》曰：“施，叚借为弛。”《左传·昭十四年》有另一例“乃施邢侯”，《正义》曰：“《国语》读为‘弛’，训之为‘废’；《家语》说此事亦为‘弛’；王肃注云：‘弛，宜为施，施行也。’”[⑥] 朱熹将“施”训为“刑杀，行刑”也有其文献依据，如《左传·昭十四年》言“施生戮死可也”，杜注为“施，行罪也”。但就《天问》该句而言，无论“施”通“弛”训为“释放”、“赦罪”，还是训为“刑杀”抑或“陈尸”等义，盖均非原文本义，皆是在鲧因治水失败而受处罚的背景下

① 引自《楚辞补注》，第90页。
② 闻一多：《天问疏证》，三联书店，1980年，第22-23页。
③ 朱熹：《楚辞集注》，上海古籍出版社，安徽教育出版社，2001年，第55页。
④ 胡念贻：《楚辞选注及考证》，岳麓出版社，1984年，第114页。
⑤ 林庚：《天问论笺》，人民文学出版社，1983年，第14页。
⑥ 孔颖达：《春秋左传正义》，《十三经注疏》，第2076页。

形成的思维定式。造成这一误解的原因，可能与先秦文献中多处涉及鲧治水失败而受到“殛”刑的记载有关。此类记载《左传》中即有三处：僖公三十三年之“舜之罪也殛鲧，其举也兴禹”[①]；襄公二十一年之“鲧殛而禹兴”[②]；昭公七年之“昔尧殛鲧于羽山，其神化为黄熊，以入于羽渊”[③]。《国语》中也曾提及，如《周语下》：“其在有虞，有崇伯鲧，播其淫心，称遂共工之过，尧用殛之于羽山。”[④]《尚书·洪范》：“鲧则殛死，禹乃嗣兴。”[⑤]《吕氏春秋·恃君览·行论》亦有鲧处“殛”刑的记述文字，文曰：“帝舜于是殛之于羽山，副之以吴刀。”[⑥]

那么，何谓“殛”刑呢？所谓“殛”刑，为古代“诛”刑之一，乃古之流刑，是指将罪犯押解到边远地方服劳役或戍守，不准其离开该地区的一种刑罚。《尚书·舜典》有“流宥五刑”之说，其意是用流放之刑来宽宥残酷的“五刑”。[⑦]《竹书纪年》：“帝尧五十八，帝使后稷放帝子朱于丹水。”[⑧]《天问》“永遏在羽山”，此两处引文中之“放”、“永遏”均可视为“殛”刑的别一表述形式。

注释者之所以认为鲧被行刑而死，恐怕是因为误解了“殛”刑，这误解或许也与《墨子·尚贤中》“昔者伯鲧，帝之元子，废帝之德庸，既乃刑之于羽之郊”[⑨]之说有一定关系。孔安国将“殛”均训为“诛”以及韦昭注《国语·晋语八》“昔者鲧违帝命，殛之于羽山”之“殛”为“放殛

① 《春秋左传正义》，《十三经注疏》，第1833页。
② 《春秋左传正义》，《十三经注疏》，第1971页。
③ 《春秋左传正义》，《十三经注疏》，第2049页。
④ 韦昭注《国语》卷三，《周语下》，上海古籍出版社，2008年，第45页。
⑤ 《尚书正义》，《十三经注疏》，第187页。
⑥ 高诱注《吕氏春秋》，上海古籍出版社，1996年，第378页。
⑦ 《尚书·吕刑》：“蚩尤惟始作乱，延及于平民，罔不寇贼鸱义，奸宄夺攘矫虔。苗民弗用灵，制以刑，惟作五虐之刑曰法。杀戮无辜，爰始淫为劓、刵、椓、黥。”即杀、割鼻、割耳、破坏生殖器和刺面五种刑罚。见《十三经注疏·尚书正义》卷一八，中华书局1980年版，第247页。
⑧ 王国维：《今本竹书纪年疏证》。转引自方诗铭《古本竹书纪年辑证》，上海古籍出版社，2005年，第207页。
⑨ 孙诒让：《墨子间诂》卷二，第61-62页。

而杀之”[1]，也可能使后人不能正确解读历史传说。

需关注者，“诛”虽有“诛杀”、“杀戮”“处死”之义，但“诛”并非仅限此义。《尔雅·释言》释“殛”为“诛”，邢昺疏曰：“诛，责也。”《说文解字》段玉裁注“诛”曰“凡杀戮、纠责皆是”。也就是说，除“杀戮”外，“纠责”也是“诛”之义项。而所谓“殛刑”或曰“诛刑”。

就鲧而言，尽管西汉的经学家孔安国将“殛”均训为“诛”，但他认为鲧所获刑罚不是被杀戮，而是被纠责，“殛”就是被流放。如针对《尚书·尧典》之“九载，绩用弗成”，《孔传》曰鲧“功用不成则放退”[2]；对《尚书·洪范》之“鲧则殛死，禹乃嗣兴”，则曰“放鲧至死不赦”[3]，意即鲧只是被流放，到死也没有被赦免，此“殛”乃流放之意。对于鲧之死，东汉高诱与孔安国的看法是一致的。高诱注《吕氏春秋》之“帝舜于是殛之于羽山”曰：“《书》云‘鲧乃殛死’，先殛后死也。”[4]高诱注表明，“殛”是指鲧被处以何种刑罚，“死”乃是指鲧死于流放期间。唐代孔颖达也认为鲧是被流放至死。孔颖达疏《舜典》之“殛鲧于羽山”曰：“《释言》云：‘殛，诛也。’《传》称流四凶族者，皆是流。而谓之殛、窜、放、流，皆诛者。流者，移其居处若水流，然罪之正名，故先言也。放者，使之自活。窜者，投弃之名。殛者，诛责之称。具是流徙。异其文，述作之体也。”[5]孔颖达疏《礼记·祭法》“鲧鄣鸿水而殛死”曰：“郑答赵商云，鲧非诛死。鲧放居东裔，至死不得返于朝。”[6]显然，“殛”和“诛”，除“杀戮”外，尚有“纠责”、“殛”、“窜”、“放”、“流”等义。

晋代出土的汲冢本《竹书纪年》所载也有助于说明问题，文曰：“帝

① 韦昭注《国语》卷十四，《晋语八》，上海古籍出版社，2008年，第223页。
② 《尚书正义》，《十三经注疏》，第122页。
③ 《尚书正义》，《十三经注疏》，第 187 页。
④ 高诱注《吕氏春秋》，上海古籍出版社，1996年，第378页。
⑤ 《尚书正义》，《十三经注疏》，第129页。
⑥ 《礼记正义》，《十三经注疏》，第1590页。

尧六十九年，黜崇伯鲧。”[①]何谓“黜”？《国语·晋语》：“公将黜太子申生，而立奚齐。”韦昭注曰：“黜，废也。”[②]“黜”当为“废除、贬黜”，与“处死”之义截然不同。此等文献直接或间接地说明，鲧起初仅仅是被罢黜、流放至羽山。另有《水经注》引《连山易》之“有崇伯鲧，伏于羽山之野”[③]和柳宗元《天对》之“窃堙息壤，招帝震怒。赋刑在下，而投弃于羽”[④]，两处文献也说明鲧遭受的处罚仅仅是被流放而已。

《天问》之“永遏在羽山，夫何三年不施”一句，所指就是鲧被流放到羽山这个传说。王逸等将“施”解释为“舍”、“释”、“释放”、“赦罪”，是在认同鲧被流放的前提下做出的训释，而持“刑杀”、“行刑”、“陈尸”之说者，则偏离了传说的背景。

单从文字上看，无论是把“施”训为“释放”还是训为“刑杀”、“行刑”，都很顺畅。然而，解读诗句不能仅仅满足于表述文字的浅层语义，文义顺畅未必符合作者本意。由于汉语的多义性和读者的主观性，字词的训释和诗句的解读往往会存在很大的差异。鲧被流放于羽山，显然是有罪之人，那么，人们追问他什么时候才能被帝赦免是惯性思维，也合乎常理。但屈原在《天问》中用大量的笔墨写鲧，为鲧鸣冤的态度非常鲜明，如果问“永遏在羽山，夫何三年不施”仅仅是在探究为何鲧被流放在羽山而未得到释放的话，其语义所指的深度和分量显然是有缺憾的，与其对鲧的同情、为鲧申述的鲜明态度以及犀利的质疑风格也是不相符的。

鉴于以上考析，对该句中“施”字的正确解读，乃是理解文义及作者主旨的关键所在。

“施”本义为旗帜旖旎飘动的样子，《说文·方人部》：“施，旗旖施也。从方人，也声。”后本义俱废，多用其引申义诸如“铺陈”、“用”、“施行”、“判罪”等。如《庄子·秋水》“是谓谢施”郭象

① 王国维：《今本竹书纪年疏证》。转引自方诗铭《古本竹书纪年辑证》，上海古籍出版社，2005年，第207页。
② 韦昭注《国语》卷十四，《晋语八》，上海古籍出版社，2008年，第122页。
③ 郦道元：《水经注》卷三十，中华书局，2007年，第715页。
④ 柳宗元：《柳宗元集》卷十四《天对》，中华书局，1979年，第369页。

引司马彪注曰：“施，用也。”[①]《淮南子·原道训》“施之无穷”，高诱注曰：“施，用也。”[②]《礼记·礼器》：“施则行。”孔颖达疏：“施，用也。若以礼用事，事皆行也。”[③]“施”的“施用”、“施展”之意在《楚辞》中亦可多见，如：

《抽思》：“孰无施而有报兮……”王逸释曰：“谁不自施德而蒙福。”[④]

《大招》：“滂心绰态，姣丽施只。”王逸释曰：“言美女心意广大，宽能容众，多姿绰态，调戏不穷，既好有智，无所不施也。”[⑤]

《大招》：“粉白黛黑，施芳泽只。”王逸释曰：“言美女又工妆饰，傅着脂粉，面白如玉，黛画眉鬓，黑而光净，又施芳泽，其芳香郁渥也。”[⑥]

关于《大招》，王逸以为是屈原之作，或言乃景差之作，总之可能是战国时作品，那么对“施”的用法应有共同之处。《天问》也有“授殷天下，其位安施”，王逸释其语义曰“言天始授殷家以天下，其王位安所施用乎？善施若汤也”。[⑦]此处“施”字的“施用”之意更为明了。

因此，“永遏在羽山，夫何三年不施”之“施”，当循着“用”的语义去探究，该句之“施”释“起用”较为妥帖。“起用”除“用”、“任用”等语义外，还特指重新任用已退职或黜免的官员。如清昭梿《啸亭杂录·岳青天》：“岳少保起，满洲人……后与将军某抗，罢官。今上

① 引自郭庆藩辑《庄子集释》，《诸子集成》（第3册），上海书店，1986年版，第258页。以下均为该版本，只注明页数。

② 引自高诱注《淮南子》卷一，第1页。

③ 《礼记正义》，《十三经注疏》，中华书局，1980年，第1430页。

④ 引自洪兴祖《楚辞补注》，第138-139页。

⑤ 引自洪兴祖《楚辞补注》，第222页。

⑥ 引自洪兴祖《楚辞补注》，第222页。

⑦ 引自洪兴祖《楚辞补注》，第109页。

亲政，首起用为山东布政使，俄调江苏巡抚。”① 清袁枚《随园诗话》：“岳大将军钟琪，为一代名将，容状奇伟，食饮兼人，而工于吟诗。丙辰赦归后，种菜于四川之百花洲。尹文端公赠诗云：‘他日玉书传诏日，江天何处觅渔翁？’未几，王师征金川，果复起用。”② 蔡东藩《清史演义》第五十六回：“琦善、奕山、奕经、文蔚四人，虽因措置乖方，革职逮问，嗣后又复起用。”③

“施”字释为“起用”不但于文字有据，而且结合屈原对鲧的同情态度、《天问》的创作主旨等观之，这一诠释应最为符合作者的本义。这是因为：

首先，这一训释与屈原对鲧的同情态度相吻合。屈原对鲧一直持有同情之心。《天问》记述鲧的事迹最为详细，其中鲧被荐治水、所用治水方法、失败后的命运等内容，是屈原其他作品所不曾表现的。“不任汩鸿，师何以尚之？佥曰何忧，何不课而行之”、“顺欲成功，帝何刑焉”等一系列诗句表明，鲧深受信任、德才兼备，而且治水本可以成功。屈原问“帝何刑焉”，言外之意是追问帝究竟以什么理由终止了鲧治水并对其进行严厉的处罚，进而追问：身受众人信任而且治水有功的鲧，为何被长久地遏绝禁锢在羽山，不再被重新起用？之后，屈原继续为鲧鸣不平：“纂就前续，遂成考功，何续初继业，而厥谋不同？”这是说禹接替了鲧治水，最后成就了父亲未完成的事业，然而禹仅仅是接替鲧继续治水而已，二人治水之谋没有根本差别，却为何说他们谋略不同呢。屈原在此以浓重的笔墨拷问历史冤情，对鲧的同情之心跃然纸上。

其次，这一释读与屈原尚贤的“美政”理想及其创作宗旨相呼应。“尚贤”是屈原政治思想中的重要内容，并体现在他的多篇作品中。仅《天问》中就多处出现前圣重用贤才的范例，如汤遇媵臣伊尹，文王识鼓刀的吕望，楚成王任用私生子子文等。该诗中，屈原将鲧也纳入贤才之

① 昭梿：《啸亭杂录》卷四，中华书局，1980年，第85页。
② 袁枚：《随园诗话》卷五，浙江古籍出版社，2000年，第99页。
③ 蔡东藩：《清史演义》，北京古籍出版社，1996年，第492页。

列，认为鲧治水有方，播植百谷，本该受到重用却遭遇不测。因而，屈原不惜反叛传统，推翻成说，为鲧翻案，所以，诗句恐怕不仅仅是为了问为什么当初帝没有释放鲧这种浅层次的问题，而是在表达屈原对帝应释放无辜的鲧并重新委以重任的期望。所以，将“施”释为“释放”或“刑杀”都无助于彰显屈原的“尚贤”思想和创作旨趣，而循着“用”、“任用”的语义将之训为“起用”，才最为贴切。

再次，屈原写鲧也有身世之感，在对鲧的遭迹发问中寄托了个人之思。帝不辨曲直，因鲧之“婞直”便中止了他本来可以完成的治水大业，施以流刑，永不起用。屈原刚直犯上、耿介不屈的品行和多舛的命运与鲧极为相似。屈原心系楚国，“岂余身之惮殃兮，恐皇舆之败绩”（《离骚》），敢于忠言谏君却遭流放；即使如此，他依然“虽体解吾犹未变兮，岂余心之可惩”（《离骚》），“阽余身而危死兮，览余初其犹未悔”（《离骚》）。屈原问“永遏在羽山，夫何三年不施”，意即鲧长久地被拘禁在羽山，为什么多年不被重新起用，言外之意，是告诫楚王要正确认识贤才，惟才是用，这其中也蕴含着屈原希望楚王能对其予以重新重用的期冀。

以上考论说明，文献所言“殛鲧于羽山”之“殛”，乃“流放”，所谓“殛死”当是鲧因流放而死，即放退之后死于羽山。《天问》之“永遏在羽山，夫何三年不施”句中的“施”，乃“起用”之义。

综上所述，屈原在《天问》中针对鲧的德性和事功的一系列提问，不仅表达了对有关鲧的不实“传道”的否定，更有对造成鲧人生悲剧根源的深层思考。由《离骚》、《惜诵》、《天问》中的诗句看，屈原同情鲧并为他鸣不平的态度是非常鲜明的。先秦文献凡谈及鲧者多一鳞半爪，且仅叙述其事迹，不作性格、命运的深层评说。惟独屈原反复申述，言辞激切，褒扬鲧之品德、才能和事功，剖析其悲剧命运的原因，一反俗论成见，表现出求真求实的卓绝胆识。屈原之论令人警醒与深思，其中的深刻意蕴更值得我们去深入探究。

二、屈原对禹的治水之功和道德问题的针砭

禹在儒家和墨家那里均被视为圣王。禹备受推崇的重要原因就是他的治水之功以及治水过程中不以私害公的表现。

禹因治水有功而彪炳史册，先秦文献多予以称颂。如：

丰水东注，维禹之绩。（《诗经·大雅·文王有声》）

濬哲维商，长发其祥。洪水芒芒，禹敷下土方。（《诗经·商颂·长发》）

禹别九州，随山濬川，任土作贡。（《尚书·禹贡》）

禹掘地而注之海，驱蛇龙而放之菹；水由地中行，江、淮、河、汉是也。险阻既远，鸟兽之害人者消，然后人得平土而居之。（《孟子·滕文公下》）

昔者禹之湮洪水，决江河而通四夷九州也。名川三百，支川三千，小者无数。禹亲自操橐耜而九杂天下之川，腓无胈，胫无毛，沐甚雨，栉疾风，置万国。禹大圣也，而形劳天下也如此。[①]（《庄子·天下》）

禹在治水过程中还留下了一心治水、三过家门而不入的美谈。《尚书·禹贡》云："厥田惟中下，厥赋贞，作十有三载乃同。"《孟子·滕文公上》："禹八年于外，三过其门而不入。"杂家也尊崇禹的治水表现。《吕氏春秋》曰："禹娶涂山氏女，不以私害公，自辛至甲四日，复往治水。"《山海经》注引《尸子》：禹"疏河决江，十年不窥其家"。

综而观之，禹被视为圣王，主要是治水成功以及在治水过程中所表现出的勤勉、劳苦与智慧。但是，禹是否如儒墨所宣扬的乃道义和事功之完美典型，从《天问》看，至少屈原不这样认为。《天问》所问禹事主要有：

① 引自王先谦《庄子集解》卷八，第217-218页。

纂就前绪，遂成考功。何续初继业，而厥谋不同？

鲧何所营？禹何所成？

禹之力献功，降省下土四方，焉得彼涂山女，而通之于台桑？闵妃匹合，厥身是继，胡维嗜不同味，而快朝饱？

何益之射革，而禹播降？

这些诗句蕴涵着丰富的信息，其中有三点值得注意。其一，禹是在鲧治水的基础上成功的；其二，禹“通”涂山女；其三，禹有传子不传贤的私心。

（一）禹是在鲧治水的基础上成功的

屈原并不否认禹的治水之功，但对禹治水成功的原因分析得却较为客观。在屈原看来，鲧已经为禹奠定了很好的基础，禹只是“纂就前续”，完成鲧未竟的治水事业而已，在治水的谋略上并没有什么新发明。对此前文已经论及。

（二）禹“通”涂山女

禹娶涂山女一事，《尚书·益稷》记曰：“予创若时，娶于涂山，辛壬癸甲。启呱呱而泣，予弗子，惟荒度土功。”《吕氏春秋·音初》论述南音的产生时对此事叙述较详：“禹行功，见涂山之女。禹未之遇，而巡省南土。涂山氏之女乃令其妾候禹于涂山之阳。女乃作歌，歌曰：‘候人兮猗。’实始作为南音。”[①]《天问》则曰：“禹之力献功，降省下土四方，焉得彼涂山女，而通之于台桑。”这里需要思考的是：同一则事实，在叙及禹同涂山女发生关联时，《尚书》用“娶”，《吕氏春秋》用“见”，而《天问》则用“通”。显而易见，“娶”、“见”、“通”三个词汇所附着的感情色彩和价值判断是不同的。

《尚书·益稷》曰“娶”。《说文》曰：“娶，取妇也。”《礼

① 引自高诱注《吕氏春秋》卷六，第58页。

记·坊记》："子云：'故男女无媒不交，无币不相见，恐男女之无别也。以此坊民，民犹有自献其身。《诗》云：'伐柯如之何？匪斧不克。取妻如之何？匪媒不得。蓺麻如之何？横纵其亩。取妻如之何？必告父母。'"可见，古代的婚姻倘若是"娶"者，必有行"媒"和"告父母"之礼，乃是合乎礼仪的婚姻。所谓"告"，《毛诗正义·齐风·南山》传曰："必告父母庙。"《笺》云：'取妻之礼，议于生者，卜于死者，此之谓告。"[①]《益稷》用"娶"字，就把禹与涂山氏女的婚姻纳入礼的规范之中，合乎礼的婚姻自然不会损害禹的圣王形象了。

《吕氏春秋》用"见"，从言词上看不出有什么褒贬色彩，作者把禹和涂山女的相遇看作偶然的行为。屈原之《天问》却用一"通"字来界定大禹的行为，迥异于前两者。屈原仅仅是用词之别还是另有深意呢？为此，我们首先需要了解"通"为何意。从先秦文献看，如曰男女相"通"多有贬义。《左传》反映贵族上层的龌龊荒淫时就常用"通"字。如：

> 公会齐侯于泺，遂及文姜如齐。齐侯通焉。（《左传·桓公十八年》）
>
> 公子鲍美而艳，襄夫人欲通之而不可，夫人助之施。昭公无道，国人奉公子鲍以因夫人。《左传·文公十六年》
>
> 陈灵公与孔宁、仪行父通于夏姬，皆衷其衵服以戏于朝。（《左传·宣公九年》）
>
> 晋赵婴通于赵庄姬。（《左传·成公四年》）
>
> 蔡景侯为太子般娶于楚，通焉。（《左传·襄公三十年》）
>
> 公子朝通于襄夫人宣姜，惧而欲以作乱。（《左传·昭公二十年》）

以上所举皆是《左传》中男女在正当婚姻之外私通的事，均为社会所

① 孔颖达：《毛诗正义》，《十三经注疏》，第352页。

不齿的行为。《诗经·齐风》之《南山》、《敝笱》、《载驱》古来认为是讽刺齐侯通文姜之作，“通”字是对齐侯兄妹乱伦的贬斥。《诗经·鄘风·墙有茨》序言云：“公子顽通乎君母。”作者对这种男女相通之事持否定态度。《战国策·楚策四》：“齐崔杼之妻美，庄公通之。”[①]《韩非子·亡征》：“后妻淫乱，主母畜秽，外内混通，男女无别，是谓两主，两主者，可亡也。”[②]《韩非子·内储说下》：“燕人其妻有私通于士。”[③]服虔曰：“凡淫曰通。”因此在春秋战国时人看来，如曰“某通某”的话，与“娶”在道德评价上显然不属于同一个层面。因此《天问》以“通”来叙述禹的行为实乃“春秋笔法”，屈原由一字就表明了对大禹的德行评价。

历代注家对“通”的理解有很大差异。王逸《楚辞章句》：“言禹治水，道娶涂山氏之女，而通夫妇之道于台桑之地。”此“通”乃“通夫妇之道”。此后汪仲弘《天问注补》曰：“通，和畅之意，通夫妇之道也。”蒋骥《山带阁注楚辞》：“通，谓昏姻之礼。”胡念贻《楚辞选注及考证》以之为“婚配”；金开诚《屈原集校注》释为“通婚”；这些说法与王逸的观点基本是一致的，都将“通”视为正常的婚姻行为。谭介甫《屈赋新编》则始出新意：“蒋说‘通，谓昏姻之礼’，我以为通当是私通，不然，何必要在句首加上‘焉得’二字呢？”林庚《天问论笺》训以“私通幽会”，吴广平《楚辞》：“通，通淫。”“通”为“私通、通淫”当合乎屈子之意。这句诗的言外之意表明禹没有经过“媒妁之言”就与涂山女幽会私通，是违反礼仪的不检点行为，理应受到道德的谴责。屈原以“通”字界定大禹的行为，实属“春秋笔法”。汤炳正《楚辞今注》训以“相爱”，则是将现代人的观念强加于上古之人。

禹通涂山女于“台桑”，“台桑”是地名。清朱鹤龄《尚书埤传》曰：“《世纪》云：‘涂山氏合婚于台桑之埜，在钟离西七十里，即当涂

① 引自刘向《战国策》，上海古籍出版社，1998年，第567页。
② 引自王先慎《韩非子集解》卷五，第80页。
③ 引自王先慎《韩非子集解》卷十，第182页。

县。而《华阳国志》又云：‘禹娶涂山。’今江州涂山。”此地说不定因有桑林而得名。古人以为桑间濮上之聚会近淫，屈原用“台桑”或许含有贬义，当然这只是一种猜测。总之，屈原对禹通涂山女的行为持有明显针砭的态度。

屈原接下来对此事继续问道：“闵妃匹合，厥身是继。胡维嗜不同味，而快朝饱”。洪兴祖用此版本，并释为：“众人所嗜，以餍足其情欲；禹所嗜者，拯民之溺尔。”[①] 洪兴祖是说，普通人所嗜好的仅仅是满足于自己的情欲而已，禹所嗜好的则是为了把普通人从无节制的情欲中拯救出来。王逸所用版本与洪兴祖不同。王逸为“胡维嗜同味”，认为“禹治水道娶者，忧无继嗣耳”[②]，这就把禹通涂山女的行为提升到了子嗣的高度，为了子嗣而“通”自然就合于儒家“不孝有三，无后为大”的道义了。二者版本虽然不同，字义的解释也有差别，但是，最终可谓殊途同归，因为他们都把禹的行为神圣化了。王夫之《楚辞通释》云：“禹力能平水土而献功，四方皆其所降省，岂不能择美而娶？乃道娶涂山氏，惟恤继嗣之不立，而无择于色。”[③] 夏大霖《屈骚心印》：“问禹治水之时，方以献功为急，亲历九州，应不遑娶妇。既娶妇，又不似新婚燕婉稍为留恋，此何故也？……问涂山女，引起全文，为惑妇者写照。谓夫妇大伦断不可废，而敬事勤民，不为色荒，禹可法也。”王、夏二人仍沿着儒家伦理的传统思路，以“继嗣”为名美化禹“通”涂山女的行为。

禹是儒墨极力颂扬的圣王之一。儒家着意把禹塑造得合于修身、齐家、治国、平天下的圣王形象。禹在治理洪水的途中遇涂山女并行婚姻，只是为了能有子嗣，这是君子经国济世的第一步。修身、齐家之后，禹并未贪恋家庭而是复往治水，在外多年却三过家门而不入。禹能履行“治国、平天下”的责任，恰恰是德行的最后归宿。墨子极力赞颂禹“禹大圣也，而形劳天下也如此”，这也道出了儒家的心声。不费夫妇大伦，“敬

① 洪兴祖：《楚辞补注》，第98页。
② 引自洪兴祖《楚辞补注》，第97页。
③ 王夫之：《楚辞通释》，《船山全书》，岳麓书社，1988年，第281页。

事勤民，不为色荒”，正是儒家把禹打造成万世旌表的理由。

结合前文对“通之于台桑”的分析，屈原对禹有讽刺之意，他所问意旨乃是：禹担心没有配偶，说是为了能有子嗣、为后继有人。既然如此，他为什么与常人的嗜好一样，只图满足一朝之饱？后世注家中，汪仲弘开始质疑圣人的行为，他的疑古源自于宋代以来的理性思辨精神。姜亮夫则指出“意谓大禹圣哲，何以勤于王家而有此私欲也”[①]。姜亮夫先生以“私欲”评价大禹，洞察出屈原对禹的讥刺之意，发展了自汪仲弘以来的观点。

屈原对禹的微词并非信口之言。儒、墨文献将禹圣化、美化，极力掩饰其不合道义的行为。但是，其他学派对禹的行为并不遮掩。同样是《吕氏春秋》，前文引述的是赞颂之言，而《仲冬纪·当务》则借盗跖之口作如是说：

> 以为尧有不慈之名，舜有不孝之行，禹有淫湎之意，汤、武有放杀之事，五伯有暴乱之谋。世皆誉之，人皆讳之，惑也。[②]

盗跖所言“禹有淫湎之意”，高诱注曰：“禹甘旨酒而饮之，故曰有淫湎之意。”[③]“淫湎”未必仅指“禹甘旨酒而饮之”，或许也有对禹通涂山女一事的评价，我们虽不能断言，但至少可以肯定在传说中禹确有不检点之处，否则怎么会有“淫湎”之讥呢？

生活在媒妁之言礼仪制度下的春秋战国人，当然不知道在大禹时代禹“通”涂山女完全是正常的婚姻形态。他们无法理解圣人大禹既不合道德规范，又不合礼义的行为，因此根据“不孝有三，无后为大”的伦理信条，以“厥身是继”为禹通涂山女的行为开脱。“厥身是继”就使得不检点的行为有了冠冕堂皇的借口，使本不合道义的行为合乎道义。对禹通

---

① 姜亮夫：《重订屈原赋校注》，天津古籍出版社，1987年，第297页。

② 引自高诱注《吕氏春秋》卷十一，第110页。

③ 引自高诱注《吕氏春秋》卷十一，第110页。

"涂山女"乃为"厥身是继"的说法，其实是周代宗法观念的反映。《诗经》中希望多子多孙的美好祝愿屡屡出现。如《诗经·大雅·文王》歌颂太姒"则百斯男"；《诗经·周南·螽斯》祝愿生子如螽斯；《诗经·大雅·假乐》有"千禄百福，子孙千亿"的祝颂诗句。

屈原虽不能理解氏族社会的婚姻状态，但是他拿禹通涂山女作文章，质疑儒家的伦理信条，其用意在于揭示圣人并不是完美的，所谓完美不过是传道者有意将其圣化的结果。

（三）禹有传子不传贤的私心

屈原质疑了禹的匹配问题之后，将他的子嗣——启纳入审视的视野。尧舜传贤不传子的"禅让"之举一直为儒墨所宣扬。但是，到了禹这里，禅让没能贯彻到底，禹的儿子启享有了国祚。《天问》"何后益作革，而禹播降"就涉及到禹、益、启之间权力的转移问题。

孟子的弟子万章曾提出"至于禹而德衰，不传于贤而传于子"的怀疑，这不仅仅是万章的疑惑，也是时人对禹的讥议。尽管孟子作了一番"天与贤，则与贤；天与子，则与子"的冠冕堂皇的解释，实际上未必能真正改变人们对此事的看法。《庄子·天地》也以伯成子高之口指出禹有私心，"赏罚而民且不仁，德自此衰，刑自此立，后世之乱，自此始矣"。[①] 韩非子的评说则更加尖锐：

> 燕王欲传国于子之也，问之潘寿。对曰："禹爱益，而任天下于益，已而以启人为吏。及老，而以启为不足任天下，故传天下于益，而势重尽在启也。已而启与友党攻益而夺之天下，是禹名传天下于益，而实令启自取之也，此禹之不及尧、舜明矣。[②]

《吕氏春秋·离俗览》在论述"以全举人固难"时，以尧、舜、禹

① 引自王先谦《庄子集解》卷三，第72页。
② 《韩非子·外储说右下》，引自王先慎《韩非子集解》卷十四，第257页。

汤、武等圣王为例：“人伤尧以不慈之名，舜以卑父之号，禹以贪位之意，汤、武以放弑之谋，五伯以侵夺之事。”[①]《吕氏春秋·恃君览》也批评禹的时代“赏罚甚数，而民争利且不服”[②]，比之于尧德已衰。总之，先秦时期人们对禹没有实践“禅让”的确多有贬损。秦汉时仍有尧舜之德自禹始衰的论调，刘向《新序·节士》在以上材料的基础上，论述君之私欲与举贤的关系问题仍以为禹时德衰：

> 尧治天下，伯成子高为诸侯焉。尧授舜，舜授禹，伯成子高辞为诸侯而耕。禹往见之，则耕在野，禹趋就下位而问焉。曰：“昔者尧治天下，吾子立为诸侯焉；尧授舜，吾子犹存焉；及吾在位，子辞诸侯而耕，何故？”伯成子高曰：“昔尧之治天下，举天下而传之他人，至无欲也；择贤而与之其位，至公也。以至无欲至公之行示天下，故不赏而民劝，不罚而民畏，舜亦犹然。今君赏罚而民欲，且多私，是君之所怀者私也。百姓知之，贪争之端，自此始矣。德自此衰，刑自此繁矣。吾不忍见，以是野处也。”[③]

可见对于禹的儿子启有夏这个话题，除了儒墨异常敏感之外，其他人对此颇不以为然。在权力的交接上禹贪于权位，绝不像儒墨所歌颂的那么公正无私。或许他曾表面上传位于后益，却暗自为启之夺权奠定基础。屈原所问“皆归射鞠，而无害厥躬。何后益作革，而禹播降”，蕴涵着丰富的潜台词，其中就有对禹自私贪位、传子不传贤的讥刺。

总之，屈原在《天问》中对禹的治水之功及其道德提出质疑，表达了迥异于儒、墨的识见。

---

① 引自高诱注《吕氏春秋》卷十九，第252页。

② 引自高诱注《吕氏春秋》卷二十，第257-259页。

③ 引自石光瑛《新序校释》，中华书局，2001年，第837-839页。

三、屈原对启“贤”的质疑

《天问》中，屈原问及启的诗句有：

> 启代益作后，卒然离蠥。何启惟忧，而能拘是达？
> 皆归射鞠，而无害厥躬。何后益作革，而禹播降？
> 启棘宾商，《九辩》《九歌》。何勤子屠母，而死纷竟地？

这些诗句反映了夏初一系列重大的历史事件：启益之间权力的争夺，启平定有扈等部族的叛乱，启屠杀母亲等。对于启，屈原关注的焦点在其德行与启益之争的史实。

（一）启是否为有德之君

《天问》“启代益作后，卒然离蠥”反映了一段启益争夺权力的古史。后益曾得禹之禅让的传说在先秦时期颇为流行，而事实却是夏启成为夏王朝的开国君主。孟子的学生万章就曾经对禹“不传于贤而传于子”的说法提出疑问，孟子极力为启辩护，把启尊奉为“贤”人。孟子曰：

> 天与贤则与贤，天与子则与子……禹荐益于天，七年，禹崩。三年之丧毕，益避禹之子于箕山之阴。朝觐讼狱者，不之益而之启，曰：“吾君之子也。”讴歌者，不讴歌益而讴歌启，曰：“吾君之子也。”丹朱之不肖，舜之子亦不肖。舜之相尧，禹之相舜也，历年多，施泽于民久。启贤，能敬承继禹之道。益之相禹也，历年少，施泽于民未久。舜禹益相去久远，其子之贤不肖，皆天也，非人之所能为也。莫之为而为者，天也；莫之致而至者，命也。匹夫而有天下者，德必若舜禹，而又有天子荐之者，故仲尼不有天下，继世而有天下。天之所废，必若桀纣者也，故益伊尹周公不有天下。（《孟子·万章上》）

孟子之言包含众多信息：

1．启有天下是因为启乃禹之子，启贤，能敬承继禹之道。

2．益之失天下是因相禹历年少，施泽于民未久。

3．为天子的条件有二：高尚的德；天子推荐。即“德必若舜禹，而又有天子荐之者”。

看来，启在孟子那里是一位德才兼备、众望所归的贤君。孟子的这种看法并不是孤立的，在他之前的确有歌颂启者。据《左传·宣公三年》记载，楚王攻打陆浑之戎，到达洛水，在周朝境内陈兵示威。周定王派王孙满慰劳楚王。楚王便问起九鼎的大小轻重。王孙满回答说：“在德不在鼎。昔夏之方有德也，远方图物，贡金九牧，铸鼎象物，百物而为之备，使民知神奸。故民入川泽山林，不逢不若。螭魅罔两，莫能逢之，用能协于上下，以承天休。”对于此段文字所言“昔夏之方有德”之世，《墨子·耕柱》就落实为夏启之世：

> 昔者夏后开使蜚廉折金于山川，而陶铸之于昆，是使翁难雉乙卜于白若之龟，曰：“鼎成三足而方，不炊而自烹，不举而自臧，不迁而自行，以祭于昆吾之虚，上乡！”乙又言兆之由曰：“飨矣！逢逢白云，一南一北，一西一东，九鼎既成，迁于三国。”夏后氏失之，殷人受之；殷人失之，周人受之。①

文中夏后“开”即“启”，铸鼎的也是启，可见墨家对夏启赞誉有加。东汉时赵晔的《吴越春秋》仍赞颂启的才能：“启遂即天子之位，治国于夏，遵禹贡之美，悉九州之土以种五谷，累岁不绝。”②

至于启是否如儒墨所褒扬的那样乃有德之君，实际上先秦文献中同时存有对启的另一种截然相反的评价。同是《墨子》一书，其《非乐》篇引

① 引自孙诒让《墨子间诂》卷十一，《新编诸子集成》，第422-426页。

② 赵晔：《吴越春秋·越王无余外传》，中华书局，1985年，第134-135页。

《武观》曰："启乃[1]淫溢康乐，野于饮食，将将铭，苋磬以力，湛浊于酒，渝食于野，万舞翼翼，章闻于天，天用弗式。"[2]这里的启完全是一位淫佚康乐的昏君。关于夏启的佚乐，不止《非乐》这一端，先秦文献多见：

> 夏后开舞九招也。[3]（《竹书纪年》）
>
> 西南海之外，赤水之南，流沙之西，有人珥两青蛇，乘两龙，名曰夏后开。开上三嫔于天，得《九辩》与《九歌》以下。此天穆之野，高二千仞，开焉得始歌《九招》。[4]（《山海经·大荒西经》）
>
> 启升后十年，舞九韶。[5]（《帝王世纪》）
>
> 夏后启于此舞九代。[6]（《山海经·海外西经》）

吴大澄《韶字说》云："古文召、绍、韶、招、佋、昭为一字。"[7]"九招"即"九韶"，"九招"、"九韶"、"九歌"、"九辩"当为一事。屈原《离骚》的"启《九辩》与《九歌》兮，夏康娱以自纵"与《天问》的"启棘宾商，《九辩》《九歌》"，均对启的佚乐自纵予以针砭。这说明，至少在一些传说中，启不仅不是道德的楷模，反而存在严重的道

① 徐旭生说：孟子《万章上》解释夏传子的原因是"启贤能敬承继禹之道"。惠栋、江声诸人相信孟子的说法，就疑惑"启乃"是"启子"（即太康）。孙诒让据《竹书纪年》、《山海经》及《楚辞·离骚》中"启《九辩》与《九歌》兮，夏康娱以自纵；不顾难以图后兮，五子用失乎家巷"的文字，说这"并古书言启淫溢康乐之事"，并且以王逸解"夏康"为"启子太康"为非，他所引的证据很确鉴（见《墨子间诂》）。所以徐旭生认为："夏朝政治组织的逐渐定型，是因为禹有治水大功，所以就是他死以后，各氏族间的朝觐、讼狱、讴歌还是继续着归到他的氏族或部落，启的贤与否却并无关重要。"见徐旭生《中国古史的传说时代》，第128–129页。

② 引自孙诒让《墨子间诂》卷九，《新编诸子集成》，第262–263页。

③ 引自方诗铭、王修龄《古本竹书纪年辑证》，上海古籍出版社出版，1981年，第2页。以下所引《竹书纪年》均为该版本，只注明页码。

④ 袁珂：《山海经校注》，第473页。

⑤ 引自（宋）李昉等撰《太平御览》卷八十二，中华书局，1960年，第383页。

⑥ 袁珂：《山海经校注》，第253页。

⑦ 转引自方诗铭、王修龄《古本竹书纪年辑证》，第3页。

德缺失。更有甚者，启残忍地屠杀了自己的母亲而且还肢解了她的尸体。《天问》记载了这一骇人听闻的事件，即“何勤子屠母，而死纷竟地”。

“何勤子屠母，而死纷竟地”的本事颇难索解。自王逸以来的本事探寻中，主要形成以下几种观点：

1. 禹母生禹之事。

王逸《楚辞章句》首倡此说，他解释道：“言禹愊剥母背而生，其母之身，分散竟地，何以能有圣德，忧劳天下乎？”[①] 柳宗元、洪兴祖从此说。

2. 启母化石的事。

朱熹《楚辞集注》认为“勤子屠母”“疑当为启母化石事也”。[②] 黄文焕、钱澄之、戴震、孙诒让、姜亮夫、苏雪林、程嘉哲等很多注家沿用此说。

3. 太康之事。

胡文英《屈骚指掌》：“竟同境。屠，劳苦也……启子之母如是勤苦，宜无太康之患矣。何以启死之后，而羿遂距于河，而分其境地乎？岂非天降羿而为此乎？”[③] 朱亦栋、刘永济等以为是。

4. 启配母以后又杀之一事。

何剑熏《楚辞新诂》：“‘勤’在这里为一种特殊用语，不能以‘劳’、‘劬’等义作释。《诗·召南·摽有梅》：‘求我庶士，迨其谓兮。’郑玄《笺》：‘谓，勤也。女年二十而无嫁，端有勤望之忧。’这个解释多不理解，其实，乃是男女怀春或动情的意思。”又言：“子对母言，启既身为天子，天帝既为女性。他就该是她的儿子。因此句中的‘母’与上句的‘帝’为同格词。所配的帝就是配母。‘屠’杀也，裂也，既配以后，又从而杀之，使其尸分竟地。”[④]

---

① 引自洪兴祖《楚辞补注》，第99页。

② 朱熹：《楚辞集注》，第189页。

③ 胡文英：《屈骚指掌》，中国书店出版社，1978年，第89页。

④ 何剑熏：《楚辞新诂》，吴贤哲整理，巴蜀书社，1994年，第146页。以下均为该版本，只注明页码。第146-147页。

5. 屠母分尸、散埋各处以求得甘雨和丰收。

萧兵《杀奴·祈雨·屠母》一文提出此见解。萧兵依据甲骨文以及唐兰、陈梦家等的研究成果，考证"勤子"就是"堇子"，即"旱子"。认为后启曾被祀为"干旱"之神。"屠"即《说文》之"刳"；"而死纷竟地"之"死"即尸体之"尸"，"竟"乃"境"。此句"无疑是说夏启把母亲杀死，刳割她的尸体，分置于四境之地。"萧兵认为，《九辩》、《九歌》"极可能是祈雨（兼为求丰）的巫术性乐舞，所以遭遇苦旱、国运民生濒于危殆的'勤（堇）子''旱神'兼司晴的夏启就'亟'于得到它，不得不用杀嫔献帝或亲自宾于天的办法去'交换'，去请求，必要时还要'登天而窃以下用之'（《大荒西经》郭注）；后来由于旱情未见减轻，他只好采用极端性的'屠母'并且分尸散埋的巫术来应急了"。[①]

以上诸说中，王逸以"何勤子屠母，而死纷竟地"为禹事不妥。这一组反映夏史的诗句按禹治水、启争夺王位、启建立夏并实施国家管理的时间顺序展开，"启棘宾商，《九辩》《九歌》"已经再一次点明事主为"启"。勤子屠母一事与之紧密承接，此句问启比问禹更有语意的连贯性。

朱熹以"启母化石事"来解，有一定的传说依据。《汉书·武帝纪》颜师古注曰："应劭曰：'启生而母化为石。'……启，夏禹子也。其母，涂山氏女也。禹治鸿水，通轘辕山，化为熊，谓涂山氏曰：'欲饷，闻鼓声乃来。'禹跳石，误中鼓。涂山氏往，见禹方作熊，惭而去，至嵩高山下化为石，方生启。禹曰：'归我子。'石破北方而启生。"[②]这个传说是讲启的诞生。把启诞生的事插入启进入成年夺取政权之后，这样的发问顺序颇失伦次。再者，启的诞生方式无关乎屈原对启的道德评价。

胡文英等释以太康之事。从上下文意看，此说同样值得商榷。"启棘宾商，《九辩》《九歌》"是在叙事，此句的主语是"启"。"何勤子屠

① 引自萧兵：《杀奴·祈雨·屠母》，《楚辞新探》，天津古籍出版社，1988年，第657页。

② 引自班固《汉书·五帝纪》第190页。

母”之间与“启”联系紧密，此句仍然针对夏启发问。

何剑熏和萧兵的考释值得重视。尽管用人类学的方法破解“勤子屠母”还需要慎重，但是从屈原所用“屠母”和“尸分竟地”之词以及所问的语气看，屈原认为启不仁不孝，有屠母的行为，在问中蕴涵了对启的道德的否定。

（二）后益是贤能有功之臣，可以胜任天子

屈原问夏史部分提到后益，即“何后益作革，而禹播降”。“作”训为“生”。革，在这里有“其志不相得”之意，即《易经》革卦《彖》所谓“革，水火相息，二女同居，其志不相得曰革”。可以将“革”引申为“更改”、“变革”。《玉篇》：“革，改也。”《管子·山权数》云：“丁氏归，革筑室赋籍藏龟。”[①] 房玄龄注曰：“革，更也。”此句是说为何后益不能称遂其心意，失去本来应该拥有的政权，而禹却因夏启的夺权而子嗣昌盛繁衍。两人同样治水有功，益和禹的结局却存在强烈的反差，一个不得其志，一个后嗣享有天下，子孙番隆。“何后益作革”与“而禹播降”对比语气甚为强烈。

由尧发明、舜继承发扬的圣王禅让佳话就此终结了，孟子对此的解释是“启贤，能敬承继禹之道。益之相禹也，历年少，施泽于民未久”。关于益能否胜任天下的问题，屈原其他作品没有提及，我们无法找到内证。不过，先秦文献对后益的记述并不少见。益的功绩主要表现在：

1. 益乃唐虞之际有功德之臣。

禹治水时，益掌管山泽禽兽，为百姓谋生计，有辅佐之功。据《尚书·舜典》记载，舜接受四岳推荐，任命益掌管“上下草木鸟兽”。《孟子·滕文公上》：“当尧之时，天下犹未平，洪水横流，泛滥于天下，草木畅茂，禽兽繁殖，五谷不登，禽兽逼人，兽蹄鸟迹之道，交于中国……舜使益掌火，益烈山泽而焚之，禽兽逃匿。”禹治水时，益为辅臣，禹

① 引自戴望《管子校正》卷二十二，《诸子集成》（第5册），上海书店，1986年，第367页。以下均为该版本，只注明页码。

"乘四载，随山刊木，暨益奏庶鲜食"（《尚书·益稷》）。《荀子·成相》："禹傅土，平天下，躬亲为民行劳苦。得益、皋陶、横革，直成为辅。"[①]《史记·夏本纪》也予以表述。如"禹乃遂与益、后稷奉帝命，命诸侯百姓兴人徒以傅土，行山表木，定高山大川"，"鸿水滔天，浩浩怀山襄陵，下民皆服于水……与益予众庶稻鲜食"。

以上资料说明，在古人的心目中益乃有功之臣，他掌管鸟兽，在治水中发挥了重要的辅助作用。

2. 益是一位胸怀治国大略的重臣。

《尚书·大禹谟》记曰：

> 益曰："吁！戒哉！儆戒无虞，罔失法度。罔游于逸，罔淫于乐。任贤勿贰，去邪勿疑。疑谋勿成，百志惟熙。罔违道以干百姓之誉，罔咈百姓以从己之欲。无怠无荒，四夷来王。"

这是益劝勉舜的一段话，意思是："无失其守法度，使行必有恒，无违常也。无游纵于逸豫，无过耽于戏乐，当诫慎之以保已也。任用贤人勿有二心，逐去回邪勿有疑惑。所疑之谋勿成用之，如是，则百种志意惟益广也。无违越正道以求百姓之誉，无反戾百姓以从已心之欲。常行此事，无怠惰荒废，则四夷之国皆来归往之。"[②]透过这些言论可以推断，益不仅有卓著的事功，而且还是一位对治国之道深有见地的重臣，难怪禹会象征性地禅让天下于益。

3. 益曾肩负要职，并得禹之禅让。

禹立为天子之后，对益委以重任，禹还将天下禅让给益，对此《孟子·万章上》和《容成氏》（见下文）等文献都有记载。《史记·夏本纪》记曰："帝禹立而举皋陶荐之……而后举益，任之政……十年，帝禹东巡狩，至于会稽而崩。以天下授益。"《汉书·律历志》："化益为天

① 引自王先谦《荀子集解》卷十八，第308页。
② 孔颖达：《尚书正义》，《十三经注疏》，第135页。

子，代禹。”（颜师古注曰：“化益，即伯益。”）可知，古人还是相信禹曾经禅让益的，否则他不会有“后益”之称。

4. 文献中还有伯益作井的说法。

文献中还有伯益作井的说法。如《吕氏春秋·勿躬》：“伯益作井。”《淮南子·本经训》：“伯益作井而龙登玄云，神栖昆仑。”①《论衡》：“传书又言：伯益作井，龙登玄云，神栖昆仑。”伯益作井以利百姓也是有可能的。

由此可见，益不仅有造福于民之德，且有才能，并得到禹的禅让。

（三）启何以拥有了权力

那么，夏启是怎样获得了权力呢？依孟子所言，禹曾荐益于天。禹死后，益仿效当初舜、禹避丹朱和商均那样，“避禹之子于箕山之阴”，然而，“朝觐讼狱者不之益而之启，曰：‘吾君之子也。’讴歌者不讴歌益而讴歌启，曰：‘吾君之子也。’”既然民心所向夏启，启代后益践天子之位乃顺乎天应乎民，何况“启贤，能敬承继禹之道”。

但是，屈原问“启代益作后”和“何后益作革，而禹播降”与儒家的口吻明显不同。这其中暗示了启益之间曾有一场权力的斗争，结局是益失败启获得胜利。大量文献证明《天问》所反映的启益之争并非妄言。如《战国策·燕策一》曰：“禹授益而以启人为吏，及老，而以启为不足任天下，传之益也。启与支党攻益而夺之天下。”②《韩非子·外储说右下》和《史记·燕召公世家》与此略同。而《竹书纪年》所记述的则是一段充满血腥的历史：

---

① 伯益作井的材料受徐旭生《中国古史的传说时代》的启发。徐旭生认为夏、商、西周千余年无河患，真正的原因就在于发明了凿井技术以后，人们便到距离河湖较远的地方居住。从文献记载判断，益发明凿井技术的可能性最大。见《中国古史的传说时代》，第178–179页。《太平御览》此条注曰：“伯益，夏禹之佐也，初作井，泄地气以后必漉池而鱼。”

② 引自刘向《战国策》，上海古籍出版社，1998年，第1059页。

《纪年》：益干启位，启杀之。（《晋书·束皙传》转引）

《汲冢书》云：益为启所诛。（《史通·疑古》转引）

《竹书纪年》：后启杀益。（《史通·杂说上》转引）

尽管《竹书纪年》的真伪存有争议，如吕思勉的《先秦史》[①]就不予首肯。不过，我们不能武断否定《竹书纪年》所载的史事，上海博物馆藏战国楚简《容成氏》的记载就与《纪年》相似，文曰：

禹有子五人，不以其子为后，见皋陶之贤也，而欲以为后。皋陶乃五让以（与）天下之贤者，遂称疾不出而死。禹于是乎让益，启于是乎攻益自取。[②]

由《容成氏》所记可知，启通过暴力手段夺取政权代益而承禹祀。

至于启益之争孰是孰非，历史学家们自有见解。傅斯年认为伯夷与夷羿皆为东夷的首长，益、启或争或让以及夷羿、寒浞与夏的斗争均属夷夏的交争。徐旭生认为，《孟子·万章上》说“益避禹之子于箕山之阴”，“益为东方氏族的首长，箕山就在阳城附近，他不像舜、禹的归还故乡，却徘徊于新都的郊甸，是否对于新政权未能忘情，就因此而引起‘启之人’的嫉视呢？启承借他父亲的余荫，继世为中国的宗主”。[③]益与启的权力争夺反映了私有制已发展到了一定历史阶段，国家具备了诞生的可能性，“家天下”的君主世袭制代替了君主推举制。

由屈原所问问题看，他对启的行事和“贤”德表示怀疑乃至否定。首先启乃篡位夺权，代益作后。其次，于国而言，启“《九辩》《九歌》”，康娱自纵，有违君王之德；于家而言，启“屠母”而令其“死纷

① 吕思勉：《先秦史》，上海古籍出版社，2005年，第72页。

② 邱德修：《上博楚简〈容成氏〉注释考证》，台湾古籍出版有限公司，2003年，第128–129页。

③ 徐旭生：《中国古史的传说时代》，第128页。

竟地”，乃不仁不孝。总之，启的道德品行严重沦丧，这样的人怎能堪称“贤”，又怎么可能万民皈依。由此可见，屈原对夏启的认知与孟子不同。究其原因，皮锡瑞之“孟子以为贤者，为世立教耳”可谓一语中的。再者，孟子赞同君主世袭制度，反对禅让，他对燕太子哙的禅让就持反对态度：

> 沈同以其私问曰：“燕可伐与？”孟子曰：“可。子哙不得与人燕，子之不得受燕于子哙。有仕于此，而子悦之，不告于王，而私与之吾子之禄爵。夫士也，亦无王命而私受之于子，则可乎？何以异于是？”（《孟子·公孙丑下》）

总之，屈原笔下的鲧、禹、益、启形象与中原历史系统所“传道”的形象多有抵牾。屈原对鲧、益深表同情，而对禹、启则多次显露其不光彩的德行。

第二节　屈原对商代历史中若干问题的认识

首先需要说明的是，本文之所以把舜归为商代，一是学界有舜乃商之祖先的说法。二是尊重文本顺序，因屈原问舜的事是在汤灭夏之后。

舜事是一个相当复杂的问题。王国维考证殷代卜辞的高祖夒、帝俊、帝喾是一人。[①] 郭沫若在此基础上证明帝喾、帝俊、帝舜、高祖夒也是一人。他认为舜又是俊或夋的音变；古代的传说被周末北方的儒者搞乱了，帝喾和帝舜遂化为两个人。对于《天问》中舜事放于夏桀之后，郭沫若解释道：“知道舜就是帝喾，那他的事迹自然该叙在殷的先公里面和夏的桀王以后。而舜的兄弟象，所谓‘眩弟并淫，危害厥兄，何变化以作诈，后

① 王国维：《卜辞中所见殷先公先王考》及《续考》，《观堂集林》（附别集），中华书局，1999年，第411-413页。

嗣而逢长'的，叙在把有扈灭了的上甲微之后，成汤之前，也就适得其所。孟子说过'象封于有庳'，有庳也就是有扈。"[1] 本人赞同王国维和郭沫若之见，对舜为何属于商族不再予以辨析。此节的重点是，在探求诗句本义的基础上分析屈原对舜的"孝悌"形象、汤的"仁"义形象和"挑"汤伐桀传说的质疑。

一、屈原对舜"孝悌"的反拨

屈原问过汤流放夏桀之妃妹嬉以后，便转向商代历史。屈原首先把舜纳入观照的视野。《天问》问及舜的诗句有两处，即"舜闵在家，父何以鳏？尧不姚告，二女何亲"和"舜服厥弟，终然为害。何肆犬体，而厥身不危败"两章。从这两章所问的内容中我们可以判断，屈原之问实际是对舜的所谓"孝悌"形象予以否定。

关于舜的故事，儒家经典记述最详。《尚书·尧典》曰：

> 帝曰："咨！四岳，朕在位七十载，汝能庸命，巽朕位？"岳曰："否德忝帝位。"曰："明明扬侧陋。"师锡帝曰："有鳏在下，曰虞舜。"帝曰："俞，予闻，如何？"岳曰："瞽子，父顽，母嚚，象傲，克谐以孝，烝烝乂，不格奸。"

《尧典》介绍了舜鳏以及父、母、弟的品性，赞颂了舜"克谐以孝"的美德。《孟子·万章上》则增加了一些情节，使舜的故事完整生动起来。

> 万章曰："父母使舜完廪、捐阶，瞽瞍焚廪。使浚井，出，从而揜之。象曰：'谟盖都君，咸我绩，牛羊父母，仓廪父母，干戈朕，

[1] 郭沫若：《屈原研究》，《中国现代学术经典》（郭沫若卷），河北教育出版社，1996年，第655页。

琴朕，弤朕，二嫂使治朕栖。’”

较之《尧典》，《孟子》增添了瞽叟焚廪、揜井、象谋害舜并霸占舜之家业妻室的事。司马迁的《五帝本纪》将舜的坎坷遭遇演绎得更加有声有色：

> 舜父瞽叟盲，而舜母死，瞽叟更娶妻而生象，象傲。瞽叟爱后妻子，常欲杀舜，舜避逃；及有小过，则受罪。顺事父及后母与弟，日以笃谨，匪有解。
>
> 舜，冀州之人也。舜耕历山，渔雷泽，陶河滨，作什器于寿丘，就时于负夏。舜父瞽叟顽，母嚚，弟象傲，皆欲杀舜。舜顺适不失子道，兄弟孝慈。欲杀，不可得；即求，尝在侧……舜耕历山，历山之人皆让畔；渔雷泽，雷泽上人皆让居；陶河滨，河滨器皆不苦窳。一年而所居成聚，二年成邑，三年成都。尧乃赐舜絺衣，与琴，为筑仓廪，予牛羊。瞽叟尚复欲杀之，使舜上涂廪，瞽叟从下纵火焚廪。舜乃以两笠自扞而下，去，得不死。后瞽叟又使舜穿井，舜穿井为匿空旁出。舜既入深，瞽叟与象共下土实井，舜从匿空出，去。瞽叟、象喜，以舜为已死。象曰：“本谋者象。”象与其父母分，于是曰：“舜妻尧二女，与琴，象取之。牛羊仓廪予父母。”象乃止舜宫居，鼓其琴。舜往见之。象鄂不怿，曰：“我思舜正郁陶！”舜曰：“然，尔其庶矣！”舜复事瞽叟爱弟弥谨。于是尧乃试舜五典百官，皆治。①

《天问》所关涉的舜的故事，与《尧典》和《孟子》的描述基本一致。“舜闵在家，父何以鳏？尧不姚告，二女何亲”和“舜服厥弟，终然为害。何肆犬体，而厥身不危败”两章至少蕴含着以下三个方面的信息：

① 司马迁：《史记》，第32–34页。

其一，舜父和舜弟象对待舜的态度；

其二，舜不告而娶之事（虽问尧“不姚告”，实际涉及舜）；

其三，舜如何对待其弟象。

那么，这些诗句本义为何，屈原问这些问题的用意又何在。对诗句进行考证之后，我们就会领悟屈原的真正意图。

（一）由“舜闵在家，父何以鳏”探究舜父害舜故事的真实性

对于“舜闵在家，父何以鳏”一句，王逸《楚辞章句》释曰：“闵，忧也。无妻曰鳏。言舜为布衣，忧闵其家。其父顽母嚚，不为娶妇，乃至于鳏也。”[①] 洪兴祖在王逸释文的基础上突出舜的“孝”，补曰：“此言舜孝如此，父何以不为娶乎？”[②] 其后的注家们基本按同一思路诠释此句。

要正确解读“舜闵在家，父何以鳏”一句，关键在于如何训释“闵”和“鳏”，而以往的注家却把焦点落在“闵”、“父”二字上，以至于产生了种种分歧。

对于“闵”字，王逸等解为“忧”；刘梦鹏《屈子章句》解为“黾勉”；闻一多校为“妻”[③]；刘盼遂证为“母”；张亨《楚辞蒴斗补》以为“婚”[④]；程嘉哲《天问新注》[⑤]训为“相思病”。诸多训释中，闻一多、刘盼遂、萧兵的考证用力较多。闻一多《楚辞校补》考曰：“父当为夫……闵字义亦难通，以下云‘夫何以鰥’推之，当系妻妃诸字之讹……然则卜辞时代，妻敏同字，至金文时代，始歧而为二。疑此本作‘舜妻在家’，古篆妻与敏相似，遂误为敏，后又转写作闵也，《山海经·海内北经》曰：‘舜妻登比氏。’本篇所谓舜妻，当即登比氏。意者相传舜先娶

① 洪兴祖：《楚辞补注》，第103页。

② 洪兴祖：《楚辞补注》，第103页。

③ 闻一多：《楚辞校补》，巴蜀书社，2002年，第 49页。

④ 张亨：《楚辞斠补》，台湾省历史语言研究所《集刊》第36本下册，1966年，第664页。

⑤ 程嘉哲：《天问新注》，四川人民出版社，1984年，第117页。

登比，后娶二女，则二女未降以前，舜已有妻，故有'夫何以鳏'之问也。"[①] 刘盼遂《天问校笺》[②]云："闵乃母字之讹。闵之古文作，见《汗简集》下之一民部。又作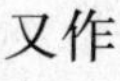，见《说文解字·门部》，所以殆即母字，故与母字易相混淆，此文本作'舜闵在家，父何以鳏'。该舜母握登早丧，瞽叟无妻独处，历年而后更娶舜母也。"萧兵赞同刘盼遂之见，以为"闵可通敏，而敏可读母"，"闵"字通过"敏"而和"母"在形、音、义上沟通，诗句反映了母系社会的家庭状况，"舜父名义上有妻子，但是当时原始共产制经济和母系氏族制度还占着较有力的地位，妇女还握着相当的权力，颐指气使，叱咤风云，瞽叟实质上只是个鳏夫，甚至比鳏夫还要狼狈，还要可怜。"[③]

如果仅从文字训诂上看，"闵"确可训为"母"，但若将此义放置于《天问》的整体语境中观之，则并不贴切。笔者以为，"闵"当为"勤勉"之意，刘梦鹏解为"黾勉"较为恰当。一方面"闵"可直接训为"勉"，如《尚书·君奭》："君！予不惠若兹多诰，予惟用闵于天越民。"孔传："闵，勉也。我惟用勉于天道加于民。"[④] 再者，"闵"也确可通"敏"。《释名·释言语》："敏，闵也，进叙无否滞之言也。故汝、颍言敏如闵也。"只是此处之"敏"并非与"母"瓜葛，"敏"实乃"勤勉"之意。《礼记·中庸》："人道敏政，地道敏树。"郑玄注："敏犹勉也。"[⑤] 出土文献《豳公盨》铭释文有"好德婚媾，亦唯协天，敏用孝神；复用祓禄，永孚于宁[⑥]"，对此中之"敏"，裘锡圭原以为有"勉"意。不管裘锡圭之释是否准确，至少说明"敏"有"勉"的语

① 闻一多：《楚辞校补》，巴蜀书社，2002年，第49页。
② 刘盼遂：《天问校笺》，《刘盼遂文集》，北京师范大学出版社，2002年，第8页。
③ 萧兵：《"舜闵（母）在家？父何以鳏？"》，见《楚辞新探》，天津古籍出版社，1988年，第598页。
④ 《十三经注疏·尚书正义》卷十六《君奭》，第225页。
⑤ 《十三经注疏·礼记正义》卷五十二，《中庸》，第1629页。
⑥ 裘锡圭：《中国出土古文献十讲》，复旦大学出版社，2004年，第46页。

义[①]。"勉"即勤勉、努力、尽力。因而，"舜闵在家"即为舜在家勤勉劳作之意。

至于"父何以鱞"之"父"，注家们多依本字，至闻一多始有变化。闻一多将"父"校为"夫"，并云："《书·尧典》曰：'有鱞在下曰虞舜。'未闻舜父亦称鳏也。'父'，当为'夫'，二字形声并近，故相涉而误。本篇屡曰'夫何'（凡七见）。'父何以鳏'犹何以鳏也[②]。"谭介甫《屈赋新编》也以为是"夫"的误字，并说"夫，犹言彼，即指舜说"[③]。何剑熏[④]、方孝岳[⑤]都赞同"父"为"夫"说。

此处将"父"改为"夫"的做法颇为牵强，"父何以鱞"句仍针对舜父而发问，破解此句的关键不在于"父"字，而在于"鱞"字。从王逸始，大部分注家将"鱞"训为"鱞寡孤独"之"鱞"，即如王逸曰"无妻曰鱞"，他们很可能是把《尚书·尧典》所言"有鱞在下，曰虞舜"作为训"鱞"为舜"无妻"的依据。但"鱞"并非仅有"无妻"一义。清代丁晏《天问笺》早已经独树一帜，他释"父何以鱞"曰："上二句言舜怨慕其亲，出于闵忧，何父犹嫉恶之，竟不为置室家乎？"尽管丁晏没有独训"鱞"字，致使"嫉恶"所指不明，而且"不为置室家"与"鱞"又颇有些瓜葛，使我们不能准确断定丁晏的释义，但丁晏的讨论的确为破解"鱞"字提供了新的思路。方孝岳则另辟蹊径。其《尚书今语》云："'有鱞在下曰虞舜。''鱞'者，病也。《书》言'鱞寡'，多泛指疾苦黎民，非必无夫无妻。此时舜年未老，尤非所谓鱞也。屈原

① 裘锡圭：《中国出土古文献十讲》，第65页。裘锡圭本释"敏"为"勉"，后又认为李学勤等释文较合理，即"敏"释为"厘"。李学勤文见《中国历史文物》，2002年第6期。

② 闻一多：《楚辞校补》，巴蜀书社，2002年，第 49页。

③ 谭介甫：《屈赋新编》，中华书局，1978年，第465页。

④ 何剑熏："'父'，'夫'之假字或伪字。此言舜已有婚于家，何得谓之鳏夫？"见何剑熏《楚辞拾沈》，四川人民出版社，1984年，第63页。

⑤ 方孝岳："父读夫，就是说舜婚在家，夫何以鳏？"见方孝岳《关于屈原天问》，《中山大学学报》1955年第1期。

《天问》‘舜闵（昏）在家，父（夫）何以鳏？’盖即疑此传说。此所谓‘鳏’，亦即困苦之意，即所谓‘侧陋’。”[①]方孝岳虽非为《天问》而训“鳏”，但的确打破了以往所谓“鳏”为“无妻”的思维定式。

在“父何以鳏”句中，“鳏”字当为动词，意为“毒害”、“嫉害”。《尔雅·释诂下》[②]曰：“鳏，病也。”郑樵注：“鳏即瘝也。”《集韵·山韵》[③]：“瘝，病也。”《尚书·康诰》[④]曰“恫瘝乃身”，孔安国传曰：“瘝，病。”如此，鳏、瘝相通，均有“病”意。“父何以鳏”乃承前省略，当是“父何以鳏之”，即父何以“病”之。“病”原为名词或形容词，此句带了宾语，则活用为动词，有“祸害”、“损害”、“戕害”、“毒害”、“嫉害”等义。如《战国策·东周策》[⑤]：“君若欲害之，不若一为下水，以病其所种。”这里的“病”就是动词。故“鳏”可训为“毒害”、“嫉害”等义。

训“鳏”为“毒害”、“嫉害”等义，还可以从典籍中找到故事依据。《尚书·尧典》[⑥]说：“瞽子，父顽，母嚚，象傲。”至于父如何“顽”，母如何“嚚”，象如何“傲”，《尧典》并没有具体描述。《孟子·万章上》则有了父母捐阶、瞽叟焚廪揜井等毒害舜的相关细节。因此，此处将“鳏”释为“毒害”、“嫉害”等义更为符合历史传说。而司马迁之“瞽叟爱后妻子，常欲杀舜”则是“父何以鳏”的最好注脚。

“舜闵在家，父何以鳏”，即是说舜在家勤勉，顺事父母、弟弟，为何他的父亲却想方设法毒害他呢?

舜本来勤勉劳作，“完廪”又“浚井”，顺孝父母，友爱弟象，其父却一再无情地予以毒害，这种父害子的行为匪夷所思。在此，屈原一方

① 方孝岳：《尚书今语》，北京古籍出版社，1958年，第16页。
② 《尔雅·释诂》，中华书局，1985年，第8页。
③ 丁度：《集韵·山韵》，中华书局，1989年，第45页。
④ 《十三经注疏·尚书正义》，卷十四《康诰》，中华书局，1980年，第203页。
⑤ 刘向：《战国策》，上海古籍出版社，1998年，第9页。
⑥ 《十三经注疏·尚书正义》，卷二《尧典》，中华书局，1980年，第123页。

面质疑了舜父违背人伦的狠毒行为，另一方面对传说的真实性也表示了怀疑。的确，故事的离奇和夸张一旦超出了常人能够接受的程度，反倒使人怀疑它的真实性并探究其产生的深层原因。那么，为何会有如此离奇的事情呢？答案就在《尧典》中，即舜“克谐以孝，烝烝乂，不格奸”。《孔传》曰：“言能以至孝和谐顽嚚昏傲，使进进以善自治，不至于奸恶。”孔颖达曰：“言能调和恶人，是为贤也。”[①]由此可见，舜父、舜母、舜弟一再加害于舜，而舜竟能顺事父母友善恶弟，就是因为“至孝”。如此看来，家有三恶的险境很可能就是为了反衬舜“至孝”的美德，而对捐阶、焚廪、揜井等情节的大肆渲染，其主要目的恐怕仍然是为了彰显舜的“孝悌”之德。屈原之问别有深意，父亲屡次残忍地毒害勤勉仁孝的儿子，于情于理都是说不通的，之所以会有这种荒诞的故事，其中不无儒家为突显舜之“孝悌”而有意编造之嫌，即使舜的父母确实不仁，恐怕也有夸大的成分。

总之，屈原问“舜闵在家，父何以鱞”，意在探究舜故事的真实性，从而考量儒家为把舜打造成至孝的典范而夸大其词、甚至有意虚构的行为，这与之前拷问儒家贤王典范禹和启的根本意图是一以贯之的，也与后文对周代贤王周武王的追问相呼应。

（二）由“尧不姚告，二女何亲”质疑舜的“至孝”形象

“尧不姚告，二女何亲？”的事主是“尧”，同时也关涉着舜。《尧典》记载着尧妻舜以二女的事。至于不告舜父，从目前的传世文献看应最早见于《孟子·万章上》，文曰：

> 万章问曰：“《诗》云，‘娶妻如之何？必告父母’。信斯言也，宜莫如舜。舜之不告而娶，何也？”孟子曰：“告则不得娶。男女居室，人之大伦也。如告，则废人之大伦，以怼父母，是以不告也。”万章曰：“舜之不告而娶，则吾既得闻命矣；帝之妻舜而不

① 孔颖达：《尚书正义》，《十三经注疏》，中华书局，1980年，第123页。

告，何也？”曰：“帝亦知告焉，则不得妻也。”

同万章一样，屈原对舜娶妻不告之事也予以质问：“尧不姚告，二女何亲”。意即尧不告诉舜的父亲姚，他怎么就把两个女儿嫁给了舜呢？可见，屈原和孟子均按照战国时代的婚姻观念来判定古人的行为，他们都在“告”礼上做文章，把婚姻纳入“礼”的规范之中，并以“礼”来称量“尧不姚告”的是与非。

关于婚姻之礼，《礼记·昏义》称“昏礼者，礼之本也”。婚姻是礼之本，而娶妻“必告父母”。《齐风·南山》曰：“蓺麻如之何？衡从其亩。取妻如之何？必告父母。”《传》曰：“必告父母庙。”《笺》云：“取妻之礼，议于生者，卜于死者，此之谓告。”[①]婚姻之礼还包括行媒，《齐风·南山》又说：“析薪如之何？匪斧不克。取妻如之何？匪媒不得。”《礼记·曲礼》：“男女非有行媒，不相知名。”《仪礼·士婚礼》规定“六礼”的程序为纳采、问名、纳吉、纳征、请期、亲迎。周代婚姻程序之繁琐可见一斑。五帝是否一定“娶妻必告父母”或有“行媒”，后人无从确知。万章问其师“舜之不告而娶”和“帝之妻舜而不告”之事，说明当时的文献或口传历史中确有尧舜不告的事。在战国时人看来，尧、舜的行为显然违背了“必告父母”之礼，这与儒墨颂扬的圣人、圣王完美的形象相抵牾，因此，万章和屈原对此都提出疑问。孟子以“人之大伦”为尧不告舜父而妻之和舜娶而不告父的行为辩解，是为儒家的道德楷模遮丑，其功利目的非常明显。

其实，原始社会氏族公社时期，人类的婚姻形态与战国时代不同。尧将两个女儿同时嫁给舜，这本身就反映了当时的婚姻状况。据摩尔根《古代社会》和马克思《家庭、私有制和国家的起源》，人类的婚姻有五种基本形态：原始杂婚、血缘婚、多偶婚（普那路亚家族）、对偶婚和一夫一

① 引自孔颖达《毛诗正义》，《十三经注疏》，第352页。

妻制。尧妻舜以二女、舜和象共妻二女是典型的普那路亚婚或曰多偶婚。[①]受“礼”约束的一夫一妻制是人类进入文明社会的婚姻形式。明《集礼·总序》曰：“天子纳后，所以母仪乎天下也。三代以上不着其礼，至周而六礼之仪始备。”“三代以上不着其礼”应是比较可信的说法。因此，不管是尧还是舜，也不管他们告还是不告，尚未迈进文明大门的人们自然不会从“人伦”的角度思考问题。

当然，无论孟子还是屈原，都无法确知上古社会的婚姻习俗，对“尧不姚告”和舜不告而娶的传说都如鲠在喉。以现行的“礼”为准则去评价上古之人的正常行为，二人的做法是一致的。所不同的是，孟子为了把舜塑造成儒家至孝的楷模，以“男女居室，人之大伦”强为圣人辩护以不损其美德，并把此事作为舜“至孝”的例证。因“不孝有三，无后为大”（《孟子·离娄上》），而“男女居室”的要义是为有后，有后自然就是至孝了。屈原则以求真求实的精神质问圣人的违礼之举，来暴露圣人之缺陷。

（三）由“舜服厥弟，终然为害。何肆犬体，而厥身不危败”否定舜友爱兄弟的“悌”的楷模形象

此章的事主是舜和他的傲很之弟（象），注家们对此并无异议，而对于问舜象何事、“肆”和“犬体”的训释以及“厥身”指舜还是象等问题却仍未达成共识。其中“何肆犬体”之“肆”字尤令人费解，对它的争议也最多。王逸《楚辞章句》云：“象无道，肆其犬豖之心。”[②]从释文看，“肆”有“放肆”之意，其后又有“放纵”、“任意”、“恣意”等解释，这些释义多被认同。

① 据《孟子注疏·万章上》，瞽叟焚廪、揜井之后，舜之弟象曰：“‘二嫂使治朕栖。’象往入舜宫，舜在床琴。”陈顾远说：“郭沫若依其文字似为未遂犯然，实则兄弟共妻娥皇、女英之事，已经后人修改而隐蔽。并据《楚辞·天问篇》‘眩弟并淫，危害厥兄’云云，谓其亦为舜象群婚之一证。依愚观之，尧果有厘降二女之事，则试舜也何必二女？斯不能为非群婚之习惯而即然也。”见陈顾远：《中国婚姻史》，岳麓书社，1998年，第29页。

② 引自洪兴祖《楚辞补注》，第104页。

需要注意的是以下几种说法：

其一，分牲体之名。王闿运《楚辞释》首倡此说：“肆，分牲体之名也。”

其二，肆为“湨”，注。闻一多《楚辞校补》首先提出此说，他认为：

> 王注曰：“言象无道，肆其犬豕之心，”是王本作“何肆犬豕”。然释“肆犬豕”为“肆犬豕之心”，殊失之凿……而“肆犬豕”，亦当属舜言。考书传载象所以谋杀舜者，有完廪、浚井、饮酒三事。饮酒事唯见《列女传·有虞二妃传》。其言曰：“瞽叟又速舜饮酒，醉将杀之。舜告二女，二女乃与舜药浴注豕。舜往，终日饮酒不醉。”注豕者，豕读为矢。《说文》曰：“臑，臂，羊矢也。”《仪礼·乡射礼》《释文》引《字林》，矢作豕，是其比。《韩非子·内储说下篇》说燕人妻有通于士者，夫至，适遇士出，问何客，妻佯曰无客，因诬其夫惑易，而浴之以狗矢。舜注矢以御醉，盖犹燕人浴矢以解惑。此其事虽不雅驯，然以秽恶禳灾，今民间巫术犹多行之，以今推古，宜亦同然，固不必为舜讳也。本篇“肆犬豕”当即斥此。豕借为矢，与《列女传》同。肆读为湨……《广韵》曰：“湨，注也。”湨犬豕即《列女传》之注矢，亦犹《韩非子》之言浴狗矢矣。注矢后，即终日饮酒不醉，故曰：“厥身不危败”一本何下有得字，肆下有其字，盖后人不得其解而妄增。今本豕误为体，亦不成文义。[①]

海内不少学人赞同此说，袁珂先生即言：“释‘肆犬豕’为‘湨犬豕’即注犬矢以澡浴，真是非常新颖而又精辟的见解。《天问》此二语，正该作这样的解释”。[②] 何剑熏《楚辞新诂》在接受闻说的基础上，补充

① 闻一多：《楚辞校补》，巴蜀书社，2002年，第50–51页。
② 袁珂：《神话论文集》，上海古籍出版社，1982年，第140页。

了马王堆出土的《医书》中一种治疗癫疾的医方，作为闻说又一佐证。该书云："颠（癫）疾：先侍白鸡、犬矢，发，即以刀剥其头，从颠（顶）到项，即以犬矢□之，而中剥鸡□，冒其所以犬矢□内，三日而已。已即孰（熟）所冒，鸡而食之，□已。"[①] 龚维英[②]以闻说为允。

其三，学习。翟振业《从〈《天问》"犬体"新证〉》[③]一文考释"肆"乃"学习"之义。作者根据瞽叟焚廪时舜因穿鸟工衣以及当瞽叟填井陷害时舜因穿龙工衣均得救，认为"舜穿鸟形、龙形衣服两次脱险，究其原因，即古代的所谓'巫术'效应。古人相信，凭相似仿效的感致力量，可以达到某种目的，这叫'感致巫术'……由此可以推论，'肆犬体'亦为衣鸟工、龙工之类的巫术行为。'肆'古同'肄'，《周礼·小宗伯》云：'肄仪为位'（注：'古书肄为肆，杜子春读肆为肄'）。《礼记·玉藻》云：'肆束及带'（肆读为肄）。可见此为经传所习见。肆之读为肄，犹'施'之亦读为'移'也。康殷《文字源流浅说》亦谓肆、肄为一字。《说文》云：'肄，习也。'今本《辞海》亦云：'肄，研习，学习。'《左传》文公四年：'臣以为肄业及之也。'杜预注：'肄，习也。'《国语·鲁语》与此相同。由上可知，所谓'肆犬体'就是学习犬体之形，犹衣鸟工、龙工之类采用的一种巫术，从而摆脱了险境。"

其四，陈列。黄寿祺释为"陈列"。[④]

总之，以上训释中闻一多从民俗的视角作解，方法虽然独特，但缺乏能够证明"舜"曾使用此种巫术躲过灾难的力证。因此，"何肆犬体"为浴矢（屎）御酒的说法不足以服人。正如翟振业所辨析，闻一多"何肆犬豕"一是改字释义，二是醉酒一事仅见于《列女传》，且是瞽叟所为；又闻一多所引《韩非子·内储说》燕人沐矢以解惑的事纯属寓言，不足为

① 见何剑熏《楚辞新诂》，第166-167页。

② 龚维英：《〈天问〉"舜服厥弟"节确诂》，《中州学刊》1997年第1期。

③ 翟振业：《从〈《天问》"犬体"新证〉——释"犬体"的巫术功能》，《湖北民族学院学报》（哲学社会科学）1999年第2期。

④ 黄寿祺，梅桐生：《楚辞全译》，贵州人民出版社，1984年，第71页。

凭，先秦典籍未见舜“醉酒”的记载。[①] 然而翟振业把“肆犬体”视为衣鸟工、龙工之类的巫术行为，同样难以服人。

对于“犬体”，学者们同样有不同的认识。首先从所用版本看，王逸正文用“犬体”，不过据其随文就释的训释原则判断，他采用的是“犬豕”。洪兴祖便进一步提供了此版本。闻一多校为“犬矢”；刘永济《屈赋通笺》则疑“犬豕”之“豕”本作“犬豨”。至于具体的解释，以下三种意见较有代表性。

其一，比喻象有狗（或猪狗）一样的心或恶行。王逸首倡“猪狗”说，其后很多学者认同。这也与洪兴祖《楚辞补注》所提另一版本“体”为“豕”有关。“豕”即“猪”。雷庆翼《楚辞正解》把“犬体”训为“比喻象为狗”，但译成“（象）像狗一样，恣意地咬舜”[②]，这种解释未免过于具体。

其二，犬矢。闻一多持“犬矢”即狗屎说，详见上文中闻一多《楚辞校补》的引文。

其三，犬图腾形象的装扮。

此说为马少侨《〈天问〉“犬体”新证》[③]一文所发明。作者以为：“‘何肆犬体’的‘体’与‘女娲有体’的‘体’，都是指作为图腾形象的装扮，故‘犬体’就是指犬图腾形象的装扮。”马少侨从上下文的整体关系判定原文应为“犬体”而非“犬豕”。他将“舜服厥弟，终然为害。何肆犬体，而厥身不危败”译为：“舜（部落联盟大酋长）处处依顺他的弟弟象（胞族部落酋长），而象却终于成为有虞部落的祸害。为什么象肆无忌惮地与犬部落结合，竟能受到他们的推戴，而不会遭到危败？”作者之所以如此训释“犬体”，“是因为《天问》提出这个问题来是夹在女娲的人首蛇身和吴太伯、仲雍的断发文身中的……前后文都是指图腾形象装扮，可见夹在其中的象所肆之‘犬体’，亦应确指图腾形象装扮，断无他

① 翟振业：《从〈《天问》“犬体”新证〉说起——释“犬体”的巫术功能》，《湖北民族学院学报》（哲学社会科学）1999年第2期。

② 雷庆翼：《楚辞正解》，学林出版社，1994年，第130页。

③ 马少侨：《〈天问〉“犬体”新证》，《文学遗产》1986年第5期。

指之理。”马少侨以人类学之理论解“犬体”之“体”为“作为图腾形象的装扮”，这或许是事实，但就《天问》而言未必是屈原之本意。

至于“厥身”指“舜”还是“象”，古来两说并存且均有很多赞同者。王逸指“舜”，其后洪兴祖、蒋骥等认同此说。朱熹《楚辞集注》以为是“象”，曰：“然舜为天子，卒不诛象，何耶？”刘梦鹏、闻一多、郭沫若、林庚、黄寿祺等从此。

可见，要准确解读“舜服厥弟，终然为害。何肆犬体，而厥身不危败”并非易事。关于“终然为害”，王逸释为象始终害舜，此说为是。根据《尚书》和《孟子》所载舜象之故事，父母捐阶、瞽叟焚廪、掩井之后，象曰“谟盖（谋害）都君（舜）咸我绩”，可知象是害舜的主谋。《尚书·尧典》以“傲”评价“象”，《孔传》曰象“傲慢不友，言并恶”。《说文》曰：“傲，倨也。”如此，“何肆犬体”所针对的应是象。“肆”当如王逸释文中所暗含的放恣、肆意、放肆等意。至于“犬体”或“犬豕”乃是一处比喻，指象像猪狗一样凶狠无赖。尽管“犬”是西南苗、瑶民族先民所崇拜的图腾形象，但是，出生于楚地宜城的王逸把“猪狗”视为贬义，属于楚民族的屈原很有可能对“狗”并无忌讳。“厥身”是指象而言，“而厥身不危败”暗指象不但没有受到惩罚，反而受封于有庳一事。即《孟子·万章上》所言“象至不仁，封之有庳”。

总之，“舜服厥弟，终然为害。何肆犬体，而厥身不危败”是说：舜顺从服事弟弟象，象却始终加害于他。为什么象放肆凶恶，却最终对自己没有危害（反而受封于有庳）呢？

对文本的训释要遵循整体性的原则，要顾及到上下文的关系和屈原的创作宗旨。屈原在《天问》中所提的问题有其深层原因，非为求知，更非为猎奇。游国恩以为“李陈玉、张诗等以厥身为指象，谓象之多行不义，胡竟不自毙，而得善终何也？盖怪报施或爽之词”亦通。我则认为张诗《屈子贯》所释最为顺畅：“象无道，舜服事之，终欲害舜，以肆其犬豕之心，何其身终不危败？”[1] 至于屈原是否“怪报施或爽”，的确包含这

① 张诗：《屈子贯》，转引自游国恩《天问纂义》，第258页。

方面的因素。象多行不义不仅没有受到天命的惩罚，反而受封于有庳，后嗣繁衍昌隆。后文屈原问“天命反侧，何罚何佑”，就是责问所谓的天命并非“惟德是辅”，也非《老子》所倡“天道无亲，常与善人”。但这不是屈原在此处所问的重心。屈原所问暗指：舜将象这种无德无才的人封于有庳，实乃公私不分、赏罚不明，任人唯亲。所以，此句蕴涵极为丰富。

关于舜的弟弟受封之事，万章提出了一个尖锐的问题：

> 舜流共工于幽州，放驩兜于崇山，杀三苗于三危，殛鲧于羽山，四罪而天下咸服，诛不仁也。象至不仁，封之有庳。有庳之人奚罪焉？仁人固如是乎？在他人则诛之，在弟则封之？（《孟子·万章上》）

可见，“象至不仁，封之有庳”的说法早已经存在。万章的不理解实际是对舜善恶不分，贤愚共贯之举提出批评。屈原同样发出“何肆犬体，而厥身不危败”的质问。象傲很无德，舜却依然“封之有庳”，这在主张“举贤而授能兮，循绳墨而不颇”的屈原看来，非但不是“仁”实质是“私”，是用人唯亲、为政无方，此乃“尚贤”之大忌。孟子却辩护道：“仁人之于弟也，不藏怒焉，不宿怨焉，亲爱之而已矣。亲之欲其贵也，爱之欲其富也。封之有庳，富贵之也。身为天子，弟为匹夫，可谓亲爱之乎？”尽管孟子把舜不辨贤愚、违背公正、滥施权力的行为，冠以仁义孝悌的圣名，但他忽略了问题的另一面，那就是把国家利益变成了私人的特权，变成兄弟之间表达友悌道义的工具。对此，屈原显然不与认同。

总之，屈原用政治理性来审视被儒家尊为“孝悌”楷模的舜，在诘问中寄寓了自己的是非判断和价值取向。

二、屈原对汤“仁”和“挑”汤亡夏传说的质疑

屈原对商代历史的反思中着墨最多的人物就是汤。其中“妹嬉何肆，

汤何殛焉”和“汤出重泉，夫何罪尤？不胜心伐帝，夫谁使挑之”两句明显蕴含着屈原对汤的某种否定态度。

（一）妹嬉何肆，汤何殛焉

首先，我们要准确解读“妹嬉何肆，汤何殛焉”才能领悟屈原的真意。此句的关键在于“何”、“肆”、“殛”三个字。

“何”字在《天问》中反复出现，有疑问代词“什么”之意，如“何由考之”、“何以识之”、“何本何化”；也有“为什么”之意，如“东南何亏”、“何续初继业”。其他尚有“如何”、“怎么”、“哪里”等等。此处之“何”可解为“什么”。姜亮夫则训为“不”，“读为‘何有于我’之何”，谭介甫训为“无”。二人均将疑问语气改为否定语气，这就削弱了屈原在问中所融寄的感情色彩。

至于“肆”，多数注家沿用王逸之训，释为动词“放肆”、“放纵”、“放荡”等，但也有别为新意者。姜亮夫以《列女传》所谓“桀置末喜于膝上”为依据，认为“肆读为《汉书·叙传》‘何有距肆于朝’之肆”。[①]朱季海又以《广雅·释诂》“肆，距也”予以补证。[②]汤炳正则以为是“废弃，舍弃”，即“妹嬉为何而被弃”，并以《汉书·扬雄传》注引服虔“肆，弃也”和《广雅·释诂》之“肆”、“舍”、“废”皆训“置也”为证据。[③]何剑熏则以为“肆”假为“祟”，“肆祟同属心母，故可相假”；“祟，祸也，害也”。[④]而闻一多则将“肆”训为名词“罪”。[⑤]

总之，王逸、姜亮夫等训“放肆”、“放纵”等义，都加强了妹嬉“非”的一面。汤炳正和闻一多的训释则突出了妹嬉的无辜，而闻一多之训更为贴切。因此，“肆”训为“罪”更为明了，即“妹嬉有什么罪

① 姜亮夫：《重订屈原赋校注》，天津古籍出版社，1987年，第327页。
② 朱季海：《楚辞解诂》，上海古籍出版社，1980年，第117页。
③ 汤炳正：《楚辞类稿》，台湾贯雅文化事业有限公司，1992年，第304页。
④ 何剑熏：《楚辞拾沈》，四川人民出版社，1984年，第62页。
⑤ 闻一多：《天问疏证》，三联书店，1980年，第73页。

过”。

“汤何殛焉”之“殛”当训为“流放”。“妹嬉何肆，汤何殛焉”是问：妹嬉何罪，汤为什么把她也流放了？总之，不管“殛”训为“流放”或如孙作云、何剑熏《楚辞拾沈》[①]训为“杀戮”、“杀掉”，都说明汤对妹嬉实行了惩罚。从屈原问的内容和语气判断，屈原对汤殛妹嬉的行为颇有微词。

至于屈原为何对汤处置妹嬉的行为不以为是，恐怕与妹嬉在汤灭夏时所起到的作用有关。妹嬉乃夏桀之妃。《国语·晋语》云：“昔夏桀伐有施，有施人以妹喜女焉，妹喜有宠，于是乎与伊尹比而亡夏。”[②]妹嬉受宠于夏桀的事，刘向《古列女传》所记更为详细：

> 末喜者，夏桀之妃也，美于色，薄于德，乱孽无道，女子行丈夫心，佩剑带冠。桀既弃礼义，淫于妇人，求美女积之于后宫，收倡优侏儒狎徒能为奇伟戏者，聚之于旁，造烂漫之乐，日夜与末喜及宫女饮酒，无有休时。置末喜于膝上，听用其言，昏乱天道，骄奢自恣。为酒池可以运舟，一鼓而牛饮者三千人。革奇 其头而饮之于酒池，醉而溺死者，末喜笑之以为乐。龙逢进谏曰：“君无道，必亡矣。”桀曰：“日有亡乎，日亡而我亡。”不听，以为妖言而杀之。造琼室、瑶台以临云雨，殚财尽币，意尚不餍，召汤囚之于夏台，已而释之。诸侯大叛，于是汤受命而伐之，战于鸣条，桀师不战，汤遂放桀与末喜，嬖妾同舟流于海，死于南巢之山。诗曰：“懿厥哲妇，为枭为鸱。”此之谓也。[③]

屈原所问“桀伐蒙山，何所得焉”，当是指桀得妹嬉一事。古代学者多将妹嬉视为惑乱之女，甚至与妲己相提并论，如上引《国语·晋语》

---

① 何剑熏：《楚辞拾沈》，四川人民出版社，1987年，第62页。
② 引自徐元诰《国语集解》，1987年，第250页。
③ 刘向：《古列女传》卷七，中华书局，1985年，第189−190页。

之文，接下来所谈论的便是纣与妲己之事。又如《荀子·解蔽》："桀蔽于末喜、斯观，而不知关龙逢，以惑其心而乱其行。纣蔽于妲己、飞廉，而不知微子启，以惑其心而乱其行。"《韩非子·难四》："桀索岷山之女，纣求比干之心，而天下离。"

但在《天问》中，屈原所问"妹嬉何肆，汤何殛焉"非为指责妹嬉祸国，而有汤不该殛妹嬉的弦外之音。关于妹嬉与商汤灭夏的关系问题，《国语·晋语》所言妹嬉"与伊尹比而亡夏"透露出一些信息。不过，需要对此句之"比"予以说明。韦昭注曰："伊尹，汤相伊挚也，自夏适殷。比，比功也。伊尹欲亡夏，妹喜为之作祸，其功同也。"依韦昭注，妹嬉乃是祸国者。刘向《古列女传》也把妹嬉完全视为祸国的"孽嬖"来记述。我以为，此处的"比"训为"结党营私"、"勾结"较为妥帖。《玉篇·比部》："比，阿党也。"《论语·为政》："君子周而不比，小人比而不周。"《论语注疏》何晏注云："孔曰：忠信为周，阿党为比。"邢昺疏曰："君子常行忠信，而不私相阿党小人。"[①]朱熹注："比，偏党也。"[②]《荀子·不苟》："君子……交亲而不比，言辩而不辞。"杨倞注曰："比谓昵狎。"又如《左传·昭公下》："与养氏比，而求无厌。"《管子·重令》："无上拂之事，毋下比之说。"以上例句中的"比"都有勾结、结党营私之意。《国语·晋语》之"于是乎与伊尹比而亡夏"乃言妹嬉与伊尹"勾结"而亡夏。当然，《国语》蕴含着贬义。

关于妹嬉与伊尹交而亡夏的事，《管子·轻重》篇曰："女华者，桀之所爱也，汤事之以千金。曲逆者，桀之所善也，汤事之以千金。内则有女华之阴，外则有曲逆之阳，阴阳之议合，而得成其天子。此汤之阴谋也。"[③]此"女华"与"妹嬉"颇像一人。《吕氏春秋·慎大览》所记则更为明确详尽：

---

① 引自《论语注疏》，《十三经注疏》，第2462页。

② 朱熹：《四书章句集注》，《新编诸子集成》，中华书局，1983年，第57页。

③ 引自戴望《管子校正》卷二十三，第389页。

桀愈自贤，矜过善非，主道重塞，国人大崩。汤乃惕惧，忧天下之不宁，欲令伊尹往视旷夏，恐其不信，汤由亲自射伊尹。伊尹奔夏，三年，反报于亳。曰：“桀迷惑于末嬉，好彼琬琰，不恤其众。众志不堪，上下相疾，民心积怨，皆曰：‘上天弗恤，夏命其卒。’”汤谓伊尹曰：“若告我旷夏尽如诗。”汤与伊尹盟，以示必灭夏。伊尹又复往视旷夏，听于末嬉。末嬉言曰：“今昔天子梦西方有日，东方有日，两日相与斗，西方日胜，东方日不胜。”伊尹以告汤商涸旱，汤犹发师以信伊尹之盟，故令师从东方出于国西以进。未接刃而桀走，逐之至大沙。身体离散，为天下戮。[①]

另外，古本《竹书纪年》也有记录：

后桀伐岷山，岷山女于桀二人，曰琬、曰琰。桀爱二女，无子，刻其名于苕华之玉，苕是琬，华是琰。而弃其元妃于洛，曰末喜氏。末喜氏以与伊尹交，遂以间夏。[②]

可见，屈原问“桀伐蒙山，何所得焉”中包含着对夏桀宠幸妹嬉而亡夏的讥讽。妹嬉于夏亡有其罪，但对于汤亡夏立商来说，她与伊尹联合，提供重要情报，无论如何都是有功者。屈原的“妹嬉何肆，汤何殛焉”之问质疑了汤背信弃义之举，这也是对汤所谓“仁义”形象的否定。

（二）汤出重泉，夫何罪尤？不胜心伐帝，夫谁使挑之

“汤出重泉，夫何罪尤？不胜心伐帝，夫谁使挑之”一章包含着汤的一段重要经历，也是体现屈原对汤评价的重要诗句。

“汤出重泉，夫何罪尤”所问乃汤被夏桀囚禁之事。对此，《史

① 引自高诱注《吕氏春秋》卷十五，“诸子集成”（第6册）第159–160页。
② 引自方诗铭、王修龄《古本竹书纪年辑证》，第16页。

记·夏本纪》记曰，桀“乃召汤而囚之夏台，已而释之。汤修德，诸侯皆归汤，汤遂率兵以伐夏桀。桀走鸣条，遂放而死。桀谓人曰：‘吾悔不遂杀汤于夏台，使至此’”。《北堂书钞》引《尚书大传》：“桀无道，囚汤，后释之，诸侯八译来朝者六国。”《天问》又有“汤出重泉，夫何罪尤”之问。看来，夏桀或有囚汤之事。

那么，夏桀囚汤于何处，《天问》之“重泉”又当如何解释呢？

王逸《楚辞章句》以“重泉”为“地名”。李陈玉《楚辞笺注》、徐焕龙《屈辞洗髓》以之为“夏台”，即桀囚汤处。关于“夏台”，司马贞《史记索隐》释曰：“狱名。夏曰钧台。皇甫谧云‘地在阳翟是也’。”“夏台”即“钧台”。释“重泉”为“夏台”者恐怕都是以此为据。但“重泉”是否即为“夏台”还需慎重，因古有“重泉”一词。《史记·秦本纪》“堑洛。城重泉。”[①] 裴骃《集解》案：“《地理志》：重泉县属冯翊。”张守节《正义》曰：“《括地志》云：‘重泉故城在同州蒲城县东南四十五里也。’”[②]《史记·河渠书》：“其后庄熊罴言：‘临晋民愿穿洛以溉重泉以东万余顷故卤地。诚得水，可令亩十石。’”皇甫谧云“夏台”地在阳翟，张守节云“重泉故城在同州蒲城县东南四十五里”，[③] 显然，阳翟的“夏台”和同州蒲城县东南四十五里的“重泉”非一地也。徐文靖据《史记·夏本纪》、《史记索隐》、《太公金匮》曰：“据此，则重泉即在夏台，于《汉志》为颍川阳翟县，今开封府禹州也。若左冯诩重泉县，在今西安府华州蒲城县东南四十五里；《秦本纪》秦简公六年，堑洛城重泉者也，安得一之。”

因此，《天问》之“重泉”非同州蒲城县东南四十五里的“重泉”。屈原所言“重泉”或即是夏台，如姜亮夫所言“重泉即夏台，字形相近而讹”；或者是不同于夏台的另外一个名字，既可能是狱名，也可能是更小的地名。据《史记》“乃召汤而囚之夏台”、“吾悔不遂杀汤于夏台”以

① 司马迁：《史记》，第200页。
② 司马迁：《史记》，第1412页。
③ 张守节：《史记正义》，见司马迁《史记》，第1412页。

及《天问》的“汤出重泉”，将“重泉”解为狱名较妥。

“夫何罪尤”一句争议不大。洪兴祖曰：“尤，过也。”大部分学者以为“夫何罪尤”是说汤没有罪过。当然也有持论不同者，如刘梦鹏以为“言汤出重泉，未尝敢有怼桀之意”，“怼”为怨恨、责怨也。何剑熏《楚辞新诂》则以为“因疑此言罪尤者，为汤责怨于桀。言汤既已无罪被释、为何怨尤之也”。[①] 根据后文“不胜心伐帝，夫谁使挑之”的意绪看，此处当问“汤为何怨尤”，何剑熏释文为是。汤有怨尤是其伐桀灭夏的导火索。

“不胜心伐帝，夫谁使挑之”最为难解。从诗句的浅层义看，屈原是在问谁挑拨了汤做“伐帝”之事。而“不胜心”和“夫谁”却传达出深层意蕴。此句分歧的关键在于屈原对汤有无否定之意；所谓“不胜心”是不胜谁之心。王逸首言“汤不胜众人之心”，这就把汤伐桀的行为置于被动地位，从而大大削弱了臣伐君的不义性。王逸对汤的态度得到了许多注家的认同，并从不同角度做了补充。如张诗进一步解释为不胜众人的“归汤”之心。周拱辰也以为“伐帝非汤本心，有挑之者矣”[②]。徐焕龙《屈辞洗髓》曰：“夫谁夺桀之魄，使之囚汤以挑之？”[③] 意思是谁挑拨了桀囚禁汤，致使本无伐桀之心的汤灭夏。徐文靖、闻一多均认同此说。刘梦鹏在赞同汤无意伐桀的基础上云：“言汤出重泉，未尝敢有怼桀之意，乃不能强抑众心，卒有南巢之役，亦谁挑众怒如是乎？桀自作之孽而已。”[④] 刘梦鹏《屈子章句》突出的重点在于桀，因桀自作孽才招致众怒，使得本无伐帝之心的汤放桀灭夏。游国恩以为“汤不忍桀之虐民，虽欲不行放伐，情不能已，故曰不胜心伐帝也”，也就是说，汤之伐桀出于救民水火。总之，无论是古人王逸还是今人游国恩等，都在以汤本无伐纣之心的前提下作解。

---

① 何剑熏：《楚辞新诂》，第174页。

② 周拱辰：《离骚草木史》，转引自游国恩《天问纂义》，第355页。

③ 徐焕龙：《屈辞洗髓》，转引自游国恩《天问纂义》，第355页。

④ 刘梦鹏：《屈子章句》，《四库全书存目丛书》，齐鲁书社，1997年。

陈本礼之见则与王逸不同。他于《屈辞精义》中明确指出此句乃微词："不胜心，微词也。使汤果无伐帝之心，则使尹挑之者谁耶？必汤阴有胜心之处，故尹之言，得以乘间而入也。"① 丁晏《天问笺》表达了相同的意见："不胜心者，不快于众心也……言汤既不快于众人之心，而尤且伐帝者，果孰挑之使罚耶？意谓虽伊尹导之，而亦汤之自为，非由夫人挑之也。挑者，引动之意。犹《孟子》所云要汤，《史记》所云干汤也。"② 丁晏认为汤伐桀并非有谁挑拨。姜亮夫《重订屈原赋校注》与陈本礼和丁晏之见相承接："此二句当指汤自以为无罪而见囚，其心不能自任，遂以伐帝，伐帝之谋，出之汤之不能忍，非出自他人之挑拨，意为非伊尹导之也。不胜，胜字，读如诗烈武'武王靡不胜'之胜，毛传：'任也'。不胜，不任，犹言不堪，不堪心即心中不堪之义。汤誓云：'我后不恤我众，舍我穑事而割夏正。'则伐桀非百姓之心至明。"③ 姜亮夫在《屈原赋今译》中译成汤"受不了这种侮辱征伐桀帝"，④ 与其《重订屈原赋校注》的释文一致。何剑熏把"不胜心伐帝"视为成语，屈原引此成语意即"汤既不忍心伐桀，何以遣使以间之"。何剑熏疑"不胜心伐帝"为成语未必妥当，而对诗意的把握比较准确。

至于"伐帝"少有异议，几乎都认为"讨伐夏桀"。而林庚的《天问论笺》意见独特，他以"伐"为"称美"，以"帝"为"天帝"。林庚说："伐，称美。《小尔雅》：'伐，美也。'《老子》：'不自伐，故有功。不自矜，故长。'《史记·屈原列传》：'平伐其功，曰：以为非我莫能为也。'都是称美的意思。"⑤ 林庚在《天问注解的困难及其整理的线索》一文又说："伐帝谓称功于天，意即其所以要'缘鹄饰玉'之

① 陈本礼：《屈辞精义》，转引自游国恩《天问纂义》，第356页。
② 丁晏：《天问笺》，转引自游国恩《天问纂义》，第357页。
③ 姜亮夫：《重订屈原赋校注》，天津古籍出版社，1987年，第356页。
④ 姜亮夫：《屈原赋今译》，云南人民出版社，1999年，第164页。
⑤ 林庚：《天问论笺》，人民文学出版社，1983年，第63页。

意……谓汤初无好胜之心以自美于天，何能获有天下而后嗣逢长乎？”[①] 林庚之见可谓一家之言，但是从上下文看，此处多言夏末之事，涉及的人有夏桀、妹嬉、汤、伊尹。所以“伐帝”意为汤讨伐夏桀而非称功于天更有史实上的针对性。

凡此种种，“不胜心伐帝”以陈本礼、姜亮夫之解为长，乃“汤不能自抑其心”之意，并非他人挑拨。由屈原发问的用词和语气看，我们能够感受到屈原对“不胜心伐帝”的语意指向。《天问》其他与汤有关的诗句也能帮助我们判断，如“帝乃降观，下逢伊挚”，“成汤东巡，有莘爰极。何乞彼小臣，而吉妃是得”。这些诗句记述了汤主动寻找贤才、最终识得伊尹并为求伊尹而娶有莘氏女的故事。由汤之求贤若渴可以推断他有兴商翦夏之志。至于汤究竟为何而不能自抑其心，由“汤出重泉”看，表面上似乎汤出于对被囚于重泉的报复，根本原因恐怕还在于夏桀暴虐昏庸，汤既有为民除暴之意，更有取而代桀之雄心。

“谁使挑之”同样多有争议。尽管由上文的分析我们对屈原的态度有了基本的把握。不过，继续探讨“谁使挑之”的历史背景更有助于理解屈原所问的意旨。“不胜心伐帝”的主语是汤；“谁使挑之”的“之”承前指代，指“汤”，即“谁使挑汤”。“谁”则成了关键，如果能够确解“谁”，此句便豁然冰释。

“谁”暗含以下几种可能：

1. 赵梁、妹嬉等人。

《太公金匮》云：“桀怒汤，以谀臣赵梁计召而囚之均台，寘之种泉，嫌于死。汤乃行赂，桀遂释之，而赏之赞茅。”倘若所记属实，夏桀囚汤或许会受到赵梁、妹嬉之流的唆使。邱仰文《楚辞韵解》认为，“挑

---

① 林庚：《天问注解的困难及其整理的线索》一文认为《天问》中的“帝”都指天帝。文曰：《诗经》中的“帝”，《传》均作上帝解，“然则帝字在《诗经》里也从不用于人间的君王。《天问》是《楚辞》中与《诗经》体裁最相近的一篇，其对于帝后王等字的用法，所以也都相同。”原载《文学杂志》第2卷10号（1948年3月）。又见褚斌杰编《屈原研究》，湖北教育出版社，2003年，第332-346页。

桀者，妹喜定有份”。[①]

2. 夏桀。

夏桀为虐政，文献对此记载颇多。《尚书·汤誓》：“夏王率遏众力，率割夏邑。有众率怠弗协，曰：‘时日曷丧？予及汝皆亡。’”《尚书·汤诰》：“夏王灭德作威，以敷虐于尔万方百姓。”《汤誓》和《汤诰》直接表明了汤伐桀的理由是夏桀为虐政。《吕氏春秋·仲夏纪》则予以全面总结：“殷汤即位，夏为无道，暴虐万民，侵削诸侯，不用轨度，天下患之。”《史记·夏本纪》：“帝桀之时，自孔甲以来而诸侯多畔夏，桀不务德而武伤百姓，百姓弗堪。”《殷本纪》：“夏桀为虐政淫荒，而诸侯昆吾氏为乱。”鉴于这样的政治状况，汤欲救民于水火，以“夏氏有罪，予畏上帝，不敢不正”和“夏德若兹，今朕必往”（《尚书汤誓》）的名誉伐桀便在情理之中，而且符合历史的必然。所以，柳宗元[②]、徐焕龙、游国恩等均以此为历史背景主张是桀挑汤。

3. 伊尹。

此说颇具代表性。周拱辰指出挑汤者乃伊尹，其《离骚草木史》曰：“言伐帝非汤本心，有挑之者矣。分明指伊尹说。尹既备说汤以至味，曰为天子然后可具，以味挑也。”[③] 伊尹挑汤伐桀的说法先秦文献多有记述，下文予以详论。

4. 伊尹和有莘挑汤。

黄文焕《楚辞听直》提出此说。文曰：“报怨放伐，谁使挑之，尹挑之也。汤而真不具伐帝之胜心，不露其微，尹亦安能挑之？使尹得以挑者又汤也。莘不媵尹，则汤尹之谋不得相挑相合，是挑汤挑尹者又有莘也。”[④]

---

① 邱仰文：《楚辞韵解》，转引自游国恩《天问纂义》，第356页。

② 柳宗元《天对》曰：“师冯怒以割，癸袱而仇。”引自复旦大学中文系古典文学教研组注《天问天对注》，上海人民出版社，1973年，第62页。

③ 周拱辰：《离骚草木史》，转引自游国恩《天问纂义》，第355页。

④ 黄文焕：《楚辞听直》，《四库全书存目丛书》，齐鲁书社，1997年，第469页。

5. 桀和伊尹挑汤。

贺宽《离骚笺释》曰：“一汤不能胜众人之心，兵端亦无自而起。是挑汤者，桀也。汤无尹为之佐，未必能胜桀，亦不敢遽称天讨，是挑汤之伐桀者尹也。”

马其昶别为新解，以“祧”为“易代”，即江山易代。此句则是“问桀之地位，谁使其祧之”。游国恩指出马其昶说为穿凿，“因汉唐旧本作挑无疑，不烦别做异解”①。可见，挑汤的其他可能对象有赵梁、妹嬉、夏桀、伊尹和有莘。据先秦文献记载的汤和伊尹遇合之事，对于“夫谁使挑之”之“谁”，指代“伊尹”的可能性最大。

汤遇伊尹、伊尹以滋味干汤、伊尹间夏、汤与伊尹合而亡夏等说法，先秦文献多见。《墨子》、《庄子》等都有汤求贤的记载。《墨子·贵义》：“昔者，汤将往见伊尹，令彭氏之子御。彭氏之子半道而问曰：‘君将何之？’汤曰：‘将往见伊尹。’彭氏之子曰：‘伊尹，天下之贱人也。若君欲见之，亦令召问焉，彼受赐矣。’汤曰：‘非女所知也。今有药此，食之则耳加聪，目加明，则吾必说而强食之。今夫伊尹之于我国也，譬之良医善药也。而子不欲我见伊尹，是子不欲吾善也。’因下彭氏之子，不使御。”②《庄子·让王》记述了汤将伐桀，执着地寻求人才的经过。《吕氏春秋·孝行览》记载了汤力请伊尹的故事：“汤闻伊尹，使人请之有侁氏，有侁氏不可。伊尹亦欲归汤，汤于是请取妇为婚。有侁氏喜，以伊尹媵女……汤得伊尹，祓之于庙，爝以爟火，衅以牺猳。明日设朝而见之，说汤以至味。”③ 那么，是伊尹唆使汤去伐帝还是汤有意为之呢？由以上几则材料可以推断，汤为了伐桀而求贤若渴，那么很有可能汤有伐桀之心在先，寻求贤才伊尹在后。

《孟子·万章上》在情节上发生了转变：“伊尹耕于有莘之野，而乐尧舜之道……汤三使往聘之……思天下之民，匹夫匹妇，有不被尧舜之泽

① 游国恩：《天问纂义》，第358页。

② 引自孙诒让《墨子间诂》卷十二，《新编诸子集成》，第441页。

③ 引自高诱注《吕氏春秋》卷十四，第139-140页。

者，若已推而内之沟中。其自任以天下之重如此，故就汤而说之，以伐夏救民。”伊尹本是处士，合乎儒家所想象的圣贤必备的条件，而关键还在于“就汤而说之以伐夏救民”。万章所问“人有言‘伊尹以割烹要汤’”并无伊尹说汤伐夏的明确含义，而孟子的回答则把汤伐桀说成被动。也就是说，汤伐桀灭夏完全是受了伊尹的鼓动（“说”），这就大大削减了汤作为臣子的弑君之罪。

不过，万章提到的“伊尹以割烹要汤”的说法，文献中的确存在。如《文子·自然》：“伊尹负鼎而干汤，吕望鼓刀而入周，百里奚传卖，管仲束缚，孔子无黔突，墨子无暖席，非以贪禄慕位，将欲事起于天下之利，而除万民之害也。”[①]《韩非子·难二》：“伊尹自以为宰干汤，百里奚自以为虏干穆公。”[②]《淮南子·修务训》：“则伊尹负鼎而干汤，吕望鼓刀而入周。”[③]司马迁将伊尹干汤与汤聘伊尹两说并存，如《殷本纪》曰：“伊尹名阿衡。阿衡欲奸汤而无由，乃为有莘氏媵臣，负鼎俎，以滋味说汤，致于王道。或曰，伊尹处士，汤使人聘迎之，五反然后肯往从汤，言素王及九主之事。”[④]《孟子荀卿列传》也云“伊尹负鼎而勉汤以王”。[⑤]

由上可知，先秦时期关于汤和伊尹遇合谁主动的事本来就有两种说法。一是汤为伐桀而主动求伊尹，其后，伊尹也以滋味说汤。一是伊尹主动干汤，以滋味说治国，鼓动汤伐桀。主张尚贤者则极力言汤礼贤下士，执着以求，以突出汤尚贤之德。屈原在《天问》中虽有对汤的否定，如“妹嬉何肆，汤何殛焉”，然而，他却对汤尚贤予以首肯。诗曰“帝乃降观，下逢伊挚”，“成汤东巡，有莘爰极。何乞彼小臣，而吉妃是得”。可知是汤主动来求伊尹，这也是屈原尚贤思想的体现。屈原为突出汤之求贤，还以有莘氏不识贤才（“夫何恶之，媵有莘之妇”）来做反衬。“缘

① 引自王利器《文子疏义》，《新编诸子集成》，中华书局，2000年，372页。
② 引自王先谦《韩非子集解》卷十五，第277页。
③ 引自高诱注《淮南子》卷十九，《诸子集成》（第5册）第333页。
④ 司马迁：《史记》，第94页。
⑤ 司马迁：《史记》，第2345页。

鹄饰玉，后帝是飨”，当是伊尹以滋味来言治国之事。既然屈原肯定汤之求贤，他很可能更相信汤自有伐桀之心。

《天问》所问“何承谋夏桀”也能说明汤自有伐帝之心，其中蕴涵着汤志在亡夏的心机，而夏“终以灭丧”是汤和伊尹君臣遇合共谋的结果。史有汤以“用间”之计灭夏之说，如《尚书·胤征》曰：“伊尹去亳适夏，既丑有夏，复归于亳。入自北门，乃遇汝鸠、汝方。作《汝鸠》、《汝方》。”《国语·晋语》云妹嬉“与伊尹比而亡夏”。《孙子兵法》则以伊尹间夏作为“上智”的典范：“昔殷之兴也，伊挚在夏；周之兴也，吕牙在殷。”[①]可知，伊尹间夏之重要作用。对伊尹间夏一事，《吕氏春秋·慎大览》记述尤为详尽，见前文。

从“汤由亲自射伊尹”的计策看，汤与伊尹为了灭夏进行了周密的安排。《管子·轻重》存有一则伊尹经商的记载：“昔者桀之时，女乐三万人，端噪晨乐闻于三衢，是无不服文绣衣裳者。伊尹以薄之游女工文绣，纂组一纯，得粟百钟于桀之国。夫桀之国者，天子之国也。桀无天下忧，饰妇女钟鼓之乐，故伊尹得其粟而夺之流。此之谓来天下之财。”[②]可见，伊尹还从商业上切断桀的经济命脉。《孟子·告子下》：“五就汤，五就桀者，伊尹也。”《淮南子·泰族训》说：“游不论国，仕不择官，行不辟污，曰伊尹之道也。”[③]“行不辟污”或许是暗指伊尹为间谍谋夏之事。

总之，不管是汤主动求贤才伊尹以图大事，还是伊尹干汤，说以滋味勉汤以王。倘若汤没有图夏之心，伊尹岂能动汤之根本？屈原又相信汤求伊尹的说法，便更加倾向于汤有谋夏之心在先，以伊尹挑汤谋夏的传说为不确之辞。

屈原对汤能够予以客观评价，指出其行为上的缺失，与儒墨的一味誉

---

① 孙武：《孙子兵法·用间》，曹操等注《孙子十家注》卷十三，《诸子集成》（第6册），上海书店，1986年，第238页。又曰：“故惟明君贤将，能以上智为间着，必成大功，此兵之要，三军之所恃而动也。”

② 引自戴望《管子校正》卷二十三，《诸子集成》（第5册）第389页。

③ 引自高诱注《淮南子》卷二十，第359页。

美大异其趣。春秋战国时期，儒墨对包括汤在内的尧、舜、禹、文、武王等历代先王赞誉有加。就汤而言，儒家典籍《诗经》中的《商颂》着力歌颂了汤的武功，如《玄鸟》："古帝命武汤，正域彼四方。"《长发》："武王载旆，有虔秉钺。如火烈烈，则莫我敢曷。苞有三蘖，莫遂莫达。九有有截，韦顾既伐，昆吾夏桀。"诗中饱含着商人对祖先热烈的礼赞以及对武力、征服、杀戮的热切追求。春秋齐灵公之际的金文《叔夷钟》曰："虩虩成汤，有严在帝所，尃受天命，剪伐夏司，败氒灵师，伊小臣隹辅，咸有九州，处禹之土。"[①] 这是宋人在颂扬先祖汤的功绩。

孟子也把汤遵奉为能行王道的仁王，认为"以力假仁者霸，霸必有大国；以德行仁者王，王不待大。汤以七十里，文王以百里"（《孟子·公孙丑上》）。《孟子·滕文公下》则把汤的仁王形象演绎得更加完美："汤始征，自葛载，十一征而无敌于天下。东面而征西夷怨，南面而征北狄怨。曰：'奚为后我？'民之望之，若大旱之望雨也。"孟子把汤同尧、舜、禹、文、武王一起纳入他的道统之中。汤在《墨子》这里则是兼爱、尚贤、节葬的楷模：

> 昔之圣王禹汤文武，兼爱天下之百姓。[②]（《法仪》）
>
> 故古圣王以审以尚贤使能为政，而取法于天。虽天亦不辩贫富贵贱、远迩亲疏，贤者举而尚之，不肖者抑而废之。然则富贵为贤以得其赏者，谁也？曰：若昔者三代圣王尧舜禹汤文武者是也。[③]（《尚贤中》）
>
> 上稽之尧舜禹汤文武之道，而政逆之，下稽之桀纣幽厉之事，犹合节也。若以此观，则厚葬久丧其非圣王之道也。[④]（《节葬》）

---

① 引自郭沫若《两周金文辞大系考释》，东京文求堂书店版，文求堂书店，日本昭和10年[1935]，第203–204页。

② 引自孙诒让《墨子间诂》卷一，《新编诸子集成》，第23页。

③ 引自孙诒让《墨子间诂》卷二，《新编诸子集成》，第60页。

④ 引自孙诒让《墨子间诂》卷六，《新编诸子集成》，第187页。

然而，儒墨之外，对汤的针砭之词多有出现，屈原对汤的质疑有着可信的立论基础。其实，从儒家典籍《尚书》中也能看到汤的另一面。汤在攻夏之前的誓师大会上做战前动员曰：“尔尚辅予一人，致天之罚，予其大赉汝！尔无不信，朕不食言。尔不从誓言，予则孥戮汝，罔有攸赦。”（《尚书·汤誓》）汤说：你们倘若肯辅助我，极力完成上帝对夏桀的惩罚，我就好好地赏赐你们！你们不要不相信我的话，我绝不会说话不算数。假如你们不服从我告诫你们的话，我不仅杀了你们，还要把你们的妻子儿女变成我的奴隶，绝不赦免。商汤的战前动员简直就是软硬兼施的恫吓与威胁，与“以德服人”（《孟子·公孙丑上》）的美誉大相径庭。

先秦文献中还保留着汤不顾国内旱灾而发动战争的传说。《吕氏春秋·慎大览》记曰：“商涸旱，汤犹发师以信伊尹之盟……尽行伊尹之盟，不避旱殃。”[①] 汤“不避旱殃”乃是为了“尽行伊尹之盟”，而实质上这未尝不是以武力转移旱灾、解决国内矛盾的借口。再者，百姓也未必支持战争，《汤誓》之“我后不恤我众，舍我穑事而割夏正”就反映了当时百姓的反战倾向。

汤尚有禅让之说，《荀子·成相》从颂扬的角度提及汤让贤之事：“天乙汤，论举当，身让卞随举牟光。道古贤圣基必张。愿陈辞，世乱恶善不此治。隐讳疾贤，良由奸诈鲜无灾。”而《庄子·让王》却持讽刺态度：

> 汤遂与伊尹谋伐桀，剋之，以让卞随。卞随辞曰：“后之伐桀也，谋乎我，必以我为贼也；胜桀而让我，必以我为贪也。吾生乎乱世，而无道之人，再来漫我以其辱行，吾不忍数闻也。”乃自投稠水而死。汤又让务光曰：“知者谋之，武者遂之，仁者居之，古之道也。吾子胡不立乎？”务光辞曰：“废上，非义也；杀民，非仁也；人犯其难，我享其利，非廉也。吾闻之曰，非其义者不受其禄，无道

① 引自高诱注《吕氏春秋》卷十五，第160页。

之世，不践其土。况尊我乎！吾不忍久见也。”乃负石而自沈于庐水。①

《吕氏春秋·离俗训》所载与《庄子》大致相同。晚周诸子多以寓言或假说的历史来论证自己的政治观点，汤让天下之言或不可尽信，然而，至少可以看出，儒墨之外的人们对儒墨颂扬的圣人颇不以为然。齐宣王曾向孟子提出“汤放桀，武王伐纣，有诸”、“臣弑其君，可乎”等问题，尽管孟子答以“贼仁者，谓之贼，贼义者，谓之残。残贼之人，谓之一夫。闻诛一夫纣矣，未闻弑君也”（《孟子·梁惠王上》），我们也能够从中洞察出时人对汤武的普遍认识。即使到了汉代，《淮南子·氾论训》中也仍有“尧有不慈之名，舜有卑父之谤，汤武有放弑之事，五伯有暴乱之谋”的言论。② 唐代史学家刘知几对汤就有了较为公允的认识评论：

《汤誓序》云：“汤伐桀，战于鸣条。”又云：“汤放桀于南巢，唯有惭德。”而《周书·殷祝》篇称“桀让汤王位”云云。此则有异于《尚书》。如《周书》之所说，岂非汤既胜桀，力制夏人，使桀推让，归王于己。盖欲比迹尧、舜，袭其高名者乎？又案《墨子》云：汤以天下让务光，而使人说曰：汤欲加恶名于汝。务光遂投清冷之泉而死。汤乃即位无疑。然则汤之饰让，伪迹甚多。考墨家所言，雅与《周书》相会。夫《书》之作，本出《尚书》，孔父截翦浮词，裁成雅诰，去其鄙事，直云“惭德”，岂非欲灭汤之过，增桀之恶者乎？③

总之，屈原提出的“妹嬉何肆，汤何殛焉”表明了汤背信弃义，从

① 引自王先谦《庄子集解》卷八，第193–194页。
② 引自高诱注《淮南子》卷十三，第226页。
③ 刘知几：《史通·疑古》，引自浦起龙《史通通释》，上海古籍出版社，1978年，第387页。

而也就否定了汤所谓“仁义”的完美形象。“汤出重泉，夫何罪尤？不胜心伐帝，夫谁使挑之”之问，主要质疑了当时流行的“伊尹以割烹要汤”以及伊尹“就汤而说之以伐夏救民”等诸种说法（《孟子·万章上》），尤其否定了儒家违背史实将汤美化成“以德服人者”的圣王形象的虚伪之举。

《天问》中关于商汤的所有诗句蕴涵极为丰富。汤虽有一些道德缺陷，却具备出色的政治才能。在兴国的过程中，他重用贤才伊尹，与伊尹“承谋夏桀”。君臣戮力同德殄灭了暴戾天下的夏桀，而这才是汤“王天下”的关键所在。当然，屈原对汤有微词并不意味着他反对汤伐夏桀以救夏民。“何条放致罚，而黎服大悦”已经说明了屈原对商代夏的基本态度。屈原在总结历史规律的同时对汤予以客观评价，这一方面体现了他求真求实的认知态度，另一方面也寄寓了屈原的政治思想。

第三节　屈原对周代历史中若干问题的认识

武王是儒墨极力圣化的又一位先王。本节对《天问》中问及武王伐纣的有关诗句进行考论，意在阐明屈原对武王所谓“仁义之师”的否定。同时，针对“昭王盛游，南土爰底。厥利惟何，逢彼白雉”，论述屈原对昭王南征不复传说的认识。

一、屈原对武王“仁义之师”的质疑

屈原问周代兴国的历史主要着眼于武王伐纣这一重大历史事件。与此有关的诗句有：

会鼂争盟，何践吾期？苍鸟群飞，孰使萃之

到击纣躬，叔旦不嘉。

争遣伐器，何以行之？并击驱翼，何以将之？

武发杀殷，何所悒？载尸集战，何所急？

我们若想把握屈原在质疑武王伐纣的历史中寄寓了什么深刻用意，就必须对以上诗句进行准确解读。

（一）“会鼂争盟，何践吾期，苍鸟群飞，孰使萃之”——屈原否定八百诸侯不期而到的传说，并对武王的“仁义之师”予以嘲讽。

以上这四句诗是屈原就武王伐纣时“八百诸侯，不期而至”的传说而发问，其难点在于“会鼂”。历来将“会鼂”训为“甲子之朝”的学者不在少数。王逸虽未予以具体解释，却以武王甲子日伐纣赴胶鬲之期为解，也可谓此说的开山者。闻一多予以深入训释：“《说文》会古文作洽，并从合声。合甲古音近通用……《诗经·大明》曰：‘肆伐大商，会朝清明。’传：‘会，甲也。’正读会为甲。甲朝即甲子之朝。”[①] 洪兴祖《楚辞补注》则以为是会合之日。他说：“鼂、晁，并朝夕之朝。《诗》云：‘肆伐大商，会朝清明。’注云：‘会，甲也。’笺云：‘会，合也。’”[②] 洪兴祖从郑玄，将“会”解为动词“合”。另外，林庚《天问论笺》将“会朝”合释为时间概念“顷刻”。以上种种均以“鼂”为名词，分歧在于“会”是训为“合”，又即“甲朝”之甲，还是训为动词“会合”。姜亮夫则认为“会鼂”合为一个动词。“鼂即朝字，读若朝会之朝，非朝暮字。会朝即朝会倒言，二字义实相同。”

“争盟”一词的释义有“清明”、“争盟”和“请盟”等。训“清明”者，最早见于洪兴祖“合兵以清明”的释文，以后多有从者。另外，有“争盟”即争着盟师或结盟的解释。即李陈玉《楚辞笺注》：“争盟者，四方诸侯盟师恐后也。”[③] 意即争着来盟誓约。“盟”一般解为“盟约”、“盟期”。戴震《屈原赋注》别出新意，将“盟”训为“河北地

① 闻一多：《天问疏证》，三联书店，1980年，第93页。
② 洪兴祖：《楚辞补注》，第109页。
③ 李陈玉：《楚辞笺注》，转引自游国恩《天问纂义》，第359页。

名”，即盟津大会之地。[①] 关于“请盟”之义初见于洪兴祖辑录的另一版本，即为“会鼂请盟”，多训成清明。桂馥的《札朴》采用“会鼂请盟”版本，他从文字学角度予以训释曰：“请、清音相近，盟明通用。是屈子引《诗》：‘会朝清明’作问，盖云以甲子日赴胶鬲请盟之期；毛、郑以为日之清明，非是。”姜亮夫同样采用“会鼂请盟”之说，但训“请”为“告”、“盟”为“誓”，与桂馥相异。“争盟”的主要分歧在于应训为表时间之“清明”，还是释为偏义动词“争着来盟誓约”。

对于“何践吾期”，王逸及其以后的注家们普遍以周武王伐纣的牧野之战为背景做解；所谓践期，就是周武王践与胶鬲约定的甲子日至殷的约期；至于“吾”指代胶鬲还是武王，一般不予细究。夏大霖《屈骚心印》释文说：“武固未先期也，何一如践武之期者，惟恐后也。”似乎“武”代指武王。当代学者聂石樵《楚辞新注》指出“吾”乃“武之错字”。[②] 雷庆翼《楚辞正解》将“吾”指实为周武王。[③] 还有学者认为“吾”乃“鬲”字。如刘永济《屈赋通笺》：“吾期，疑亦鬲期之误，皆当改正。”[④] 何剑熏《楚辞拾沈》予以认同：“此段言周武王伐殷事。屈子不得自言吾。吾，当是鬲字伪文。”[⑤] 黄寿祺《楚辞全译》则以“吾”指“周”，屈原在“以周的口气说话”。[⑥]

可见，对“会鼂争盟，何践吾期”的训释莫衷一是。我以为，“会”当为“会合”，将“会”训为“甲”，实乃拘泥于武王伐纣的“甲子日昧爽”之说。“鼂”同“朝”；“朝”为时间概念，可谓“日子，时候”。“会朝”以洪兴祖之说为是，即诸侯们“会合之日”。姜亮夫的“朝会”倒字说也通。“争盟”为“争着来盟誓”，即如李陈玉所言“争盟者，四方诸侯盟师恐后也”。那些将“争盟”释如“清明”（即晴明），或由

① 戴震：《屈原赋注》，褚斌杰、吴贤哲校，中华书局，1990年，第45页。
② 聂石樵：《楚辞新注》，商务印书馆，2004年，第72页。
③ 雷庆翼：《楚辞正解》，学林出版社，1994年，第138页。
④ 刘永济：《屈赋通笺》，人民文学出版社，1961年，第111页。
⑤ 何剑熏：《楚辞拾沈》，四川人民出版社，1984年，第70页。
⑥ 黄寿祺，梅桐生：《楚辞全译》，贵州人民出版社，1984年，第76页。

“请盟”再转为“清明”者，是受《诗经·大明》等文献的局限。“吾”释为“武王”较为妥帖，既然诸侯争着来结盟，召集者自然是武王。因此，“会鼌争盟，何践吾期”是说：会合之日诸侯们争着来盟誓，为什么要践武王之约期？很多学者以牧野之战为背景予以解读，但需要注意以下三点：

其一，解读《天问》诗句应尽量尊重原文，不能为使自己的解释符合某一史实便轻易更改文字。而且，也不能单从文字学的角度解释词句，因“会”、“鼌”、“争”、“盟”、“吾”均有丰富的义项，很难进行定夺。当然，仅仅以《诗经》或牧野之战为参照背景，也不是十分可靠的途径，还应结合具体的语境。

其二，“争盟”按字面意义乃是“争着来盟誓或结盟”。诸侯们争先恐后、不期而至来结盟的历史事件发生于孟津大会，他们履行盟约、协助武王伐商乃是在牧野之战。

其三，武王伐纣时的确有许多方国加盟。据《尚书·牧誓》载，武王于战前誓师时云：“嗟！我友邦冢君御事，司徒、司马、司空、亚旅、师氏、千夫长、百夫长，及庸、蜀、羌、髳、微、卢、彭、濮人，称尔戈，比尔干，立尔矛，予其誓。”其中，“庸、蜀、羌、髳、微、卢、彭、濮人”为参战的各路诸侯。可以想见当初来盟誓的诸侯一定不少，这就使得“争”有“争先恐后”之意具有了极大的可能性。

至于“苍鸟群飞，孰使萃之”本义为何，一种认为这是比的艺术手法，指诸侯将帅；也有极少数学者认为这是自然现象，有的甚至以祥瑞作解。主张“苍鸟群飞”是比的艺术手法者，对“苍鸟”本体的认识也大体形成两种意见。

其一，为牧野之战中勇猛的将帅。王逸以《诗经·大雅·大明》之“惟师尚父，时维鹰扬”为据，释为“言武王伐纣，将帅勇猛如鹰鸟群飞”①，王逸将其视为褒义。蒋骥《山带阁注楚辞》则在坚持自然现象说的前提下反对王逸之说：“苍鸟群飞旧指尚父鹰扬言，则群飞二字无当

① 引自洪兴祖《楚辞补注》，第109页。

矣。”[1]

其二，比喻孟津大会时不期而至的八百诸侯。夏大霖《屈骚心印》首倡此说：“如孟津观政，八百诸侯会朝，争推武为盟主。武故未先期也，何以如践武之期者，惟恐后耶？且武此来观政非果于伐纣，无所用诸侯之江而萃之也。而诸侯皆以将帅来，如苍鸟之群飞，愿急为搏击者，此孰使萃之耶？纣也。”戴震与此观点一致，也以孟津大会八百诸侯不期而至为背景。

也有少数学者认为是现实生活中的自然现象，甚至乃天瑞之兆。李陈玉首先提出这种说法：“武王师至，苍鹰群集，如白鱼赤鸟之异，非旧注将帅鹰扬之谓也。”蒋骥引《汲冢周书》：“武王曰，自发生六十年，飞鸿满野，天不飨殷。按扬子云《方言》，南楚谓鸿雁为苍鹅，即苍鸟也。”刘梦鹏则曰：“《史记》武王既渡，有火自上复于下，至于王屋，流为乌；今文《泰誓》作流为鹛。盖状鹛而色乌，所谓苍鸟也。孰使萃之，亦天兆兴王之瑞耳。”游国恩也推测为“盖记当日实事”，以刘梦鹏为是，曰：“孰使萃之，谓谁为萃此赤鸟之瑞也。”

实际上，“苍鸟群飞，孰使萃之”乃承“会鼂争盟，何践吾期”而言，并非显示瑞兆的自然现象。“苍鸟”不应如王逸训为“鹰”，否则屈原即可直接写为“苍鹰群飞”，何必为“苍鸟”。“鹰”意象与“鸟”意象所附着的感情色彩显然不同。“群飞”形象地描绘出诸侯们从四面八方汇集到一起的纷乱状态。从用词上可以判断，屈原在以嘲讽的口吻发问。我们还可与《诗经》中描述武王伐纣的场面作一对比。《大雅·大明》：“殷商之旅，其会如林。矢于牧野，维予侯兴。上帝临女，无贰尔心。牧野洋洋，檀车煌煌，驷騵彭彭。维师尚父，时维鹰扬。凉彼武王，肆伐大商，会朝清明。”这是何等壮观的战争场面：“陈檀木之兵车，煌煌然皆鲜明。又驾驷騵之牲马，彭彭然皆强盛”。[2]《大明》把武王伐纣时“车马鲜强、将帅勇武”的场面渲染得声势浩大。《诗经》以颂扬的口吻赞颂了

---

① 蒋骥：《山带阁注楚辞》，上海古籍出版社，1984年，第212页。
② 孔颖达：《毛诗正义》，《十三经注疏》，第508页。

一支正义之师，所以用“鹰扬”。而屈原则以“群飞”来形容参战的各路诸侯。一个“群”字给人的感觉像是一些乌合之众从四面八方汇集而来。“扬”字蕴涵着力量和气势，而“飞”则不过是一个普通的动词而已。相比之下，“时维鹰扬”和“苍鸟群飞”的语言表现力孰优孰劣，自是分明。《天问》的用词融寓了屈原对武王“仁义之师”的讥刺，可谓“春秋笔法”。

如此，“会鼌争盟，何践吾期？苍鸟群飞，孰使萃之”就可以译为：会合之日诸侯们争着来盟誓，为什么要践武王的期约？诸侯们像苍鸟一样汇集而来，究竟是谁令他们聚集到一起的？这一章的言外之意是质问八百诸侯不期而至的传说。

关于八百诸侯不期而至的传说，王逸释“到击纣躬，叔旦不嘉。何亲揆发足，周之命以咨嗟”一句，提到“武王始至孟津，八百诸侯不期而到”一事，除此之外汉代尚有多种文献称引：

> 周发兵，不期会于孟津者八百诸侯，共诛纣，大亡天下。[①]（《春秋繁露·王道》）
>
> 武王伐纣，不期而会孟津上八百诸侯。[②]（《汉书·娄敬传》）
>
> 纣为至恶，天下叛之，武王举兵，皆愿就战，八百诸侯不期俱至。[③]（《论衡·恢国篇》）

《史记·周本纪》对此记载较为详细：

> 九年，武王上祭于毕。东观兵，至于盟津……武王渡河，中流，白鱼跃入王舟中，武王俯取以祭。既渡，有火自上复于下，至于王

① 引自苏舆《春秘繁露义证》，《新编诸子集成》，中华书局，1992年，第107页。

② 班固：《汉书》，第2119页。

③ 王充：《论衡》，《诸子集成》（第7册），第192页。

屋，流为乌，其色赤，其声魄云。是时，诸侯不期而会盟津者八百诸侯。诸侯皆曰：“纣可伐矣。”武王曰：“女未知天命，未可也。”乃还师归。

《史记·秦楚之际月表》也记有这种说法：“汤、武之王，乃由契、后稷修仁行义十余世，不期而会孟津八百诸侯，犹以为未可，其后乃放弑。”《齐太公世家》曰：“九年，欲修文王业，东伐以观诸侯集否。师……遂至盟津。诸侯不期而会者八百诸侯……还师，与太公作此太誓。”

但是，目前传世的先秦文献中却找不到相关的说法。马融《书序》曰：“《泰誓》后得，案其文似若浅露。又云：‘八百诸侯，不召自来，不期同时，不谋同辞。’”孙星衍《尚书今古文注疏·泰誓》一文记为“八百诸侯不招自来，不期同时，不谋同辞”。据陈抗，盛冬铃对该书的《点校说明》言：《泰誓》一篇的经文“用《史记》所载，并参以《尚书大传》及后人所引而词可连属者连缀成文，包括《诗疏》、《诗谱序疏》、《书疏》、《周礼疏》、《汉书·律历志》、《汉书·谷永传》等所引的《泰誓》经文”。①

虽然我们尚未在先秦时期的文献中找到八百诸侯不期而会的记载，但先秦时期未必就没有流行的传说。屈原所问“会鼂争盟，何践吾期？苍鸟群飞，孰使萃之”，对此事的否定态度非常明确。显然，八百诸侯地处四方，在没有任何约定的情况下根本不可能同期而至。杨宽《西周史》指出它的实质“不免是夸辞。既不能‘不期而至’，也没有这么多的八百诸侯”。②

《天问》之难正在于很多诗句无法确解。对于诗句的训释，我们只能尽量从多个角度来论证它能够成立的合理性。退一步说，屈原问的“会鼂争盟，何践吾期”，不论他针对的是孟津大会、牧野之战还是其他；也不

① 陈抗，盛冬铃：《尚书今古文注疏·点校说明》，中华书局，1986年，第2页。
② 杨宽：《西周史》，上海人民出版社，2003年，第87页。

论“苍鸟群飞，孰使萃之”比喻诸侯将帅抑或自然现象，屈原对周伐商过程中所发生的所谓“史实”，的确持有怀疑甚至否定的态度。

除八百诸侯的传说外，尚有一些与武王伐纣有关的神异传说。据《史记·周本纪》载，“八百诸侯不期而会”之前有“白鱼入舟”的奇异故事。之所以会有这样的传说，存在三种可能性：一，这是武王以祥瑞为由来增强自己伐商的合理性。二，或许真有白鱼入舟的事情发生，人们不知这是偶然现象，却附会成伐纣的吉兆。三，周之后人有意编造。

武王践胶鬲之期一说，其可信度同样令人怀疑。对此《吕氏春秋·慎大览》有载：

> 武王至鲔水，殷使胶鬲候周师，武王见之。胶鬲曰：“西伯将何之？无欺我也！”武王曰：“不子欺，将之殷也。”胶鬲曰：“曷至？”武王曰：“将以甲子至殷郊，子以是报矣！”胶鬲行。天雨，日夜不休，武王疾行不辍。军师皆谏曰：“卒病，请休之。”武王曰：“吾已令胶鬲以甲子之期报其主矣，今甲子不至，是令胶鬲不信也。胶鬲不信也，其主必杀之。吾疾行，以救胶鬲之死也。”武王果以甲子至殷郊，殷已先陈矣。至殷，因战大克之。此武王之义也。[①]

武王赴期约之说，其根本目的与八百诸侯不期而至的说法没有什么分别，均为美化武王。周拱辰《离骚草木史》指出武王践胶鬲之期的实质：“言武王冒雨急进，岂真欲救胶鬲之死哉？非争其失期也，争其得时耳。”

所谓八百诸侯不期而至的神奇现象，传道者认为是文王、武王能德洽百姓、德令诸侯使然，是天割殷命赋予周人的象征。武王伐纣本有“弑君”之嫌，有了上天的参与，“燮伐大商”就具有了合理性和正义性。

先秦文献中对武王圣化的言论不胜枚举。《周易》把汤武推翻前代政权视为“顺乎天而应乎人”的“革命”行为。《诗经》一再歌颂武王的

① 引自高诱注《吕氏春秋》卷十五，第175页。

功德，誉美之词在《大雅》和《周颂》中多见。如《大雅·文王有声》之“武王烝哉”；《周颂·清庙》之“执竞武王，无竞维烈”；《武》之“于皇武王！无竞维烈”；《桓》“桓桓武王，保有厥土”等等。“武王”的来历是由于克商的武功，《尚书·君牙》：“丕显哉，文王谟！丕承哉，武王烈！启佑我后人，咸以正罔缺。”《论语》称述尧舜的次数稍多，汤、文、武王较少，武王只在《泰伯》中出现一次。[①] 这说明孔子还没有建立起儒家的圣王道统系统，这一任务是由孟子来完成的。孟子把武王奉为“无敌于天下”的仁人，把武王伐纣说成是“以至仁伐至不仁”，是“诛一夫”的正义行为。《墨子》中，武王和尧、舜、禹、汤、文、武等先王一样被圣化为尚贤、兼爱、节葬、敬天帝事鬼神的楷模。儒、墨对于圣王的认同是一致的，都将尧、舜、禹、汤、文、武王树立为后世效法的典范。

然而，屈原并不把武王尊奉为完美的圣王，他的《天问》就表达了与儒墨不同的看法。“会鼂争盟，何践吾期”已经透露出一些信息，接下来的问题则寄寓着屈原鲜明的针砭乃至否定之意。

（二）“到击纣躬，叔旦不嘉”——武王的残忍之举与其“仁王”形象相悖

从《天问》校勘来看，此句有两种版本。一是王逸之“到击纣躬”，一是洪兴祖提供的另一版本“列击纣躬”。后人对两者各有所本。王逸之“到”乃到达之意。朱熹采用洪兴祖校勘的另一版本，他根据《史记》所载，认为“列击纣躬”指“武王至纣死所，射之三发，以黄钺斩其头，悬之大白之旗，此所谓列击纣躬也”[②]。也就是说，朱熹之“列击”指武王处罚纣的一系列行为。我以为，“到击纣躬”为“列击纣躬”更符合史实。游国恩《天问纂义》训“到当作列，形近而误”，而后以《说文》、

① 《论语·泰伯》：“舜有臣五人而天下治。武王曰：‘予有乱臣十人。’孔子曰：‘才难，不其然乎？唐虞之际，于斯为盛。有妇人焉，九人而已。三分天下有其二，以服事殷。周之德，其可谓至德也已矣。’”

② 朱熹：《楚辞集注》，第65页。

《广韵》、《广雅》证“列”即“杀”；“列击纣躬，谓武王斩纣王之首，以悬太白之旗也”。[①] 游国恩之见为是。关于武王击纣之事，先秦多种文献记载此事。

> 武王答拜，先入，适王所，乃克射之，三发而后下车，而击之以轻吕，斩之以黄钺。折县诸太白。乃适二女之所，既缢。王又射之三发，乃右击之以轻吕，斩之以玄钺，悬诸小白。[②]（《逸周书·克殷解》）
>
> 武王逐奔入宫，万年梓株，折纣而系之赤环，载之白旗，以为天下诸侯僇。[③]（《墨子·明鬼下》）

《尸子》云：“武王亲射恶来之口，亲斫殷纣之颈，手污于血，不温而食。当此之时，犹猛兽者也。”[④] 据贾谊《新书·连语》云纣死之后，“纣走还于寝庙之上，身斗而死，左右弗肯助也。纣之官卫舆纣之躯，弃之玉门之外。民观之者皆进蹴之，蹈其腹，蹶其肾，践其肺，履其肝。周武王乃使人帷而守之，民之观者搴帷而入，提石之者犹未肯止。”[⑤] 此段记述不为《史记》所载。《史记·周本纪》所记与《逸周书》大致相同。《史记·龟策列传》也有“头悬车轸，四马曳行”之言。

关于“到击纣躬，叔旦不嘉”的本事，除以武王斩纣为背景之外，另有解为孟津大会者。如王逸拘泥于《史记》以为指“周公曰，虽休勿休”一事，即周公不赞同“休矣”之论。洪兴祖、蒋骥、姜亮夫等认同这种意见。王夫之、徐文靖、丁晏等则以武王伐商到管蔡制造流言一段历史为背景。

其实，“叔旦不嘉”与“到击纣躬”语意连接紧密。周公不赞同的

① 游国恩：《天问纂义》，第366-367页。

② 引自袁宏点校《逸周书》，齐鲁书社，2000年，第33页。

③ 引自孙诒让《墨子间诂》卷八，《新编诸子集成》，第248页。

④ 引自王继培辑《尸子》，中华书局，1991年，第39页。

⑤ 引自卢文绍校《贾谊新书》，上海古籍出版社，1989年，第41页。

乃是“到击纣躬”之举。“躬”为身体。《诗经·大雅·烝民》：“缵戎祖考，王躬是保。”《郑笺》云：“躬，身也。”若依王逸之“武王始至孟津，八百诸侯不期而到，皆曰纣可伐也”，“躬”则没有着落。王夫之以管蔡谣言解之，言“至纣已诛之后，周公之功，岂不嘉哉。身任发兵之谋，以成周之景命，而流言繁兴，使公咨嗟，有毁室取子之忧。谗言之为害甚矣”。丁晏《天问笺校》则云“言武王击纣之时，公把大钺，辅翼其忠，何管蔡肆其流言，而忽疑公之不嘉耶？不嘉者，又《金縢》云不利也”。此意为管蔡流言诬蔑周公不“好”，或周公将“不利”于周。但是，我们从《天问》的诗句中很难看出有管蔡流言之意，因此，王夫之、徐文靖、丁晏等则有武断之嫌。

“叔旦不嘉”指周公不赞许武王“到击纣躬”的行为较为妥帖。伍子胥鞭楚平王尸曾遭申包胥反对一事可给我们以启发。《史记·伍子胥列传》记曰：

> 及吴兵入郢，伍子胥求昭王。既不得，乃掘楚平王墓，出其尸，鞭之三百，然后已。申包胥亡于山中，使人谓子胥曰：“子之报仇，其以甚乎！吾闻之，人众者胜天，天定亦能破人。今子故平王之臣，亲北面而事之，今至于僇死人，此岂其无天道之极乎！”[①]

王充《论衡》也谴责武王击纣王尸之举：“或云：‘武王伐纣，纣赴火死，武王就斩以钺，悬其首于大白之旌。’齐宣王怜衅钟之牛，睹其色之觳觫也。楚庄王赦郑伯之罪，见其肉袒而形暴也。君子恶不恶其身，纣尸赴于火中，所见凄怆，非徒色之觳觫，袒之暴形也；就斩以钺，悬乎其首，何其忍哉！”[②] 因此，周公不赞同武王“到击纣躬”这种残忍之举是极有可能的事。

① 司马迁：《史记》，第2176页。

② 王充：《论衡·恢国篇》，《诸子集成》（第7册），第192页。

（三）“争遣伐器，何以行之？并驱击翼，何以将之”——屈原通过问武王伐纣时激烈的战斗过程来否定所谓的“仁义之师”

《天问》中，“争遣伐器，何以行之？并驱击翼，何以将之”一章问武王翦商的过程，形象地反映了当时战争的惨烈程度。

此章仍问武王伐纣。“遣”即“发遣”之意。周拱辰《离骚草木史》之“调遣”、刘梦鹏《屈子章句》之“调发”、汤炳正《楚辞今注》之“派遣”均通。“伐器”即“攻伐之器”。蒋天枢进一步释为“进行征伐的工具，包括战车、军马、兵器等”则更为通俗。洪兴祖认为“争遣伐器，谓群后以师毕会也”。[①] 这里是把“伐器”训为名词，即作战之师。钱澄之《屈诂》：“伐器，指战伐之兵。”[②] 那么，将“伐器”训为名词“战伐之兵”也通。以上两种解释各有从者。游国恩《天问纂义》之辨析最为通脱：“此因上文会鼂争盟，而申言伐纣之事也。争遣伐器者，言友邦冢君及庸、蜀、羌、髳、微、卢、彭、濮之人，争以其戈矛战伐之器来助武王也。并驱击翼者，言三军之士与诸侯之师，奋勇争先，齐驱并进，以攻其两翼也。贾子《新书·连语篇》，纣将与武王战，陈其卒，左臆右臆，鼓之不进。臆与翼同声字。当日纣设阵如此，故曰并驱以击其翼也。何以行之、何以将之者，言如许甲兵士众，武王何以能调遣而将率之乎？《诗·何草不黄》云，何日不行，何人不将，义与此同。孟子云，尽信书，则不如无书，吾于《武成》取二三策而已。仁人无敌于天下，以至仁伐不仁，而何其血之流杵也？反而观之，则知屈子所以疑于武王克商之事矣。”[③]

对于屈原所问，也有一些注家因循孟子旧路对武王进行颂扬。如朱熹《楚辞集注》就以“武王之军，人人乐战，并驱而进之也。问此二者何

---

① 洪兴祖：《楚辞补注》，第110页。
② 钱澄之：《屈诂》，齐鲁书社《四库全书存目丛书》影印原刊本，1997年。
③ 游国恩：《天问纂义》，第375页。

以使其然耶”作解。[①]朱熹从诗句中竟看到“武王之军人人乐战”，张诗《屈子贯》与朱熹同。李陈玉则说之以“天”意：“方是时，四方诸侯以师毕集，无以督之而自行两翼夹击，并驱争先，无以将之而自奋，凡此得不归之天乎？鸟效灵，人效力，天之兴一姓以败一姓又如此。”[②]所谓“鸟效灵，人效力”显然是无稽之谈。

旧时注家中周拱辰最早悟得屈子之意，他的《离骚草木史》释曰：“两言何以，似隐语，言以仁伐不仁，何用许多阴谋权诡，为后世疑乎？”蒋骥也认为“何以行，何以将，微词也，与所谓倒戈攻北者矛盾矣。”蒋骥之言针对伪《武成》所谓“罔有敌于我师，前途倒戈，攻于后以北，血流漂杵”。陈本礼《屈辞精义》的意趣与蒋骥同：“当时誉武者，莫不曰应天顺人。既曰天与人归，又何称尔戈矛，疾击之耶？与所谓倒戈攻北者矛盾矣。”周拱辰、蒋骥和陈本礼对屈原的基本态度判断得比较准确。

总之，“争遣伐器，何以行之？并驱击翼，何以将之”意为：各路诸侯争相派遣战伐之器来助武王，是如何调遣的？周的三军将士与诸侯之师蜂拥争先、并驾齐驱、攻纣师之两翼，是怎样统率的？屈原的言外之意一方面是说，如果周武王没有统一、周密的战略部署，友邦冢君及庸、蜀、羌、髳、微、卢、彭、濮之人不仅不会参战，战场上将士们能够“并驱击翼”奋勇拼杀更不可想象。而另一方面，“争遣伐器”和“并击驱翼”也反映了武王的将士们勇猛而有序的作战情形。可以想见两军厮杀会是何等激烈，由此可知儒家对武王“仁人”、“至仁”不战而胜的美誉与史实不符。

荀子也认为“汤伐有夏，文王伐崇，武王伐纣”，“皆以仁义之兵行于天下”、因而“兵不血刃”。[③]显然，荀子和孟子一样，不过是违背史实、有意美化儒家尊奉的圣王而已。屈原以求真求实的态度揭示历史真

① 朱熹：《楚辞集注》，第66页。

② 李陈玉：《楚辞笺注》，转引自游国恩《天问纂义》，第373页。

③ 《荀子·议兵》，引自王先谦《荀子集解》卷十，第185、186页。

相，从而也就否定了武王所谓“仁义之师”的形象。

在学界，“争遣伐器，何以行之？并驱击翼，何以将之”所反映的是武王灭商还是周公除管蔡叛乱仍存有争议。自王逸始，绝大部分都认为这是就武王伐纣而问，刘梦鹏《屈子章句》则提出此章的本事指王师平定管蔡之乱。[①] 王夫之、马其昶、刘永济等赞同。姜亮夫则以为是周公东征四国之事。[②] 处处争议，句句难解，这也是《天问》的魅力所在。

（四）“武发杀殷，何所悒？载尸集战，何所急”——屈原暗指武王急于灭商的贪婪

王逸以后很多注家认为，“武发杀殷”是指武王攻入朝歌后斩杀纣王尸体一事。而游国恩则云：“杀殷非仅射纣之谓，即指斩纣悬旗而言。前所谓列击纣躬也。”他把“杀”由斩纣尸体的具体行为扩展到武王攻入朝歌后的一系列举动。“武发杀殷”应指武王伐殷的整个历史事件。这是因为，首先，屈原问“武发杀殷”在前，问“载尸集战”在后，而武王载文王木主而行发生在攻入朝歌击纣王尸之前。所以，此处不当颠倒顺序来问斩纣王尸。其次，“武发杀殷”和“载尸集战”之间有总分的关系。即屈原先对武王伐商之事予以总评价，之后，对武王在实施“杀殷”大业中“载尸集战”的举动予以论说。总之，“杀殷”是指武王伐商。对于“何所悒”之“悒”，《说文》云：“悒，不安也。”王逸释以“悁悒而不能久忍”甚为妥帖。

“载尸集战”之“尸”在《天问》中是指文王的“木主”、“尸体”还是其他，也小有争议。《说文》曰：“尸，陈也。象卧之形。”容庚《金文编》案：金文“象屈膝之形。后叚夷为尸，而尸之意晦。祭祀之尸，其陈之祭，有似于尸，故亦以尸名之。”“尸”在古代祭祀时指代表死者受祭的活人。如《诗·小雅·楚茨》：“神具醉止，皇尸载起。鼓

① 刘梦鹏：《屈子章句》，齐鲁书社《四库全书存目丛书》影印原刊本，1997年，第550页。

② 姜亮夫：《重订屈原赋校注》，天津古籍出版社，1987年，第363页。

钟送尸，神保聿归。”郑玄注：“尸，节神者也。”《仪礼·特牲馈食礼》：“主人再拜，尸答拜。”汉何休注《公羊传·宣公八年》“祭之明日也”曰：“祭必有尸者，节神也。礼，天子以卿为尸，诸侯以大夫为尸，卿大夫以下以孙为尸。”唐李华《卜论》：“夫祭有尸，自虞、夏、商、周不变。战国荡古法，祭无尸。”但是在宗庙里，“尸”即“主”。《庄子·逍遥游》：“庖人虽不治庖，尸祝不越樽俎而代之矣。”成玄英疏：“尸者，太庙中神主也。”《周礼·春官·司巫》：“祭祀则共匰主。”郑玄注：“主，谓木主也。”《仪礼·士虞礼》：“祝迎尸，一人衰绖奉篚哭从尸。”郑玄注：“尸，主也。孝子之祭，不见亲之形象，心无所系，立尸而主意焉。”《公羊传·文公二年》：”丁丑，作僖公主。”何休注：“谓僖公庙作主也。主状正方，穿中央达四方。天子长尺二寸，诸侯长一尺。”

因此，王逸注“尸”为“主”是较为合理。所谓“木主”，就是文王的牌位。其他训释如洪兴祖训为“尸，神象也”，朱子以为“柩”，闻一多《天问疏证》以“尸”为“尸体”[1]，均谬矣。《史记·周本纪》曰“九年，武王上祭于毕”。祭祀的是文王，之后才东观兵，到达孟津，不可能载文王尸体而行。再者，由文王崩年可以推断“尸”到底何指。唐兰认为，今文家以文王受命七年而崩，《史记·周本纪》作十年，七与十易乱。古文家则认为文王受命九年而崩。《逸周书·文传》说“文王受命之九年时惟暮春，在鄗，召太子发”，是文王受命不止七年。《唐书·历志》因《竹书纪年》“十一年庚寅，周始伐商”，即是观兵一役，可见克殷应在十三年。[2]武王伐商时先观兵于孟津，后有牧野之战。不管文王崩于七年、九年还是十年，十一年观兵时所载文王之尸绝不可能再是文王的尸体。《史记·补龟策列传》称“兴卒聚兵，与纣相攻；文王病死，载尸以行。”这里的“尸”似乎指文王的“尸体”，游国恩以为“其言近

① 闻一多：《天问疏证》，三联书店，1980年，第108-109页。

② 唐兰：《西周青铜器铭文分代史征》，中华书局，1986年，第1-2页。以下所引均出自该版本，只注明页码。

妄”。[①] 但是《史记·周本纪》：“九年，武王上祭于毕。东观兵，至于盟津。为文王木主，载以车，中军。”此处已经说“木主”，恐怕司马迁之“文王病死，载尸以行”不会又指死人尸体，否则就是自相矛盾。因此游国恩批评“文王病死，载尸以行”为谬还是有些武断。

那么，屈原为何问“武发杀殷，何所悒，载尸集战，何所急”呢？王逸以为“言武王发欲诛殷纣，何所悁悒而不能久忍也……武伐纣，载文王木主，称太子发，急欲奉行天诛，为民除害也”。王逸把武王伐商之举定位于“为民除害”，这显然是站在儒家立场，视武王统率下的周军为救民于水火的仁义之师。朱熹《楚辞集注》则曰“言武王发欲诛殷纣，何所悁悒而不能久忍，遂载文王之柩于军中以会战，何所急而然也？此亦当时传闻之语，故为伯夷扣马之词亦有父死不葬之云，与此皆误也”。[②] 对武王“载尸集战”之举，王逸承认实有其事并大加颂扬，朱熹则否认“载尸集战”的真实性以免损害完美形象。二人的做法实乃殊途同归，均为维护武王的圣王形象。王夫之、刘梦鹏等仍将武王急于燮伐大商的行为释为“救民水火”。

旧世注家中同时也存有异于经学家的见解。王远《楚辞评注》即云：“言武王斩纣之首，悬之太白，何所忿恨而不能解乎？载木主以会战，父死不葬，何其急乎？不满之词也。”[③] 贺宽、蒋骥均以为这是屈原不满武王之词。蒋骥以《汲书》、《尸子》、《淮南子》为据证明己说。陈本礼则直言这是屈原对武王的微词：“何悒，何急，微词也，见武之已甚。纣既自焚，犹钺斩旗悬，何所恨而至此极耶？武王东观兵，载文木主而行，何所迫而至此急耶？总缘殷有惑妇，故藉口以为解天下倒悬之厄也。此亦不满于武周之词。”[④] 王远、贺宽、蒋骥、陈本礼等认为这是屈原对武王的不满之词，可谓接近屈原的本意。

---

① 游国恩：《天问纂义》，第420页。

② 朱熹：《楚辞集注》，第69页。

③ 王萌，王远：《楚辞评注》，转引自游国恩《天问纂义》，第419页。

④ 陈本礼：《屈辞精义》，转引自游国恩《天问纂义》，第420页。

总之，“武发杀殷，何所悒，载尸集战，何所急”意即：“武王姬发灭殷，为什么悁郁而不能久忍？载着木主作战，为什么而急于如此？”“杀殷”、“何所悒”和“何所急”等词句直接表明了屈原对武王的评判态度。由此可见，屈原对武王的认知取向与儒家所谓“仁义之师”的一味赞颂截然不同，他揭示了武王为夺取殷商政权不惜载文王木主而战的贪婪。

关于武王为何将文王木主载于车中，丁山推断是为文王报仇。他推测文王很可能死于羑里，并非善终。其依据是《泰誓》武王誓师辞以及《礼记·缁衣》引《泰誓》均曰“惟朕文考无罪”。[①] 丁山辩曰：“文王若非死于纣手，何故辩有无罪？”而且“出师经过，详在《周易·师卦》，其六三曰：‘师，或舆尸’，六五曰：‘长子师师，弟子舆尸，贞凶。’此二爻辞，即《天问》‘武王杀殷何所悒，载尸集战何所急？’……武王东征，特载文王木主，显以文王死于非命，归骨未得，非藉木主以作士气而何？”[②] 杨宽指出“用木主载车中之说，不见别书所引西汉《泰誓》，可能另有所据。这样先祭天神，又载文王木主而行军，无非表示要继续完成文王已经接受的克殷的天命。”[③]

关于武王贪于殷商政权，也可以从典籍中寻出一些旁证。除周军参加牧野之战外，还有《牧誓》所称的“西土之人”，即庸、蜀、羌、髳、微、卢、彭、濮等八国。参战的统帅有“友邦冢君”以及司徒、司马、司空、亚旅、师氏、千夫长、百夫长等。《逸周书·世俘解》云：“辛亥，荐俘殷王鼎……龠人造；王秉黄钺，正国伯。”其中，“辛亥”是告捷礼

① 《礼记·缁衣》引《泰誓》曰：“予克受，非予武。惟朕文考无罪。受克予，非朕文考有罪，惟予小子无良。”

② 丁山：《商周史料考证》，中华书局，1988年，第190页。

③ 《史记集解》引马融曰：“毕，文王墓地名也。”杨宽认为此说不确，“古无墓祭的礼制，‘上祭’即是‘禴祭’，祭的是天神，这是沿用文王‘禴祭于毕’的礼俗。《史记》这方面的记载，都是依据西汉发现的《泰誓》，并不可信。但是用木主载车中的之说，不见别书所引西汉《泰誓》，可能另有所据。这样先祭天神，又载文王木主而行军，无非表示要继续完成文王已经接受的克殷的天命。”见杨宽《西周史》，上海人民出版社，2003年，第87页。

的第一天；“国伯”，即诸侯之长；“正”，即确定。武王在告捷祭祀的第一天确定诸侯之长的职位。又曰：“壬子，王服衮衣，矢琰，格庙。钥人造；王秉黄钺，正邦君。”“壬子”乃告捷礼的第二天；“衮衣”为天子之服；“正邦君”即确定诸侯的地位。这里，武王显然以最高统帅的身份自居。

武王伐纣时，他只是天下诸侯中势力最大的小邦周之君，但从告捷礼上武王所用的礼制和所穿的服装来看，已居天下之君的地位。他在“大享”之前，先“正国伯”，再“正邦君”，实际上已成为凌驾于“国伯”和“邦君”之上的王了。[①] 由此可见，武王伐纣虽有天下诸侯的共同参与，最后的权力还是揽于周家。面对天下、面对权力，武王并没有像儒家所称道的尧、舜、禹那样实施禅让。汤尚且虚意谦让，武王非但没有丝毫让权的迹象，反而以天下之主自居。屈原问“武发杀殷，何所悒？载尸集战，何所急”则讥刺了武王对权力的贪婪。

总之，经由以上对多组诗句的考释我们可以得出结论：急于灭商的武王“到击纣躬”的忍狠之举与其“以至仁伐至不仁”的“至仁”之誉形成鲜明对比。由“会鼌争盟”、“苍鸟群飞”、“争遣伐器”、“并击驱翼”的描述进行推断，这支人人乐战的军队与所谓“仁义之师”相抵牾。屈原在问中毫不隐讳他对武王所谓“仁”王与“仁义之师”的否定之意。

屈原对武王诸种不仁之举的抨击有其史实上的支撑。武王伐纣时的忍狠之举不止《天问》所反映的这些史实。《尚书》中反映武王伐商过程的《武成》已失去原本面目，所幸经顾颉刚整理的《逸周书·世俘》证明为信史。《世俘》保存了伐商时的历史真相。顾颉刚指出武王伐纣的实质是以掠夺为目的，以武力镇压为手段。武王克殷时大量杀戮殷民，掠夺殷的财富。他根据《世俘解》统计了周人克商后祭祀上帝和祖先时的铺张、残酷的献祭场面：

① 杨宽：《西周史》，上海人民出版社，2003年，第108页。

第一，杀人：

除纣及其二妻自杀外，计杀纣的恶臣100名，献祭殷王士100名。至于所伐的小子、大师、四十夫家君等，数字不详。

第二，征伐：

所伐有方来、越献方、陈、卫、磨、蜀、宣方、厉等，计99国。所俘有霍侯、艾侯、佚侯、小臣46人等。所俘的计562国。

第三，禽御（车）：

蜀、磨、宣方三国计860辆。他国不详。

第四，俘馘：

馘磨，177779名。俘人，300230名。

第五，狩猎：

所得槛畜如虎、猫、犀、熊、罴，野生畜如貉、麝、麈，半野生畜如牦、豕、鹿、麋、麇，计10223头。

第六，器物：

鼎，数目不详。玉，180000块。

第七，祭牲：

牛，504头。羊、犬、豕，2701头。①

麋由《世俘解》记载看，武王克商后在牧野举行告捷礼，仪式持续了五天。“癸丑，荐俘殷士百人”即第二天用所俘虏的殷贵族100人作为牺牲祭祀天神、上帝、王烈祖（自太王、太伯、王季、虞公即仲雍、文王、邑考即武王之兄伯邑考）。《世俘解》所言得馘首（战争中割下敌人的左耳以计功）十七万七千有余、俘虏三十余万。这些数字尽管有夸张的成分，却说明牧野之战胜利以后周人对于殷属诸侯的战斗仍非常激烈。儒家过分夸大仁义道德的力量而无视、甚至掩盖军事上的冲突，显然不合乎

① 顾颉刚：《逸周书世俘篇校注、写定与评论》，《顾颉刚古史论文集》（第2册），第273–274页。

历史事实。武王克商后于六月凯旋镐京，在周庙举行规模宏大的献俘礼。献俘礼上所献祭的既有在战场上割下来的敌人的头颅，也有当场杀死的各等战俘。《吕氏春秋·古乐》记曰，武王“以六师伐殷。六师未至，以锐兵克之于牧野，归乃荐俘馘于京太室”[①]，即使儒家典籍也透露出一些有关战争的信息。《孟子·滕文公下》：“周公相武王，诛纣伐奄，三年讨其君，驱飞廉于海隅而戮之，灭国者五十，驱虎豹犀象而远之，天下大悦。”杨宽认为“伐奄三年讨其君”是周公东征的事，而“驱飞廉于海隅而戮之”是武王的事。[②]“飞”、“蜚”声同而可通用，故“飞廉”即“蜚廉”。从以上文献看，蜚廉、恶来父子都死于武王之手。既杀、伐又驱、戮，何谈仁义？荀子虽属于儒家，鉴于他同时也主张霸道，故不仅不反对武王斩纣之举，反而对此予以热烈讴歌。《荀子·正论》云：“昔者武王伐有商，诛纣，断其首，县之赤旆。夫征暴诛悍，治之盛也。”《吕氏春秋·贵直论》曰：“武王以武得之，以文持之，倒戈弛弓，示天下不用兵，所以守之也。”作者毫不掩饰武王得天下之手段，则不失为一种较为公允的评价。孟子认为仁人无敌于天下，以至仁伐至不仁不会血之流杵。但是《滕文公下》记述的杀伐史实与儒家宣扬的武王以仁义得国之论自相矛盾。

对于所谓的汤武革命和紧接着的周公东征，顾颉刚先生指出这是三千年前之两场最残酷、最血腥的周人侵略东方各族的战争，却被盖上了“和平”的烟幕。这两次侵略战争的目的是掠夺东方各族的人民和土地。而儒、墨只注重统治阶级的门面话，所以记载武王大抢大掠的《武成》（《世俘》），孟子就批评它。他不知道纣只是殷方的最高统治者，周方所以要打倒他，只是要夺取他的政权，从而抢得殷方的奴隶以为己用，或再进而将殷方的贵族和平民降为奴隶以供其使用；武王和纣只是两个大奴隶主的争霸，并不存在“仁、不仁”的问题。正如宋徽宗固然荒淫无道，

① 《吕氏春秋·仲夏纪》，引自高诱注《吕氏春秋》卷五，第53页。
② 杨宽：《西周史》，上海人民出版社，2003年，第97页。

但金方阿骨达之所以起兵伐宋，其目的并不是要打倒至不仁的宋徽宗，从而解救宋的子民，乃是要夺取宋的政权，掠夺宋的土地和人民，作为他们女真族贵族们压榨的对象，以供其挥霍无度的享受。如果那时宋的统治者不是徽宗而是仁宗，他还是要伐的。所以我们对于孟子的话，只该看作儒家的说教，完全不能相信他所说的是古代事实的真相。他们所想象的“东面而征西夷怨，南面而征北狄怨”，分明是歪曲古史、为古代帝王将相涂脂抹粉的一种自欺欺人之谈。[①]

总之，屈原认识到伐纣战争的残酷以及武王的忍狠，遂在《天问》中质疑了武王的“至仁”形象。当然，对武王有微词非自屈原始。伯夷和叔齐应是最早非难武王的人。据《史记·伯夷列传》，武王在“载木主”“东伐纣”的途中，恰遇“闻西伯昌善养老，盍往归焉”的孤竹国君的两个儿子伯夷、叔齐。伯夷、叔齐叩马而谏曰：“父死不葬，爰及干戈，可谓孝乎？以臣弑君，可谓仁乎？”[②] 武王已平殷乱，天下归周，而伯夷、叔齐以之为耻，义不食周粟，隐于首阳山，采薇而食，最后饿死。伯夷、叔齐曾作歌非难武王，曰：

> 登彼西山兮，采其薇矣。以暴易暴兮，不知其非矣。神农、虞、夏忽焉没兮，我安适归矣？于嗟徂兮，命之衰矣！[③]

伯夷、叔齐谴责武王以暴力的手段结束纣的暴政，并没有“神农、虞、夏”之德，实际是暴臣易暴君，遂失望而隐居。明代蔡清《易经蒙引》也批评道：“如武王伐纣若史之说，其失未免于过刚不中矣。故伯夷

① 顾颉刚：《顾颉刚读书笔记》第九卷，台北联经出版事业公司，1990年，第7450−7451页。

② 司马迁：《史记》，第2123页。

③ 司马迁：《史记》，第2123页。另《乐府诗集》所辑《琴集》之《采薇操》，与《史记》所记稍异。即“登彼高山，言采其薇。以乱易暴，不知其非。神农、虞夏忽焉没兮，我适安归？”

谓其‘以暴易暴’也。”[①]

尽管儒家极力美化武王，但是，孔子认为周王的乐舞《武》“尽美矣，未尽善”（《论语·八佾》）。“美”是就音乐的旋律和舞容而言，而“善”属于道德范畴，所评价的乃是《武》的内容。这说明《武》在内容上有不符合儒家道德规范之处。齐宣王的“臣弑君，可乎”之问（《孟子·梁惠王上》），在一定程度上反映了时人对武王伐纣的评价倾向。

再者，武王发动灭商之战的原因尚有另一种说法。《国语·鲁语上》：“文王以文昭，武王以武烈，去民之秽。”[②]从帝喾至武王都是于民有功者，而武王之功乃是“去民之秽”。此言比较笼统，我们无法判断武王纪究竟用何法去民之何秽，而《吉礼·祭先帝礼》则说“武王以武功去民之灾”。看来，武王似乎曾用战争消除、转嫁周民遇到的灾害和因此产生的社会矛盾。如果《国语》和《吉礼》所言属实的话，武王之师岂能堪称“仁义之师”！

先秦时期，道家和法家对武王多贬抑之词，从以下文献可见一斑。

今周见殷之乱，而遽为政，上谋而下行货，阻兵而保威，割牲而盟以为信，扬行以说众，杀伐以要利，是推乱以易暴也。[③]（《庄子·让王》）

尧舜作，立群臣，汤放其主，武王杀纣。自是之后，以强陵弱，以众暴寡。汤武以来，皆乱人之徒也……汤放其主，武王代纣，此六子者……皆以利惑其真而强反其情性，其行乃甚可羞也。[④]（《庄子·盗跖》）

古之所谓圣君明王者，非长幼弱也，及以次序也。以其构党与，聚巷族，逼上弑君而求其利也……舜逼尧，禹逼舜，汤放桀，武王伐

① 蔡清：《易经蒙引》，《四库全书》本。
② 引自徐元诰《国语集解》，第158-159页。
③ 引自王先谦《庄子集解》卷八，第194页。
④ 引自王先谦《庄子集解》卷八，第197页。

> 纣，此四王者，人臣弑其君者也，而天下誉之。察四王之情，贪得人之意也；度其行，暴乱之兵也。然四王自广措也，而天下称大焉；自显名也，而天下称明焉。则威足以临天下，利足以盖世，天下从之。[①]（《韩非子·说疑》）

需要说明的是，屈原、庄子、韩非子等恐怕不是从君臣礼义的角度反对武王伐纣，他们看到的是更本质的东西，即有权者对权力、财富、利益的掠夺。

现存儒家典籍中却看不到对武王的贬损。《诗》、《书》、《礼》、《乐》等文化典籍保存了西周的主要史料。春秋战国时期，儒家按其政治需要对这些典籍进行编选、修订。他们对于凡有违其政治主张的史料所采取的处置方式，一是废弃不用，譬如，《尚书》中《武成》一篇记载了武王克商的经过，因记述了大量杀伤之事便不为儒家所取。孟子直言“尽信《书》，则不如无《书》。吾于《武成》，取二三策而已矣”（《孟子·尽心下》）。这篇极为重要的历史文献因此而失传，即使在汉景帝发现的孔壁《古文尚书》中再度出现，仍为汉代经师所不取，竟至最后消失于世。二是儒家以自己的学说为衡量尺度进行改造和重新诠释，其中孟子尤为突出。古《尚书》记述武王克商时血之流杵的血腥场面，孟子就以“仁人无敌于天下”予以否定。今天看到的伪《武成》已经与孟子时截然相反，文字改为“罔有敌于我师，前途倒戈，攻于后以北，血流漂杵”，也就是说“血之流杵”非周师将士战死的惨象，而是商纣士兵倒戈自相残杀造成的。

可见，儒墨（尤其儒家）的确在按照自己的政治学说来选择、解释历史。屈原恰恰没有局限于中原正统文献和儒墨学说，以具体的事实否定了武王所谓“至仁”的形象。

---

① 引自王先慎《韩非子集解》卷十七，第311页。

二、屈原对昭王南征不复传说的质疑

“昭后成游，南土爰底。厥利惟何，逢彼白雉”的本事指昭王南征不复的史实。为了深入理解屈原致问的用意，需对“成游”、“底”和“白雉”予以解读。

关于“成游”，将“成”训为“盛”较为妥帖，“成游”即是“盛游”。《释名·释言语》曰：“成，盛也。”王先谦疏证补：“成盛声义互通，见于经典者甚多，故成训盛。”“成”还可训为“大”。如《左传·襄公十四年》云：“成国不过半天子之军，周为六军，诸侯之大者，三军可也。”又“《左传·昭公五年》：“韩赋七邑，皆成县也。”因此“大游”即“盛游”。姜亮夫认为“成，疑盛字之讹。盛游，盖以兵车从游。即《吕氏春秋》所谓‘昭王亲征荆’也”。[①] 汤炳正从姜亮夫说，并认为由于军容盛大，《天问》称之为“盛游”；“昭后成游”“实即谓周昭王以大军伐楚”。[②] 其他注家的训释终究不妥，如洪兴祖《补注》释为“成游，成南征之游。”金开诚《屈原集校注》进一步释为“完成、实现”；何剑熏《楚辞新诂》改“成”为“戎”，“因昭王南征，实以谋楚，非等闲之游也。直言之，欲报十六年，十九年两次大败之仇”。[③] 相比之下，“成游”训为“盛游”为佳。“盛游”之“盛”修饰“游”，共同构成一个偏正词组，形象描绘出周昭王大军南征的浩大阵势。这不仅与所谓“六师”相符，也与“丧六师于汉”、“辛余靡振王北济”（见《竹书纪年》）和《吕氏春秋》）的狼狈之象形成对比，富有强烈的讽刺意味。“南土爰底”之“底”，当为“止”。《尔雅·释诂》：“底，止也。”

关于“雉”，闻一多《楚辞校补》对此有详细考证：

---

① 姜亮夫：《重订屈原赋校注》，天津古籍出版社，1987年，第364页。

② 汤炳正《屈赋新探》，齐鲁书社，1984年，第225页。以下均为该版本，只注明页码。

③ 何剑熏：《楚辞新诂》，第183页。

“雉”当为“兕”，声之误也。《吕氏春秋·至忠篇》“荆庄襄王猎于云梦，射随兕”，《说苑·立节篇》作“科雉”，《史记·齐太公世家》“苍兕苍兕”，《索隐》曰：“一本或作苍雉。”《管蔡世家》曹惠伯兕，《十二诸侯年表》作雉，并其比……《初学记》六引《纪年》曰：“昭王十六年，伐楚荆，涉汉，遇大兕。”本篇所问，即指斯役。然则昭王所逢，是兕非雉。又有明征矣。[①]

依闻一多所言，原诗当为“厥利惟何，逢彼白兕”。唐兰在其《西周青铜器铭文分代史征》也认为《天问》把“兕”字错成“雉”字，“雉”与“兕”音相近。[②]

汤炳正《屈赋新探》则校“白雉”为“兔雉”，“白”字乃“兔”字坏其下半而至。[③]“兔雉”就是野兔和雉鸡。闻一多从音韵学角度考证言之有理，加以文献学的大量实例足以支撑其论。汤炳正的推测也不是没有可能，况且《初学记》卷七地部下引《竹书纪年》曰：“周昭王十九年，天大曀雉兔皆震，丧六师于汉。”实际上，单以《竹书纪年》所记周昭王南征之事为证不足为据。因昭王南巡时，“兕”和“兔”都曾出现，只不过昭王遇大兕在十六年，“雉兔皆震”在十九年。《竹书纪年》只说“遇大兕”，而未言“兕”之颜色，闻一多考证“白雉”为“白兕”，即“兕”是白色，这似乎有些武断。汤炳正说“白”字乃“兔”字坏其下半而至同样是猜测。鉴于昭王南征不复的确在“十九年”，故汤炳正说还是有道理的。

因此，“昭后成游，南土爰底。厥利惟何，逢彼白雉”，意即周昭王以盛兵“南巡”，到了南方的荆楚停滞下来（意即不复回还）。途中遇到兔雉，那有什么好处呢？

---

① 闻一多：《楚辞校补》，巴蜀书社，2002年，第56页。

② 引自唐兰《西周青铜器铭文分代史征》，第198页。

③ 汤炳正：《屈赋新探》，第226页。

关于昭王南征伐楚之事，西周金文中记录较多，如：

《作册夨令簋》："隹（唯）王于伐楚，白（伯）才（在）炎。"①

《中甗》："王令（命）中先眚（省）南或（国）？"②

《中觶》："王大眚（省）公族，于庚曻（振）旅。③

据唐兰考证，《中甗》和《中觶 》是昭王十六年南征前后时器。《中甗》铭文文字漫漶残缺，记有昭王命中先巡视南征经行的路线。《中觶》言昭王隆重地巡视公族，在庚的这天举行振旅（凯旋）的典礼。唐兰认为这是昭王第一次南征归来时振旅后所作。④ 汤炳正认为陕西扶风出土的西周《史墙盘》之"弘鲁昭王，广笞楚荆，唯焕南行"，跟《天问》"昭后成游，南土爰底"所指乃同一件事。"广笞"是"大规模地挞伐之意"。⑤

昭王南征而死一事，《左传》较早予以披露。齐桓公曾在僖公四年讨伐楚国，其中一个原因就是"昭王南征而不复"。"昭王南征而不复"实隐晦之言，即指周昭王十九年南征荆楚而死一事。

春秋时，齐桓公伐楚的理由之一就是为昭公兴师问罪。楚国大夫屈完所对"昭王之不复，君其问诸水滨"正说明昭王的确是落水而死。《吕氏春秋·音初》正面记述了这一历史事件："周昭王亲将征荆，辛余靡长且多力，为王右。还反涉汉，梁败，王及蔡公抎于汉中。辛余靡振王北济，

---

① 引自唐兰《西周青铜器铭文分代史征》，第273页。唐兰注曰："此铭首言'隹王于伐楚'，疑在昭王十六年第一次伐楚时。不说王伐楚，而说'王于伐楚'，是表示王不在畿内。"见该书279页。

② 引自唐兰《西周青铜器铭文分代史征》，第285页。甗，古代一种炊器。

③ 引自唐兰《西周青铜器铭文分代史征》，第288页。觶，古代一种饮酒器。

④ 引自唐兰《西周青铜器铭文分代史征》，第297-289页。

⑤ 汤炳正：《屈赋新探》，第223页、225页。

又反振蔡公。”[①] 司马迁在其《史记·周本纪》予以实录：“康王卒，子昭王瑕立。昭王之时，王道微缺。昭王南巡狩不返，卒于江上。其卒不赴告，讳之也。”[②]《正义》引《帝王世纪》又为此事增添了另一种说法：“昭王德衰，南征，济于汉，船人恶之，以胶船进王，王御船至中流，胶液船解，王及祭公俱没于水中而崩。其右辛游靡长臂且多力，游振得王，周人讳之。”[③] 船人以胶船渡王的情节多少带有演绎的性质，史家认为不足信。不过，昭王南征返周渡汉水时落水而死应该是真实的。

总之，屈原所言“昭后成游，南土爰底”的确是历史事实。《竹书纪年》在实录历史事实的同时，还记载了一些奇异的现象。除前文已经引述的昭王十六年和十九年发生的事之外，[④] 另有《竹书纪年》曰：“周昭王末年，夜有五色光贯紫微。其年王南巡不返。”[⑤]

“厥利惟何，逢彼白兕”即针对类似《竹书纪年》所记载的传说而发问。无论“逢彼白兕”或者“逢彼兔雉”以及“五色光贯紫微”等，实质是周人用神异的现象虚构昭王欲亡的征兆，这样就把昭王之死归于天意或天命，从而掩盖昭王南征荆楚覆亡于汉水以及周人“丧六师于汉”的不光彩历史。司马迁之“其卒不赴告，讳之也”可谓一语中的。从唐兰《西周青铜器铭文分代史征》所搜集的铭文看，十九年记载昭王行踪的有《作册睘卣》：

---

① 唐兰曰：“《诗·大明》说：‘造舟为梁’，《方言》九说：‘造舟谓之浮梁’，那是把许多船连接起来，作为临时的桥梁。服虔注《左传》说：‘周昭王南巡狩，涉汉，未济，船解而溺昭王。’是说风浪太大系连船的绳索断了，所以船梁解散，昭王因此而溺。”唐兰认为《世纪正义》引《帝王世纪》说昭王因船解而虚构出胶船之说，属于齐东野语。见《西周青铜器铭文分代史征》，第199页。“梁败”指渡江的浮桥突然败坏，“蔡公”《左传·僖公四年》正义引作“祭公”，杨宽《西周史》认为蔡公是“祭公”之误。抎：高诱注曰“坠也”。“振王北济”指辛余靡救起昭王的尸体过江。汉高诱注曰：“振，救也。”

② 司马迁：《史记》，第134页。

③ 张守节：《史记正义》，见《史记》，第135页。

④ 引自方诗铭、王修龄《古本竹书纪年辑证》，第43页、44页。

⑤ 引自方诗铭、王修龄：《古本竹书纪年辑证》，第44页。

隹（唯）十又（有）九年，王才（在）庰（斥），王姜令（命）乍（作）册睘安尸（夷）白（伯）。[①]

铭文的意思是：十九年，昭王在斥地，王姜命令作册睘向夷伯问好。《作册旗方彝》[②]所记也是昭王十九年在斥地的事。值得注意的是，昭王于十六年南征前堪察路线和得胜后凯旋都做铜器予以记载，而十九年南征时却没有相似铜器，这或许是周室深以为耻故而不做。看来，周人对昭王之死讳莫如深。

屈原云“逢彼白雉”借用了周人的话语。周人将昭王南征不复的结果与逢白雉一事牵扯起来，造成一种虚假的因果关系。屈原问“厥利惟何”，一个“利”字就切断了两事之间的关联，因为那本是两件毫不相干的事情。屈原之问促使人们对这种牵强附会的行为进行深度思考，思考是谁、为什么制造假相。屈原问的意义不仅仅在于讽刺了昭王贪婪南侵、“王道微缺”的征状，更重要的是对周王室有意掩盖历史真相、将昭王之死归于天命的荒谬行为予以否定。

总之，屈原在《天问》中反思了夏、商、周三代历史。由其提出的一系列问题可以推断，屈原所关注的重心在于后人臆造的某些传说，而问的宗旨之一乃是提醒楚王及世人要正确地认知历史，只有这样，才能以史为鉴，从历史中寻找到解决现实问题的答案。

---

① 引自唐兰《西周青铜器铭文分代史征》，第293页。
② 引自唐兰《西周青铜器铭文分代史征》，第294页。

第四章

由屈原之问看其思想观念与现实目的

《天问》大量的篇幅乃针对历史发问。屈原在反思社会发展史中的“传道”之说时，对天命与王道观念、儒墨道统人物的完美形象、君王的道德修养和尚贤同国家兴亡之关系等问题表达了独特的认识。

第一节 屈原的天命观和王道观念

屈原在反思自然发展史中的有关传说时已经彰显了对天命的认知态度，当他把目光集中在历史长河的时候，则明确表达了对天命的怀疑乃至否定，同时，也揭示了儒家王道的虚构性及其在现实政治生活中的局限。

一、屈原的天命观

天命观在商周时期深刻影响了人们的政治生活和思想观念。春秋战国之际，随着理性的觉醒，西周以来一直存在的对天命的怀疑逐渐发展为天人相分的思想。屈原正是在这样的时代潮流中对天命观念予以深刻反思。

从《天问》的内容看，屈原首先对有关自然发展史中后人臆造的某些传说予以质疑，意在表明传道的天道不可信。既然传说的天道不可信，那么同属于人们主观解释的天命也令人怀疑。在反思夏、商、周三代历史部分，屈原则明确表达了对天命的怀疑态度。

屈原选定了权力更替的特定历史时期，从兴亡治乱的角度思考天命问题，他用一系列问题来表达自己对天命的怀疑。屈原问夏史部分对启益之争用笔最多。先秦文献有禹禅让伯益之说，这说明伯益德才兼备，具有出任天子的资格与合理性。既然“皇天无亲，惟德是辅”（《尚书·蔡仲之命》），那么，“启与支党攻益而夺之天下”，为何天不佑伯益？启屠杀母亲、肢解其身体。若论德行，启不仁不孝应该受到所谓上天的惩罚，但是事实却是“后益作革”、“而禹播降”。夏代后世的寒浞和浇，都属于奸佞之徒，他们竟然也享有了君王的权力，难道这就是上天的“惟德是辅”？商汤任用出身卑微的贤才伊尹，革夏命而成为天子，这到底是天命所予还是事在人为？周文王时小邦周已有殷三分之二的天下；武王奋起，结集天下诸侯最终灭商，这究竟是天佑周所致还是周人重人事的结果？

由此可见，天命并非获得权利或拥有天下的唯一解释。在某些特定历史时期，即使无德之人，他们依靠计谋和暴力手段同样也会夺取政权、坐拥天下，获得所谓天命的保护。“何后益作革，而禹播降”、“眩弟并淫，危害厥兄。何变化以作诈，后嗣而逢长”等语气强烈的诗句，正是屈原看到天命的虚假性之后提出的疑惑。在屈原看来，天命没有准则可言，以往关于天命的解释与历史事实不符。屈原故而质问“天命反侧，何罚何佑”、“皇天集命，惟何戒之”。

屈原对天命的认识比周人更符合历史的真相。周人的天命观是建立在对上天敬畏的前提上的，因而，他们重视人的道德修养，重视保民之道，以为只要这样就能得到上天的护佑，也才能够长久地拥有从商那里夺来的政权。周人虽重人事，但同时牢牢地抓住天命，把人事和天命浇铸在一起。天命也是周人为自己确立的革殷之命的借口，它使周抢夺商的政权具有了正义性与合理性。屈原置身于诸侯纷争、战争频仍的战国时代，深知权力得失之道。由《天问》看，屈原洞察到族群之间的利益争夺和君臣之间权力之争的复杂性，这复杂性根本不是天命所能解释，也不是天命所能决定的。因而，他肯定了道德的意义，强调人事的重要作用，对天命则明确表示了怀疑。

屈原对天命不仅仅是怀疑，实际上也趋向否定。如此评价屈原似乎有拔高之嫌，不过，屈原在《天问》中的确着意强调人事的作用，他把众多历史人物及其功过纳入审视视野。如成汤、文武、阖庐因其胸怀远大、励精图治、礼贤下士而兴而治；后羿、夏桀、王亥、王恒、上甲微、商纣、周昭、周穆、周幽、齐桓因其荒唐淫逸、沉溺享乐、好大喜功、疏于治理、任佞疏贤等而衰而亡。伊尹、吕望、周公旦、伍子胥遇贤王而成就大业；比干、梅伯、箕子遇昏君而性命难保。寒浞奸诈得势；雷开阿谀受封；纯狐、女歧、妲己、褒姒淫乱祸国。屈原审视的这些历史人物有成就伟业者，也有祸国殃民者……无论功过是非，他们都曾因自己的行为影响过历史的发展进程。屈原以严肃审慎的态度质疑传道的“历史”，所谓

"皇天无亲，惟德是辅"不过是对所谓"皇天"的幻想。天命只是夺取和享有权力者为永保既得利益寻找的借口而已。所以，成败由人，兴亡由己。依靠人事、尚贤使能才是拥有天下、国治久安的正确选择。

由屈原对天命的认识看，他有较为明确的天人相分思想。屈原强调人的作用既体现了春秋战国时期理性觉醒的时代共性，也与战国晚期七雄竞于气力逐鹿中原的历史背景有关。这一时期，如何富国强兵，如何在战争中取胜乃至一统天下，是政治家们着力思考的问题，显然，依靠人事而非虚无缥缈的天命才是统治者实现宏图的先决条件，也是唯一明智的选择。

二、屈原的王道观

王道是儒家提出的一种以仁义治天下的政治主张，与霸道相对。仁义道德是儒家王道的核心内容。孔子将周公以来"敬德保民"、"明德慎罚"、"怀保小民"等政治思想予以完善，提出了德政学说，认为"为政以德，譬如北辰，居其所而众星共之"（《论语·为政》），也就是说，统治者如用品德教化治理国家，他就会像北极星那样，泰然处在自己的位置上，而群臣百姓则像群星般自动环绕着他，从而达到"其身正，不令而行"的效果。在这里孔子强调了道德对政治生活所起的重要作用，重视统治者个人的道德修养对于国家政治前途的影响，提倡为政者要"修己正身"。

战国时代，孟子把孔子的德政思想发展为更完整系统的仁政学说，对仁政阐发得更为具体。孟子心中实施仁政的过程就是"老吾老，以及人之老；幼吾幼，以及人之幼。天下可运于掌。《诗》云：'刑于寡妻，至于兄弟，以御于家邦。'言举斯心加诸彼而已。故推恩足以保四海，不推恩无以保妻子"（《孟子·梁惠王上》）。他认为，实行仁政就可以平治天下："以不忍人之心，行不忍人之政，治天下可运之掌上。"（《孟子·公孙丑上》）君王之"仁"具有榜样的力量，"君仁莫不仁；君义莫不义"（《孟子·离娄下》）实行仁政可以无敌于天下："行仁政而王，莫之能御也。”（《孟子·公孙丑上》）齐宣王问政，孟子回答说：“今王发政施仁，使天下仕者皆欲立于王之朝，耕者皆欲耕于王之野，商贾皆欲藏于王之市，行旅皆欲出于王之途，天下之欲疾其君者，皆欲赴诉于王。其若是，孰能御之？”（《孟子·梁惠王上》）孟子构想了仁政的最高境界：“以德行仁者王，王不待大，汤以七十里，文王以百里。”（《孟子·公孙丑上》）即使是宋这样的小国，“苟行王政，四海之内，皆举首而望之，欲以为君”（《孟子·滕文公下》），齐楚虽大也不足畏惧。孟子坚信“三代之得天下也以仁，其失天下也以不仁”（《孟子·离娄上》）。所以，孟子完善了孔子以来儒家的王道理想。

那么，以“仁政”为核心的王道能否推动国家机器的良好运行？儒家的王道是否符合历史的发展规律？诞育在长江文化之中的屈原，如何看待王道呢？《天问》体现了屈原对这些问题的认识。

屈原看到儒家学说的局限性。在屈原眼中，那些儒家推崇的圣贤们则是另一种形象。孟子推崇的贤启原来是通过暴力篡夺了益的政权；被孟子赞为“七十里为政于天下”的汤，实际上是重用伊尹，又以用间之计颠覆了夏政，其中也有夏桀之妃妺嬉的一份功劳。更何况孟子自己透露了汤多次征战的事实，“汤始征，自葛载，十一征而无敌于天下”（《孟子·滕文公下》）。

汤和文王是孔、孟心中行“仁政”的典范。文王“三分天下有其二，以服事殷”，孔子对此赞曰：“其可谓至德也已矣。”（《论语·泰伯》）然而，文王是在恪守臣道，还是暗地积蓄力量等待伐商的时机呢？《天问》之“伯昌号衰，秉鞭作牧。何令彻彼岐社，命有殷国”就道出了文王灭商之志。孟子说：“莫若师文王。师文王，大国五年，小国七年，必为政于天下矣……孔子曰：‘仁不可为众也。夫国君好仁，天下无敌。’”（《孟子·离娄上》）无论“必为政于天下”还是“天下无敌”都潜伏着与“仁”和王道相背离的杀机。

被孟子尊奉为仁义之师的武王，“载尸集战”、“到击纣躬”，嗜战而又残忍的行为看不出有多少仁义。尽管孟子一再宣扬“仁人无敌于天下”，坚决否认至仁的武王伐至不仁的纣会有血之流杵的惨象，但是文辞终究掩盖不住历史的真相。再者，姬发谥为“武王”也反映了周人对其武功的评价。《谥法》曰：“经纬天地曰文，克定惑乱曰武。”单以行“王道”为标准并不能准确界定武王“克定惑乱”的历史作用。

屈原通过回溯历史，揭示了儒家王道的虚构性及其在现实政治生活中的局限性。儒家的“仁政”与“无敌于天下”之间隐藏着一个“仁政”与战争的悖论，这是春秋战国时期方国的生存危机在儒家思想中的反映。儒家脱离现实和历史的发展趋势，创设了理想化的王道思想和道统体系。这种理想化的政治原则一方面因其保守僵化无法适应群雄纷争的局势，再者，单依靠以仁政为要义的王道也根本无法保障国家机器长久地正常运转。历史上任何一位有所作为的君王，恐怕主要是遵循了政治规律而非道德戒律来维护族群或国家的利益。《史记·十二诸侯年表》云：“孔子明王道，干七十余君，莫能用。”[①]孔孟王道说的处境之所以遭遇尴尬，就是因为从诸侯纷争到天下一统的历史潮流中，霸道已不可或缺，战争成为不能避免的必要手段。因而，与一统趋势相适应的思想体系中，合理的政治思想和治国策略、国家的综合实力等因素，远比空洞的道德说教更重要，也更切合各国的实际。

屈原生活于七国争雄异常激烈的时代，他思考的是如何为新的政治格局建立一套合理的思想价值体系。在屈原看来，一统需要更为现实、成熟、理性的政治思想，而求真务实、重视现实，依靠人事，则是君王和思想家们在建构新体系时应该持有的正确态度。

第二节　屈原视野中的儒墨道统人物

纵观《天问》全篇，屈原对尧、舜、禹、汤、文、武等历代先王在道德和事功方面的缺陷频频发问，昭示其短，表现出不同于儒墨的先王观。

① 司马迁：《史记·十二诸侯年表》，第509页。

而且，就屈原自身而言，他在《天问》中对先王的认知取向与其他作品也有很大不同。

一、先秦诸子对历代先王的认识

“先王”一般指有功德的贤君。《周易》中的先王没有确指，这里的“先王”是作乐崇德、明于治乱、观民设教、使商旅万物得其时的英明君王。如：

地上有水，比。先王以建万国，亲诸侯。（《比》卦）

雷出地奋，豫。先王以作乐崇德。殷荐之上帝，以配祖考。（《豫》卦）

风行地上，观。先王以省方观民设教。（《观》卦）

雷电，噬嗑，先王以明罚敕法。（《噬嗑》卦）

雷在地中，复。先王以至日闭关，商旅不行，后不省方。（《复》卦）

天下雷行，物与无妄。先王以茂对时育万物。（《无妄》卦）

《周易》中的“先王”主要限定于本族群之内的先代之王。春秋战国之际的诸子，在建构自己的政治理想时言必称“先王”。“先王”的外延也逐渐扩大，所指代的人物不再局限于个别族群，而是拓展到人类文明史中各族群出现的著名君王。

诸子们还提出“圣王”说。“圣王”意在突出“圣”，这就强化了君王的道德品性。“圣王”是指具有崇高的道德、明于治乱、拥有治理天下、实现大一统政治才能的杰出君王。既可是历史中的先王，也可是诸子们共同企望的理想中的政治人物。圣王为后世参照效仿的典范，正如《左传·昭公六年》所说“《书》曰：‘圣作则。’”对于儒墨而言，“先王”是一个有着道德限定成分的概念，指从远古尤其夏、商、周三代历史中出现的那些有功德的圣贤之君，尤指尧、舜、禹、汤、文、武王。他们的“先王”与“圣王”的内涵有广泛的重叠，很多时候两者可以通用。《荀子》如此界定“圣”与“王”的关系：“圣也者，尽伦者也；王也者，尽制者也；两尽者，足以为天下极矣。”①

先秦诸子好言先王，这是中国古代政治思想的一大特色。《庄子·外物》云：“夫尊古而卑今，学者之流也。”②《淮南子·修务》也指出：“世俗之人，多尊古而贱今，故为道者必托之于神农、黄帝而后能入说。”③《尚书·盘庚》三篇说到“先王”、“先后”达20余次。不同学派所持的先王观念还是有差别的。

儒家的先王观“主要是企图在先王的形式中，贯注改良的新内容，以期上下阶级的调和”④。孔子较少使用“先王”一词，但从《论语》中孔子对尧、舜、禹的赞颂中却能够判断他的先王观。如《雍也》：“何事于仁！必也圣乎！尧舜其犹病诸！”如《泰伯》曰：“巍巍乎！舜禹之有天下也而不与焉。”“大哉尧之为君也！巍巍乎！唯天为大，唯尧则之。荡荡乎，民无能名焉。巍巍乎！其有成功也，焕乎其有文章。”《论语》提及尧舜禹的地方虽然不多，但孔子对先王的崇敬与赞颂溢于言表。孟子大大发扬了孔子对尧、舜、禹、汤、文、武等先王的敬慕之心，《孟子》全书7篇，每篇都提到圣贤，其中尧65次，舜97次，禹30次，汤34次，文王35次，武王10次。⑤孟子提倡为政要以先王为榜样，认为为政“因先王之道”才是“智”。他眼中的尧、舜、禹、汤、文、武王等先王是“人伦”、“道德”之极。如《离娄上》：“圣人，人伦之至也。欲为君，尽君道；欲为臣，尽臣道。二者皆法尧舜而已矣。”而汤、武更是诛“一夫”以救民于水火的“仁义之师”。先王、圣王、圣人，三者在儒家尤其

---

① 《荀子·解蔽》，引自王先谦《荀子集解》卷十五，第271页。

② 引自王先谦《庄子集解》卷七，第179页。

③ 引自高诱注《淮南子》卷十九，第342页。

④ 侯外庐：《中国思想通史》，人民出版社，1957年，第51页。

⑤ 王子今：《权力的黑光——中国封建政治迷信》，中共中央党校出版社，1994年，第88页。

孟子那里是三位一体的。《孟子·尽心下》则完善了由尧舜至文武的道统。孟子曰：

> 由尧、舜至于汤，五百有余岁。若禹、皋陶，则见而知之；若汤，则闻而知之。由汤至于文王，五百有余岁。若伊尹、莱朱，则见而知之；若文王，则闻而知之。由文王至于孔子，五百有余岁。若太公望、散宜生，则见而知之；若孔子，则闻而知之。由孔子而来，至于今百有余岁，去圣人之世若此其未远也，近圣人之居若此其甚也，然而无有乎尔，则亦无有乎尔。

荀子理想中的先王之道，是"仁义之统"，是"仁之隆"。荀子心目中的先王具有卓越的政治才能。《富国》曰："故先王明礼义以壹之，致忠信以爱之，尚贤使能以次之，爵服庆赏以申重之，时其事、轻其任以调齐之，潢然兼覆之，养长之，如保赤子。"①

"墨子理想中的先王都是观念的"②。主张"兼爱"，就引"先圣大王"之事，历述禹、汤、文、武实行兼爱的故事；主张"尚贤"，尧、舜则禅让，禹、汤、文、武王都尚贤；墨子注重实利和节俭，所以把多种器物定为"圣人"或"圣王"所做。总之，尧、舜、禹、汤、文、武这些先王是墨子思想观念的载体。

道家也称道先王。他们所肯定的先王均为比尧舜更为久远的古史人物。如《庄子·胠箧》提到容成氏、大庭氏、伯皇氏、中央氏、栗陆氏、骊畜氏、轩辕氏、赫胥氏、尊卢氏、祝融氏、伏牺氏、神农氏等，这些先王治世之际，"民结绳而用之，甘其食，美其服，乐其俗，安其居，邻国相望，鸡狗之音相闻，民至老死而不相往来。若此之时，则至治已"③。道家主张"绝圣弃智"、"无为而治"，宣扬历史退化论，他们的先王一

① 引自王先谦《荀子集解》卷六，第124页。

② 侯外庐：《中国思想通史》，人民出版社，1957年，第51页。

③ 引自王先谦《庄子集解》卷三，第61页。

代不如一代，也并非仁义道德的楷模。被孟子热烈赞颂的古之圣王尧、舜、禹、汤、文、武则成为他们嘲笑菲薄的对象。道家的先王观主要是为对抗儒家的先王崇拜。

早期法家的代表人物管仲主持齐国的改革，辅佐齐桓公成就霸业，口称“昔吾先王昭王、穆王，世法文、武远绩以成名”[①]，可知，管仲并不排斥先王。春秋战国之际的变法家商鞅，虽曾提出“便国不必法古”，以回答反对派“法古无过，循礼无邪”的保守政治主张。但是，《商君书》还是贯穿着一条慕古尊古的思想主脉。如《商君书·徕民》认为尧、舜、汤、武“万世之所称也，以为圣王也”，然而“其道犹不能取用于后”[②]。这说明，商鞅也承认尧、舜、汤、武等先王的“圣王”品格。战国晚期韩非子是法家思想的集大成者，主张“法后王”。韩非子对古代先王的褒贬因文而异。譬如《五蠹》中，韩非子对尧和禹予以肯定：“尧之王天下也，茅茨不翦，采椽不斫……禹之王天下也，身执耒臿以为民先，股无胈，胫不生毛，虽臣虏之劳不苦于此矣。”[③]这里的尧和禹与民同甘共苦，勤于治理，堪称典范。而其他篇章则对尧、舜、汤、武等先王大加贬抑，如《说疑》：“舜逼尧，禹逼舜，汤放桀，武王伐纣。此四王者，人臣弑其君者也，而天下誉之。”[④]《忠孝》：“尧舜汤武，或反君臣之义，乱后世之教者也。尧为人君而君其臣，舜为人臣而臣其君，汤武为人臣而弑其主、刑其尸，而天下誉之，此天下所以至今不治者也……瞽瞍为舜父而舜放之，象为舜弟而杀之。放父杀弟，不可谓仁；妻帝二女而取天下，不可谓义。仁义无有，不可谓明。”[⑤]韩非笔下的先王品行随文而变，自相矛盾，之所以如此，吕思勉认为“皆借以明义，非说史实也”[⑥]，此说可谓一语中的。

---

① 《国语·齐语》，引自徐元诰《国语集解》，第218页。

② 引自严可均校《商君书》，第28页。

③ 引自王先慎《韩非子集解》卷十九，第340页。

④ 引自王先慎《韩非子集解》卷十七，第311页。

⑤ 引自王先慎《韩非子集解》卷二十，第358–359页。

⑥ 吕思勉：《先秦史》，上海古籍出版社，2005年，第77页。

先秦诸子的先王观，究其实质乃是其政治思想的一种表现。儒家所谓“仲尼祖述尧、舜，宪章文、武”（《礼记》），墨家的所谓尧、舜、禹、汤、文、武之道，道家之扬远古帝王而贬抑尧舜，以及法家韩非子的自相矛盾，不过都是“借了尧、舜和文、武的招牌来宣扬他们自己的政治主张罢了”。[①] 那些看似迷信先古圣王之德行与先古制度之优越的心理，实际是对理想政治形态的一种设想和企盼。诸子们往往用杜撰的“历史”作论据，来证明其政治学说。因此，诸子笔下的先王形象均有不同程度的虚构成分。

二、屈原视野中的儒墨道统人物

历代先王中尧、舜、禹、汤、文、武王这些历史人物，首先被墨家纳入道统之中。墨子一再提倡“尧舜禹汤文武之道”，以宣扬“兼爱”、“非攻”、“尚贤”、“尚同”之理。孔子曾多次称颂尧、舜、禹、汤、文、武王。孟子认同了墨家和孔子的这个圣贤链条，并试图建构一个从尧、舜、禹至汤、文、武王一以贯之的圣德道统。孟子还把禹的儿子启作为过渡人物。

屈原多篇作品或多或少提及尧、舜、禹、汤、文、武等先王，而在《天问》中对历代先王用笔最为集中。从《天问》看，屈原对儒、墨敬仰的圣王们颇多微词。他一再昭示尧、舜、禹、汤、文、武王等在道德和事功方面的缺失，这与儒墨对先王们一味顶礼膜拜的虔诚态度截然不同。

鲧禹治水是屈原着意思考的一个问题，言辞间蕴含了屈原的褒贬。在屈原看来，被儒墨格外推崇的禹在治水上不过是“纂就前绪”[②]，继承鲧未竟的事业，其治水之谋略和功劳实在不值得特别吹捧，相反倒是“婞直”的鲧应被予以浓重地抒写。而且禹这位被称颂的圣人，在治水间隙竟

① 顾颉刚：《“圣”、“贤”观念和字义的演变》，《中国哲学》第2辑，三联书店，1980年，第91页。

② 《天问》中禹最早出现，故本文按照禹、尧、舜、汤、文、武王的次序行文。

私通涂山女。尽管后世极力为其辩护，说什么“厥身是继”，但是，禹终究与常人没什么差别，也照样会为快一朝之饱而作出苟且之事。而大禹的儿子启，不仅颠覆大禹禅让给益的政权，而且急于宾帝，得《九辩》与《九歌》后，康娱自纵。更有甚者，他不仅违背人伦屠杀母亲，还“死分竟地”，而这样的人竟被孟子誉为“贤”。屈原提出了一系列尖锐的问题，揭示了与儒墨的传道相差甚远的禹、启形象。

屈原对尧的质疑体现在妻女于舜而“不告”上，屈原所针砭的自然是其违礼之举。屈原对舜的质疑不仅有其婚姻上的违礼，更有其对待象的谋私行为。舜是孟子尤为遵奉的圣王，在《孟子》一书中竟出现90余次。孟子为把舜造就成“人伦之至”、“百世之师”等政治伦理的最高典范，从“为公”、“爱民”、“从善”、“任贤”、“淡泊”、“孝悌”等方面进行了精心的设计。[①]仅就为公和孝悌而言，有关内容如下：

为公：

1. 君哉舜也！巍巍乎！有天下而不与焉！（《滕文公上》）

2. 视天下悦而归己，犹草芥也，惟舜为然。（《离娄上》）

3. 思天下之民，匹夫匹妇，有不与被尧舜之泽者，如己推而内之沟中，其自任以天下之重也。（《万章下》）

孝悌：

1. 不孝有三，无后为大。舜不告而娶，为无后也，君子以为犹告也。（《离娄上》）

2. 舜尽事亲之道，而瞽瞍厎豫。瞽瞍厎豫，而天下化。瞽瞍厎豫，而天下之为父子者定。此之谓大孝。（《离娄上》）

3. 仁人之于弟也，不藏怒焉，不宿怨焉，亲爱之而已矣。亲之欲其贵也，爱之欲其富也。封之有庳，富贵之也。身为天子，弟为匹

① 王子今：《权力的黑光——中国封建政治迷信》，中共中央党校出版社，1994年，第88页。

夫，可谓亲爱之乎？（《万章上》）

4. 孝子之至，莫大乎尊亲；尊亲之至，莫大乎以天下养。为天子父，尊之至也；以天下养，养之至也。（《万章上》）

5. 尧舜之道，孝悌而已矣。（《告子下》）

由以上引文看，孟子笔下的舜以天下为公，且孝顺父母、慈爱兄弟，无疑是万世的旌表，后人的典范，但是，屈原又是怎样评判舜的呢？《天问》有两处问及舜事，一是"舜闵在家，父何以鳏？尧不姚告，二女何亲"，二是"舜服厥弟，终然为害。何肆犬体，而厥身不危败"。既然"尧舜之道，孝弟而已矣"，"孝弟（同悌）"是舜"圣"的最突出标志，那么屈原就由此发难。屈原问曰"舜闵在家，父何以鳏"，舜在家如此勤勉，为什么他的父亲却一再毒害他呢？言外之意是指舜的经历与人情相悖，从而否定中原正统文献为突出舜的孝悌而有意虚构的做法。舜对于瞽瞍的毒害一再隐忍，"克谐以孝"（《尚书·尧典》）、"尽事亲之道"，从而成为孟子心目中最具"圣人"品格的人。这是因为舜的"孝"不仅仅关乎个人品德问题，还关系到天下，即"孝子之至，莫大乎尊亲；尊亲之至，莫大乎以天下养"（《孟子·万章上》）。所以，他对舜娶妻不告的行为也给予了异常宽容而又合于"孝"道的解释。那么屈原问"二女何亲"，显然是对尧之妻舜和舜娶帝女而"不告姚"的做法颇不以为然。大概在屈原看来，娶妻"必告父母"才是正理，他用战国时代的礼来否定尧舜不告的失礼之处。

《天问》所问"何肆犬体，而厥身不危败"，是指舜发起仁爱之心封其弟象于有庳之事。象为傲很的无德之徒，舜却封之于有庳，这岂是人伦之美德"悌"，分明是丧失公正原则、牺牲国家利益的谋私行为。而且，从尚贤的角度来说，舜实乃任人唯亲而非任人唯贤。可见，舜的"孝悌"乃建立于违礼和徇私的基础之上，这在一贯主张"举贤而授能兮，循绳墨而不颇"的屈原看来，舜的行为无论如何不应被赞美。

商代开国之君汤重用伊尹，采取"用间"这种非常奏效却不怎么光彩的计谋颠覆了夏政。翦夏成功之后，汤竟然流放了亡夏有功的夏桀之妃妺嬉。屈原因此问道："妺嬉何肆，汤何殛焉？"同时，屈原还质疑了汤伐桀受人之"挑"的说法。由此可知，屈原对汤的所谓"仁义"和"挑"汤亡夏的说法颇不以为然。

屈原对文王的微词不明显。不过，"伯昌号衰，秉鞭作牧。何令彻彼岐社，命有殷国"之问还是蕴涵了他对文王蓄谋已久、欲意灭商的认识。屈原主要讥刺了武王"载尸集战"、急于"杀殷"夺商天下的贪婪，更重要的是否定了武王所谓"仁义之师"的形象。屈原从两个角度入手，一，由"会鼂争盟，何践吾期？苍鸟群飞，孰使萃之"，"争遣伐器，何以行之？并驱击翼，何以将之"等诗句，反映出武王周密的部署和周军勇猛作战的激烈战斗场面。二，问武王攻破商都朝歌以后"到击纣躬"的史实，表现了武王的残忍之举，而这与其"仁"的美名不符。

综上所述，屈原之问突出了尧、舜、禹（包括启）、汤、文、武等历代先王在政治伦理上的缺失。这些被儒墨所极力赞颂的道统人物，在屈原眼里或贪于女色权势，或违礼越仁，没有谁像儒墨宣扬的那么完美。因此，先王的形象与儒墨传道的诸如"人伦之至"、"百世之师"等美名难以相符。屈原在问中体现了求真求实的认知原则，他一方面打碎了先王们的完美形象，另一方面也否定了传道者尤其儒、墨为有意打造精神楷模而夸大其词，甚至掩盖其丑行的做法。

三、关于屈原的先王认知取向问题

《天问》中，屈原质疑了有关尧、舜、禹等先王们的完美形象，而他在其他作品如《离骚》、《怀沙》、《惜往日》中却对这些先王予以颂扬。这种反差是否意味着屈原对先王的认知存在自相矛盾呢？总体而言，屈原对先王的认知取向实际上是一致的，他并不否认先王们包括尚贤在内的政治才能。屈原在其作品中对历代先王的认识之所以表现出一定差别，是由于创作意图不同。创作目的有别，自然看问题的角度也会发生变化。

在讨论问题之前，首先将屈原作品中关涉尧、舜、禹、汤、文、武等帝王的诗句粗略统计如下：

尧：

1. 彼尧舜之耿介兮，既遵道而得路。（《离骚》）

2. 尧不姚告，二女何亲？（《天问》）

3. 尧舜之抗行兮，瞭杳杳而薄天。众谗人之嫉妒兮，被以不慈之伪名。（《哀郢》）[①]

舜：

1. 彼尧舜之耿介兮，既遵道而得路。（《离骚》）

2. 舜闵在家，父何以鳏？

舜服厥弟，终然为害。（以上出自《天问》）

3. 尧舜之抗行兮，瞭杳杳而薄天。众谗人之嫉妒兮，被以不慈之伪名。（《哀郢》）

禹：

1. 杂申椒与菌桂兮，岂维纫夫蕙茝！

汤禹俨而祗敬兮，周论道而莫差。举贤而授能兮，循绳墨而不颇。

汤禹俨而求合兮，挚咎繇而能调。苟中情其好修兮，又何必用夫行媒？（以上出自《离骚》）

---

① 姜亮夫认为这是宋玉《九辩》窜入的诗句。他说："按此八句，盖《九辩》中错简，乱入本文者。何以言之？王逸于此八句皆无注，仅于末句云：'此皆解于《九辩》之中'。王逸旧本《九辩》本在《离骚》之后，则此八句，必原于一本无疑。《九辩》作者乃宋玉，则此八句，可能为宋袭屈言。又《哀郢》全篇无实状事态之文，更无正面指斥小人之处；此八句不仅义象与上文每句皆殊，而文义与上下亦每句不能切合，去之则两美，合之则两伤。则此八句，必为《九辩》中文乱入此者也。"见姜亮夫《重订屈原赋校注》，天津古籍出版社，1987年，第462页。

2. 伯禹愎鲧，夫何以变化？

纂就前绪，遂成考功。何续初继业，而厥谋不同？

鲧何所营？禹何所成？

禹之力献功，降省下土四方。焉得彼涂山女，而通之于台桑？

闵妃匹合，厥身是继。胡维嗜不同味，而快鼌饱？

皆归射鞫，而无害厥躬。何后益作革，而禹播降？（以上出自《天问》）

3. 古固有不并兮，岂知其何故！汤禹久远兮，邈而不可慕。（《怀沙》）

汤：

1. 汤禹俨而祗敬兮，周论道而莫差。举贤而授能兮，循绳墨而不颇。

汤禹俨而求合兮，挚咎繇而能调。苟中情其好修兮，又何必用夫行媒？（以上出自《离骚》）

2. 桀伐蒙山，何所得焉？妹嬉何肆，汤何殛焉？

成汤东巡，有莘爰极。何乞彼小臣，而吉妃是得？

水滨之木，得彼小子。夫何恶之，媵有莘之妇？

汤出重泉，夫何罪尤？不胜心伐帝，夫谁使挑之？

初汤臣挚，后兹承辅。何卒官汤，尊食宗绪？（以上出自《天问》①）

3. 古固有不并兮，岂知何其故！汤禹久远兮，邈而不可慕。（《怀沙》）

4. 闻百里之为虏兮，伊尹烹于庖厨。吕望屠于朝歌兮，宁戚歌而饭牛。不逢汤武与桓缪兮，世孰云而知之。（以上出自《惜往日》）

① 《天问》有“汤谋易旅，何以厚之？”此“汤”为“康”之误。

文王：

1. 吕望之鼓刀兮，遭周文而得举。（《离骚》）

2. 伯昌号衰，秉鞭作牧。何令彻彼岐社，命有殷国？

迁藏就岐，何能依？殷有惑妇，何所讥？

受赐兹醢，西伯上告。何亲就上帝罚，殷之命以不救？

师望在肆，昌何识？鼓刀扬声，后何喜？（以上出自《天问》）

武王：

1. 武发杀殷，何所悒？载尸集战，何所急？（《天问》）

2. 闻百里之为虏兮，伊尹烹于庖厨。吕望屠于朝歌兮，宁戚歌而饭牛。不逢汤武与桓缪兮，世孰云而知之。（《惜往日》）

从诗句表层看，屈原对历代先王的态度的确表现出一些差异。实际上屈原不仅没有自相矛盾，反而因其客观评价表现出了一个政治家的理性精神。尧、舜、禹、汤、文、武王等集中出现于《离骚》、《天问》、《怀沙》、《惜往日》等四首诗中。《哀郢》虽有“尧舜之抗行兮，瞭杳杳而薄天。众谗人之嫉妒兮，被以不慈之伪名。憎愠伦之修美兮，好夫人之忼慨。众踥蹀而日进兮，美超远而逾迈”之言，但这八句应为宋玉《九辩》之文错简窜入此处者，故被排除在外。《离骚》、《怀沙》、《惜往日》呈现出共同的特征，那就是屈原在这些诗中热烈地歌颂了尧、舜、禹、汤、文、武王等任人唯贤、知人善用的政治才能。

屈原在《离骚》中写道：“彼尧舜之耿介兮，既遵道而得路。”王逸释曰：“尧、舜所以能有光大圣明之称者，以循用天地之道，举贤任能，使得万事之正也。”[①] 尧、舜“举贤任能”是“天地之道”，这是尧、舜能流芳后世的关键所在。《离骚》也提到禹，如“昔三后之纯粹兮，固众芳之所在”。王逸以“三后”指“禹、汤、文王”，以“众芳”喻群贤。

① 引自洪兴祖《楚辞补注》，第8页。

这是说夏禹、殷汤、周文王“之所以能纯美其德而有圣明之称者，皆举用众贤，使居显职，故道化兴而万国宁也”[①]。对于“杂申椒与菌桂兮，岂维纫夫蕙茝”，王逸以为“蕙、茝，皆香草，以喻贤者。言禹、汤、文王，虽有圣德，犹杂用众贤，以致于治，非独索蕙茝，任一人也。故尧有禹、咎繇、伯夷、朱虎、伯益、夔，殷有伊尹、傅说，周有吕、旦、散宜、召、毕，是杂用众芳之效也”[②]。洪兴祖训“椒”、“菌桂”、“蕙茝”言“贤无大小，皆在所用”[③]。王逸和洪兴祖能肯定先王们尚贤之德，可谓悟得屈原之意。这些诗句采用比兴手法，有深刻的象征意义。屈原心中的尧、舜和三后，均能慧眼识才、任贤授能。明君贤臣相遇合正是屈原所思慕向往的境界。而“汤、禹俨而祗敬兮，周论道而莫差。举贤才而授能兮，循绳墨而不颇”，便直接道出圣王被尊崇的原因。

《怀沙》为屈原之绝笔。司马迁曰屈原“作《怀沙》之赋”，“怀石遂自沈汨罗以死”。王逸《楚辞章句·怀沙》序曰：“此章言已虽放逐，不以穷困易其行。小人蔽贤，群起而攻之。举世之人，无知我者。思古人而不得见，仗节死义而已。”[④]屈原在诗中回忆了自己怀才不遇的境遇：屈原自以为“怀瑾握瑜”，但是，“邑犬群吠”、“非俊疑杰”，奸佞群小诽谤中伤。屈原“任重载盛兮，陷滞而不济”，身处窘位无法施展才华，因此便渴望逢遇能知人善用的明君。在屈原的心目中，尧、舜、禹禅让天下更是万世的典范。屈原“忽奔走以先后兮，及前王之踵武”。他奔走在王车的前后不忍离去，正是想跟上先王之迹。然而，“古固有不并兮，岂知何其故！汤禹久远兮，邈而不可慕”，“殷汤、夏禹盛德之君，明于知人，然去久远，不可思慕而得事之”。[⑤]既然往者已逝，圣王不再，而自己已至暮年，韶华流逝，报国无门，屈原便决意赴死。郭沫若认

① 引自洪兴祖《楚辞补注》，第7页。
② 引自洪兴祖《楚辞补注》，第7页。
③ 引自洪兴祖《楚辞补注》，第8页。
④ 引自洪兴祖《楚辞补注》，第146页。
⑤ 王逸：《楚辞章句·怀沙》，引自洪兴祖《楚辞补注》，第144页。

为屈原也是儒者之徒，他的根本心事“是期其君为尧、舜而自许以皋陶，他是想靠楚国来一统天下的。请看他说：‘彼尧、舜之耿介兮，既遵道而得路。忽奔走以先后兮，及前王之踵武。’他所想走的道路就是这样的道路，他所企图的目标便是要追踪唐、虞三代。在当时的楚国，以疆域而言比秦、齐还要大，以富庶而言，是占着长江流域，要实现他的目的是很有可能的。他之所以不肯去楚，也就是这个原故。”①

《惜往日》中，屈原将历史由商、周之开国延伸至春秋争霸。“闻百里之为虏兮，伊尹烹于庖厨。吕望屠于朝歌兮，宁戚歌而饭牛。不逢汤武与桓缪兮，世孰云而知之。”千余年历史中，英主任贤而兴的史实再一次证明，屈原一贯的尚贤主张是关乎国家存亡的大计。

可见，《离骚》、《惜往日》、《怀沙》，均蕴含着屈原企望贤才明君遇合的意绪以及自己因遭谗被黜、怀才不遇、受奸小迫害而无法事君报国的痛苦。屈原由于渴望遇合明主，因而思慕远古的圣王。他盛赞尧、舜、禹、汤、文、武王主要是由于他们能够“尚贤”，至于这些古之圣贤其他的品行和事功，屈原基本不予涉及。

《天问》则呈现出不同的风格。屈原把先王们放在更为广阔的历史视域中予以审视，其中虽也包含了“尚贤”这个主题，如汤遇伊尹、文王任用吕望等，但屈原主要表现了先王们的瑕疵。在他看来，先王们被传道遮掩了真实的形象。屈原不虚美、不掩恶，理性地思考尧、舜、禹、汤、文、武王等历代先王的道德和行事，剥落世人附加在他们身上的神圣外壳，还其真实面目。尽管屈原仍不否认圣王任才之德，但我们所看到的却是一个个德行有亏的先王。《天问》警示世人：尧、舜、禹（包括启）、汤、文、武等先王都有不足，所谓的完美都不过是后人“传道”所至。屈原之问意蕴深远，其目的乃是说明某些传道的“历史”不可信，因而希望楚王深刻反省，“悟过改更”，清醒地认识现实，依靠人事。楚国已不再是当年国富民强、雄踞江汉的霸主，如果楚王在严峻的形势面前依然陶醉

① 见郭沫若《屈原研究》，《中国现代学术经典》（郭沫若卷），河北教育出版社，1996年，680-681页。

于泱泱大国、天下霸主的幻梦中沉醉不醒，这不仅仅是自欺欺人，更会危及楚国的命运。屈原在质疑中蕴涵着深切的用意，他沉痛地谏戒楚王不要被奸佞的虚妄之言所迷惑，应以史为鉴，任用贤才，制定切实可行的治国之策以挽救国之危亡，进而一统天下。

《天问》与《离骚》、《怀沙》、《惜往日》在主张尚贤上有共同之处。鉴于创作宗旨不同，屈原对圣王的评价自然也会做出不同的取舍。如果说《天问》意在揭示先王们的缺陷，其他作品重在颂扬的话，那么，综括屈原的全部作品，他给我们勾勒了一群更加真实的圣王形象：他们既知人善用，有出色的政治才能，自身也存在不足。诸子中，儒墨对先王们一味颂扬掩饰，强制性地给他们附加上完美的道德光环，反而令先王的形象失去了真实性；道家对尧、舜、禹、汤、文、武王大加嘲弄，并不以之为是；在韩非那里，尧舜汤武则完全沦落为“借以明义”的论据。较之诸子，屈原既颂扬先王们的尚贤之德，同时也不掩饰他们的缺失，表现出公允客观求真务实的理性精神。

由屈原之问我们可以看到，执政者和思想家们为了某种目的，对历史人物和事实或予以夸饰、或予以遮掩，甚至还会无中生有凭空捏造。《天问》提供了许多例证，夸饰者如传道者对禹治水之功的夸大、对启“贤”的称美；遮掩者有对禹通涂山女、昭王南征荆楚不复等事的伪饰；编造者如禹、商契、后稷等的神奇降生以及武王伐纣时八百诸侯不期而至的奇异故事等等，不一而足。屈原质疑了历史进程中某些传道的说法，表现出那个时代的知识精英们所共有的怀疑精神。

其实，歪曲和编造历史，是执政者惯常采用的政治手段。譬如族群之间的权力、财富、人口的掠夺所导致的战争本无所谓正义，但是，解释历史的话语权往往掌握在胜利者及其道义上的支持者手中。所谓正义之师、仁义之师、顺天应人的赞誉，均是在单方面地美化战争的合理性。从这样的视角看历史，即使没有蓄意歪曲、捏造，其判断的客观性同样也会失衡。

第三节　屈原对君王的道德修养和尚贤的认识

《天问》是一首历史意识浓厚的政治哲理诗。屈原主要从“兴亡”的角度切入，思考权力更迭和朝代兴替的原因，最终归结到人在历史进程中的作用：人事是决定历史进程的关键因素，人既可以兴邦，同样也能够亡国，而要兴盛国家，就必须依靠人的力量。

那么，如何依靠人事？屈原从君王的角度探讨了这一事关国家命运的重大问题。在他看来，作为君王必须要具备两方面的修养：一是修身，一是尚贤，这也是屈原政治思想中两项重要内容。下文将对君王的道德修养与国家兴亡的关系、屈原的人才观两个问题予以详论。

一、君王的道德修养与国家兴亡的关系

屈原的《天问》是一首在天下战乱的大背景中产生的政治哲理诗。屈原所处的时代，七雄都试图一统天下。楚怀王即位之始颇有豪情，对内任屈原为左徒，“使屈原造为宪令”；对外采用合纵抗秦的外交政策，于十一年担任燕、齐、魏、韩、赵、楚六国之合纵长。然而，怀王十六年，秦国派张仪游说怀王，以六百里商于之地换取楚齐断交。自此，怀王的内政决策与外交均陷入盲动之中，十几年间接连败于秦，丧师失地，国力大亏。楚王对外军事连连失利，对内却远贤臣近佞人。楚国外忧内患，一蹶不振。

战争和动乱往往会激发有思想的人去思考国家和人类自身的命运，而历史就是最好的观照物。屈原作为政治家和思想家，在诸侯并吞、楚国国势衰退、个人被逐的境遇中，必定会对历史和现实予以深切关注。他借对历史的反思来探究历史规律，为解决楚国现实政治中的矛盾寻找某些借鉴和出路。就《天问》而言，屈原反思的目的便是希望楚王能够以史为鉴，“悟过改更”，振兴楚国，成就伟业。那么，在国家的振兴之路上君王应该怎样做？君王的道德对于国家兴亡到底有何重要意义？屈原在关于历史

的一系列问题中，深刻表达了对君王的道德修养与国家兴亡的关系这一问题的认识。

周人在解释代替殷商享有天命的原因时，将“德”纳入政治思想之中，从此，涵盖了仁义、诚信等一切美好品行的道德范畴的“德”便成为重要的政治伦理观念。《尚书》两万余言中“德”竟然234见。[①]“德”既是政治伦理准则的标志，也成为评判政治家们治平功绩的公用符号，如“德惟善政”（《尚书·大禹谟》）、“明王慎德”（《尚书·旅獒》）。“德”是治世的象征，是“圣贤”平治天下的体现，即使上天、鬼神对“德”都予以肯定，“皇天无亲，惟德是辅”（《尚书·蔡仲之命》）、“鬼神非人实亲，惟德是依”（《左传·僖公五年》）。

儒家的政治思想体系中，孔子提出的“仁”大大丰富了“德”的内容，指出“为政以德”（《论语·为政》）；孟子将“仁”进一步发展为“仁政”，他认为君王应实施仁政，以达到天下平治的目的。“尧、舜之道，不以仁政，不能平治天下”（《孟子·离娄上》）。而且，孟子强调个人的道德修养是天下国家的根本：“天下之本在国，国之本在家，家之本在身。”（《孟子·离娄上》）君王自身的道德修养决定着国之兴亡：“三代之得天下也以仁，其失天下也以不仁。国之所以废兴存亡者亦然。天子不仁，不保四海；诸侯不仁，不保社稷；卿大夫不仁，不保宗庙；士庶人不仁，不保四体。”（《孟子·离娄上》）这在古代家天下的政治体制下无疑是正确的。孟子总结桀纣失天下的原因时说：“桀纣之失天下也，失其民也。失其民者，失其心也……苟不志于仁，终身忧辱，以陷于死亡。”（《孟子·离娄上》）桀纣亡天下在于失去民心，失去民心的根源在于丧失了仁心。正所谓“得道者多助，失道者寡助”（《孟子·公孙丑下》）。

屈原接受儒家思想中的合理成分，重视君王的道德修养在国家政治中的作用。《天问》集中体现了他对君王的道德修养与国家命运关系的深刻

① 王子今：《权力的黑光——中国封建政治迷信批判》，中共中央党校出版社，1994年，第87页。

认识。

（一）屈原尤其关注君王失德与身危国削和身弑国亡之间的因果联系

屈原在《天问》中选取了夏、商、周历史中权力交替之际的有关传说作为发问的靶的。屈原首先从夏代历史开始发问，夏启之后提到的人物有羿、寒浞、浇以及末代君主夏桀。《天问》问道：

> 帝降夷羿，革孽夏民。胡射夫河伯，而妻彼雒嫔？
> 冯珧利决，封豨是射。何献蒸肉之膏，而后帝不若？
> 浞娶纯狐，眩妻爰谋。何羿之射革，而交吞揆之？
> ……
> 惟浇在户，何求于嫂？何少康逐犬，而颠陨厥首？
> 女歧缝裳，而馆同爰止，何颠易厥首，而亲以逢殆？
> ……
> 桀伐蒙山，何所得焉？

后羿的命运极具典型意义。这个曾奉帝命射日以“革孽夏民”的后羿，原本是有功于民的英雄，却“射河伯”并夺其妻“雒嫔”、逸乐田猎、射杀“封豨”，最终被手下寒浞与纯狐内外勾结而“交吞揆之”。后羿的悲剧在于他耽于田猎逸乐，偏离了为君之道。寒浞阴谋夺取了政权并传之于子——浇。然而，浇实乃好色之徒，淫乱其嫂，最后被少康“颠陨厥首”。归根结底，浇覆亡的原因与后羿相同。夏桀耽于女色，不恤国政，以至于“众志不堪，上下相疾，民心积怨”，只落得被汤“条放致罚”，而“黎服大说”的结局。羿、浇、夏桀的覆亡的原因具有共同之处，那就是缺乏为君的最根本的修养——德。

在问商代历史部分，屈原以商的先公、先王和纣为例继续申发同样的道理。诗曰：

该秉季德，厥父是臧。胡终弊于有扈，牧夫牛羊？
干协时舞，何以怀之？平胁曼肤，何以肥之？
有扈牧竖，云何而逢？击床先出，其命何从？
恒秉季德，焉得夫朴牛？何往营班禄，不但还来？
昏微遵迹，有狄不宁。何繁鸟萃棘，负子肆情？
眩弟并淫，危害厥兄。何变化以作诈，后嗣而逢长？
……
彼王纣之躬，孰使惑乱，何恶辅弼，谗谄是服？
比干何逆，而抑沉之？雷开何顺，而赐封之？
……
般有惑妇，何所讥？

屈原问商代先公、先王部分，将关注的焦点集中在该、恒、微三人。这组诗句颇为难解，其中“该”、“恒”、“微”三个字所指为何，直到王国维结合甲骨卜辞考证为商之先公、先王以后，学界才形成定论。至于诸多诗句的本义为何，至今尚未完全达成共识。即便如此，从“干协时舞”、“击床先出”、“昏微遵迹，有狄不宁。何繁鸟萃棘，负子肆情”、“眩弟并淫，危害厥兄”等诗句所蕴含的信息中，我们还是能够洞察到三人荒淫的共同品行。商纣王是商代的丧国之君，甲骨文和周文献对其事多有记载。商纣“以酒为池，悬肉为林，使男女裸，相逐其间，为长夜之饮”，[①] 荒淫无度，宠幸妲己；信用奸佞，残害忠良，因此，纣最终落得国亡身杀的结局也是历史的必然。

问周代历史部分，屈原则以昭、穆、幽三代为据重申君王之德对于国家命运的重要意义：

昭后成游，南土爰底。厥利惟何，逢彼白雉？
穆王巧梅，夫何为周流？环理天下，夫何索求？

① 司马迁：《史记·殷本纪》，第105页。

妖夫曳炫，何号于市？周幽谁诛，焉得夫褒姒？

此处，“昭后成游，南土爰底”是指昭王南征荆楚而死一事。昭王多次发动战争，最终葬身汉水。穆王同样贪婪无厌、好大喜功，他不恤国是，肆意远游，其周游天下并没有增强周的国力。周幽王贪婪女色，宠幸褒姒，直落得身死而西周亡。

屈原借助这些历史人物所探讨的中心议题，是君王的道德修养与个人生命、权力乃至江山的因果联系问题。在屈原看来，君王失德与身危国削和身亡国灭之间有着必然关系。《天问》所提及的历史人物中，羿、浇、夏桀、王该、王恒、周幽王等主要耽于女色佚乐；商纣则残害贤良、奢侈荒淫；穆王和昭王以周游天下或发动征伐来满足自己贪婪欲求。这些君王丧权亡身、国力削弱甚至江山易主的命运无不源于个人道德的严重沦丧，屈原之问可谓揭示了一条重要的历史规律。汤革夏命之前与胜利后都曾历数夏桀的罪恶：“有夏多罪，天命殛之……夏氏有罪，予畏上帝，不敢不正……夏王率遏众力，率割夏邑。有众率怠弗协，曰：‘时日曷丧？予及汝皆亡。’夏德若兹，今朕必往。”（《尚书·汤誓》）“夏王灭德作威，以敷虐于尔万方百姓……天道福善祸淫，降灾于夏，以彰厥罪”（《尚书·汤诰》）。与夏之失德相比，商汤是怎样做的呢？“惟我商王，布昭圣武，代虐以宽，兆民允怀。今王嗣厥德，罔不在初，立爱惟亲，立敬惟长，始于家邦，终于四海”（《尚书·伊训》）。一个失德，一个修身，孰非孰是，不言而喻。武王伐纣时也有一番声讨：“今商王受，弗敬上天，降灾下民。沈湎冒色，敢行暴虐，罪人以族，官人以世，惟宫室、台榭、陂池、侈服，以残害于尔万姓。焚炙忠良，刳剔孕妇。”（《尚书·泰誓》）“今商王受，惟妇言是用，昏弃厥肆祀弗答，昏弃厥遗王父母弟不迪，乃惟四方之多罪逋逃，是崇是长，是信是使，是以为大夫卿士。俾暴虐于百姓，以奸宄于商邑。今予发，惟恭行天之罚”。（《尚书·牧誓》）商汤和周武王在夺取权力的时候有一个共同特征：他们首先都以“天命”为由给自己寻找征伐的合理借口，之后便着力谴责夏桀和商纣如何丧失了为君之德，最终表明必须由一位新的有德之君来恭行天命，取而代之。

屈原审视权力更替之际的史实表明，虽然君王有德未必确保能够成功，而失德则必定会导致身危国削或身弑国亡。

（二）屈原重视君王的道德修养却不把道德的作用绝对化

中国政体的漫长演变过程中，部落或国家的命运往往系于酋长或君王一人身上，他们的道德修养和政治才能不仅关乎个人权力的持有与失落，更关乎族群以及国家的命运，因此，道德约束的确有助于政权的良性运转。周人强调君王的道德修养在政治中的作用有其历史的合理性。儒家也正是看到了其中的积极意义才予以强化，尤其在思想家孟子那里，道德成为政治中的万能。

然而，对于君王的道德修养与君国命运的关系，屈原保持了政治家应有的清醒，他比思想家们看得更加深透，他认识到了国家机器运行过程中的复杂性。在屈原看来，对于"亡身亡国"而言，君王只要不修身，则必定会导致身危国削或丧国亡身。从这个角度而言，屈原的认识与儒家思想是一致的。夏之羿、浇、桀，商之王该、纣，周之昭、穆、幽王等就是最好的例证。但是，对于君王的道德与夺权兴国之间的关系问题，屈原则有自己的独到见解。由屈原在《天问》中质疑的过程可以推断，屈原认为君王的道德并不是其拥有天下的唯一条件，享有权力或国祚是由多种因素促成的。启、寒浞、汤、武王、桓公、阖庐等拥有天下或成为霸主，与他们自身的道德并无直接关系。屈原首先就夏启得天下的事实来思考道德的作用问题。屈原问道：

> 启代益作后，卒然离蠥，何启惟忧，而能拘是达？
>
> 皆归射鞫，而无害厥躬。何后益作革，而禹播降？

从诗句看，启获得权力的过程伴随着激烈的斗争，不仅有启益之争，也有启与其他诸侯的武力冲突。然而，据《孟子·万章上》记载启能享有夏之国祚，是因启乃“吾君之子”以及“启贤，能敬承继禹之道”。由《天问》看，屈原与孟子的持见显然不同。屈原丝毫不提启的道德与他夺取权力有什么必然联系，相反，却凸现启在夺取和维护权力时发生的激烈冲突。而且，启在屈原笔下不仅不“贤”，反而有逸乐、屠母分尸等恶劣品性。夏代接下来动荡的历史同样能说明问题。寒浞与羿之妻纯狐勾结，靠阴谋便可以轻易将“革孽下民”而又能“射革”的后羿“交吞揆之”，夺取了羿的政权；而少康同样是靠武力灭浇于斟寻。“汤谋易旅，何以厚之？覆舟斟寻，何道取之”所问正是少康灭浇一事。[1]

从《天问》所反映的商汤灭夏的过程看，商汤更可谓处心积虑。他为得贤才伊尹，以娶有莘之女为代价。之后与伊尹“承谋夏桀”，遂令伊尹事夏。伊尹在夏还同夏桀失宠的妃子妹嬉联合颠覆王政，为商汤翦夏立下汗马之功。“伊挚在夏”在《孙子兵法·用间》中被称誉为军事上“用间”的典范事例，而“用间”则是“三军之所恃而动”的兵之要事。最终当然还要用战争革去夏之天命。《尚书·汤誓》中“伊尹相汤伐桀，升自陑，遂与桀战于鸣条之野”便是证明。孟子虽然极力颂扬汤之仁，夸张地说汤“东面而征西夷怨，南面而征北狄怨”（《孟子·梁惠王下》），但是，他在美化汤的叙述中将战争也呈现在我们面前。更何况他坦言“闻诛一夫纣矣，未闻弑君也”（《孟子·梁惠王下》）。孟子称汤放桀、武王伐纣乃诛“一夫”的革命行为，说明他也无法完全排斥暴力手段。

武王伐商时重用吕望、周公自不待言，其尚武之举在《天问》中可见一斑。“武发杀殷，何所悒？载尸集战，何所急”、“会鼂争盟，何践吾期？苍鸟群飞，孰使萃之”以及“到击纣躬，叔旦不嘉”等诗句，则凸显了武王急于以武力戡商的历史及其残忍之举，其中的血腥与残酷是可以想见的。另外，屈原所提到的齐桓公和阖闾也让我们产生深度联想。齐桓公是率先成为霸主的春秋五霸之一，他即位之初，不计管仲一箭之仇，任

① 朱熹曰：“汤，与上句过浇、下句斟寻事不相涉，疑本康字之误，谓少康也。”见朱熹《楚辞集注》，第61页。

其为相，从此君臣同心，励精图治，对内整顿朝政、例行改革，政治上国野分治，军事上军政合一、兵民合一，经济上减免赋税，使民休养生息；对外则打出“尊王攘夷”的旗号，齐国逐渐强大。除管仲之外，齐桓公同样重用管仲推荐的隰朋、宁戚、王子成甫、宾胥无、东郭牙等五杰，[①]知人善用，人尽其才，终于成就了九和诸侯、一匡天下的霸业。关于齐桓公的用人，《大戴礼记·保傅》慨然曰：“齐桓公得管仲，九合诸侯，一匡天下，再为义王；失管仲，任竖刁、狄牙，身死不葬，而为天下笑。”[②]“勋阖梦生，少离散亡。何壮武厉，能流厥严”是问吴王阖闾，阖闾被荀子和班固评为春秋五霸[③]。阖闾代替吴王僚即位以后，广罗人才，任贤使能，采纳良策，听取民声，倚重贤才伍子胥和军事家孙武。公元前506年，阖闾率师攻楚，五战五捷，仅用十天时间就攻入楚国国都郢（今湖北省江陵西北），创造了春秋争霸时期攻占大国都城的先例。公元前504年，阖闾再次伐楚，迫使楚国迁都于鄀(今湖北省宜城东南)，大大削弱了楚国的实力。从此，偏于南方的吴国威震中原。显然，齐桓公与吴王阖闾之所以能够成为诸侯中的“霸主”，主要是因为重用贤才、采用正确的政治策略并以武力战胜敌手，而单纯地依靠道德力量很难实现霸业。

综上所述，屈原把美德与获得权力的必然性分割开来，从不同向度说明获得权力和享有国祚取决于多种因素。君王的道德品行固然必要，而杰出的政治才能更是不可或缺。儒家往往过分夸大道德的力量。孔、孟二

① 管仲曰：“升降揖让，进退闲习，辨辞之刚柔，臣不如隰朋，请立为大行。垦草入邑，辟土聚粟，多众尽地之利，臣不如宁戚，请立为大司田。平原广牧，车不结辙，士不旋踵，鼓之而三军之士视死如归，臣不如王子城父，请立为大司马。决狱折中，不杀不辜，不诬无罪，臣不如宾胥无，请立为大司理。犯君颜色，进谏必忠，不辟死亡，不挠富贵，臣不如东郭牙，请立以为大谏之官。此五子者，夷吾一不如，然而以易夷吾，夷吾不为也。君若欲治国强兵，则五子者存矣。若欲霸王，夷吾在此。”桓公曰：“善。”引自戴望《管子校正》卷八《小匡》，第129页。

② 引自卢辩注、孔广森补《大戴礼记补注 》，中华书局，1985年，第40页。

③ 关于五霸说法不一。《史记》认为齐桓公、晋文公、秦穆公、宋襄公、楚庄公，《荀子·王霸》认为五霸是“齐桓、晋文、楚庄、阖闾、勾践”，班固《白虎通·号篇》认为是“齐桓、晋文、秦穆、楚庄、阖闾”。

人都“狂热地信仰以德性而不是以武力建立起来的政府，并似乎都致力于消除或尽量缩小在‘更改天命’（革命）的过程中的暴力。他们把注意力尽可能地集中于新王朝的德性上”[①]。孔子曾言周占据了商的三分之二天下仍臣服于上，这是温情的道德幻想，其实质乃是周夺取商政权的时机还没有最后成熟。武王孟津大会东观兵之后，还是没有轻举妄动，[②]三年之后才有牧野之战。史学家杨宽对此作了精当分析：“这次东观兵于盟津有两个重要目的。一是带有演习性质，熟悉路程和地形，并预先作好布置，以便此后大军渡河北伐。二是约定与诸侯在此会盟，以便约定日期，今后在此会合誓师，共同渡河北伐。西汉《泰誓》所说‘诸侯不期而会盟津者八百诸侯’，不免是夸辞。既不能‘不期而至’，也没有这么多的八百诸侯。”实际上，纣王的暴虐不过是加速了商的民心涣散和灭亡，为武王伐纣提供了很好的契机，决定“小邦周”最终代商的并不是武王之“仁”，最重要的是文王多年的经营和武王优秀的政治才干。

孟子极力缩小掩饰武力的作用以凸显新王朝的道德力量，所谓“西狄怨”，与“东夷怨”之说，不过是为证明其道德学说而做的假想而已。由《诗经》中出征战士的哀怨可以想见人们对战争的厌恶。如《采薇》云：“昔我往矣，杨柳依依。今我来思，雨雪霏霏。行道迟迟，载渴载饥。我心伤悲，莫知我哀！”由诗人征战归来后的悲凉心境推测，很难让人相信周和殷商的百姓会欢迎战争。所谓“仁义之师”也只是儒家的想象，事实上，周族发动战争不过是为了攫取天下利益而已。

屈原与孟子的不同在于如何看待夺权这一方的道德问题。孟子过于强调仁人救国、仁人政治。就孟子的“三代之得天下也以仁，其失天下也以不仁”而言，“不仁”会失去天下确是至理之言，然而把“仁”视为“得天下”的唯一条件，以至于产生“以至仁伐至不仁，而何其血之流杵也”的迷惑，这显然是思想家谈历史而非政治家谈历史。孟子将复杂的政治斗

① ［美］本杰明·史华兹：《古代中国的思想世界》，程刚译，江苏人出版社，2004年，第109页。以下均为该版本，只注明页码。

② 杨宽：《西周史》，上海人民出版社，2003年，第87页。

争简单化了，其政治主张在战国诸侯争霸之际少有响应者便在情理之中，尽管孟子也并不反对武力。

屈原对君王道德修养与兴亡治乱之间的关系分析得较为理性，他的认识更符合历史真实和政治规律。屈原丝毫不掩饰政治的残酷性，而将族群之间及族群内部权力争夺过程的血腥与权谋昭示于众。当然，说君王修身不是治国的唯一条件并不等于屈原否定君王道德的积极作用，也不等于说屈原主张仅仅依靠武力和计谋来实现政治目的。汤和文武能够建立起强大的新政权与他们敬德保民也有直接关系。

其实，即使强调“仁”的孔子也曾从现实问题出发，思考君王的道德和政治才能同国家兴亡之间的关系。《宪问》：“子路问君子。子曰：‘修己以敬。’曰：‘如斯而已乎？’曰：‘修己以安人。’曰：‘如斯而已乎？’曰：‘修己以安百姓。修己以安百姓，尧、舜其犹病诸。’”（《论语·宪问》）“修己”是“君子”立世的必要前提，其目的是能够“安百姓”。因而，“圣人至德”（《礼记·礼器》）和“安百姓”的政治才能相辅共生。孔子实际还没有发展到孟子过度夸大道德作用的地步，他并不弱化才能的重要性，甚至感叹“不患人之不己知，患其不能也”（《论语·宪问》）。

孔子对管仲的评价就体现了他对政治才能的重视。管仲是春秋时期著名的政治家。就个人品行而言，管仲的道德颇有缺陷。他起初全心支持公子纠争夺权力，纠死后转而臣事齐桓公（侍奉二主）。按照孔子的观点“君使臣以礼，臣事君以忠”（《论语·八佾》），管仲侍奉二主显然是不忠。而且，作为大臣，管仲并不节俭，《论语·八佾》说：“管氏有三归，官事不摄。”管仲收取了大量市租，下属一人只做一件事，从不兼职。他挥霍成性、奢侈无度，甚至傲慢无礼，“树塞门”，“有反坫”（《论语·八佾》），享用只有诸侯国的国君才有资格享有的仪式特权。无怪乎孔子慨叹管仲“焉得俭”、“管氏而知礼，孰不知礼”（《论语·八佾》）。但是，孔子很清楚，管仲帮助齐桓公称霸于天下，“创建了‘霸权的’集体防务系统（霸）”[①]，他设法制止了周王朝的全面解体，给文明世界带来了暂时的和平与稳定。虽然，管仲维持周王朝和平与稳定的策略是霸权和外交，而不是道德力量，这与孔子远斥武力、“修文德”（《论语·季氏》）以来远人的理想背道而驰，但孔子在评价有明显道德缺失的管仲时，却没有狭隘地拘泥于自己的理想教条，在承认管仲有奢侈、违礼等诸多道德缺陷的同时，还是禁不住要为管仲辩护：“桓公九合诸侯，不以兵车，管仲之力也。如其仁！如其仁！”（《论语·宪问》）孔子以坚决明朗的态度驳斥了那些对管仲武断否定的门徒，盛赞管仲有卓越的政治才能：“人也。夺伯氏骈邑三百，饭疏食，没齿无怨言。”（《论语·宪问》）孔子认为绝不能以普通老百姓的小节小信和琐屑道德标准来衡量管仲这位伟大的政治家，因为管仲的政治才干和卓越功绩远远地超越了他道德上的瑕疵。

总之，作为政治家，屈原虽然强调君王道德的沦丧乃是其覆亡的主要原因，他又能理性地判定道德在政治中的作用。屈原从历史中看到这一规律并不完全适用于夺取和巩固权力的一方，良好的社会政治很多时候要通过有杰出才能却很难说有完美德性的政治家才能取得，也就是说，在没有充分的道德条件下也能够取得“德性所期盼的后果”（outcomes of virtue）。[②]屈原在《天问》中着眼于权力更迭和历史兴亡之际的史实，表明君主的道德不是制约政权运行的唯一因素，在保证起码的道德的前提下，理智的有权者应积极寻找能够确保国祚且行之有效的现实途径；君王尚贤的卓越政治品格以及战略、智谋等具体的治国之策显然是至关重要的。国家的兴盛乃至一统天下最终尤其要取决于君王的政治才干和武力。

二、屈原的人才观

《天问》是屈原政治思想表现得最突出的一首诗。如果说屈原在《离

① ［美］本杰明·史华兹：《古代中国的思想世界》，第108页。
② ［美］本杰明·史华兹：《古代中国的思想世界》，第110页。

骚》中侧重思考个体的内美和修能以及明君贤臣遇合的“美政”理想的话，那么，他在《天问》中则侧重思考君王的政治才能与国家兴亡之间的关系，尤其强调了君王的政治才能对于获得权力和兴盛国家的重要意义。在屈原看来，尚贤是君王政治才能的重要标志。

君王能够“尚贤”是晚周诸子们共同企盼的理想。儒家非常重视国君举贤授能的举措。仲弓问政，孔子回答说：“先有司，赦小过，举贤才。”（《论语·子路》）孔子主张“谨权量，审法度，修废官，四方之政行焉。兴灭国，继绝世，举逸民，天下之民归心焉”（《论语·子路》）。孟子指出：“贤者在位，能者在职，国家闲暇”，“尊贤使能，俊杰在位，则天下之士，皆悦而愿立于其朝矣”（《孟子·公孙丑上》）；“不信仁贤，则国空虚”（《孟子·尽心下》）。墨子则明确提出“尚贤”的观念，他的《尚贤》一文系统地论述了尚贤的意义及用人之道。他认为“尚贤”乃“政之本”，“国有贤良之士众，则国家之治厚，贤良之士寡，则国家之治薄”。[①] 墨子心中所谓的“贤良之士”乃“厚乎德行，辩乎言谈，博乎道术者”，他们是“国家之珍，而社稷之佐”，[②]因此，王公大人为政于国家者要像古代圣王那样尚贤使能，“列德而尚贤，虽在农与工肆之人，有能则举之，高予之爵，重予之禄，任之以事，断予之令……故官无常贵，而民无终贱，有能则举之，无能则下之”，[③]“不党父兄，不偏贵富，不嬖颜色。贤者举而上之，富而贵之，以为官长；不肖者抑而废之，贫而贱之，以为徒役”[④]。

战国末期的《吕氏春秋·不苟论》也论及人才的重要性：“贤者善人以人，中人以事，不肖者以财。得十良马，不若得一伯乐；得十良剑，不若得一欧冶；得地千里，不若得一圣人。舜得皋陶而舜授之，汤得伊尹而有夏民，文王得吕望而服殷商。夫得圣人，岂有里数哉。”[⑤]

春秋战国时代乃一言兴邦、一言亡国的特殊时期，智慧的较量比任

①② 引自孙诒让《墨子间诂》卷二《尚贤上》，第44页。
③ 引自孙诒让《墨子间诂》卷二《尚贤上》，第46页。
④ 引自孙诒让《墨子间诂》卷二《尚贤中》，第49页。
⑤ 引自高诱注《吕氏春秋》卷二十四，第309页。

何历史时期都显得激烈，因此君王的用人之道关系着国家的命运。选贤任能，唯才是用不仅是治国之本，更是激烈的争雄斗争中的取胜之道。那么，什么是人才？又如何任用贤才？对此，屈原在《天问》中做了回答。

（一）《天问》中涉及的贤才

《天问》涉及了几位历史上众所周知的贤才。屈原对贤才之问有详有略，有明有暗。其中，对鲧、伊尹、周公、吕望、子文等尤为首肯。

鲧是被中原正统文献否定的四凶之一，是用堵的方法治水失败的反面典型。但在屈原看来，鲧受到众人鼎力推荐而治水（“不任汩鸿，师何以尚之”），如果按照他治水的方法是完全可以成功的（“顺欲成功”）。鲧孙髯没有完成治水大业但为禹最后的成功奠定了良好的基础（“纂就前绪，遂成考功”）；另外，鲧还有播植百谷之功（“咸播秬黍，莆雚是营”）。可见屈原非常认可鲧的才干，视鲧为治水的功臣。然而，鲧却被帝实施处罚，“永遏在羽山”不再被任用，还被视为与禹“厥谋不同”，甚至连治水之功都被否认。屈原对鲧一向持同情态度，他的《离骚》和《惜往日》均以“婞直”来论定鲧的性情。那么这就涉及到一个根本问题，即何谓“贤才”。从屈原对鲧的态度里我们能够领悟到，屈原重视的是一个人在现实社会中的实际价值，即人才的道德和事功，而非与此无关的诸如个人性情等枝节因素。屈原在对夏、商、周历史中的贤才进行反思时，一直贯穿着这个评判准则。

商代伊尹身为弃儿（“水滨之木，得彼小子”）、“庖厨之臣”[①]（“何乞彼小臣”）、吉妃的媵臣（“夫何恶之，媵有莘之妇”），就是这样一个出身低贱、职位卑微的人却为商汤立下赫赫开国之功。周公乃武王的同胞兄弟，身为贵胄，曾对武王斩纣尸体的行为深为不满（“到击纣躬，叔旦不嘉”），他协助武王夺取天下，并摄政成王，安定了小邦周新获的天下。吕望身为在街市鼓刀扬声的屠夫（“吕望在肆”、“鼓刀扬

① 《吕氏春秋·慎行论》：“尧传天下于舜，礼之诸侯，妻以二女，臣以十子，身请北面朝之，至卑也。伊尹庖厨之臣也。”引自高诱注《吕氏春秋》卷二十二，第292页。

声”），被文王发现之后深得文、武两代的信任。燮伐大商之时，吕望作为统帅身先士卒（“维师尚父，时维鹰扬”，《诗经·大雅·大明》），为周得天下立下盖世之功。

屈原在《天问》的结尾提到楚国的子文。子文是楚成王、庄王时的著名令尹，他不仅有“先恤民而后己之富”的高尚品德，[①] 还心系国家力挽狂澜，曾“自毁其家以纾楚国之难”（《左传·庄公三十年》）。子文有出众的政治才干，据《左传》载，“楚子将围宋，使子文治兵于睽，终朝而毕，不戮一人”。然而，子文又是怎样的人呢？《天问》曰：“何环穿自闾社丘陵，爰出子文？”洪兴祖收录的另一版本为：“何环穿闾社，以及丘陵，是淫是荡，爰出子文。”此版本中子文的身世较为明朗，说明子文出身低贱。关于子文的身世《左传·宣公四年》有详载：

> 初，若敖娶于䢵，生斗伯比。若敖卒，从其母畜于䢵，淫于䢵子之女，生子文焉。䢵夫人使弃诸梦中，虎乳之。䢵子田，见之，惧而归以告，遂使收之。楚人谓乳谷，谓虎于菟，故命之曰斗谷于菟。以其女妻伯比，实为令尹子文。

原来，有德行、纾国难、卓有才干、闻名于世的子文却是私生子，有着父母私通而生的不光彩身世。

总之，这些深为屈原所论道的杰出历史人物，没有一个是完美的：鲧“婞直”；伊尹身为弃儿且是媵臣，出身低贱且职位卑微；吕望虽据说是贵族后裔，自己却是以卖肉为生的屠夫；周公身为贵胄倒无可挑剔，但敢于直言反对武王斩杀纣王之尸的行为；子文虽为贵族，可惜乃私生子，永

① 《国语·楚语下》：斗且廷见令尹子常，子常与之语，问蓄货聚马。归以语其弟曰：“……昔斗子文三舍令尹，无一日之积，恤民之故也。成王闻子文之朝不及夕也，于是乎每朝设脯一束、糗一筐，以羞子文。至于今秩之。成王每出子文之禄，必逃，王止而后复。人谓子文曰：‘人生求富，而子逃之，何也？’对曰：‘夫从政者以庇民也。民多旷者，而我取富焉，是勤民以自封也，死无日矣。我逃死，非逃富也。’故庄王之世灭若敖氏，唯子文之后在，至于今处郧，为楚良臣。”引自徐元诰《国语集解》，第521–522页。

远背负着父母丑行的恶名。就是这些各有“瑕疵”的人，或有开国的不朽功绩，或辅佐君王治世，均成就了永垂青史的伟业。

（二）屈原的人才观念及其表现方式

由以上分析可以判定，屈原的人才观是：不问性情、不论贵贱、不避亲疏，唯才是用。屈原主要从两个角度来表达他对“尚贤”的理解。

其一，屈原从君王的角度表现他们思贤若渴、唯才而用的卓识和胸怀。国君寒微中识得贤才予以重用，且用而不疑，而贤臣竭尽才智，忠诚辅佐君王成就功业，这是屈原一直渴慕的君臣遇合境界，是他的“美政”中一项重要内容。屈原的多篇作品均把尧、舜、禹、汤、文、武、齐桓公作为君王尚贤的典范予以颂扬。屈原在《天问》中并未一一讴歌先王的尚贤之德，仅提及汤求伊尹和文王求吕尚。其中，屈原将汤求伊尹之事予以浓重抒写。屈原问“成汤东巡，有莘爰极。何乞彼小臣，而吉妃是得”。汤为得贤才伊尹，不惜以娶有莘氏女为代价，可见汤求贤之切。汤和伊尹最终能够“承谋夏桀，终以灭丧”，乃是君臣戮力同心的结果。

其二，屈原一方面突出贤才的特殊出身，同时强调他们的历史功绩，使其出身和所成就的功业之间形成一种强烈的反差。屈原不迷信儒墨对鲧的诋毁，从众人的信任、治水方法和为百姓谋生等方面为鲧辩护，彰显鲧的功业。对伊尹、吕望、子文则有意在他们的身世上做文章，以反衬其贤能和历史功绩。其实，春秋战国时代急于争霸称雄的诸侯国君们多不在意贤才来自什么样的阶层或曾经处于何种困顿的境遇。尊重贤才也是那个时代共同的价值观。贤才出身低贱却因才华出众并被重用，更能体现出他们自身的价值以及君主的英明。人们之所以有如此通达的卓识，与春秋战国时代“士”阶层的崛起有直接关系。“士”在政治生活中扮演着重要的角色，他们成为统治者不可缺少的智囊人物。因此许多有远见的君王都有举贤授能、用才不论出身的胸襟。屈原顺应时代潮流，而且以事功为衡量贤才的主要标准，表现出政治家的理性。

此外，屈原还列举了一些反面的例子来加强问题的说服力。如后羿任用寒浞而亡身；有莘氏恶伊尹，令其做了媵臣；商纣残害贤良比干、梅伯、箕子，宠信奸佞雷开，加速了商的灭亡。"齐桓九会，卒然身杀"则令人深思。齐桓公不计前嫌重用管仲，并以鲍叔、隰朋、高傒为佐，修齐国政，从而"霸诸侯，一匡天下"（《论语·宪问》）。然而，齐桓公晚年宠信"杀子以适君"的易牙、"倍亲以适君"的开方、"自宫以适君"的竖刁，结果曾九会诸侯的一代霸主竟落得子孙相杀、尸虫出户的悲惨下场。[①] 屈原以历史为鉴，无非是为了谏戒楚王以及后人：兴也由人，亡也由人！

屈原展现了人才的重要作用，同时也昭示了人才的悲剧命运。鲧在治水和播植百谷方面都有功劳，由于"婞直"便被遏制于羽山，甚至还被后世的传道者抹煞了功绩，成了治水的罪人。贤才的命运让人痛惜，令人深思。又有多少君王能够吸取历史的鉴戒不重蹈覆辙？反观自己的遭际，与前贤何其相似。"刚而犯上"的秉性是造成鲧自身悲剧的根源，屈原自身的命运何尝不是如此！屈原的《离骚》、《九章》等作品中，都不同程度地表达了对君臣遇合的渴望，并流露出刚直不阿反招陷害的意绪。值得一提的是，不少注家认为《天问》中"何亲揆发足，定周之命以咨嗟"针对周公因管蔡流言出亡之事，而"初汤臣挚，后兹承辅。何卒官汤，尊食宗绪"指伊尹与太甲相纠葛的一段历史。鉴于诗句难以索解，不能妄下断言，或许屈原对两位贤才信而见疑、忠而被谤的际遇发问别有深意。

总之，屈原回溯历史、审视当今，在问中寄寓了他的人才观，即不论贵贱（咎繇、伊尹，傅说、吕望、宁戚、管仲、百里奚、子文等），不问性情（鲧），不论亲疏（周公），尚贤使能，以人为本。屈原因有着切实的为政体验，他的人才观念比墨家还要彻底。屈原认为不必因重用出身卑微的人就排斥贵族贤才，也不必为重用远人而刻意避亲戚之嫌，正确的用人原则就是授贤使能。在屈原看来，明君、贤臣、良策是一个国家兴盛的关键，只要具备了这些条件，有着富庶的物质基础和灿烂文化、人杰地灵的楚国就一定能够救亡图存，进而成就一统天下的伟业。

① 司马迁：《史记·齐太公世家》，第1492页。

但是，屈原毕竟又是诗人。诗人的浪漫情怀不自觉地给他的政治思想涂上了理想的色彩，以至于他对历史真相的深刻洞悉、宏大的政治抱负和现实之间的巨大反差反而加重了他的忧患、痛苦、焦灼、急迫与无奈。为了追求美政理想的完美境界，屈原最终选择了死亡。

《天问》是屈原政治思想和历史思想表现得最为突出的一首诗。屈原对有关自然发展史和社会发展史某些传说的质疑，既表现出追求真理的勇气和卓识，也体现出战国时代理性觉醒的怀疑精神。庄子与屈原同时期，他的非圣倾向非常鲜明。《盗跖》言尧、舜、禹、汤、武，“皆以利惑其真而强反其情性，其行乃甚可羞也”，又曰：“尧杀长子，舜流母弟，疏戚有伦乎？汤放桀，武王杀纣，贵贱有义乎？王季为适，周公杀兄，长幼有序乎？儒者伪辞，墨子兼爱，五纪六位，将有别乎？[①] 难怪郭沫若先生曾认为《哀郢》之“尧舜之抗行兮，瞭杳杳而薄天。众谗人之嫉妒兮，被以不慈之伪名”，是屈原对庄子的批判，这实际是一种误解。首先《哀郢》中的几句并非屈原之作，乃宋玉《九辩》文之窜入者。更重要的是，屈原非但不夸饰先王的美德，反而有意揭示先王们的缺陷，表现出耿介婞直、追求真理的胆识和高洁品性。

屈原和庄子均诞育在楚文化母体中，并呈现出怀疑成见的精神气质。但庄子更关心的是人的个体生命，他热衷于深入到作为个体人的灵魂深处进行哲学的玄思冥想，以期找到通向无拘无束、无羁无绊、逍遥自适境界的途径。较之庄子，屈原无疑更具有政治理性，他总是基于社会的政治现实去认识问题，而不会过多关注抽象的哲学层面，所以只能被称为政治思想家。作为一位积极仕进的士大夫，屈原心系的是由君王和人民构成的国家整体的利益。他对君国、宗土和人民怀有深切的热爱和忠诚，即使关注个体，也会倾向于人的社会性一面，几乎不把个体脱离于国家政治生活和社会群体之外。屈原“仆夫悲余马怀兮，蜷局顾而不行”（《离骚》）的真正原因恐怕正在于此。

屈原的政治理性还表现于认识问题的基本态度。屈原无论反思自然

① 引自王先谦《庄子集解》卷八，第200页。

史还是社会发展史，都尊重事实，言必有据，反对“传道”的臆说和伪造。这一点，法家思想的代表人物韩非子与屈原有一致之处。他以“无参验而必之者”为愚；以“弗能必而据之者”为诬。先秦诸学派中，法家思想最接近国家政体和政治规律的本然状态。尽管我们不能断定屈原的政治思想中具有法家思想的因子，然而，通过他的作品我们还是能够作出一些推测。就《天问》而言，我们从屈原对历史的反思以及对历代圣王的微词中可以看到，他在认识问题时秉持着求真求实的公正原则。屈原诗篇中多次出现“绳墨”、“法度”等词，如《离骚》有“固时俗之工巧兮，偭规矩而改错。背绳墨以追曲兮，竞周容以为度”、“举贤而授能兮，循绳墨而不颇”；《惜往日》有“奉先功以照下兮，明法度之嫌疑”。再者，据《史记·屈原列传》，楚怀王曾使屈原“造为宪令”。[①] 这一切都说明，屈原的政治思想中的确有秉公执正的内容，这使他在认识和判断事物时会尊重事实，公正不颇。就对国家政治的清醒认识来说，屈原的确可与法家诸子们共鸣。

但是，屈原与法家思想有着根本差异，那就是他并不否认道德在国家机器运行过程中所起到的积极作用。法家把政治视为冰冷的国家机器，排斥道德的合理功能，主张“以法为师”、“以吏为师”，难怪法家有“刻薄寡恩”之名。屈原也并不像韩非那样完全忽视历代先王的德行，尧、舜、禹、汤、文、武的“尚贤”之德就是屈原反复咏唱的旋律。屈原恪守“不虚美、不掩恶”的务实态度，比法家急功近利式的极端否定显得圆融通脱，也更符合我们实事求是的认知习惯。

综合屈原作品，可知他试图对各家思想兼容并蓄。屈原反对儒墨对王道的夸大行为，却不否认道德的政治功能，认同霸道又绝不远离王道；反对墨家对圣王的某些编造，却决不会放弃儒墨的“尚贤”思想，他所表现出的不论贵贱、不问性情、不论亲疏、唯才是举的人才观念甚至比墨家还要彻底。屈原赞同道家、阴阳家从自然入手去探求历史的源头，但反对凭空臆想。屈原作为政治家和思想家能够反思人类历史中的某些传道的说

① 司马迁：《史记》，第2481页。

法，是战国时代理性觉醒的表现。他吸纳诸子合理的政治思想，表现出开放的胸襟和远大的政治抱负，而其深邃的洞察力和卓绝的识见又带有思想家的特质。

屈原所质疑的传道与真相不符的现象在中国政治中具有普遍性。那些后人臆造的传说一直伴随着国家机器的运转而存在，并发挥着政治功用。整饬有序的帝王世系便是迎合大一统历史趋势的直接产物；汉代的谶纬神话则是汉人新造的“历史”。那些作为文化英雄的圣王们处处充满了神圣色彩，他们诞生奇异，具有超人的相貌，有着受命与禅让的权力交接，成就了非凡的治功和文明业绩[①]。单就他们的诞生而言，伏羲、神农、女娲、燧人氏、黄帝、少昊、颛顼、帝喾、尧、舜等三皇五帝无一不是感天或感神物而生。许慎《五经异义》引《春秋公羊传》云：“圣人皆无父，感天而生。”《春秋纬·演孔图》曰：“天子皆五帝精，宝各有题序，以次运相据起。”就是人间帝王也毫不例外地带有神性之征。《史记·高祖本纪》如此记述刘邦的降生：

> 高祖，沛丰邑中阳里人，姓刘氏，字季。父曰太公，母曰刘媪。其先刘媪尝息大泽之陂，梦与神遇。是时雷电晦冥，太公往视，则见蛟龙于其上。已而有身，遂产高祖。[②]

孔子虽不属于帝王之列，作为圣人，他的出生自然也非同一般。《春秋纬》中的《演孔图》就编造了孔子制作五经的神话。其中关于孔子的降生就充满了灵异色彩，据《太平御览》载曰：“孔子母征在游大泽之陂，睡梦黑帝使请已。已往，梦交。语曰：‘汝乳必于空桑之中。’觉则若感，生丘于空桑中。”纬书中大量的感生神话，“显然是要表明圣王即使不是神，也有神性的背景”的意图。[③]

① 冷德熙：《超越神话——纬书政治神话研究》，东方出版社，1996年，第97页。
② 司马迁：《史记》，第341页。
③ 冷德熙：《超越神话——纬书政治神话研究》，东方出版社，1996年，第97页。

屈原作为政治家和思想家，反思自然发展史和社会发展史中后世臆造的某些传说，体现了可贵的怀疑精神。这种怀疑精神不仅是战国时代理性觉醒的表现，也是人们追求真理的共同精神品质。就求真求实而言，汉代王充、唐代刘知几和今人顾颉刚值得一提。

王充曾慨叹道："伤伪书俗文，多不实诚。"[①]他在《论衡·语增篇》中，否定了所谓武王伐纣"兵不血刃"的奇迹：

> 传语又称："纣力能索铁伸钩，抚梁易柱。"言其多力也。"蜚廉、恶来之徒，并幸受宠"。言好仗力之主，致仗力之士也。或言武王伐纣，兵不血刃。夫以索铁伸钩之力，辅以蜚廉恶来之徒，与周军相当，武王德虽盛，不能夺纣素所厚之心；纣虽恶，亦不失所与同行之意。虽为武王所擒时，亦宜杀伤十百人。今言不血刃，非纣多力之效，蜚廉、恶来助纣之验也。案武王之符瑞，不过高祖；武王有白鱼赤乌之佑，高祖有断大蛇老妪哭于道之瑞。武王有八百诸侯之助，高祖有天下义兵之佐……夫相多于望羊，瑞明于鱼乌，天下义兵，并来会汉，助强于诸侯。武王承纣，高祖袭秦，二世之恶，隆盛于纣，天下畔秦，宜多于殷。案高祖伐秦，还破项羽，战场流血，暴尸万数，失军亡众，几死一再，然后得天下。用兵苦，诛乱剧。独云周兵不血刃，非其实也。言其易，可也；言不血刃，增之也……察《武成》之篇，牧野之战，血流浮杵，赤地千里。由此言之，周之取殷，与汉、秦一实也。而云取殷易，兵不血刃，美武王之德，增益其实也……纣之恶不若王莽。纣杀比干，莽鸩平帝；纣以嗣立，莽盗汉位。杀主隆于诛臣，嗣立顺于盗位，士众所畔，宜甚于纣。汉诛王莽，兵顿昆阳，死者万数，军至渐台，血流没趾。而独谓周取天下，兵不血刃，非其实也。[②]

---

① 王充：《论衡·自纪篇》，第284页。
② 王充：《论衡·语增篇》，第74–75页。

王充从四个方面说明武王伐纣不可能轻易得天下。一、纣王多力，又有“蜚廉、恶来之徒”相辅；二、《武成》所记与传说龃龉；三、以汉高祖亡秦做比较，高祖虽得天下之利，仍“暴尸万数，失军亡众，几死一再”，武王取殷绝不可能“兵不血刃”；四、与除王莽之乱比较，在士众畔莽的有力形势下，汉诛王莽仍“死者万数”、“血流没趾”。[①]由此揭示出之所以有“兵不血刃”的传说，实质乃是“美武王之德，增益其实”，那并非史实。王充求真的精神极为可贵。

唐代史学家刘知几在《疑古》篇中，指出孔子修《春秋》以及删诗时并没有遵从实事求是的原则，而且认为“斯验世人之饰智矜愚，爱憎由己者多矣”。刘知几剖析《论语》“君子成人之美，不成人之恶”、“成事不说，遂事不谏，既往不咎”、“民可使由之，不可使知之”等言论的深层动机，是因为“圣人立教”，史籍“其义亦然”。因此，“美者因其美而美之，虽有其恶，不加毁也；恶者因其恶而恶之，虽有其美，不加誉也”。孟子就认为“尧、舜不胜其美，桀、纣不胜其恶”。难怪悟得其中奥秘的魏文帝发出“舜、禹之事，吾知之矣”[②]的慨叹。刘知几以史学思想家的胆识对文献记载与历史真相不符的根源揭示得入木三分。他以《春秋》为代表的六经“动皆隐讳”（《史通·疑古》）的做法，上升到“爱憎由己”、“圣人立教”的理论高度予以观照。刘知几面对正统的典籍与古之圣贤毫不讳言，他秉承“良史以实录直书为贵”的传统，[③]揭示了古之圣贤“爱憎由己”的立说态度和“立教”的动机，列数《春秋》五种虚美之事，道出《左传》“或腴辞润简牍，或美句入咏歌”的行文特征，[④]以及其他儒家经典的舛误。而且，他还对六经之外的典籍和史家进行评说，抨击那些失真的记载以及错误的论断和做法。古有“董狐书法而不

① 顾颉刚：《〈逸周书·世俘篇〉校注、写定与评论》，原载1963年4月《文史》第二辑。又见《顾颉刚古史论文集》，第271－272页。

② 刘知几：《史通·疑古》，引自浦起龙《史通通释》，上海古籍出版社，1978年，第380－381页。以下均为该版本，只注明页码。

③ 刘知几：《史通·惑经》，引自浦起龙《史通通释》，第409页。

④ 刘知几：《史通·杂说》，引自浦起龙《史通通释》，第451页。

隐，南史执简而累进”，[①] 刘知几那秉笔直言的精神体现了真正的史家风范，他是史学思想史上第一位从理论上对古代学者和典籍进行批判的人。

对古人造伪的做法揭示得最全面、深透的当属顾颉刚先生。顾颉刚于20世纪20年代提出了有名的“层累地造成的中国古史”的论断。这一论断包含三层意思，“第一，可以说明‘时代愈后传说的古史期愈长’……周代人心目中最古的人是禹，到孔子时有尧、舜，到战国时有黄帝、神农，到秦有三皇，到汉以后有盘古等。第二，可以说明‘时代愈后，传说中的中心人物愈放愈大’。如舜，在孔子时只是一个‘无为而治’的圣君，到《尧典》就成了一个‘齐家而后国治’的圣人，到孟子时就成了一个孝子的模范了。第三，我们在这上，即不能知道某一件事的真确的状况，但可以知道某一件事在传说中的最早的状况。”[②]顾颉刚一方面继承国学的优良传统，一方面吸收西方的科学理论和研究方法，用现代的史学眼光检讨流传两千余年的中国古史，从而提出了“层累地造成的中国古史”这一被钱玄同盛赞为“精当绝伦”的见解。尽管20世纪的考古发现证明了商、夏的存在，但就古人对尧舜禹等先王形象的有意塑造而言，顾颉刚的“层累说”不无道理。或许，我们有理由说：屈原、王充、刘知几、顾颉刚有着一脉相承的怀疑精神。

---

① 刘知几：《史通·惑经》。引自浦起龙《史通通释》，第412页。

② 顾颉刚：《与钱玄同先生谈古史书》，《古史辨》（第一卷），上海古籍出版社，1982年，第60页。

第五章

《天问》的逻辑结构

《天问》的逻辑结构是《天问》研究中一项重要内容。本文主要依据作者的创作意图，同时结合《天问》的思维方式、文本内部的逻辑关系和屈原卒章显志的惯常创作模式等因素，将《天问》归纳为两部分。下面主要对《天问》的逻辑结构及其划分的理论依据予以详细论述。

第一节　《天问》的逻辑结构及其类型

以往的学者大多根据《天问》诗句的内容性质来判定其结构层次，本文则深入到诗的内部，探究屈原的创作意图，并以此为主要依据来研究《天问》的逻辑结构。

一、《天问》的逻辑结构

本文将《天问》确定为两部分。第一部分从开篇至“易之以百两，卒无禄”。第二部分从“薄暮雷电，归何忧”至结尾。如此划分则凸显了作者问天、问地、问历史为楚国现实政治服务的最终意图。《天问》的逻辑结构具体表现如下：

第一部分：屈原对有关自然发展史和人类社会发展史的某些传说进行质疑

第一层：屈原质疑有关自然发展史的某些传说。从“遂古之初，谁传道之”到“羿焉弹日？乌焉解羽”。

第一分层：遂古之初，谁传道之——角宿未旦，曜灵安藏

第二分层：不任汩鸿，师何以尚之——羿焉弹日？乌焉解羽

第二层：屈原质疑有关社会发展史的某些传说。从“禹之力献功，降省下土四方”到“易之以百两，卒无禄”。

第一分层：禹之力献功，降省下土四方——妹嬉何肆，汤何殛焉。

第二分层：舜闵在家，父何以鳏——不胜心伐帝，夫谁使挑之。

第三分层：会鼌争盟，何践吾期——易之以百两，卒无禄。

第二部分：屈原问楚国现实，卒章显志，收束全篇。

对于《天问》的逻辑结构，下文予以详细论述。

第一部分：屈原对有关自然发展史和人类社会发展史的某些传说进行质疑。第一部分有两层。

第一层：屈原质疑有关自然发展史的某些传说。从“遂古之初，谁传道之”到“羿焉彃日？乌焉解羽”。

曰：遂古之初，谁传道之？上下未形，何由考之？
冥昭瞢暗，谁能极之？冯翼惟像，何以识之？
明明暗暗，惟时何为？阴阳三合，何本何化？
圜则九重，孰营度之？惟兹何功？孰初作之？
斡维焉系？天极焉加？八柱何当？东南何亏？
九天之际，安放安属？隅隈多有，谁知其数？
天何所沓？十二焉分？日月安属？列星安陈？
出自汤谷，次于蒙汜。自明及晦，所行几里？
夜光何德，死则又育？厥利维何，而顾菟在腹？
女岐无合，夫焉取九子？伯强何处？惠气安在？
何阖而晦？何开而明？角宿未旦，曜灵安藏？

不任汩鸿，师何以尚之？佥曰何忧？何不课而行之？
鸱龟曳衔，鲧何听焉？顺欲成功，帝何刑焉？
永遏在羽山，夫何三年不施？伯禹愎鲧，夫何以变化？
纂就前绪，遂成考功。何续初继业，而厥谋不同？
洪泉极深，何以寘之？地方九则，何以坟之？
河海应龙，何尽何历？
鲧何所营？禹何所成？康回冯怒，地何故以东南倾？

九州安错？川谷何洿？东流不溢，孰知其故？
东西南北，其修孰多？南北顺椭，其衍几何？
昆仑县圃，其尻安在？增城九重，其高几里？
四方之门，其谁从焉？西北辟启，何气通焉？

日安不到，烛龙何照？羲和之未扬，若华何光？
何所冬暖？何所夏寒？焉有石林？何兽能言？
焉有虬龙，负熊以游？
雄虺九首，倏忽焉在？何所不死？长人何守？
靡蓱九衢，枲华安居？一蛇吞象，厥大何如？
黑水玄趾，三危安在？延年不死，寿何所止？
鲮鱼何所？鬿堆焉处？羿焉弹日？乌焉解羽？

这一层还可以细化为两个分层。

第一分层：从开篇到“角宿未旦，曜灵安藏”，屈原针对有关“天”的某些传说发问。我们仍可以将这组诗句继续划为若干意群。“遂古之初，谁传道之”至“阴阳三合，何本何化”12句，是屈原就人们对宇宙之初的混沌状态、阴阳相合而形成万物等问题的认识提出质疑。“圜则九重，孰营度之”至“日月安属？列星安陈”16句，乃是屈原质疑有关天体结构的某些传说。其中涉及天的形成、盖天说、天的构造、日月星辰的系属、陈列、天的区域划分等问题。“出自汤谷，次于蒙汜”至“角宿未旦，曜灵安藏”，乃是屈原质疑有关日、月、星辰的传说，其中关涉因日月运行所形成的昼夜、月的盈亏以及晦明等问题。

第二分层从“不任汩鸿，师何以尚之”到“羿焉弹日？乌焉解羽”。屈原就有关“地”的某些传说发问。这一层中，屈原所问地上事又包括两个视域，从“不任汩鸿，师何以尚之”至“西北辟启，何气通焉”，屈原问有关大地构造的传说。其中涉及鲧禹治水、鲧的命运、对禹治水方法和功绩的评价、大地结构（地形、地貌）以及形成原因、大地平面的狭阔与纵向的海拔（以昆仑山为最高）等问题。从“日安不到，烛龙何照”到“羿焉弹日？乌焉解羽”，屈原对大地上有关动植珍怪和奇闻异事的传说进行追问。

总之，屈原在第一层中关注的对象主要是人们对自然发展史的认识。屈原能够对当时有关宇宙之始、天之结构、大地构造、动植珍怪的某些成见提出疑问，体现了他对自然界的求真求实的认知态度，这是他接下来反思人类社会发展史、探寻治国之道的哲学基础。

第二层：屈原质疑有关社会发展史的某些传说。从“禹之力献功，降省下土四方”到“易之以百两，卒无禄”。

> 禹之力献功，降省下土四方，焉得彼涂山女，而通之于台桑？
> 闵妃匹合，厥身是继，胡维嗜不同味，而快鼌饱？
> 启代益作后，卒然离蠥，何启惟忧，而能拘是达？
> 皆归射鞫，而无害厥躬。何后益作革，而禹播降？
> 启棘宾商，《九辨》《九歌》。何勤子屠母，而死分竟地？
> 帝降夷羿，革孽夏民。胡射夫河伯，而妻彼雒嫔？
> 冯珧利决，封豨是射。何献蒸肉之膏，而后帝不若？
> 浞娶纯狐，眩妻爰谋。何羿之射革，而交吞揆之？
> 阻穷西征，岩何越焉？化为黄熊，巫何活焉？
> 咸播秬黍，莆雚是营。何由并投，而鲧疾修盈？
> 白蜺婴茀，胡为此堂？安得夫良药，不能固臧？
> 天式从横，阳离爰死。大鸟何鸣，夫焉丧厥体？
> 蓱号起雨，何以兴之？撰体协胁，鹿何膺之？
> 鳌戴山抃，何以安之？释舟陵行，何以迁之？
> 惟浇在户，何求于嫂？何少康逐犬，而颠陨厥首？
> 女歧缝裳，而馆同爰止，何颠易厥首，而亲以逢殆？
> 汤谋易旅，何以厚之？覆舟斟寻，何道取之？
> 桀伐蒙山，何所得焉？妹嬉何肆，汤何殛焉？

舜闵在家，父何以鳏？尧不姚告，二女何亲？
厥萌在初，何所亿焉！璜台十成，谁所极焉？
登立为帝，孰道尚之？女娲有体，孰制匠之？
舜服厥弟，终然为害。何肆犬体，而厥身不危败？
吴获迄古，南岳是止。孰期去斯，得两男子？
缘鹄饰玉，后帝是飨。何承谋夏桀，终以灭丧？
帝乃降观，下逢伊挚。何条放致罚，而黎服大说？
简狄在台，喾何宜？玄鸟致贻，女何喜？
该秉季德，厥父是臧。胡终弊于有扈，牧夫牛羊？
干协时舞，何以怀之？平胁曼肤，何以肥之？
有扈牧竖，云何而逢？击床先出，其命何从？
恒秉季德，焉得夫朴牛？何往营班禄，不但还来？
昏微遵迹，有狄不宁。何繁鸟萃棘，负子肆情？
眩弟并淫，危害厥兄。何变化以作诈，后嗣而逢长？
成汤东巡，有莘爰极。何乞彼小臣，而吉妃是得？
水滨之木，得彼小子。夫何恶之，媵有莘之妇？
汤出重泉，夫何罪尤？不胜心伐帝，夫谁使挑之？

会鼌争盟，何践吾期？苍鸟群飞，孰使萃之？
到击纣躬，叔旦不嘉。何亲揆发足，周之命以咨嗟？
授殷天下，其位安施？反成乃亡，其罪伊何？
争遣伐器，何以行之？并驱击翼，何以将之？
昭后成游，南土爰底。厥利惟何，逢彼白雉？
穆王巧梅，夫何为周流？环理天下，夫何索求？
妖夫曳炫，何号于市？周幽谁诛，焉得夫褒姒？
天命反侧，何罚何佑？齐桓九会，卒然身杀。
彼王纣之躬，孰使乱惑？何恶辅弼，谗谄是服？
比干何逆，而抑沉之？雷开阿顺，而赐封之？

何圣人之一德，卒其异方？梅伯受醢，箕子详狂。
稷维元子，帝何竺之？投之于冰上，鸟何燠之？
何冯弓挟矢，殊能将之？既惊帝切激，何逢长之？
伯昌号衰，秉鞭作牧。何令彻彼岐社，命有殷国？
迁藏就岐，何能依？殷有惑妇，何所讥？
受赐兹醢，西伯上告。何亲就上帝罚，殷之命以不救？
师望在肆，昌何识？鼓刀扬声，后何喜？
武发杀殷，何所悒？载尸集战，何所急？
伯林雉经，维其何故？何感天抑坠，夫谁畏惧？
皇天集命，惟何戒之？受礼天下，又使至代之？
初汤臣挚，后兹承辅。何卒官汤，尊食宗绪？
勋阖梦生，少离散亡。何壮武厉，能流厥严？
彭铿斟雉，帝何飨？受寿永多，夫何久长？
中央共牧，后何怒？蜂蛾微命，力何固？
惊女采薇，鹿何祐？北至回水，萃何喜？
兄有噬犬，弟何欲？易之以百两，卒无禄。

第二层中，屈原质疑人类社会发展史的某些传说。无论篇幅还是重要程度，这一层堪称第一部分中分量最重的内容。按照历史发生的顺序，可以细分为三个小的层次。

第一分层，屈原就漫长夏史中的重大事件提出疑问。从“禹之力献功，降省下土四方”到“妹嬉何肆，汤何殛焉”。屈原从禹通涂山氏女开始，问及启、羿、寒浞、浇和少康复国，直到夏桀灭亡。

第二分层，屈原就商代历史发问。从“舜闵在家，父何以鳏”到“不胜心伐帝，夫谁使挑之”。屈原所问从商之祖先舜到汤与伊尹合谋亡夏、终以武王灭纣。商史中穿插女娲、吴先祖之事。

第三分层：屈原问周代历史以及春秋杂史。从“会鼂争盟，何践吾期”到“易之以百两，卒无禄”。从武王伐纣立周开始，问及周公之功绩、周昭王南巡不复、周穆王环理天下、周幽王宠幸褒姒而亡以及齐桓公任用奸小而身杀等重要历史事件。其中兼以商纣信用奸小残害贤良、周祖先后稷的出生与才干、文王伯昌和其它诸侯国的史实。

总之，第二层的重心在于对夏、商、周三代历史以及春秋杂史中的某些传说和所谓“史实”进行考问。屈原对历史中许多传道的说法进行了深刻的反思。他一方面对“天命”和“王道”观念以及尧舜禹汤文武等历代“先王”的完美形象提出质疑，表明天命不可信、传道的事实与真相不符；另一方面，积极探寻历史规律和治国之道，证明依靠人事、成败由人之理。

第一部分占据了诗篇的主要篇幅，内容涉及自然史和人类历史，为屈原最后审视楚国现实、揭示创作目的做好了充分准备。

第二部分：问楚国现实，卒章显志，收束全篇。

> 薄暮雷电，归何忧？厥严不奉，帝何求？
> 伏匿穴处，爰何云？荆勋作师，夫何长？
> 悟过改更，我又何言？吴光争国，久余是胜。
> 何环穿自闾社丘陵，爰出子文？吾告堵敖以不长。
> 何试上自予，忠名弥彰？

最后一部分是全诗尾章17句，这是全文的归宿。屈原由问天、问地、问历史回到身处的楚国现实社会。“悟过改更，我又何言”则昭示了屈原的创作意图，即希望楚王能深刻反省、修正错误、振兴楚国。同时，屈原也流露出对楚国未来的绝望与无奈。

由以上分析可知，《天问》有明确的结构理路：就思维习惯而言，屈原从问天、问地切入，最后进入问人类社会发展史的主体部分。就历史的发展过程而言，由问远古的宇宙生成、天地衍化的神话传说，到问过去的三代历史，最后落脚于楚国的现实。就内容之间的逻辑关系而言，屈原由问天地自然为自己的立论奠定坚实的哲学基础；接着转向问人类社会，探寻历史规律与治国之道；最后水到渠成地回归楚国现实政治，表明兴邦治国在于人事、在于现实之理。也就是说，屈原问天、问地、问历史中的有关传说，最终是为了问楚国的现实政治。屈原就这样完成了由古至今、由历史到现实的完整思考过程。

第二部分只有17句，与第一部分相比，两部分诗句在比例上似乎严重失调。其实，分析篇章布局当以意义为重，要看作者的创作宗旨和内容之间的内在逻辑联系，不应以篇幅长短、文字多寡为拘泥。第二部分文字不多却是《天问》的灵魂，所谓“卒章显志”、“撮其总要”的意义也正在于此。

二、《天问》的结构类型

综合屈原的创作意图、内容之间的逻辑关系等因素综观《天问》的结构类型，应是“破立并行的双线式结构”。所谓“双线”即“破”和“立”。“破”是明线，表现为屈原质疑了有关自然发展史和社会发展史中的某些传说；“立”是暗线，表现为屈原在质疑中寄寓了他的政治思想。屈原观照的视域是自然界和人类社会。《天问》从遂古之初问到人类社会的夏、商、周三代历史，以时间为经贯穿了170多个问题。《天问》的主干线索非常明晰，而问题的推进过程有破有立。屈原的思想就蕴含在一个个问题中。

具体而言，所谓“破”，即屈原质疑了自然与人类历史中的某些成见，揭示了某些“传道”之说的谬误。屈原通过反思历史，表明历史的兴亡取决于人事而非天命；尧、舜、禹、汤、文、武等历代先王事迹也与所传道的完美形象相抵牾；而历史中一些所谓“史实”同样经不住理性的考量。

所“立”者乃是，屈原在问中体现了求真求实的认知原则，这也是他能够反思历史的哲学前提。更重要的是，屈原在质疑中寄寓了自己的政治思想。他思考了君王的道德修养和政治才能与身国命运的关系问题。

《天问》之问是显性的，一系列针对性极强的问题是屈原“破”的靶的，而屈原的政治思想则是隐性的，蕴涵在具体的问题中。破显立隐，破立并行，显隐结合，这就是《天问》的“破立”并行的双线式结构。

第二节 《天问》逻辑结构划分的理论依据

本文将《天问》的逻辑结构划分为两部分主要依据作者的创作意图，而《天问》的思维方式、文本内容之间的逻辑关系和屈原结构诗篇的惯常创作方法，则是重要辅助因素。

一、由屈原的创作意图看《天问》的逻辑结构

研究文本的结构不能无视作者的创作意图。无论结构包涵多么复杂的意义，它最终是为了表现作者的思想感情。“思想必须同感情在意象中结合起来，成为意象的灵魂，它支配着意象的结构，决定着意象的联接、融合的方式”。[①] 所以，如想准确把握《天问》的思维走向及其逻辑结构，必须要了解屈原为何而创作。从《天问》的显层意义看，屈原的确是按照自然、历史与楚国社会现实的顺序而问。那么，屈原为何如此发问，他创作《天问》的意图究竟是什么，对此自王逸以来主要有以下四种见解。

1. 泄愤说。

王逸首先提出此说。王逸在其《楚辞章句·天问》序文中云：

> 《天问》者，屈原之所作也……屈原放逐，忧心愁悴。彷徨山泽，经历陵陆。嗟号昊旻，仰天叹息……周流罢倦，休息其下，仰见图画，因书其壁，何而问之，以渫愤懑，舒泻愁思。[②]

① 胡经之：《文艺美学》，北京大学出版社，1989年，第222页。
② 引自洪兴祖《楚辞补注》，第85页。

王逸认为屈原创作《天问》“以渫愤懑，舒泻愁思”。“泄愤说”受到司马迁发愤著述说的影响。这一认识与屈原自己在《九章·惜诵》中所言“惜诵以致愍兮，发愤以抒情”的内在精神是一致的。后世研究者多予以采纳。洪兴祖《楚辞补注》对此说得更为具体：“楚之兴衰，天邪？人邪？吾之用舍，天邪？人邪？国无人莫我知也，知我者天乎？此《天问》所为作也。”戴震《屈原赋注》称《天问》“皆遇事称文，不以类次，聊舒愤懑也”。蒋骥亦言《天问》“亦舒忧娱哀之一助也。其意念所结，每于国运废兴、贤才去留、谗臣女戎之构祸，感激徘徊，太息而不能自已”。[①]当代不少学者继承王逸之见，如饶宗颐以为屈原作《天问》“是受了一切委曲而无处申诉，故把心中一切抑郁，通过向天叩问来发泄”。[②]

2. 讽谏君王说。

王夫之在《楚辞通释》中主张《天问》主要是“问兴废存亡之本”，以“讽谏君王”，“抑非徒渫愤舒愁已也”。鉴于这种认识，他的注释处处往“讽谏君王”上落实。如“何阖而晦？何开而明？角宿未旦，曜灵安藏”一节，这本来是问为什么会昼明夜暗、天未亮时太阳藏在哪里的问题，与讽谏君王风马牛不相及。王夫之却释道：“以日之明，入于地中则匿而晦。与女人小人匿处，其昏暗必也。”像这种纯自然的问题都与讽谏君王牵扯在一起，其他自不待言。

3. 穷究事理说。

游国恩先生在否定前两种说法的基础上，提出屈原创作《天问》是为“穷究事理”的见解。他认为屈原对“宇宙间一切事物之繁之不可推者，欲从而究其理耳”，“《天问》之作，非直为抒愁，亦非专为讽谏，与《离骚》、《九章》诸篇异也”。[③]萧兵《楚辞神话与原始社会史研究》

---

① 蒋骥：《山带阁注楚辞》，上海古籍出版社，1958年，第204页。

② 饶宗颐：《〈天问〉文体的源流——“发问”文学之探讨》，见《饶宗颐史学论著选》，上海古籍出版社1993年，第116-117页。原载台湾大学《考古人类学刊》39卷40号。

③ 游国恩：《天问题解》，《游国恩学术论文集》，中华书局，1989年，第119页。

一文说："作为哲理诗，它从鸿蒙邃古开始考察宇宙的初始形态、本质以及天体的形成、发展、变异。"[①] 程嘉哲认为《天问》是一首"战斗性极强的政治哲理诗"。[②] 孙作云则说："《天问》是屈原关于宇宙形成、天地开辟、人类开始、历代兴亡以及种种神怪迷信所提出的总疑问。"[③] 程嘉哲、孙作云之论包含着穷究事理的因素。刘小枫《"天问"与超验之问》一文指出，屈原主要问的是"三代历史"，或者说问的是历史王道的原初形态的正当性；"天问"开始的天体自然之问，不过是询问历史王道正当性的发语辞；"天问"中王道历史的义与不义与天命缠结在一起，"天命反侧，何罚何佑"是"天问"的真正落脚点，直到篇末，屈原对王道历史现象中义与不义仍然困惑。[④]姚小鸥指出："人穷返本，坎坷的人生遭遇引起屈原对宇宙、社会和人生的深刻思考，从而企图通过《天问》的疑问方式对'天人之际古今之变'进行探索和总结。"[⑤]姚小鸥因此将《天问》视为史诗式哲理诗。熊任望也指出屈原"提出种种问题，穷究事理"。[⑥]

4. 为楚国现实而作说。

刘文英认为，"屈原之作《天问》，决不是简单地发泄恨懑情绪，也不是抒泻他的'爱奇'心理，更不是卖弄他的'博闻强记'，而是和他所处的时代，特别和他的政治实践有密切的联系，是有其明确的政治目的的"，"他把自己革新图强的政治理想，始终寄托在怀王的'悟过改

① 萧兵：《楚辞神话与原始社会史研究》，《楚辞与神话》，江苏古籍出版社，1986年，第545页。
② 程嘉哲：《天问新注》，四川人民出版社，1984年，第4页。
③ 孙作云：《天问研究》，中华书局，1989年，第16页。
④ 刘小枫：《"天问"与超验之问》，《深圳大学学报》1987年增刊。又见《拯救与逍遥》（三联书店，2001年），第81–135页。
⑤ 姚小鸥：《天问意旨、文体、诗学精神》，《文艺研究》2004年第3期。
⑥ 熊任望：《屈原辞译注》，河北大学出版社，2004年，第65页。文曰："题目的意思是关于天的奥秘的设问。这个'天'，既指自然，也指社会。作者提出种种问题，穷究事理；并希望楚王鉴古察今，'悟过改更'。"

更’上，企图通过怀王对他的重新起用，以施展其政治的抱负”。[①]张德育《略谈〈天问〉的几个问题》一文也指出“《天问》写作的出发点与归结点都是江河日下、风雨飘摇的楚国现实”。[②]赵逵夫《〈天问〉的作时、主题与创作动机》认为屈原创作《天问》是“希望楚王从历代的兴亡成败中汲取经验和教训，而不仅仅是泄泻愤懑或表现什么人生哲学上的疑问。”[③]

关于创作意图的几种说法，都抓住了问题的某个方面。其实，以上诸说并不矛盾。简言之，屈原主观上是为了楚国的现实政治；方法上采用了讽谏的方式；过程中蕴涵了抒情的成分；客观上则穷究了事理，以上观点只是分析的角度不同而已。事实上，作家的创作目的往往不是单一的而是多元的，它包含主次或主观与客观的因素。《天问》恰恰是一个多元的载体：屈原主观上是为楚国的现实政治而作，为此，他采用了讽谏君主的方法。因为，在当时家天下的政治体制下只有通过说服君主，令其“悟过改更”，才能改变楚国的现实困境，也才能实现屈原的美政理想。但讽谏只是达到目的的手段，而非创作的最终目的。屈原在实现目标的过程中，于字里行间凝铸其感情自然不可避免。王逸《楚辞章句》序云：“屈原放逐，忧心愁悴……因书其壁，何而问之，以渫愤懑，舒泻愁思。”王逸将《天问》视为屈原抒情泄愤的作品是有道理的，但我们必须认识到这“情”绝不仅仅是屈原的一己之情，而更多的是对楚国现实的忧患之情、对楚王的期待之情和对楚国政治的绝望之情。情的渊源则是屈原自身的政治遭际和楚国群小当政、国运危在旦夕的现实境况。而且，屈原主观上虽并非为了探究世界的本然状态，但是，他在质疑有关天、地、人的某些传说的过程中，的确表现出探求真理的可贵精神，客观上呈现出穷究事理的

① 刘文英：《奇特而深邃的哲理诗——〈天问〉》，《文史哲》1978年第5期。又见马茂元主编《楚辞研究集成》之《楚辞研究论文选》（本册杨金鼎主编），湖北人民出版社，1985年，第508–509页。

② 张德育：《略谈〈天问〉的几个问题》，《北方论丛》1980年第2期。

③ 赵逵夫：《〈天问〉的作时、主题与创作动机》，《西北师范大学学报》（社会科学版）2000年第1期。

艺术效果。

尽管如此，就最初的创作动机而言，作为政治家、思想家的屈原，恐怕很难释怀其政治情结而作古希腊哲学家式的纯粹的哲学思辨，或者像后世诗人那样消遣娱情。在七国争雄日益惨烈、楚国危机日趋严重的关键时刻，楚国的现实政治当是屈原创作《天问》的原动力。关于中国诗人的政治情结，刘小枫论道：

> 君子的政治失意产生出诗人的诉歌，这正是儒家道德哲学赋予中国诗人的基本特色；士与诗人身份的奇妙结合，是中国诗人的基本形象。诗首先是历史的政治意志失败的自我安慰。古代诗歌中许许多多传颂的名篇名句不都与屈原的大部分作品一样，是政治失意的产物？正变美刺、咏史述志、吊古怀旧、官场酬往、交游赠答，占了中国诗史多少篇幅？
>
> 诗的意义因而首先与现世政治相关，是政治的反面，而非与超验性想象相关。[1]

刘小枫对中国诗人与政治之间的关系论述得甚为精到。先秦时期的屈原首先是政治家而不可能是超然于政治之外的文人。屈原在问自然部分接连追问“谁传道之”、“何由考之”、“天极焉加”、“安放安属”、“孰知其故”、“厥大何如”等问题，并非为了探寻有关天文、地理、动植怪异的奥秘，他主要针对的是后人虚妄的传说。之后，在反思历史的基础上探求治乱兴衰的规律，表达自己的美政思想，最终回归诗人身处的楚国现实，明确自己的创作动机，即“悟过改更，我又何言”。

全诗有明确的政治指向：屈原对天地自然和人类历史中某些成见和“事实”的质疑，是为表达政治主题做铺垫，由此希望楚王能“悟过改更”，能真正认识到天下至理：兴亡更替在于人而不在于“天”或“天

① 该文原刊登于《深圳大学学报》1987年增刊。又见刘小枫《拯救与逍遥》，上海三联书店，2001年，第106页。

命”；只有吸取历史的经验教训，依靠人事、修养道德、尚贤使能，才能强大楚国，一统天下。屈原的深刻用意集中显现在诗的结尾，最后一组诗句是全诗的落脚点。屈原于此表达了对楚国现实政治的忧患以及对楚王寄寓的希望。

总之，屈原究天人之际是为服务于楚国的现实政治。本文划分《天问》的逻辑结构时将彰显屈原心志的内容单独提出，意在突出屈原的创作意图。德国学者恩斯特·卡西尔在《人论》中指出，文学艺术的创造，是一种“有目的性的”“构形”过程。所以，“在每一种言语行为和每一种艺术创造中，我们都能发现一个明确的目的论结构”。[①] 本文认为屈原如此谋篇布局，并非偶然现象，而是有意为之，这样的结构与其创作的目的性是相辅相成的。

二、由《天问》的思维方式看其逻辑结构

《天问》全诗有明晰的行文线索。从表象看，屈原首问天地，而后问人，沿袭了先秦时代“推天道以明人事”的思维方式。[②] 实质上，屈原沿用这种思维方式并非为探求天道，而意在对有关天道的某些传说提出质疑，其最终目的是为楚国现实政治服务。屈原在问历史部分采用了古人常用的“以史为鉴”的思维方式，他对社会发展史有关传说质疑的初衷同样是为楚国的现实政治服务。思维方式也会影响文本的表现形式，因此，《天问》的思维方式是本人将其逻辑结构划分为两层的依据之一。

（一）“推天道以明人事”的思维方式

《天问》沿袭了先秦时期人们普遍采用的“推天道以明人事”的思维方式。这种认为人事可以受到自然现象及其规律启示的观念，是原始思维发展到理性阶段的体现。《周易》的思维特征即以实物取象，其宗旨乃

① ［德］恩斯特·卡西尔：《人论》，甘阳译，上海译文出版社，1985年，第181页。
② 见《四库全书总目提要》。

由自然现象而推求人事。《系辞上》对《周易》的这一特征概括得较为准确，文曰："圣人设卦观象，系辞焉而明吉凶，刚柔相推而生变化……《易》与天地准，故能弥纶天地之道。仰以观于天文，俯以察于地理，是故知幽明之故。"《四库全书总目提要》则要言之曰："夫易者，推天道以明人事者也。"《诗经》中的例子也很多，如《诗经·小雅·正月》："谓天盖高，不敢不局。谓地盖厚，不敢不蹐。维号斯言，有伦有脊。哀今之人，胡为虺蜴？"

先秦时期，天地人的思维方式尽管并不为哪家学派所独专，相对而言，尤为道家、阴阳家所遵从并予以发展。《老子》二十五章明确表达出"人法地，地法天，天法道，道法自然"的思想。[①]《老子》多由天地万物之理而推及人道。如《老子》五章云："天地不仁，以万物为刍狗；圣人不仁，以百姓为刍狗。"[②]《老子》八十一章云："天之道，利而不害；人之道，为而不争。"[③]马王堆帛书中也多运用这种思维方式，将宇宙之理分别推衍到天、地、人三个方面。《十大经·前道》云："故王者不以幸治国，治国固有前道，上知天时，下知地利，中知人事。"[④]《经法·国次》云："天地无私，四时不息。天地立，圣人故载。"[⑤]《果童》云："观天于上，视地于下，而稽之男女。"[⑥]《称》云："天制寒暑，地制高下，人制取予。"[⑦]《庄子·天道》："古之明大道者，先明天而道德次之。"[⑧]《庄子·天下》也云："判天地之美，析万物之理，

① 引自王弼注《老子道德经》，第14页。
② 引自王弼注《老子道德经》，第3页。
③ 引自王弼注《老子道德经》，第47页。
④ 马王堆汉墓整理小组：《经法》，文物出版社，1976年，第80页。《素问·气交变大论》："《上经》曰：夫道者，上知天文，下知地理，中知人事，可以长久。"
⑤ 马王堆汉墓整理小组：《经法》，文物出版社，1976年，第8页。
⑥ 《老子乙本卷前古佚书释文》，文物出版社，1974年，第24页。以下均为该版本，只注明页数。
⑦ 《老子乙本卷前古佚书释文》，第38页。
⑧ 引自王先谦《庄子集解》卷四，第83页。

察古人之全。”[①] 道家由天道推及人道并非偶然，班固认为“道家者流，盖出于史官”，[②] 史官在古代中国既掌史事之记载，也掌星历占卜之验证，对天人时空有深切的体验。他们体验宇宙变与不变之“道”，然后把此“道”推衍到社会与人类，这是道者的共同思路，他们思路的起点是从天道开始的，然后才从这里推衍出一个知识系统。[③]

《周易》的《彖传》继承了《周易》卦辞中“推天道以明人事”的思维方式又有所发挥，[④] 如《观》卦《彖传》云：“观天之神道，而四时不忒，圣人以神道设教，而天下服矣。”《革》卦《彖传》曰：“天地革而四时成，汤武革命，顺乎天而应乎人。”

战国中期，齐国稷下学崛起。稷下先生如“淳于髡、慎到、环渊、接子、田骈、驺奭之徒，各著书言治乱之事”。[⑤] 稷下学中的黄老之学继承了道家的传统，他们思考问题、陈述学说也主要运用由天道推人道的思维方式。由《管子》可以推想纵横捭阖的稷下先生们是如何具体操作的。《管子·九守·主问》中列举了一个思考问题的简要提纲：“一曰天之，二曰地之，三曰人之，四曰上下左右前后。荧惑其处安在？”[⑥]这也可能是稷下学士们讨论问题所遵循的规则。[⑦] 又如《管子·形势》云：“日月不明，天不易也。山高而不见，地不易也。言而不可复者，君不言也。行而不可再者，君不行也。”[⑧] 此则例子同样是按照天（日月）——地（山）——人（君）的顺序而论理。据《史记·孟子荀卿列传》，荀子在稷下学宫曾“最为老师”。荀子的《天论》多处采用由天（包括星辰、

① 引自王先谦《庄子集解》卷八，第216页。
② 班固：《汉书·艺文志》，中华书局，1983年，第1736页。
③ 葛兆光：《中国思想史》，复旦大学出版社，2001年，第110页。
④ 陈鼓应认为《彖传》成书“或在孟、庄与荀子之间”。见《易传与道家思想》，三联书店，1996年，第19页。
⑤ 司马迁：《史记·孟子荀卿列传》，第2346页。
⑥ 引自戴望《管子校正》卷十八，第301页。
⑦ 王长华、易卫华：《从〈天问〉看稷下学对屈原思想的影响》，《河北师范大学学报》（哲学社会科学版），2003年第5期。
⑧ 引自戴望《管子校正》卷一，第6页。

日月、四时、阴阳、风雨）及地（万物）及人的运思方式进行论理，如："天不为人之恶寒也辍冬，地不为人之恶辽远也辍广，君子不为小人匈匈也辍行。天有常道矣，地有常数矣，君子有常体矣。"①

可见，"推天道以明人事"是先秦时期人们习用的思维方式。屈原在时代思潮的濡染下，创作《天问》时便沿用了这一思维方式。由《天问》的行文脉络看，屈原问天地、阴阳、日月、星辰、四时、晦明、大地之阔狭高低以及大地上的万物，对天道中的某些传说提出质疑。其丰富的观察对象和视角，是前人和时人只言片语式的表述方式所不能相比的。《天问》的运思理路具体表现如下：

问天部分的思路：宇宙本原——阴阳——天体（总体构造、日、月、星辰）——晦明

1. 宇宙的本原（天地形成的初始状态，即"道生一"）：

遂古之初，谁传道之？上下未形，何由考之？
冥昭瞢暗，谁能极之？冯翼惟像，何以识之？
明明暗暗，惟时何为？

2. 阴阳（"一生二"）：

阴阳三合，何本何化？

3. 天体构造（总言天体构造，即"二生三，三生万物"）：
天体的总体构造：

圜则九重，孰营度之？惟兹何功？孰初作之？
斡维焉系？天极焉加？八柱何当？东南何亏？

① 引自王先谦《荀子集解》卷十一，《诸子集成》（第2册），第208页。

天体的具体构造：

九天之际，安放安属？隅隈多有，谁知其数？

天何所沓？十二焉分？日月安属？列星安陈？

4. 天体（分言日、月、星辰）：

日（昼夜，关涉时间之“日”）：

出自旸谷，次于蒙汜，自明及晦，所行几里？

月（圆缺，关涉时间之“月”）：

夜光何德，死则又育。厥利维何，而顾菟在腹？

星辰（尾星和箕星）[①]：

女岐无合，夫焉取九子？伯强何处，惠气安在？

5. 晦明[②]：

何阖而晦，何开而明？角宿未旦，曜灵安藏？

《天问》的问天部分，屈原遵循了道家“道生一，一生二，二生三，三生万物”的思路。屈原首先从关于自然发展史的起源即有关宇宙本

① 闻一多认为这里问的是尾星和箕星，见《天问疏证》，三联书店，1980年，第11–15页。

② 马王堆帛书《道原》开篇曰：“湿湿梦梦，未有明晦，神微周盈，精静不熙。”“神微周盈”即月的盈亏。道家、阴阳家均言四时、晦明以说理。

原的传说谈起，而探究宇宙的本原是道家开辟的一个新的学术领域。问过宇宙本原和阴阳之后，屈原质疑人们对有关天体构造的认识。即由总言天体的构造到分言天的区域划分、日月星辰的安属等具体问题。接下来便问及天体的个体代表日、月、星辰（尾星和箕星）。问“日月”的同时就涉及到时间上的“日”和“月”。

问地部分的思路：大地——四时——万物

1. 大地构造：

鲧禹治水：

> 不任汩鸿，师何以尚之？佥曰何忧？何不课而行之？
> ……
> 洪泉极深，何以窴之？地方九则，何以坟之？
> 河海应龙，何尽何历？

地形：

> 鲧何所营？禹何所成？康回冯怒，地何故以东南倾？

九州山川：

> 九州安错？川谷何洿？东流不溢，孰知其故？

大地的阔狭：

> 东西南北，其修孰多？南北顺椭，其衍几何？

地势：

> 昆仑县圃，其尻安在？增城九重，其高几里？
> 四方之门，其谁从焉？西北辟启，何气通焉？

2. 四时：

太阳运行：

> 日安不到，烛龙何照？羲和之未扬，若华何光？

四季变化（或反常的自然现象）：

> 何所冬暖？何所夏寒？

3. 万物：

奇异的动物、植物、地方、人：

> 焉有石林？何兽能言？焉有虬龙，负熊以游？
> 雄虺九首，倏忽焉在？何所不死？长人何守？
> 靡蓱九衢，枲华安居？一蛇吞象，厥大何如？
> 黑水玄趾，三危安在？延年不死，寿何所止？
> 鲮鱼何所？鬿堆焉处？羿焉弹日？乌焉解羽？

问地部分先言鲧禹治水，这大概出于鲧禹治水之后九州勘定、大地始稳的缘故。其后，屈原由宏观问到微观，即由大地的总体地形问到九州山川、平面的东西南北之阔狭和立体上的海拔（即地势）。

推天道以明人事的思维方式，代表着中国古人长于从具体的物象中生发抽象事理的思维特点，同时也是一种天人合一的哲学思想。但是，由

《天问》看，屈原沿袭这种思维方式既非为探求天道，也非为探究天人和合之理，而意在对有关天道的某些传说提出质疑。由对有关天道传说的质疑，进而质疑传说的天道本身以及推天道以明人事的思维方式。天道既然并不可信，又岂能由原本不可信的天道推知出人事之理。屈原之问在某种程度上是对“推天道以明人事”的思维方式乃至天道本身的颠覆，其最终目的则是告诫楚王要重视现实，相信依靠人事。

（二）“以史为鉴”的思维方式

中国自古就有重视历史经验教训的传统，《诗》云：“殷鉴不远，在夏后之世。”（《诗经·大雅·荡》）古人“肃恭明神而敬事耇老，赋事行刑，必问于遗训而咨于故实。不干所问，不犯所咨”，以“训治其民”。[①]商周时期，很多金文记载了重要的历史事件。金谷治根据金文资料指出，“人类藉着‘宝用’铜器这件事，将祖先荣誉世世代代地传下去，这正说明人类对于历史虽未充分自觉到，却已经开始有意识了”。[②]《尚书》、《左传》和《战国策》等先秦典籍中蕴涵着浓郁的历史意识，而且，自古对秉笔直书的史家有“良史”之称，齐太史书崔杼弑君、晋国董狐书“赵盾弑君”青史有名。古人因善于从历史中寻找鉴戒、寻求解决现实问题的答案，因而保存了丰富的珍贵史料。实际上，总结历史不仅仅是史家的天职，“以史为鉴”已经成为中国古代的政治家和思想家们思考政治问题时所习用的思维方式。“当时人们对于秩序的理性依据及价值本原的追问，常常追溯到历史，这使人们形成了一种回首历史，向传统寻求意义的习惯。先王之道和前朝之事是确认意义的一种标帜和依据”。[③]

《天问》就是一首历史意识浓厚的政治哲理诗。屈原所采用的“以史为鉴”的思维方式体现在问人类社会史部分。其思路是：屈原根据当时所

① 《国语·周语上》，引自徐元诰《国语集解》，第23页。

② 金谷治：《中国古代人类观的觉醒》，载于《日本学者论中国哲学史》，中华书局，1986年版，第32页。

③ 葛兆光：《中国思想史》，复旦大学出版社，2001年版，第86页。

普遍接受的历史发展次序，从夏、商、周（西周）、春秋问到屈原身处的楚国现实。

1. 夏代历史：

> 禹之力献功，降省下土四方。焉得彼涂山女，而通之于台桑？
> ……
> 桀伐蒙山，何所得焉？妹嬉何肆，汤何殛焉？

2. 商代历史：

> 舜闵在家，父何以鳏？尧不姚告，二女何亲？
> ……
> 不胜心伐帝，夫谁使挑之？

3. 周代历史（西周至春秋）：

> 会鼌争盟，何践吾期？苍鸟群飞，孰使萃之？
> ……
> 兄有噬犬，弟何欲？易之以百两，卒无禄？

4. 屈原身处的楚国现实社会：

> 薄暮雷电，归何忧？厥严不奉，帝何求？
> ……
> 何试上自予，忠名弥彰？

屈原问人事部分的总体思路按照夏、商、周的朝代顺序依次推进。周代则包括西周、春秋及楚国的现实社会。不过，在具体行文过程中稍有变化，如问商代事中间有周事，问周代事中又间有商事。由于同一朝代的内容分处不同的地方，便引起了《天问》有错简的争议。《天问》是否有错简，至今仍难以定论。但就整体轮廓而言，《天问》有其贯穿的主线和统摄的灵魂，外在的适度跳跃并不影响整体意脉。

屈原选定权力更迭的特定历史时期，对有关夏、商、周三代的历史人物和历史事件的某些传说提出质疑。屈原思考了启、寒浞、商汤、文王、武王等如何夺权兴国以及羿、浇、桀、该、纣、周昭王、周穆王、周幽王、齐桓公等如何身危国削乃至身弑国亡，如何在历史中寻求兴废更替的规律以及如何制定于楚国现实社会有益的治国方略等问题。显然，屈原对人类走过的历程进行反思的目的乃是以史为鉴，借历史兴替警醒楚王，为解决楚国现实的政治危机寻求良策。

屈原的“以史为鉴”与传统思维不同，他对所谓“历史”并非一味相信，而是在对某些传说进行质疑的基础上总结历史的经验和教训。屈原在反思历史的过程中所表现出的怀疑精神实际是战国时代理性觉醒的反映。

结合《天问》的思维方式，本文将其分为两部分，即把问楚国现实的内容分离出来使其成为独立的一部分。这样就凸显了屈原问天、问地、问人的最终目的。陈本礼按照天上事、地上事、人间事将《天问》分为三段，这似乎就是从“推天道以明人事”思维方式角度进行划分。从思维方式角度研究《天问》的逻辑结构，不能仅仅拘泥于屈原的运思过程，将《天问》简单地划为三个彼此无关的意群，而必须要考虑屈原的创作意图，因为楚国的现实政治才是屈原问天道、人事的最终归宿。

三、由《天问》各层内容之间的逻辑关系看其逻辑结构

《天问》内部各层内容之间的逻辑关系也是划分其逻辑结构的依据之一。

优秀作品应是一个有机整体。作品内部的关系无论多么错综复杂，就整体思路而言都应有明确的意向。童庆炳把叙事作品看作是一种话语系

统，认为可以从两个向度分析它的内部结构："首先是历时性向度，即根据叙述的顺序研究各个单元之间的关系……其次是共时性向度，研究内容各个要素在叙述顺序背后的内在关系。"前者称为表层结构，后者称为深层结构。[①]这对于《天问》的结构研究具有借鉴意义。只有顾及到"共时性向度"，挖掘诗句表象背后的内在关系，我们才可能由语言表层深入到文本的内部，也才有可能准确把握各个意群之间以及意群与主旨之间的联系。

《天问》中，屈原先问天地、后问人事再问身处之现实，这不仅运用了"推天道以明人事"的思维方式，也符合人们由自然到人类社会的认知习惯。以往划分段落正是从认知习惯的角度将诗句归类。学者们或分为自然与人事，或分为天事、地事与人事，或在天、地、人三分的基础上将最后若干句子划为篇终余绪或其他。然而，这种分法又都忽略了内容之间的逻辑关系。从宏观上看，《天问》中问天、地、历史和楚国现实的内容一贯而下，就微观而言，各意群之间存在着密切的逻辑关系。这种逻辑关系表现为：

其一，屈原问自然发展史部分包括问天、问地的内容。屈原质疑有关天地自然的后人臆造的某些传说，表明有关天道的传说不可信。这是其探寻历史规律、阐释其政治思想的哲学基础。

其二，屈原在认识天地自然的基础上，对社会发展史中的一些传说进行了深刻反思，表明有关历史的某些传说同样不可信。屈原在怀疑与拷问中寄托了自己的政治思想。因此，问三代历史是其政治思想的论据。在诗篇结尾处，屈原针对身处的楚国现实发问，卒章显志，明确表达了创作意旨，即希望楚王"悟过改更"。显然，屈原质疑有关天道和人事的传说，最终乃是为楚国现实政治服务。

可见，《天问》的每一个意群都不是凭空存在的，无论局部与整体都表现出某种关联。瑞士文论家皮亚杰曾对结构的内在关系给予过精彩论述："一个结构是由若干个成分所组成的，但是这些成分是服从于能说明

① 童庆炳主编：《文学理论教程》，高等教育出版社，1992年，第327页。

系统之成为系统特点的一些规律的。这些所谓组成规律，并不能还原为一些简单相加的联合关系。”[1] 我们从《天问》内容之间的关系角度来研究它的结构，就避免了因简单的意义归纳而仅关注内容的“联合关系”的局限性。再者，通过研究《天问》内容之间的逻辑关系，也有助于探寻其深层意蕴。

四、由屈原卒章显志的惯常创作模式看《天问》的逻辑结构

屈原卒章显志的惯常创作模式是分析《天问》结构不可忽略的技术手段。一般而言，主题会制约作品的形式，由主题入手能够探知作品的内部结构。但是，作者所习用的创作方法也很有可能会影响到作品的形式，由创作的技术层面入手探寻作品的构架同样不失为一种有效的途径。

先秦两汉时期，一些歌诗的结尾有“乱”，这也是当时歌诗创作中一种比较常见的结构模式。笔者根据《天问》尾章17句所呈现出的“乱”的特征，[2] 推断屈原创作《天问》时借鉴了歌诗的结构方式。

孔子曾提到过“乱”：“师挚之始，关雎之乱，洋洋乎盈耳哉！”（《论语·泰伯》）《国语·鲁语下》曰：“其辑之乱。”何为“乱”，对此历来主要有两种认识。王逸一派从“乱”的意义功能角度进行辨析，以为“乱，理也。所以发理词指，总撮其要也。屈原舒肆愤懑，极意陈词，或去或留，文采纷华，然后结括一言，以明所趣之意也”。[3] 也就是说，“乱”旨在对前边的内容做一总的概况，并突出作者的志趣。从汉代王逸到今人学者，对“乱”“总撮其要”的意义功能并无分歧。朱熹《楚辞集注》另辟蹊径，从音乐角度探讨“乱”，认为它是“乐节之名”。陈第、林云铭等继承了朱熹的见解，而今人杨荫浏的研究最为深入全面。他

① [瑞士]皮亚杰：《结构主义》，倪连生译，商务印书馆，1984年，第3页。

② 《天问》尾章：“薄暮雷电，归何忧？厥严不奉，帝何求？伏匿穴处，爰何云？荆勋作师，夫何长？悟过改更，我又何言？吴光争国，久余是胜。何环穿自闾社丘陵，爰出子文？吾告堵敖以不长。何试上自予，忠名弥彰？”

③ 引自洪兴祖《楚辞补注》，第47页。

根据楚辞中的“乱曰”，对如何从音乐角度理解“乱”的综合特征和作用做出了三则推论：

> 1. 乱有短有长，而一般则是长于其前的各个歌节。长，便于发挥。这说明了乱的形式，在一曲中，有适于突现高潮的作用。
>
> 2. 大多数的乱，比之其前的多个歌节，在句法上都有突然的改变。这说明了在音乐上必然有节奏的改变。有节奏的改变，更适于配合高潮。这是可以理解的。也有在句法上看不出什么改变痕迹的乱，例如《哀郢》的乱。我们知道：句法的改变，固然常会引起节奏的改变；但句法不变，也并不就此能说明，不能改变音阶的长短，从而改变节拍的形式；因此，即使句法不改变，仍然并不排斥改变音乐上节奏效果的可能性。
>
> 3. 乱若是高潮所在，则除了结构长短，节奏的变化以外，可能在旋律的运用，速度的处理，音色的安排，唱奏者表达手法的运用等方面，都会有其突出之处。①

总括以上两种观点可知，“乱”不单是一个音乐的概念，也是歌诗文本中重要的组成部分。从文本角度论，它至少有以下三个方面的性能：其一，从意义功能上说，“乱”有卒章显志的作用。其二，从句法角度分析，大多数的“乱”在句法上比前文都有较大的改变。其三，就章法而言，“乱”撮其总要，有收束全篇的结构功能，是文本的整体框架中不可分割的组成部分。如果用以上三个方面的内容来衡量《天问》尾章的话，它虽没有使用“乱曰”、“乱”、“曰”等“乱”的常用标记，但的确具有“乱”的特征。

首先，《天问》尾章具有卒章显志的作用。纵观《天问》，屈原首先反思有关自然发展史和社会发展史中的某些传说，最后正视楚国的现实

① 杨荫浏：《中国古代音乐史稿》，人民音乐出版社，2004年，第66页。

社会。在问自然、问历史的部分，作者隐身于一个个问题背后，读者只能从一系列的问题中判断作者的价值趋向。而在结尾处，第一人称“我”、“余”、“吾”集中出现。屈原于此直抒胸臆、袒露心迹，“以明所趣之意”。“悟过改更，我又何言”乃点睛之笔，寄予了屈原希望楚王觉悟改过、励精图治、振兴楚国的深切用意。而且，最后一组诗句也是屈原无可奈何、悲凉绝望之情的集中表露，是情感抒发的高潮。

其次，《天问》尾章的句法富于变化。《天问》尾章有多种句式，依据语义的完整，可以将这些句子归结为：

四三结构：薄暮雷电，归何忧？厥严不奉，帝何求？伏匿穴处，爰何云？荆勋作师，夫何长？

四四结构：悟过改更，我又何言？吴光争国，久余是胜。

五四结构：何试上自予，忠名弥彰？

七言结构：吾告堵敖以不长。

八四结构：何环穿自闾社丘陵，爰出子文？

其中“何环穿自闾社丘陵”是否为八言可以存疑。[①] 即使如此，三、四、五、七言的诗句，也足以显示最后一段句子的长度极富变化。屈原在质疑自然发展史和社会发展史传说部分，主要采用了四言句式。诗中尽管也有三言、五言等句，总体而言形式较为整齐。而尾章长短句相间，富有变化和节奏感。若据杨荫浏所言“大多数的乱，比之其前的多个歌节，在句法上都有突然的改变”判定，《天问》尾章也具有“乱”的性状特征。可以推断，屈原有意借鉴了歌诗的结构模式，为“言志”和配合情感的高潮在诗的结尾改变了诗的节奏。从后世赋的“乱”看，作者为了能够自由地抒情言志，多不讲究句法的整齐与节奏；形式因居于次要地位而具有散文风格。显然，自由句式相对于严整的句式更有利于表现作者的思想感

① 朱熹：《楚辞集注》，上海古籍出版社，安徽教育出版社，2001年，第70页。

情。屈原在说理时采用散句来表明其创作《天问》的初衷，这说明他重视的是创作意图的准确表达而非形式的严整。

再者，从章法角度看，最后一组诗句也具有“乱”的特性。结构要“首尾周密，表里一体”。[①]《天问》尾章屈原由反思历史回归现实，深思自己的处境、楚国的现在和将来，这一节既是统摄全诗的灵魂，又有着收束全篇的结构功能。需要一提的是，关于最后几句的考释历来有争议，尤其“薄暮雷电，归何忧”一句。对此，王逸、洪兴祖、汪瑗、李陈玉、丁晏、姜亮夫等以为所言乃屈原之事；王夫之以为是舜事；徐文靖、蒋骥、曹耀湘、汤炳正等考释为成王与周公之事；谭介甫解为夏代孔甲之事；林庚则说是楚灵王之事，不一而足。从文章的章法结构角度看，屈原在尾章是在表明自己质疑有关自然和历史的某些传说的现实目的，因此，“薄暮雷电，归何忧”应当是就身处的现实而问。那些忽略作者创作宗旨并远离楚国社会现实而寻找答案的学者，恐怕未得屈原之意。

另外，我们还可以从屈原惯常的结构模式入手判断《天问》尾章具有“乱”的特征。屈原多篇作品的结尾使用“乱”，如：

《离骚》

乱曰：已矣哉，国无人莫我知兮，又何怀乎故都？
既莫足与为美政兮，吾将从彭咸之所居。

《九章·涉江》

乱曰：鸾鸟凤皇，日以远兮。燕雀乌鹊，巢堂坛兮。
露申辛夷，死林薄兮。腥臊并御，芳不得薄兮。
阴阳易位，时不当兮。怀信侘傺，忽乎吾将行兮！

① 刘勰：《文心雕龙·附会》，引自周振甫《文心雕龙注释》，人民文学出版社，1998年，第462页。

《九章·哀郢》

乱曰：曼余目以流观兮，冀壹反之何时？
鸟飞反故乡兮，狐死必首丘。
信非吾罪而弃逐兮，何日夜而忘之？

《九章·抽思》

乱曰：长濑湍流，泝江潭兮。狂顾南行，聊以娱心兮。
轸石崴嵬，蹇吾愿兮。超回志度，行隐进兮。
低徊夷犹，宿北姑兮。烦冤瞀容，实沛徂兮。
愁叹苦神，灵遥思兮。路远处幽，又无行媒兮。
道思作颂，聊以自救兮。忧心不遂，斯言谁告兮。

《九章·怀沙》

乱曰：浩浩沅湘，分流汩兮。修路幽蔽，道远忽兮。
怀质抱情，独无匹兮。伯乐既没，骥焉程兮？
万民之生，各有所错兮。定心广志，余何畏惧兮？
曾伤爰哀，永叹喟兮。世溷浊莫吾知，人心不可谓兮。
知死不可让，愿勿爱兮。明告君子，吾将以为类兮。

《九章·悲回风》

曰：吾怨往昔之所冀兮，悼来者之愁愁。
浮江淮而入海兮，从子胥而自适。
望大河之洲渚兮，悲申徒之抗迹。
骤谏君而不听兮，重任石之何益。
心絓结而不解兮，思蹇产而不释。

由上可见，“乱辞”有长有短，所占全篇的比例有大有小；诗的结尾处作者以“吾”、“余”等第一人称代词或其他词句来表明自己的旨趣。

《九章·悲回风》只标“曰”无“乱”字，其功用特征与“乱”相同。对于以上诗篇结构的共性，20世纪60年代，日本学者竹治贞夫创建性地提出了楚辞的“本文+乱”的“二段式结构”，[①] 以探讨楚辞中抒情作品的结构特点及其文学意义，但他没有指明《天问》是否属于“二段式结构”。

关于《天问》结尾“乱”的特征，我们从西方“文类批评”理论中也能得到一些启发。20世纪40年代末，以芝加哥大学R·S·克兰教授为首的文论派别即芝加哥派强调“多元批评”（pluralism）。他们认为相对于情节、人物等，语言只是作品中的次要因素；文学批评中最应注意的是文类，而不是单个作品。当一个作家决定其作品应采用哪一种文类时，他也就决定了作品的最主要特征。艾略特曾强调文际关系的重要性。肯尼思·勃克也多次指出文学作品的象征表现无论多么复杂歧异，同属一个文类就决定了它们有一种共同的“深部类型”（underlying pattern）。作品与以往的作品之间，形成一个文类的延续与差异组成的系统，如果没有这个系统，作品就无法存在，“一个文本之所以能成为一首诗，只是因为某些可能性存在于传统之中：一首诗是在与其他诗的关联之中写成的”。[②]

众所周知，“楚辞”是一种有别于《诗经》的诗歌类型。屈原的作品之间是否存在一定的关系，是否具有“类”的特征，答案应该是肯定的，被冠以“楚辞”之名本身就说明了这一问题。黄伯思《东观余论·校定楚辞序》曰：“盖屈宋诸骚，皆书楚语、作楚声、纪楚地、名楚物，故可谓之楚辞。若、些、只、羌、谇、蹇、纷、侘傺者，楚语也。顿挫悲壮，或

① 参见竹治贞夫的《楚辞的二段式结构》一文。竹治贞夫在考察“二段式结构”的文学意义及其成因时指出，屈原作品之所以会采取“二段式结构”，“第一，这是乐曲式的残余痕迹”。“乐歌并不标示出‘乱’来，其词章的末尾自然就是相当于‘乱’的部分，而演变成了诵读诗的屈原赋，就对应当歌唱的末章有了记上‘乱曰’的必要性”。“第二，这是屈原赋的叙述形式的特色……屈原抒情诗好用比兴手法，这种表现方法是假托的、象征性的。这样，就有必要把作品写成两段，并在后段中以直叙法为主，让作者的某些意思明白表出”。见马茂元主编《楚辞研究集成》之《楚辞资料海外编》（本册主编为尹锡康、周发祥），湖北人民出版社，1986年，第123页。

② Jonathan Culler, *Structuralist Poetics*, 1976, P.30。参见赵毅衡《新批评—— 一种独特的形式主义文论》，中国社会科学出版社，1986年，第110页。

韵或否者，楚声也。沅、湘、江、澧、修门、夏首者，楚地也。兰、茝、荃、药、蕙、若、苹蘅者，楚物也。”① “书楚语、作楚声、纪楚地、名楚物”就指出了“楚辞”在语言表层上所具有的“文类”特征。屈原的每一首诗所表达的意义和所采用的外在形式是有差异的，而就某些诗论之，它们的深层结构又有着相似性。结构主义认为不同意义表层（surface）可以由一个共同的深层结构（deep structure）所控制。一般而言，作者所习用的创作方法也很有可能会影响到作品的形式。屈原的言志作品多借鉴歌诗有“乱”的结构模式，这应该是屈原多首诗的共同特征。《九章》有“乱辞”的诗明显居多，这与《九章》偏于明志有关。因此，从屈原惯常的结构模式入手来探求《天问》尾章的歌诗特征，不失为一种合理的尝试。

以往曾有学者探讨过《天问》尾章与“乱”的关系。苏雪林把《天问》分为天文、地理、神话、历史和乱辞，最早涉及《天问》末段的性质，② 只可惜，她仅仅使用了一个概念便浅尝辄止；再者，她所说“乱辞”也并非原诗最后的一组句子，而是从夏、商、周三代历史中抽出的24句七言句。③ 程嘉哲将《天问》尾章界定为“乱”，④ 文曰：

> 我国古代乐章一般附有一个尾声，称为“乱”，乱还常常是乐章重要组成部分……屈原早期诗作的尾声大都标明“乱曰”，这首诗虽没有标明，但仔细分析它的形式和内容，是可以清楚辨出的。首先，

---

① 黄伯思：《东观余论·校定楚辞序》，《四库全书》本。

② 苏雪林：《天问正简》，台北文津出版社1992年，第14页。

③ 苏雪林：《天问正简》，第44-46页。苏雪林认为《天问》的乱脱落一句。24句依次是：中央共牧后何怒？蜂蛾微命力何固？北至回水萃何喜？惊女采薇鹿何佑？薄暮雷电归何忧？厥严不奉帝何求？兄有噬犬弟何欲？易之以百两卒无禄？简狄在台喾何宜？玄鸟致贻女何喜？彭铿斟雉帝何享？受寿永多夫何长？迁藏就岐何能依？殷有惑妇何所讥？师望在肆昌何识？鼓刀扬声后何喜？武发杀殷何所悒？载尸集战何所急？荆勋作师夫何长？□□□□□□□？吾告堵敖以不长，何试上自予忠名弥彰？伏匿穴处爰何云，悟过改更我又何言？

④ 程嘉哲：《天问新注》，四川人民出版社，1984年，第217-218页。

> 《天问》从天事问起，以后逐渐转向人事，到了前面三段，即第十三至十五段，又在人事中杂问天事。这种对篇首的照应，已经暗示全诗的结束。而第十三段末节“何逢长之”，与第十段“后嗣逢长”；第十四段末节“皇天集命”，与第十一段“授殷天下”；第十五段末节“卒无禄”，与第十二段“卒然身杀”，句法都很相似。形式上的这种重复，也暗示着全诗的结束，余下的当然只有尾声了。而且，前十五段绝口不谈楚国，本段所谈的，则全是楚国故事，作者还自己登场说话。前十五段各节的格律大体上是整齐的，用韵、换韵也大体上有统一的规则。本段则字句长短不齐，韵脚也不限四句一换，这些都是不同之处。是尾声而不标明尾声，更显得一气呵成。[①]

程嘉哲仅从内容和形式入手探讨最后一段相当于“乱”，并未探寻最后一段的意义功能。

总之，《天问》尾章明显具有“乱”的某些特征，由此可以推断屈原在创作《天问》时借鉴了歌诗的结构模式。需要注意的是，《天问》尾章仅仅具有“乱”的特征，并不等同于歌诗中的“乱”。这表明屈原在借鉴歌诗的结构模式基础上也有所超越，主要表现在以下两个方面。

首先，《天问》最后一段卒章显志的功能与以上所列举的屈原作品是一致的，但所表达的内容是有区别的。就全诗结构而言，以上诗篇可以归结为“正文+乱”；正文的内容在“乱”中都有所反映；“乱”是对正文的高度概括。《天问》卒章所表现的内容却与前文迥异，它并非对前文意义的简单总结，而是由质疑了有关天道、历史的传说后一步一步推导出的结论。全文有着环环相扣的逻辑关系，即质疑自然发展史的有关传说是其立论的哲学基础，质疑社会发展史中的有关传说是其立论的依据，这是典型的卒章显志。屈原在170多次发问中表明：有关天道的传说不可信，有关历史的传说不可信，要求真求实相信依靠人事。屈原反思的初衷不排除哲学上的探求，主要还是为楚国的现实政治寻求出路。《天问》尾章不仅

① 程嘉哲：《天问新注》，四川人民出版社，1984年，第217-218页。

承担着“撮其总要”的作用，也是全诗的核心所在，将屈原创作的意旨进一步彰显、突出。因此，不能将《天问》尾章等同于“乱”。

再者，《天问》尾章具有“乱”的特征并不等于《天问》就是歌诗。关于《天问》是否入乐的问题，杨荫浏、杨向奎、李炳海、赵敏俐等学者早有讨论。鉴于没有确凿的音乐材料，对《天问》是否为歌诗应慎下结论。《天问》全诗1565字，通篇为问，意群的变化和章节安排没有明显的规律。如此复杂的结构形式是否合乐有待进一步研究，若用口传歌诗的重复段落、套语和词汇的特征来推断《天问》的话，《天问》无明显的歌诗标志。不过，不管《天问》的结尾是否为“乱”，也不论《天问》是否为歌诗，尾章17句具有“乱”的特征是可以肯定的。在诗歌刚刚脱离音乐从歌诗向徒诗转变的过程中，屈原借鉴吸纳乐歌的创作手法来抒泻愁思也是完全有可能的。

屈原能够借鉴歌诗的结构模式并有所超越，表明诗歌的抒情功能和创作技巧日渐丰富，作为独立诗人的文学创作正走向自觉。《天问》的结构从表象上看内容繁复，而内在线索非常清晰。作者问有关天地自然和人类历史中的传说，最终是为楚国的现实政治服务。从屈原卒章显志的惯常创作模式入手研究《天问》的逻辑结构，同样可以理清《天问》的内在脉络。

当然，结构划分的方法是多种多样的。本文则侧重于探究屈原的创作意图、思维方式、内容之间的深层关联和屈原一贯的创作手法等因素对《天问》结构形式的影响，并因此将《天问》划分为两大部分，这么做显然不能等同于传统意义上的段落划分。本文在研究屈原对自然发展史和人类社会发展史的反思、探寻屈原创作意图基础上提炼出《天问》的逻辑结构，采用了由内容到形式、由微观文本考论过渡到宏观结构形式研究的方式。实际上，诗句考论、思想研究与结构形式研究之间是互相促进、双向循环的过程，在具体的研究中，两者是相辅相成的。而且，《天问》的结构形式也是屈原政治、哲学思想的体现。《天问》结构本身就是一个寓意符号，与内容之间互相生发、相得益彰。

结论

本人在探寻《天问》诗句本义的基础上，发现屈原问天、问地、问人，实际是对有关天、地、人的后世臆造的某些传说产生怀疑。本书旨在考察屈原在质疑这些传说的过程中所表现出的怀疑精神、思想观念及其质疑的最终目的，并根据屈原的创作目的以及各层内容之间的逻辑关系、思维方式和屈原卒章显志的惯常创作模式等，研究《天问》的逻辑结构。

《天问》中，屈原不仅质疑了有关自然发展史传说的内容，也质疑了这些传说产生的过程和方法，从而表明后世所传道的“天道”不可信。

屈原问人类历史部分主要对鲧的道德和事功问题、禹的治水之功和道德问题、启“贤”的说法、舜“孝悌”、汤“仁义”和“挑”汤亡夏传说、武王“仁义之师”的说法和昭王南征不复传说等予以重新认识。在屈原看来，尧、舜、禹（包括启）、汤、文、武王这些被儒墨所极力赞颂的“圣王”，或贪于女色权势，或违礼越仁，与所传道的完美形象难以相符，从而表明后世所传道的某些“历史”不可信。

屈原在反思历史的过程中，质疑了传道的天命与王道观念。《天问》中，屈原在对某些传道的“历史”进行考问的基础上表明：在历史兴替中起决定作用的是人而非“天命”。屈原怀疑历史传说的过程中也揭示了儒家“王道”的虚构性及其在现实政治生活中的偏狭。儒家的“仁政”与

"无敌于天下"之间隐藏着一个"仁政"与战争的悖论，这实际反映了儒家思想的局限。他们脱离现实和历史的发展趋势，创设了理想化的"王道"思想和道统体系。而单靠以仁政为要义的"王道"来兴邦治国，不仅与历史事实相悖，而且也无法保障国家机器长久地正常运转。屈原还质疑了儒墨道统人物的完美形象，他在《天问》中显示了历代"圣王"在政治伦理上的缺失，从而表明历代先王在道德和事功方面并不像儒墨传道的那样完美无缺。综观屈原的作品，他对先王的认知取向是一致的。

屈原在反思历史的同时，思考了君王如何依靠人事的问题。他对君王的道德修养与国家兴亡之关系表达了独特的认识。屈原重视君王的道德修养对于国家兴亡的重要意义，认为君王无德是身危国削甚至身弑国灭的直接原因。同时，屈原认识到，在夺取权力和兴盛国家的特定历史时期，君王出色的政治才能至为关键，而尚贤尤为重要。对于什么是人才和如何任用贤才的问题，由《天问》所列举的鲧、伊尹、吕望、子文等贤才，并结合屈原的其他作品来推断，屈原认为，君王应重视人才在国家政治生活中的实际才能而不应拘泥于细枝末节，从而表达了不问性情、不论出身、不避亲疏、举贤授能、唯才是举的人才观。

屈原质疑有关自然发展史和社会发展史的某些传说，有着明确的现实政治目的。

本人在探寻屈原本意，研究《天问》思想内容的基础上，将其结构分为两部分。第一部分从开篇到"易之以百两，卒无禄"；第二部分为诗篇最后一组诗句。如此划分《天问》的逻辑结构，首先依据屈原为楚国现实政治服务的创作意图，其次结合《天问》"推天道以明人事"和"以史为鉴"的思维方式、各层内容间的逻辑关系和屈原卒章显志的惯常创作模式等因素进行综合判断，并因此将《天问》的结构类型确定为"破立并行的双线式结构"。

屈原质疑自然发展史和社会发展史中的某些传道之见，体现了求真求实的怀疑精神。然而，"真实"与国家机器的运转往往是一个悖论。国家机器的有效运行需要制定统一的意识形态和规定性的话语口径。很多时候，它就建立在伪造“事实”、掩盖丑闻甚至消除异己的基础上。屈原在自己的政治生涯中是否也曾参与伪造我们不得而知，不过从他的作品推断，屈原“婞直”的品行表明或许他一直就秉持求真求实的精神，并试图摒弃楚国政治生活中的愚妄之举。屈原以个人的力量对抗整个社会的集体政治惯性，他的归宿除以失败告终之外，便是用生命殉道于他的“真”和他的美政理想。这也是屈原的悲哀。

屈原的怀疑精神在某种程度上与后现代语境下的文化趋向有相似性。后现代语境下的反崇高、反神话、解构主义等等是普遍的文化现象。法国解构主义思想家罗兰·巴特说：“神话是一种言谈……既然神话是一种言谈，那么任何事情只要以谈话方式传达，就都可以是神话了。神话并非凭其讯息的客体来定义，而是以它说出讯息的方式来定义的：神话的形式是有限制的，并没有所谓‘实质上’的神话。那么，每件事都可以是神话吗？是的，我相信如此，因为宇宙的启示是无限丰沛的。”[①]

本书主要探究了屈原创作《天问》的政治目的。实际上，单从政治思想的功利角度并不能完全解读屈原的行为。就怀疑精神而言，同时代的庄子比屈原走得更远。他蔑视崇高、蔑视儒墨的道统人物与既成的观念和秩序。被儒墨奉为圣王的“尧、舜、禹、汤、文、武”就被一位名为跖的大盗斥责为毁坏社会秩序的罪魁：“尧舜作，立群臣，汤放其主，武王杀纣。自是以后，以强陵弱，以众暴寡。汤、武以来，皆乱人之徒也。”又嘲弄道：“尧不慈，舜不孝，禹偏枯，汤放其主，武王伐纣”。为“世之所高”的“六王”在盗跖那里“皆以利惑其真而强反其情性，其行乃甚可羞”。这位违背社会秩序的大盗却放言无忌嘲笑正统的评价标准和圣贤人物，哲人一般侃侃而论盗之“道”。思想家的庄子驱遣的是思想，他不奢求现实的政治功效；而政治家的屈原急需救楚时弊。相似的行为终究因着不同的目标而呈现出不同的表现形态。

---

① 罗兰·巴特：《现代神话》，《神话——大众文化诠释》，上海人民出版社，1999年，第167-168页。

总之，屈原能够深刻反思自然发展史和社会发展史中某些成见，并非偶然的个体行为。那个时代的哲人们究竟在想什么？屈原究竟受到什么濡染？屈原的《天问》处于时代思潮的哪一个环节？而《天问》的诗体形态与其预设功能之间又是何种关系？等等，这一切的确都值得深入探究。

参考文献

阮元校勘，《十三经注疏》（影印本），北京：中华书局，1980。

司马迁，《史记》，北京：中华书局，1959。

徐元诰，《国语集解》，北京：中华书局，2002。

《诸子集成》，上海：上海书店出版社，1986。

孙诒让，《墨子间诂》，北京：中华书局，2001。

冯友兰，《中国哲学史新编》，北京：人民出版社，2004。

侯外庐，《中国思想通史》，北京：人民出版社，1957。

任继愈，《中国哲学发展史》，北京：人民出版社，1983。

李泽厚，《中国古代思想史论》，天津：天津社会科学出版社，2003。

葛兆光，《中国思想史》，上海：复旦大学出版社，2001。

梁启超，《先秦政治思想史》，天津：天津古籍出版社，2003。

胡适，《中国哲学史大纲》，北京：东方出版社，1996。

［美］余英时，《士与中国文化》，上海：上海古籍出版社，1987。

［美］余英时，《文史传统与文化重建》，上海：上海三联书店，2004。

肖萐父、李锦全，《中国哲学史》，北京：人民出版社，1982。

刘泽华主编，《中国古代政治思想史》，天津：南开大学出版社，1992。

刘泽华，《先秦士人与社会》，天津：天津人民出版社，2004。

阎步克，《士大夫政治演生史稿》，北京：北京大学出版社，1996。

［法］让－皮埃尔·韦尔南著、余中先译，《神话与政治之间》，北京：三联书店，2001。

萧公权，《中国政治思想史》，沈阳：辽宁教育出版社，2001。

陈来，《古代思想的文化世界——春秋时代的宗教、伦理与社会》，北京：三联书店，2002。

［德］黑格尔著、王造时译，《历史哲学》，上海：上海书店出版社，2001。

［英］埃里克·霍布斯鲍姆著，马俊亚、郭英剑译，《史学家——历史神话的终结者》，上海：上海人民出版社，2002。

吴锐，《中国思想的起源》（1—3卷），济南：山东教育出版社，2003。

［美］怀特海著，刘放桐译，《思维方式》，北京：商务印书馆，2004。

［美］本杰明·史华兹著，程刚译，《古代中国的思想世界》，南京：江苏人民出版社，2004。

［美］艾兰著，孙心菲、周言译，《世袭与禅让——古代中国的王朝更替传说》，北京：北京大学出版社，2002。

陈鼓应，《易传与道家思想》，北京：三联书店，1996。

杨向奎，《宗周社会与礼乐文明》（修订本），北京：人民出版社，1997。

［德］恩思特·卡西尔著，范进、杨君游、柯锦华译，《国家的神话》，北京：华夏出版社，1990。

崔大华，《庄学研究》，北京：人民出版社，1992。

钱穆，《中国学术思想史论丛》（1－2卷），合肥：安徽教育出版社，2004年。

李学勤，《简帛佚籍与学术史》，南昌：江西教育出版社，2001年。

王子今，《权力的黑光——中国封建政治迷信批判》，北京：中共中央党校出版社，1994。

王长华，《春秋战国士人与政治》，上海：上海人民出版社，1997。

顾颉刚主编，《古史辨》，上海：上海古籍出版社，1982。

顾颉刚，《顾颉刚古史论文集》（1–2册），北京：中华书局，1988。

郭沫若，《郭沫若全集·历史编》，北京：人民出版社，1982。

童书业，《春秋史》，济南：山东大学出版社，1987。

刘起釪，《古史续辨》，北京：中国社会科学出版社，1991。

许倬云，《西周史》，北京：三联书店，2001。

胡厚宣、胡振宁，《殷商史》，上海：上海人民出版社，2003。

杨宽，《西周史》，上海：上海人民出版社，2003。

杨宽，《战国史》，上海：上海人民出版社，2003。

徐旭生，《中国古史的传说时代》，桂林：广西师范大学出版社，2003。

张正明，《楚史》，武汉：湖北教育出版社，1995。

张光直，《中国青铜时代》，北京：三联书店，1983。

田昌五，《古代社会形态研究》，天津：天津人民出版社，1980。

王玉哲，《中华远古史》，上海：上海人民出版社，2003。

吕思勉，《先秦史》，上海：上海古籍出版社，2005。

翦伯赞，《先秦史》，北京：北京大学出版社，2001。

尹达，《中国史学发展史》，郑州：中州古籍出版社，1985。

裘锡圭，《中国出土古文献十讲》，上海：复旦大学出版社，2004。

丁山，《商周史料考证》，北京：中华书局，1988。

王明珂，《华夏边缘——历史记忆与族群认同》，台北：允晨文化实业股份有限公司，1997。

［英］柯林武德，何兆武、张文杰译，《历史的观念》，北京：商务印书馆，1997。

王晖，《商周文化比较研究》，北京：人民出版社，2000。

唐兰，《西周青铜器铭文分代史征》，北京：中华书局，1986。

茅盾，《茅盾全集·中外神话研究》，北京：人民文学出版社，1993。

袁珂，《中国神话通论》，成都：巴蜀书社，1991。

萧兵，《楚辞与神话》，南京：江苏古籍出版社，1986。

何新，《诸神的起源》，北京：时事出版社，2002。

陆思贤，《神话考古》，北京：文物出版社，1995。

周裕锴，《中国古代阐释学研究》，上海：上海人民出版社，2003。

［美］M·H·艾布拉姆斯著，郦稚牛、张照进、童庆生译，《镜与灯》，北京：北京大学出版社，2004。

［瑞士］皮亚杰著，倪连生译，《结构主义》，北京：商务印书馆，1984。

褚斌杰，《中国古代文体概论》，北京：北京大学出版社，1990。

杨荫浏，《中国古代音乐史稿》，北京：人民音乐出版社，2004。

洪兴祖，《楚辞补注》，北京：中华书局，1983。

朱熹，《楚辞集注》，上海：上海古籍出版社；合肥：安徽教育出版社，2001。

蒋骥，《山带阁注楚辞》，上海：上海古籍出版社，1984。

谢无量，《楚辞新论》，北京：商务印书馆，1923。

陈直，《楚辞拾遗》，天津：天津古籍出版社，1988。

闻一多，《天问疏证》，北京：三联书店，1980。

闻一多，《天问释天》，北京：三联书店，1982。

闻一多，《楚辞校补》，成都：巴蜀书社，2002。

郭沫若，《屈原赋今译》，上海：上海书店出版社，2003。

刘永济，《屈赋通笺》，北京：人民文学出版社，1961。

苏雪林，《天问正简》，台北：文津出版社，1992。

谭介甫，《屈赋新编》，北京：中华书局，1978。

朱季海，《楚辞解故》，上海：上海古籍出版社，1980。

聂石樵，《楚辞新注》，北京：商务印书馆，2004。

林庚，《诗人屈原及其作品研究》，上海：上海古籍出版社，1981。

林庚，《天问论笺》，北京：人民文学出版社，1983。

游国恩主编，金开诚补辑，董洪利、高路明参校，《天问纂义》，北京：中华书局，1982。

游国恩，《游国恩学术论文集》，北京：中华书局，1989。

胡念贻，《楚辞选注及考证》，长沙：岳麓书社，1984。

程嘉哲，《天问新注》，成都：四川人民出版社，1984。

何剑熏，《楚辞拾沈》，成都：四川人民出版社，1984。

何剑熏著，吴贤哲整理，《楚辞新诂》，成都：巴蜀书社，1994。

姜亮夫，《楚辞学论文集》，上海：上海古籍出版社，1984。

姜亮夫，《重订屈原赋校注》，天津：天津古籍出版社，1987。

姜亮夫，《楚辞书目五种》，上海：上海古籍出版社，1993。

姜亮夫，《楚辞今译讲录》，昆明：云南人民出版社，1999。

姜亮夫，《屈原赋今译》，昆明：云南人民出版社，1999。

钱钟书，《管锥编》，北京：中华书局，1986。

汤炳正，《屈赋新探》，济南：齐鲁书社，1984。

汤炳正，《楚辞类稿》，成都：巴蜀书社，1988。

汤炳正、李大明、李诚、熊良智，《楚辞今注》，上海：上海古籍出版社，1996。

陈子展，《楚辞直解》，上海：复旦大学出版社，1996。

萧兵，《楚辞新探》，天津：天津古籍出版社，1988。

孙作云，《天问研究》，北京：中华书局，1989。

蒋天枢，《楚辞校释》，上海：上海古籍出版社，1989。

王泗原，《楚辞校释》，北京：人民教育出版社，1990。

萧兵，《楚辞文化》，北京：中国社会科学出版社，1990。

周建忠，《当代楚辞研究论纲》，武汉：湖北教育出版社，1992。

杨希枚，《先秦文化史论集》，北京：中国社会科学出版社，1995。

金开诚、董洪利、高路明等著，《屈原集校注》，北京：中华书局，1996。

赵逵夫，《屈原与他的时代》，北京：人民文学出版社，1996。

郭维森，《屈原评传》，南京：南京大学出版社，1998。

杨义，《楚辞诗学》，北京：人民出版社，1998。

潘啸龙，《屈原与楚辞研究》，合肥：安徽大学出版社，1999。

熊良智，《楚辞文化研究》，成都：巴蜀书社，2002。

李零，《郭店楚简校读记》（增订本），北京：北京大学出版社，2002。

杨公骥，《中国文学》，北京：人民文学出版社，1957。

赵明主编，《先秦大文学史》，长春：吉林大学出版社，1993。

方铭，《战国文学史》，武汉：武汉出版社，1996。

崔富章主编，《楚辞学文库》，武汉：湖北教育出版社，2003。

［日］藤野岩友著，韩基国编译，《巫系文学论》，重庆：重庆出版社，2005。

后 记

我一直以为，考博、读博就是我的朝圣之旅。三度寒来暑往，我和同学们一样扎扎实实地度过了每一天。而今，我能实现梦想，虽有自己多年的刻苦努力，更得益于师友、亲人的帮助与支持。

因此，我首先衷心感谢河北师范大学的夏传才先生！夏老耳提面命，指导我如何读书、如何治学、如何为文，堪称我的启蒙老师。

感谢我的导师鲁洪生老师！恩师不拘一格为我打开学术之门，引领我这位虔诚的朝圣者进入神圣的学术殿堂，圆了我追求已久的求学之梦。三年来，恩师对我因材施教，从端正治学态度到如何读书，从确立论文题目到掌握正确的研究方法上倾注了大量的心血。在选题时，导师鼓励我要勇于挑战，知难而进，敢于啃《天问》这块硬骨头；在写作论文的过程中，他注意培养我形成自己的学术思想和独到的学术眼光，严格规范我的治学方法，即使对细节也从不降低要求。每当看到导师精心批改的作业，我既感激又惭愧。从恩师的严厉中我深切感受到他那严谨、审慎、求是的为学、为人之道。我能有长足的进步并完成毕业论文，恩师功莫大焉！

感谢赵敏俐老师！三年来，我有幸多次聆听赵师授业解惑，他就像对待自己的学生一样不吝赐教，常告诫治学之道以及研究《天问》应注意的问题，并指出可行之路。每听赵师之言便如醍醐灌顶，甘露滋心。赵师宽厚随和的为人、严格的为学作风及垂教之恩我将长存于心。

感谢在开题和预答辩中给我指教的李炳海、方铭、左东岭和吴相洲四位老师！他们深邃的洞见为我拓宽了视野，使我深受裨益。他们从研究角度到观点、从论证过程到语言表达都倾囊相授：或提出宝贵建议，或修正我的舛误，其高度的责任心令我钦佩不已。老师们严谨的治学态度、丰厚的学养与高尚的师德令我敬仰，并将是我终生效仿的榜样。

感谢缘分让我遇到师妹文玲、松毅、冬珍、艳华！我们“五朵金花”互相砥砺、共同切磋，分担苦恼也共享喜悦，师妹们的真挚情意是我终生温馨的记忆。感谢师兄春华、师弟亚林、小彬和师妹海敏、秀英、孙娟、杨阳、永霞，他们的无私帮助令我感动并督促我同样以友爱之心善待他人。

感谢我的亲人们！在我考学、读书的过程中，婆婆、父母给了我莫大的关爱。我的先生则把家庭重担挑在自己肩上，当我因学业而苦恼的时候，他就是我最有力的支撑。感谢我的儿子，他的懂事让我少了许多牵挂。

三年里，我承众师殷殷之教诲、蒙同窗亲人无私之关爱，每思及此，便战战兢兢、忐忑不安。人生之路正长，我定将良善自持、恪尽职守、勤勉为学，把我之所得加倍回馈于师友亲人，回报于社会！

2006年5月18日
于首都师范大学10号楼320室

《天问》论文索引

1922年

001 《天问》释疑

徐旭生 《努力周报读书杂志》1922年4期

1925年

002 《天问》研究

游国恩 《国学月报》1925年6月4期

《国学月报汇刊》1926年1月1集

1928年

003 由《天问》证《竹书纪年》益干后位启杀益事

刘盼遂 《中山大学史语所周刊》1928年5月3集32期

1929年

004 《天问》校笺

刘盼遂 《国学论丛》1929年8月第2卷1期

1930年

005 《天问》略说

顾颉刚 《中山大学史语所周刊》1930年3月11集122期

006 《天问》本事考

蒙文通 《史学杂志》1930年5月1卷4期

1932年

007 《天问》通笺

刘永济 《学衡》1932年12月77卷

《武大文哲季刊》1933年6月第3卷2–4期

1934年

008 《天问》释天

闻一多 《清华学报》1934年7月9卷3–4期

1936年

009 《楚辞·天问》管见

李翘 《文澜学报》1936年3月2卷1期

010 《天问》"阻穷西征"解

童疑 《禹贡》1936年5月5卷5期

1937年

011 《天问》"阻穷西征"新解（附童书业答书）

唐兰 《禹贡》1937年4月7卷1–3期

012 《楚辞·天问》"亥秉季德"段刘梦鹏解

容肇祖 《考古学社社刊》1937年6月6期

1940年

013 《楚辞·天问》补注

周悦让 《金陵学报》1940年5月10卷1–2期

1942年

014 屈原·招魂·天问·九歌

郭沫若 《新华日报》（副刊），今昔蒲剑1942年

1944年

015 《天问》里的后羿射日神话

苏雪林 《东方杂志》1944年4月40卷8期

016 《天问》里的印度诸天搅海故事

苏雪林 《东方杂志》1944年5月40卷9期

017 屈原《天问》里的《旧约·创世纪》

苏梅 《说文月刊》1944年6月4期

1947年

018 《天问》九重天考

苏雪林 《中央周刊》1947年8月9卷34–37期

019 屈原《天问》篇体制别解

台静农 《台湾文化》1947年9月2卷6期

020 《天问》“吴获迄古”解

方诗铭 《东南日报》1947年12月10日

《文史杂志》1948年5月6卷2期

1948年

021 《天问》注解的困难及其整理的线索

林庚 《文学杂志》1948年2月2卷10期

1953年

022 屈原《天问》的译文

郭沫若 《人民文学》1953年03期

1955年

023 关于屈原的《天问》

方孝岳 《中山大学学报》1955年01期

1957年

024 屈原《天问》篇中表现的爱国思想

陈直 《陕西日报》1957年6月2日

1959年

025 《天问》是否为屈子所作

苏雪林 《台湾新生报》1959年5月29日

026 余读《离骚》《天问》《招魂》《哀郢》悲其志

张寿平 《大陆杂志（台）》1959年5月18卷9期

027 什么是《天问》整理的途径

苏雪林 《台湾新生报》1959年6月26日

028 怎样是《天问》的题解及其体例

苏雪林 《台湾新生报》1959年7月3日

029 天何所沓——《天问》问题悬解

苏雪林 《台湾新生报》1959年9月25日

030 九天之际及际隈——《天问》天文问题悬解

苏雪林 《台湾新生报》1959年11月13日

1960年

031 《天问》琐记

高亨 《文史哲》1962年01期

032 《天问》悬解三篇

苏雪林 《新亚学报（台）》1960年2月4卷2期

033 《天问》地理问题悬解——东西南北之修衍

苏雪林 《昆仑（台）》1960年3月4卷1期

1961年

034 《天问》正简及疏证引言

苏雪林 《成功大学学报（台）》1961年10月4卷1期

1962年

035 古代日食传说和《楚辞·天问》中的“白蜺婴茀”八句的关系

刘尧民 《文学遗产》1962年7月增刊第10辑

1963年

036 关于《天问》的若干问题

刘尧民 《云南大学学术论文集》（第二辑），云南大学1963年版

1964年

037 《天问》研究

张寿平 《国科会报告（台）》1964年

1967年

038 舜的故事与印度史诗——《天问》历史问题（夏代部分）

苏雪林 《成功大学学报（台）》1967年3月2期

039 屈原赋《天问》《九歌》《九章》楚语方言词音证

向夏 《大陆杂志（台）》1967年12月35卷11期

1968年

040 《楚辞·天问》释义（上、中、下）

杨胤宗 《建设（台）》1968年1–3月16卷第8、9、10期

1969年

041 《楚辞·天问篇》与《山海经》比较研究

傅锡壬 《淡江学报（台）》1969年11月8期

1973年

042 《楚辞·天问》韵谱

徐泉声 《花莲师专学报（台）》1973年6月5期

043 《楚辞·天问篇》研究

［韩］张深铉著，陈伯豪节译 《华学月刊（台）》1973年7月19期

1974年

044 《天问》新解二则

时声 《江苏师院学报》1974年01期

045 《天问》乱辞前八句解释

苏雪林 《文坛（台）》1974年4月166期

046 《天问正简》自序

苏雪林 《中国天主教文化（台）》1974年04期

047 《天问》天文问题之一：洪水

苏雪林 《畅流（台）》1974年5月49卷6–7期

048 《天问》里的夏启

苏雪林 《畅流（台）》1974年5月49卷8期

049 《天问》后羿的故事

苏雪林 《畅流（台）》1974年6月49卷9期

050 《天问》乱辞后十六句的疏解

苏雪林 《畅流（台）》1974年7月49卷11期

1975年

051 《天问》中反天命思想

刘哲夫 《人民日报》1975年2月25日

052 谈《天问》中的反天命思想

田文 《天津日报》1975年2月25日

053 《天问》正简几段疑难文句

苏雪林 《台湾新生报》1975年3月3日、4日

054 《天问》讨论的通信

李辰冬，苏雪林 《中国语文（台）》1975年5月36卷5期

055 略谈屈原《天问》的反天命思想

张沛霖，薛梅 《安徽文艺》1975年04期

056 谈《天问正简》

苏绍业 《中华日报》1975年6月11日

057 《天问》札记三则

何锜章 《国文学报（台）》1975年6月4期

058 《天问》篇探索

余崇生 《屏女学报（台）》1975年10月（创刊号）

059 《楚辞·天问》隐义及有关问题试探

彭毅 《台湾大学文史哲学报（台）》1975年10月24期

1976年

060 《天问》文体的源流——发问文学之探讨

饶宗颐 《台湾大学考古人类学刊（台）》1976年6月39卷40号，《饶宗颐史学论著选》，上海古籍出版社1993年出版

061 《离骚天问考辨》自序

何锜章 《文坛（台）》1976年11月197卷

062 《楚辞·天问笺》

张棣华 《“中央图书馆”馆刊（台）》1976年12月

063 《楚辞·天问》诠释

何敬群 《珠海学报（台）》1976年12月9期

064 《天问图》

张棣华 《“中央图书馆”馆刊（台）》1976年12月

1978年

065 《天问》的宇宙论

公木 《理论学习》1978年01期

066 《天问》的天道观

李孝堂 《齐齐哈尔师院学报》1978年01期

067 "负（妇）子肆情"新解

李修生 《北京大学学报》1978年01期

068 《天问》创作的缘起

吴孟复 《安徽师大学报》1978年01期

069 《天问》的主题和结构

张松如 《社会科学战线》1978年01期

070 《天问》中所见夏王朝的历史传说

何如 《南京大学学报》1978年02期

071 《天问》中有关秦民族的历史传说

熊任望 《河北大学学报》1978年02期

072 《天问》题意浅释——《天问》研究之一

聂恩彦 《山西师院学报》（社会科学版）1978年03期

073 "启代益作后"：原始社会末期的一场冲突——学习恩格斯名著，试解《天问》难句

萧兵 《社会科学战线》1978年03期

074 《天问》创作的缘起——《天问》研究之二

聂恩彦 《山西师院学报》(社会科学版) 1978年04期

075 奇特而深邃的哲理诗——关于屈原的《天问》

刘文英 《文史哲》1978年05期

076 姜嫄弃子为图腾考验仪式考——《诗·大雅·生民》、《楚辞·天问》疑义新解

萧兵 《南开大学学报》（哲学社会科学版）1978年4-5期合刊

077 《天问》问例述

姜亮夫 《大公报》在港复刊三十周年纪念文1978年9月1日

078 《天问》中的反“天命”思想

胡念贻 《文史》1978年12期

1979年

079 《天问》的创造背景及其创作意识

陈怡良 《古典文学（台）》1979年01期

080 《天问》的主题和结构——《天问》研究之三

聂恩彦 《山西师院学报》（社会科学版）1979年01期

081 屈原的生平及作品编年——《天问研究》之一

孙作云，孙心一 《学术研究辑刊》1979年01期（创刊号）

082 《天问》的宇宙观念——《天问》新解引论之一

萧兵《湖南师院学报》1979年01期

083 略谈《天问》的反天命思想

康更生 《语文教学研究》1979年02期

084 《天问》的天道观——《天问》研究之四

聂恩彦《山西师院学报》（社会科学版）1979年02期

085 鸱龟曳衔与海神禺疆

萧兵 《考古》1979年02期

086 《天问》的宇宙理论——《天问》研究之五

聂恩彦 《山西师院学报》（社会科学版）1979年03期

087 论《楚辞·天问》对于我国上古史研究的贡献——《天问研究》之四

孙作云 《开封师院学报》1979年04期

088 《天问》新解二则——“重泉”和水牢

萧兵 《山西大学学报》（哲学社会科学版）1979年04期

089 《天问》中所见夏王朝的历史传说——兼论后益、后羿、有扈

林庚 《北方论丛》1979年06期

090 《天问》"负（妇）子肆情"新解

萧兵 《文史哲》1979年06期

091 谈《天问》中的反"天命"思想

张来芳 《语文教学通讯》1979年06期

092 《天问》中有关秦民族的历史传说

林庚《文史》1979年07辑

093 《天问》的宇宙模式

萧兵 《中国哲学史文集》，吉林人民出版社1979年出版

1980年

094 《天问》中所见上古各民族争霸中原的面影

林庚 《文学遗产》1980年01期

095 《天问》原始社会史事新解（二则）——"女歧逢裳"与对偶婚的禁例

萧兵 《淮阴师专学报》1980年01期

096 姞妃和小臣——《天问》中伊尹和商汤的故事

萧兵 《求是学刊》1980年01期

097 马王堆帛画与《楚辞》二则

萧兵 《苏州大学学报》（哲学社会科学版）1980年01期

098 伊尹系卵生弃儿——《天问》一解

萧兵 《活页文史丛刊》1980年01期

099 略谈《天问》的几个问题

张德育 《北方论丛》1980年02期

100 《天问》的科学思想初探

刘文英 《社会科学战线》1980年02期

101 降观和黎服

萧兵 《中华文史论丛》1980年02辑

102 《天问》“帝乃降观”系“降祸”考

萧兵 《中华文史论丛》1980年02辑

103 《天问》中的“柏林”指代谁

许仲坚 《郑州师专学报》1980年02期

104 《天问》闻一多说之补证

龚维英 《甘肃社会科学》1980年03期

105 《天问》“东流不溢”集解

刘文英 《甘肃社会科学》1980年03期

106 关于《天问》中的几个古史问题

刘文英 《兰州大学学报》1980年03期

107 释《天问》第一字“曰”

聂恩彦 《山西师院学报》（社会科学版）1980年03期

108 谈屈原《天问》的怀疑思想

谢祥皓 《齐鲁学刊》1980年03期

109 关于《天问》

刘尧民 《思想战线》1980年04期

110 试论《天问》所反映的周、楚民族的两次争斗——《屈赋新探》之八

汤炳正 《四川师院学报》（社会科学版）1980年04期

111 《天问》解题

陈子展 《复旦学报》（社会科学版）1980年05期

112 《天问》的思想内容及其文学价值

陈怡良 《成功大学学报（台）》1980年5月15期

113 《生民》新解--兼论《天问》中有关周初的史事

陈炳良 《东方文化（台）》1980年

114 屈原《天问》与楚国壁画
温肇桐 《江汉论坛》1980年06期

115 略说屈原的《天问》
颜新宇 《新乡评论》1980年11期

116 《天问》“兄有噬犬”节索解
龚维英 《学术月刊》1980年12期

117 鲧为女性说——《天问》释人之一
龚维英 《活页文史丛刊》1980年12期

1981年

118 《天问》的神话传说
聂恩彦 《山西师院学报》（社会科学版）1981年01期

119 《天问》与云南少数民族神话
秦家华 《思想战线》1981年01期

120 因枝以振叶，沿波而讨源——由《楚辞·天问》“阳离”“顾菟”的考释谈到文史科学的边缘化
萧兵 《社会科学》1981年01期

121 从神话传说看夏王朝建立——修改以后的序号
萧兵《徐州师院学报》1981年02期

122 意在问中与理在事中——略论《天问》的艺术形式
刘文英 《甘肃师大学报》1981年03期

123 “羿射九日”浅探
宋杰《北京师院学报》1981年03期

124 濩是祈雨舞
萧兵 《求是学刊》1981年03期

125 《天问》义释八则
易重廉 《求索》1981年03期

126 “登立为帝，孰道尚之”解

东延 《文史》1981年11辑

127 《天问》“枭华安居”

萧兵 《活页文史丛刊》1981第88期

128 《天问》“白蜺婴茀”试解

龚维英 《活页文史丛刊》1981第98期

129 《天问》“吴获”章臆说

周秦 《活页文史丛刊》1981第99期

130 《天问》“萍号起雨”索解

龚维英 《江西社会科学》1981年5-6期合刊

1982年

131 《天问》“一蛇吞象”新解

龚维英 《昆明师院学报》1982年01期

132 从《天问》探索启和武观冲突史事

龚维英 《南充师院学报》（哲学社会科学）1982年01期

133 《天问》所传西南地名小辩

姜亮夫 《思想战线》1982年01期

134 “伯禹腹鲧”与库瓦达制

萧兵 《社会科学辑刊》1982年01期

135 《天问》札记

周秉钧 《湖南师院学报》1982年01期

136 屈赋·帛画·伯鲧故事——《天问》“鸱龟”章试说

周秦 《江苏师院学报》1982年01期

137 《天问》校读

龚维英 《社会科学辑刊》1982年02期

138 古代日食传说与《天问》“白蜺婴茀”八句的关系

刘尧民 《思想战线》1982年02期

139 《〈天问〉义释八则》商榷
赵逵夫 《求索》1982年02期

140 《天问》校释
镇海，郑若川 《韶关师专学报》1982年02期

141 《天问》"女岐无合"句辨释
龚维英 《河北师院学报》1982年03期

142 对《天问》写作年代的推测
潘啸龙 《争鸣》1982年04期

143 《天问》"中央共牧"节臆释
龚维英 《求是学刊》1982年05期

144 楚辞甄微——《天问》十五则
吉城 《文史》1982年13辑

145 《天问》今译
林庚 《文史》1982年13辑

1983年

146 《天问》的结构与析义
刘兆伟 《锦州师范学院学报》（哲学社会科学）1983年01期

147 《天问》解题中涉及的三个问题
石成 《韩山师专学报》1983年01期

148 "久余是胜"解
周秦 《苏州大学学报》1983年01期

149 读《天问纂义》
常振国 《光明日报》1983年02期

150 《天问》"伯禹腹鲧"新解
房建昌 《复旦学报》1983年02期

151 试从《天问》看屈原思想的时代精神
李金锡 《鞍山师专学报》1983年02期

152 《天问》“勋阖梦生”句新解

萧兵 《天津社会科学》1983年02期

153 《天问》结构初探

龚维英 《青海师范学院学报》（哲学社会科学）1983年03期

154 《天问》是抒情诗吗

龚维英 《福建论》（社科教育版）1983年06期

155 评王夫之《楚辞通释·天问篇》

刘文英 《江汉论坛》1983年05期

156 从《楚辞集注·天问篇》看朱熹的哲学

刘文英 《甘肃社会科学》1983年06期

157 从《楚辞通释·天问篇》看王夫之的哲学

刘文英 《江汉论坛》1983年06期

158 论《楚辞·天问》与绘画题铭的关系

萧兵 《北方论丛》1983年03辑

159 关于《天问》诗句、次序与作者问题

张德育 《北方论丛》1983年03辑

160 《天问》错简试探

郭世谦 《文史》1983年18辑

161 《天问》王恒事迹补考

张崇琛 《活页文史丛刊》1983年156期

162 楚辞《天问》与楚宗庙壁画

孙作云 《楚文化研究论文集》，中州书画社1983年出版

1984年

163 《天问》羿事十二句辨释

龚维英 《许昌师专学报》1984年01期

164 《天问》是否呵壁之作
张硕城 《学术论坛》1984年01期
165 《楚辞·天问》“爰”字正诂
孙风态 《沈阳师范学院社会科学学报》1984年02期
166 《天问》“勤子屠母”句辩说
龚维英 《北京师范大学学报》（社会科学版）1984年03期
167 从内证探索《天问》的著作期
龚维英 《延安大学学报》（社会科学版）1984年03期
168 《楚辞·天问》中的通假字例释
吕琨荧 《唐山师专学报》1984年03期
169 《天问》“靡萍九衢”辨释
龚维英 《松辽学刊》（社会科学版）1984年04期
170 从内证看《天问》的著作权
龚维英 《甘肃社会科学》1984年04期
171 评林庚《天问论笺》
李易 《光明日报》1984年04期
172 古代宇宙论的一场探索——从《天对》和《天问注》看柳、朱宇宙论的异同
翟廷瑨 《社会科学》（上海）1984年04期
173 从《楚辞·天问》看鲧的形象
祝恩发 《社会科学》1984年04期
174 关于《天问》中羿的分化
刘尧民 《思想战线》1984年06期
175 《天问》文体的比较研究
萧兵 《文献》1984年19辑
176 先秦对天的认识与《天问》
黄瑞云 《屈原研究论集》，长江文艺出版社1984年出版

1985年

177 《天问》“厥萌初生”节的真正内涵

龚维英 《学术研究》（内刊）1985年01期

178 《天问》和《天对》

聂恩彦 《山西师大学报》（社会科学版）1985年01期

179 《天问篇》校释（上）

刘兆伟 《铁岭教育学院院刊》1985年02期

180 《天问篇》校释（下）

刘兆伟 《铁岭教育学院院刊》1985年03期

181 思接千载，视通万里：略谈《天问》中的幻想力

占斯飞 《文科教学》1985年03期

182 周武王残虐纣尸因由初探

龚维英 《人文杂志》1985年04期

183 关于屈原《天问》的几个问题

张德育 《中国社会科学院研究生院学报》1985年05期

184 《天问》——屈原给弟子的思考提纲

赵辉 《江汉论坛》1985年06期

185 《天问》题义新解

翟振业 《学术月刊》1985年11期

186 从屈原的《天问》《桔颂》看古典文学中的科学思想性

郑公盾 《北京科技报》1985年5月3日

187 《楚辞·天问》和苗族创世歌

［日］伊藤清司著，粟吉琪译 《活页文史丛刊》1985年211期

188 子文吾告堵敖以不长

周秦 活页文史丛刊1985年225期

1986年

189 《天问》和民间风物、神话

龚维英 《民间文艺季刊》1986年01期

190 《天问》商周史事错简试说

金开诚 《古籍整理与研究》1986年01期

191 《梼杌》和《美洲虎》：以图腾命名的史书——兼论《天问》和楚《帛书》的民俗性质

萧兵 《淮阴师专学报》（哲学社会科学版）1986年01期

192 《天问》考析

颜新宇 《求索》1986年02期

193 《天问》"阻穷西征"解

朱元曙 《东南文化》1986年02期

194 试论"伯林雉经"与吴刚伐桂的关系

龚维英 《绥化师专学报》1986年04期

195《天问》问句探

柯伦 《湖北师院学报》（哲学社会科学版)1986年04期

196 对其所问与对非所问——《天问》《天对》之异同初探

张德育 《大庆师专学报》1986年04期

197 "伯禹愎鲧"与产翁习俗

程德祺 《文史知识》1986年05期

198 《天问》"犬体"新证

马少侨 《文学遗产》1986年05期

199《楚辞·天问》研究

徐泉声 《花莲师专学报》（台）1986年12月总17期

200 《天问》浅论

卫德明 《楚辞资料海外编》，湖北人民出版社1986年出版

1987年

201 “四方之门”与“西北辟启”新释

刘信芳 《四川师范大学学报》（社会科学版）1987年01期

202 屈原《天问》——我国古代第一首科学长诗

任本命 《唐都学刊》1987年01期

203 屈原《天问》题义新解

孙晦生 《阅读与写作》1987年01期

204 试论《天问》的连动思维

翟振业 《苏州师专学报》1987年01期

205 屈原在桃谷山赋《天问》的传说考

张国荣 《益阳地委党校学报》1987年02期

206 《天问》和夏民族史诗故事考

房松龄 《辽宁教育学院学报》1987年03期

207 《从《造万物》和《天问》看楚辞对布依族古歌的影响

雷天佑 《南风》1987年03期

208 《天问》的历史观

聂恩彦 《山西师大学报》（社会科学版）1987年03期

209 《天问》试译

任本命 《唐都学刊》1987年04期

210 论《天问》《桔颂》之题旨与来源——与三泽玲尔先生商榷

徐志啸 《上海社会科学院学术季刊》1987年04期

211 从《天问》看夏初建国史

孙作云 《光明日报》1987年8月29日

212 《天问》体制特色及其渊源浅探

陈怡良 《成功大学学报（台）》1987年10月22期

213 “天问”与超验之问

刘小枫 《深圳大学学报》1987年增刊

214 《天问》作于桃花江考

李正初 《船山学报》1987年增刊

1988年

215 战国宇宙本体大讨论与《天问》的产生

罗漫 《文学遗产》1988年01期

216 《天问》中所见妇女难产

翟振业 《无锡教育学院学报》(社会科学版)1988年01期

217 论《天问》在战国思想史上的地位

辛文 《上海大学学报》(社会科学版)1988年02期

218 论《天问》的问题逻辑

翟振业 《台州师专学报》(社会科学版)1988年02期

219 《天问》"鸱龟曳衔"段新解

金绍任 《求索》1988年03期

220 《天问》是一首讲授自然科学和社会科学的提纲式诗

翟振业 《唐都学刊》1988年03期

221 一代霸主艰辛的童年——《天问》中反映的楚庄王事迹发微

赵逵夫 《青海社会科学》1988年03期

222 从《天问》看史前社会的对偶婚

刘昌安 《西北大学学报》(哲学社会科学)1988年04期

223 《天问》题旨探微

姚益心 《复旦学报》(社会科学版)1988年04期

224 《天问》提了多少问题

翟振业 《益阳师专学报》1988年04期

225 《天问》"康回冯怒"的历史地理

何光岳 《中州学刊》1988年05期

226 《天问》的渊源与艺术

潘啸龙 《中国社会科学》1988年06期

227 《楚辞与神话》读后——兼论《天问》“启棘宾商”四语的正诂

袁珂 《思想战线》1988年06期

1989年

228 《天问》试释

任本年 《唐都学刊》1989年01期

229 《楚辞·天问》中的殷商神话解析

傅锡壬 《淡江学报（台）》1989年2月

230 《天问》发微

路百占 《许昌师专学报》（社会科学版）1989年02期

231 从《天问》结构图看问题的逻辑展开

翟振业 《思茅师专学报》1989年02期

232 从《天问》以窥夏朝历史

艾文 《邵阳师专学报》（哲学社会科学版）1989年04期

233 情感迷乱中的悲愤问难——论《天问》的抒愤特点

潘啸龙 《江海学刊》1989年06期

234 《天问》错简及其内容之探讨

徐泉声 《花莲师院学报（台）》1989年12月3期

235 释《天问》——兼及战国时楚人的历史观念

黄永年 《古文献研究集林》1集，陕西师大出版社1989年出版

1990年

236 柳宗元《天对》与王廷相《答天问》之比较

胡楚生 《兴大中文学报（台）》1990年1月第3期

237 《天问》中"焉有龙虬，负熊以游"本事索隐——兼论原始夏民族图腾信仰问题

陈代兴 《襄阳师专学报》（哲学社会科学版）1990年01期

238 《天问》中的图腾和神话

姚汉荣 《上海大学学报》（社会科学版）1990年01期

239 试论闻一多《天问疏证》的思维方式

羽辰 《思茅师专学报》1990年01期

240 关于《天问》中的"倏忽"

大明 《四川师范大学学报》（社会科学版）1990年03期

241 《天问》不是文学作品

李凤仪 《呼兰师专学报》1990年03期

242 读任本命《〈天问〉试译》

翟振业 《唐都学刊》1990年03期

243 古吴钩稽——兼释太伯奔吴与《天问》"南岳是止"

邹立昌 《苏州大学学报》1990年03期

244 "爰""焉"用法演变考略——兼谈《天问》的作者

张归璧 《古汉语研究》1990年04期

245 读《天问》

张玉玲 《邵阳师专学报》（哲学社会科学版）1990年04期

246 《天问》夏朝史事错简试说

金开诚 《古籍整理与研究》1990年05期

247 两汉至明季之《天问》研究综述

高秋凤 《国文学报（台）》1990年6月19期

248 古今观念差异与《天问》诗句的次序

赵沛霖 《广州日报》1990年7月4日

1991年

249 《天问》发微（二）

路占百 《许昌师专学报》1991年01期

250 **《天问》中所见的地震**

翟振业 《无锡教育学院学报》（社会科学版）1991年01期

251 **《天问》——屈原的拟史诗**

郑丹平 《思想战线》1991年03期

252 **巫诗《天问》论**

郑在瀛 《中州学刊》1991年03期

253 **“伯禹愎鲧”再释**

谢荣 《韩山师专学报》1991年04期

254 **《天问》“伯禹愎鲧”神话新释**

王人恩 《西北师大学报》（社会科学版）1991年06期

255 **清代《天问》研究综述**

高秋凤 《中国学术年刊（台）》1991年4月12卷

256 **民国以来之《天问》研究综述**

高秋凤 《教学与研究（台）》1991年6月13卷

257 **民国三十八年以来大陆地区之《天问》研究综述**

高秋凤 《国文学报（台）》1991年6月

258 **《天问》新解（三则）**

卢秀如 《台湾海洋大学人文数理学报》1991年10月

1992年

259 **《天问》发微**

沈海波 《上海教育学院学报》1992年01期

260 **《天问》二题**

翟振业 《无锡教育学院学报》（社会科学版）1992年01期

261 **呵壁之作？问天之作？——读《天问》王逸序**

赵梅 《镇江师专学报》（社会科学版）1992年01期

262 **从《天问》看鲧之死**

曹松罗 《扬州教育学院学报》1992年02期

263 《天问》：困惑与超越
刘毓庆 《名作欣赏》1992年02期

264 屈原论鲧治水有功无过——关于《天问》鲧禹治水一节的诗意阐释
蒋南华 《贵阳师专学报》（社会科学版）1992年04期

1993年

265 《天问》的疑问词和疑问句
寥序东 《徐州师范学院学报》（哲学社会科学版）1993年01期

266 《天问》与中原文化
翟振业 《湖北民族学院学报》（社会科学版）1993年01期

267 《天问》的疑问词和疑问句（续）
寥序东 《徐州师范学院学报》（哲学社会科版）1993年02期

268 论《天问》的问难艺术
翟振业 《吴中学刊》（社会科学版）1993年02期

269 屈原的《天问》与《约伯记》的“上帝问”（上）
［新加坡］钟志邦 《中国文化研究》1993年02期

270 《天问》的博问与多重价值
罗漫 《社会科学战线》1993年04期

271 单一与丰富的有机结合——论天问的艺术成就
张宏洪 《喀什师范学院学报》（哲学社会科学版）1993年04期

272 射鞠朝饱与鲧禹启益
樊圣 《大陆杂志（台）》1993年05期

273 屈原《天问》“伏匿穴处”考释
鲜于煌 《贵州社会科学》1993年05期

274 《天问》二题试解

翟振业 《齐齐哈尔师范学院学报》（哲学社会科学版）1993年06期

275 一首奇特的问题诗——《楚辞·天问》

高秋凤 《国文天地（台）》1993年5月12期

1994年

276 当代楚辞学研究的重要贡献——评翟振业《离骚自我新论》和《天问研究》

黄震云 《盐城师专学报》（哲学社会科学版）1994年01期

277 《天问》问题研究的回顾与展望

翟振业 《山西师大学报》（社会科学版）1994年01期

278 《天问》中所见母权制的解体

翟振业 《铁道师院学报》（社会科学版）1994年01期

279 屈原的《天问》与《约伯记》的"上帝问"（下）

［新加坡］钟志邦 《中国文化研究》1994年01期

280 《天问》中所见的产翁习俗

翟振业 《长沙水电师院》（社会科学版）1994年02期

281 《天问》中所见殷之先祖事迹

张崇琛 《殷都学刊》1994年02期

282 一元与多元的完美相融——二论《天问》的艺术成就

张宏洪 《喀什师范学院学报》（哲学社会科学版）1994年02期

283 从《天问》"伯禹腹鲧"谈到古代"产翁制"习俗

江林昌 《中国民间文化》1994年03期

284 "何勤子屠母，而死分竟地"新解

翟振业 《烟台师范学院学报》（哲学社会科学版）1994年03期

285 从“长翟”“鲋鱼”看“防风氏”的起源——兼论《天问》有关问题

江林昌 《民间文学论坛》1994年04期

286《天问》探真

周禾 《荆州师专学报》(哲学社会科学版)1994年04期

287 《天问》“鸱龟曳衔”的底蕴

龚维英 《晋阳学刊》1994年05期

288 屈原《天问》探旨

褚斌杰 《中国国学(台)》1994年10月22期

1995年

289《天问》探真

周禾 《江汉论坛》1995年01期

290《天问》在中国文化思想史上的地位

王海林 《中国文化研究》1995年02期

291 《天问》“女歧天合”确释及其他

龚维英 《中州学刊》1995年03期

292 论《天问》问旨

李诚 《四川师范大学学报》(社会科学版)1995年03期

293 《天问》与屈原的终极价值——读韩著《天人·人际·身心》一得

包瑞峰 《史学集刊》1995年04期

294 论《天问》

黄震云 《江苏社会科学》1995年04期

295 苗族神话与《天问》神话比较

罗义群 《民族论坛》1995年04期

296 《楚辞·天问》与《圣经·约伯记》比较谈

韩高年 《求索》1995年06期

1996年

297 从《天问》到现代宇宙学

冯桂芳、刘文芳 《松辽学刊》（自然科学版）1996年01期

298 《天问》中两个标点质疑

羽辰 《吴中学刊》1996年01期

299 屈原《天问》四题

张怀荣 《西北大学学报》（哲学社会科学版）1996年01期

300 从《天问》到《天对》

金健民 《科技日报》1996年2月1日

301 《天问》与时代精神

赵沛霖 《广州日报》1996年2月14日

302 从《楚辞·天问》与《圣经·约伯记》的比较中所想到的

韩高年 《贵州社会科学》1996年02期

303 《天问》精神二题

郭毅玲 《山东工业大学学报》（社会科学版）1996年03期

304 《天问》所见古史传说及其意义

江林昌 《荆州师专学报》（社会科学版）1996年03期

305 “勤子屠母”与尸解“人神”——对《天问》“勤子屠母，死分竟地”的文化人类学解析

杨树森 《吉林师范学院学报》1996年04期

306 《天问》宇宙神话的考古印证和文化阐释

江林昌 《文学遗产》1996年05期

307 《天问》鲧禹传说难点考释

龚维英 《荆州师专学报》1996年06期

1997年

308 《天问》“舜服厥弟”节确诂

龚维英 《中州学刊》1997年01期

309 《天问》作为一部巫史文献

过常宝 《中国文化研究》1997年01期

310 《天问》"厥萌在初"和植物生人

龚维英 《云梦学刊》（社会科学版）1997年03期

311 《天问》探析

周永学 《昌潍师专学报》（社会科学版）1997年03期

312 "阴阳三合"释

汪小洋、孔庆恩 《江苏广播电视大学学报》1997年04期

313 《天问》主旨探析

鲁庆中 《中州学刊》1997年增刊

1998年

314 《天问》：走出神话和反思历史的千古奇文

杨义 《中国社会科学》1998年01期

315 冷峻与热烈的辩证统一——三论《天问》的艺术成就

张宏洪 《宁波大学学报》（人文科学版）1998年03期

316 《天问》"授殷天下"节确诂

龚维英 《荆州师专学报》（社会科学版）1998年04期

317 《天问》史料性

傅斯年 《古今论衡（台）》1998年10月01期（创刊号）

1999年

318 关于屈原《天问》之反天命思想

畅孝昌 《山西教育学院学报》1999年01期

319 《天问》"昊获迄古"节确诂

龚维英 《荆州师专学报》（社会科学版）1999年01期

320 试从三峡民间文艺探《天问》之源

刘不朽 《三峡文学》1999年01期

321 别具一格的问难式杂文——论屈原的《天问》

刘洪仁 《四川教育学院学报》1999年01期

322 屈原作《天问》于益阳之桃花江考辨

张国荣 《青海师专学报》（社会科学版）1999年01期

323 从《〈天问〉“犬体”新证》说起——释“犬体”的巫术功能

翟振业 《湖北民族学院学报》（哲学社会科学版）1999年02期

324 《天问》解题衍义

王倩予 《社会科学研究》1999年03期

325 由鲧禹故事演变引出的启示

常金仓 《齐鲁学刊》1999年06期

326 《天问》和初民变形神话

龚维英 《贵州文史丛刊》1999年06期

327 中国古代神话对“元始”、“终极”的理念和心态

陈启云 《中国文哲研究集刊（台）》1999年9月第15期

328 《天问》之科学寻绎：三峡先民的自然探索与宇宙神话

刘不朽 《中国三峡建设》1999年12期

329 从《楚辞校补》论闻一多在古籍校勘上的贡献

范新干 闻一多《国际学术研讨会论文选》，1999年出版

2000年

330 《天问》中所见地名、人名皆在东方考

景以恩 《山东教育学院学报》2000年01期

331 《天问》的作时、主题与创作动机

赵逵夫 《西北师大学报》（社会科学版）2000年01期

332 鲧禹启家族的崛起与母权制向父权制的过渡

霍然 《浙江社会科学》2000年03期

333 论屈原对羿的态度

刘树胜 《沧州师范专科学校学报》2000年03期

334 从“终古”论及《天问》的写作背景

陈松青 《云梦学刊》2000年04期

335 伍子胥事迹的新发现——《天问》“荆勋”“勋阖”破译

杨琳 《社会科学战线》2000年04期

2001年

336 从《天问》看共工、鲧、禹治水及其对中华文明的贡献

赵逵夫 《社会科学战线》2001年01期

337 《天问》要籍解题

周建忠 《南通师范学院学报》（哲学社会科学版）2001年01期

338 “受礼天下，又使至代之”

郭小武 《殷都学刊》2001年02期

339 《天问》——中国古代科学主义的杰作

赵禧《船山学刊》2001年02期

340 意在图画——萧云从《天问》插图的风格与意旨

马孟晶《故宫学术季刊（台）》2001年夏卷

341 《天问》中动物异类相触事象考释

田兆元 《上海大学学报》（社会科学版）2001年03期

342 《楚辞·天问》与原始文明——《天问》中的原始哲学内涵

周延良《中国文化研究》2001年03期

343 《天问》“后帝不若”解诂

单周尧 《中国语文》2001年04期

344 析史解难：《天问》错简整理史的反思

毛庆《湖北大学学报》（哲学社会科学版）2001年05期

345 《天问》为历史教材说

吴龙辉 《湖南师范大学社会科学学报》2001年06期

2002年

346 《天问》"肆"字解读

翟振业 《楚雄师范学院学报》2002年01期

347 "受礼天下，又使至代之"解

郭小武 《殷都学刊》2002年02期

348 论《天问》独特的立体结构与抒情方式

毛庆恩 《恩施职业技术学院学报》（综合版）2002年02期

349 从《天问》看屈原的历史观

殷光熹 《职大学报》2002年03期

350 屈原《天问》对后世文学的影响

左汉林 《河北大学成人教育学院学报》2002年03期

351 《天问》"石林""虬龙"章句新说

张玉声、张燕英 《新疆大学学报》（社会科学版）2002年04期

352 董说"天问"与屈原"天问"

丁国强 《安徽师范大学学报》（哲学社会科学版）2002年05期

2003年

353 从《天问》看屈原的历史观

殷光熹 《楚雄师范学院学报》2003年01期

354 试论《天问》的艺术特色

殷光熹 《云梦学刊》2003年01期

355 论《天问》的"叙问"特征和抒情结构

倪晋波 《海南大学学报》（人文社会科学版）2003年02期

356 《天问》篇名题义考
殷光熹 《文史知识》2003年02期
357 《天问》结构的独特性
殷光熹 《云南大学学报》（社会科学版）2003年02期
358 《天问》导读
张中一 《岳阳职工高等专科学校学报》2003年02期
359 由《天问》看楚辞对汉赋的影响
董雪静 《学术论衡》2003年03期
360 《天问》“勋阖梦生，少离散亡。何壮武厉，能流厥严？”考释
舒大清 《湖北师范学院学报》（哲学社会科学版）2003年04期
361 从《天问》看稷下学对屈原思想的影响
王长华 《河北师范大学学报》（哲学社会科学版）2003年05期
362 《天问》“久余是胜”新解
过常职 《新亚论丛（台）》2003年5月
363 屈原《天问》篇中的女性情
陈良真 《东方人文学志（台）》2003年6月

2004年

364 《天问》题名考辨
殷光熹 《思想战线》2004年01期
365 释《天问》之“天”
李树军 《辽宁大学学报》（哲学社会科学版）2004年02期
366 心灵的宣泄——透过《天问》解读屈原
王磊平、李莲花 《长春理工大学学报》（社会科学版）2004年02期

367 论《天问》对《淮南子》的影响

马庆洲 《清华大学学报》（哲学社会科学版）2004年03期

368 《天问》研究四百年综论

毛庆 《文艺研究》2004年03期

369 《天问》意旨、文体与诗学精神探原

姚小欧 《文艺研究》2004年03期

370 天道的失范 神义的崩溃——《天问》中屈原对天道观怀疑思想的分析

侯灵战 《上饶师范学院学报》2004年04期

371 《天问》中的“爰”半是疑问代词

舒大清 《湖北师范学院学报》（哲学社会科学版）2004年04期

372 天问·诗问·学问

邢桂香、公言 《学理论》2004年05期

373 《天问》难题一则——“焉有虬龙，负熊以游”试解

萧兵 《云梦学刊》2004年06期

374 《楚辞·天问》中的神话研究

林国伟 《云汉学刊（台）》2004年4月

375 简帛文献与《天问》研究

李永明 《浙江师范大学》2004年硕士论文

2005年

376 破解屈原《天问》疑团的新探索

吉家林 《盐城工学院学报》（社会科学版）2005年02期

377 试论屈原《天问》对三峡土家族“盘歌”的影响

鲜于煌 《重庆师范大学学报》（哲学社会科学版）2005年02期

378 关于《天问略》作者来华年代及其成书背景的若干讨论

姚立澄 《自然科学史研究》2005年02期

379 《天问》：对“构成思想”的反思

徐文武 《三峡大学学报》（人文社会科学版）2005年03期

380 从《天问》看屈原的唯物思想

李丽 《廊坊师范学院学报》2005年04期

381 赋体杂文的先导——论屈原的《天问》、《卜居》、《渔父》

刘洪仁 《社会科学辑刊》2005年04期

382 《天问》与中国上古神话

赵非 《承德职业学院学报》2005年04期

383 《天问》的研究与英文翻译

杨成虎 《云梦学刊》2005年05期

384 楚辞还须楚语解——《天问》篇“帝何竺之”破译

贾学鸿 《江汉论坛》2005年06期

2006年

385 由《天问》看屈原对历史起源的认识

史建桥 《河北学刊》2006年02期

386 《天问》“授殷天下，其位安施？反成乃亡，其罪伊何”考

舒大清 《河北师范大学学报》（哲学社会科学版）2006年02期

387 《天问》与中国上古神话

赵非《河北省社会主义学院学报》2006年02期

388 屈原《天问》的科学思想价价值——并试解“李约瑟难题”

高炳生 《洛阳师范学院学报》2006年03期

389 《天问》“启棘宾商”新解

吉家林 《盐城工学院学报》(社会科学版)2006年03期

390 《天问》的原创意图

曹胜高 《云梦学刊》2006年04期

391 试论《天问》的主旨

杜宏记 《安阳师范学院学报》2006年04期

392 屈原《天问》连类问法浅析

李冠楠 《文教资料》2006年04期

393 王逸《楚辞章句·天问》的阐释特点

史建桥 《河北师范大学学报》(哲学社会科学版)2006年06期

394 从《天问》中商族史前传说谈起

李元 东北师范大学2006年硕士论文

395 《天问》神话与传说研究

唐英 暨南大学2006年硕士论文

396 《天问》研究通论

王长红 山东大学2006年硕士论文

397 《天问》的思想内容与结构特征

史建桥 首都师范大学2006年博士论文

2007年

398 《天问》作于汨罗说

刘石林 《职大学报》2007年03期

399 从《天问》《天对》看屈原与柳宗元的贬谪心态

张国栋 《甘肃广播电视大学学报》2007年03期

400 《楚辞·天问》之“帝何竺之”试解——兼论贾学鸿《楚辞还须楚语解——〈天问〉篇“帝何竺之”破译》

胡晓东 《贵州师范大学学报》(社会科学版)2007年04期

401 《天问》写作年代和地点推测
高华平 《复旦学报》(社会科学版)2007年06期
402 屈原《天问》与古人“天形态观”
吉家林 《云梦学刊》2007年06期
403 先秦三典对话结构分析及其审美意义阐析——以《公羊传》、《庄子》、《天问》为例
冯黎敏 《科教文汇(中旬刊)》2007年07期
404 《天问》与溆浦壁画和盘歌
禹经安 《文史博览(理论)》2007年09期
405 《天问》题名意义及其与道家思想的关连
张政伟 《明道通识论丛(台)》2007年9月
406 “能流厥严”和“忠名弥彰”者乃楚勋子文——对《天问》篇末“子文诗句”的新解
吉家林 《现代语文》(文学研究版)2007年12期
407 《天问》呵壁说质疑
刘石林《中国楚辞学》(第八辑),学苑出版社2007年出版
408 关于《楚辞·天问》的神话体系
王小盾 《2007年韩国庆州屈原及楚辞学国际学术讨论会论文集》,韩国东国大学2007年出版

2008年

409 《天问》简帛释证
李永明,黄灵庚 《中南大学学报》(社会科学版)2008年01期
410 从《天问》看屈原的怀疑精神
陈全新 《青海社会科学》2008年02期
411 对《天问》与《史记》所述三代史的异同比较
董常保,熊刚 《成都理工大学学报》(社会科学版)2008年02期

412 《天问》“中央共牧，后何怒？蜂蛾微命，力何固”考

舒大清 《中国韵文学刊》2008年02期

413 《楚辞·天问》“阳离”解

王锺陵 《漳州师范学院学报》（哲学社会科学版）2008年02期

414 屈原《天问》与神庙壁画

碧莲 《文史杂志》2008年03期

415 《山海经》与《天问》

胡远鹏 《福建师大福清分校学报》2008年03期

416 《天问》“皇天集命，惟何戒之”考

舒大清 《井冈山学院学报》2008年03期

417 《天问》的结构类型研究

史建桥 《河北经贸大学学报》（综合版）2008年04期

418 《天问》“咸播秬黍，莆雚是营。何由并投，而鲧疾修盈”考

舒大清 《海南师范大学学报》（社会科学版）2008年04期

419 《天问》：屈原的旷世奇想

杨金砖《现代语文》（文学研究版）2008年06期

420 考古发现与《天问》研究

代生 烟台大学2008年硕士论文

421 《天问纂义》研究

冉卫华 贵州大学2008年硕士论文

422 悠悠读不尽，《天问》千古奇

王珏 暨南大学2008年硕士论文

2009年

423 《天问》与溆浦壁画和盘歌

万霞 《文史博览》（理论）2009年01期

424 论《天问》错简与叙事流归
张登勤 《江苏广播电视大学学报》2009年01期
425 《天问》的文学特质及其修辞艺术（上）
陈怡良 《云梦学刊》2009年02期
426 中国大陆20世纪考古发现与《天问》研究
代生 《社会科学评论》2009年02期
427 略论屈原《天问》与柳宗元《天对》
翟满桂 《文学遗产》2009年02期
428 《天问》的文学特质及其修辞艺术（下）
陈怡良 《云梦学刊》2009年03期
429 西伯姬昌强国兴邦 子孙后代昌盛久长——试解《天问》中“述问西伯姬昌”的20句
吉家林 《黔南民族师范学院学报》2009年03期
430 传说中的《天问》
山珍 《航天员》2009年03期
431 从《天问》管窥禅让说
石柱君，赵雅习 《衡水学院学报》2009年03期
432 《天问》主题新论——兼说屈原精神痛苦的原因
谢国先 《长江大学学报》（社会科学版）2009年03期
433 《天问》“文义不次序”问题谫论
李川 《文学遗产》2009年04期
434 楚成王史实考论——从《天问》管窥楚成王“成长”历程
石柱君 《大众文艺》（理论）2009年04期
435 宋代《天问》研究管窥
王长红 《商丘师范学院学报》2009年04期
436 《楚辞·天问》“顾菟”考
贾捷，周建忠 《文学遗产》2009年06期

437 从《天问》看屈原历史观

石柱君 《大众文艺》（理论）2009年09期

438 《天问》中的夏史——论屈原与儒家的历史叙述

林和君 《东方人文学志（台）》2009年9月

439 从《天问》管窥商纣王衰亡之因

石柱君 《新闻爱好者》2009年13期

440 《天问》与民族心理

余芳芳 《天府新论》2009年增刊

441 《天问》的研究与英译

杨成虎 《中国楚辞学》第十二辑，学苑出版社2009年出版

2010年

442 《天问》末章新解

过常职 《巢湖学院学报》2010年01期

443 “伯强何处”与“伯林雉经”辨析——依据结构解读《天问》

刘桂荣 《山西师大学报》（社会科学版）2010年01期

444 《楚辞·天问》所见姜太公事迹考——释“迁藏就岐，何能依？殷有惑妇，何所讥”

代生《云梦学刊》2010年02期

445 有易氏历史的再发现——《楚辞·天问》“汤谋易旅，何以厚之”句试解

代生 《文物春秋》2010年02期

446 探寻内在联系 批驳错简之说——《天问》错简调整的辩驳

刘桂荣 《河北广播电视大学学报》2010年02期

447 《天问》题旨释微

崔楠 《长春工程学院学报》（社会科学版）2010年03期

448 《天问》：咏史性的哲理抒情诗

刘桂荣 《运城学院学报》2010年03期

449 《楚辞·天问》之“阳离”与楚人太阳崇拜

纪晓建 《兰州学刊》2010年11期

450 《天问》与上博简《凡物流形》之比较

汤漳平 《福建论坛》（人文社会科学版）2010年12期

451 试析屈原《天问》的诗意之美

王丹 《华章》2010年33期

452 从《天问》看我国早期天文思想

李慧卿 浙江大学2010年硕士论文

2011年

453 《楚辞·天问》所见夷夏关系及其考古学印证

代生 《重庆文理学院学报》（社会科学版）2011年02期

454 《楚辞·天问》之“阳离”与楚人太阳崇拜

纪晓建 《中国韵文学刊》2011年02期

455 由屈子职司看《天问》“多奇怪之事”

李川 《广西师范大学学报》（哲学社会科学版）2011年02期

456 《山海经》对《楚辞·天问》神话材料之补正

纪晓建 《内蒙古大学学报》（哲学社会科学版）2011年03期

457 屈原《天问》对歌诗结构模式的借鉴与超越

史建桥 《河北师范大学学报》（哲学社会科学版）2011年03期

458 屈原的《天问》及其“狂人”精神

李婕 《新闻爱好者》2011年22期

出版后记

2006年毕业时，我曾“信誓旦旦”，立志要利用在国家图书馆工作的机会，十年磨一剑，把毕业论文打磨成一部像样的书。谁料一旦走出校门，自己便日渐懒惰，加上工作较忙，很难再静下心来走进《天问》。见已无力实现当日的愿望，便不得不将束之高阁的毕业论文拿出来，着力修改之后交由国家图书馆出版社付梓出版。感谢出版社编辑初小荣老师的全力帮助和辛勤劳动。她对拙文提出了许多宝贵建议，修改了不少不规范甚至错误之处，使拙作避免了因常识和细节错误而贻笑大方。遗憾的是，本人学术积累有限，对有些问题难以进行鞭辟入里的论析，有些立论还需广泛求证，书中可能仍有知识硬伤，对此，敬请广大读者批评指正。

《天问》难，的确难！

一是确解难。很多诗句无稽可考，探寻本义困难重重。二是超越难。专著二十余部，仅大陆的论文就有四百多篇涉及到《天问》的方方面面。巨人林立，后人很难超越。三是打破偏见难。一提《天问》没有不说难的，然而要论及到底难在哪里，究竟有多难，并非每个人都是在百思不得其解之后发的感慨。往往是人云亦云，劈头就来一句“《天问》难”！凡此种种，不但首先在意志上打败了自己，也唬住了他人。

《天问》难是不争的事实，的确也并不是每位研究者都能有重大创获。然而，学术是永恒的，无论哪一位巨人都不能穷尽真理。只要一代代学人不懈努力，后人总会循着前人的脚步继续攀登，哪怕前进的只是一小步，也一定超越了当初的起点。

在学术之路上探赜索隐，钩深致远，其乐无穷！

2012年7月于国家图书馆古籍馆学思楼